हज़ारों ख़्वाहिशें

(उपन्यास)

हज़ारों ख़्वाहिशें

राहुल चावला

हिन्द युग्म
hindyugm.com
BLUE

ISBN : 978-93-87464-69-8

प्रकाशक:
हिंद युग्म ब्लू
सी-31, सेक्टर-20, नोएडा (उ.प्र.)-201301
फ़ोन- +91-120-4374046

मुद्रक : थॉमसन प्रेस, दिल्ली
कला-निर्देशन : विजेन्द्र एस विज

पहला संस्करण : जनवरी 2020
दूसरा संस्करण : अगस्त 2020
तीसरा संस्करण : अप्रैल 2023
मूल्य : ₹299

Hazaaron Khwahishen
A novel by *Rahul Chawla*

Published By
Hind Yugm Blue
C-31, Sector-20, Noida (UP)-201301
Phone- +91-120-4374046
Email : sampadak@hindyugm.com
Website : www.hindyugm.com

First Edition: Jan 2020
Second Edition: Aug 2020
Third Edition: Apr 2023
Price: ₹299

समर्पित

ग़ालिब

गुलज़ार

अमृता प्रीतम

साहिर लुधियानवी

इम्तियाज़ अली

हिंदी सिनेमा और उसके गीत

दिल्ली, जो एक शहर था, आलम में इंतिख़ाब

मोहब्बत में नहीं है फ़र्क़ जीने और मरने का
उसी को देख कर जीते हैं जिस काफ़िर पे दम निकले
हज़ारों ख़्वाहिशें ऐसी कि हर ख़्वाहिश पे दम निकले
बहुत निकले मेरे अरमान लेकिन फिर भी कम निकले

मिर्ज़ा ग़ालिब

संवाद

तो क्या हुआ कि मैं और आप हम-उम्र नहीं, कोशिश रहेगी कि कहानी के इस सफ़र में हम अच्छे दोस्त बन जाएँ। आज से क़रीब दस बरस पहले चाय की एक टपरी पर किसी राजनीतिक बहस बाज़ी के दौरान इस कहानी की नींव पड़ी थी। वक़्त गुज़रा। कुछ मैं बदला और कुछ देश के हालात। उसी के साथ नए किरदार उभरे, और कहानी नया रूप लेती रही।

सच कहूँ तो इस उपन्यास को अँग्रेज़ी में ही लिखा जाना था, पर किरदारों ने ऐसा होने न दिया। भावनाएँ हिंदी में अँगड़ाई ले रही थीं, और मैं उन्हें रोक न सका। आज ख़ुशी है कि अपना पहला उपन्यास मातृभाषा में लिखा। मैं शुक्रगुज़ार हूँ उन सभी लोगों का, जिन्होंने मेरी इस शदीद ख़्वाहिश को पूरा करने में मदद की।

पहला ड्राफ़्ट लिख लेने के बाद जब दोस्तों के पास गया तो सबने एक ही बात कही- "स्टोरी तो गज़ब है! पर इंग्लिश में क्यों नहीं लिखा? हिंदी में कौन पढ़ेगा?" लाज़िमी है कि यह सवाल आप के मन को भी कुरेद रहा होगा। उम्मीद है कि किताब ख़ुद-ब-ख़ुद इसका जवाब देगी।

इस कहानी में धर्म, समाज, देश और राजनीति को लेकर किरदार अपने विचार रखते हैं। पर ये उनका बड़बोलापन नहीं। ये वही बातें हैं जो हम और आप घर, ऑफ़िस या सोशल मीडिया पर रोज़ -ओ-शब करते हैं। ज़रूरी नहीं किरदारों द्वारा व्यक्त किया गया कोई भाव, निजी तौर पर मेरा हो। यदि कोई ख़्याल पसंद न आए तो आपको उसका खंडन करने की आज़ादी है, पर किरदारों से उनकी आज़ादी न छीनिएगा।

तो चलिए, मन की खिड़की से उतरकर हम नीले आसमान में उड़ पड़ते हैं आज़ाद पंछी की तरह। इस उम्मीद के साथ कि ये कहानी सीधा आपके दिल तक पहुँचेगी, मैं अब विदा लेता हूँ। आप मुझ से संवाद जारी रख सकते हैं, एक दोस्त बनकर।

राहुल

साइड A
हज़ारों ख़्वाहिशें

एक अजनबी हसीना से

झमाझम बरसात और बेनूर अंधेरी रात। प्लेटफ़ॉर्म के टीनशेड पर टप-टप करती गिरती बूंदों की आवाज़। आसमान में हल्की-सी धुंध छाई थी। लैंप पोस्ट से बिखरकर आती मद्धम नारंगी-सी रौशनी, 'tyndall effect' के कारण जिसका रास्ता सीधा स्पष्ट दिखाई दे रहा था। साएँ-साएँ-सी हवा चल रही थी। एक ख़ाली प्लेटफ़ॉर्म पर हाथ में अपनी लाल डायरी लिए बैठा, मैं जाने कब से किसी ट्रेन का इंतज़ार कर रहा था। संयम के साथ डायरी के पन्ने भी धीरे-धीरे ख़त्म होने को थे।

अचानक ज़ोर की गड़गड़ाहट हुई। तेज़ी से बिजली चमकी और रात में जागते किसी वॉचमैन की झपकती पलकों की तरह डब-डब करता लैंप-पोस्ट का वह बल्ब आख़िर बुझ गया। इस अदृश्य से अंधेरे में आगे कुछ भी लिख पाना अब मुमकिन न था। जाने कब से बैठा बोर हो चला था। जम्हाई आती तो चुटकी बजाकर सुस्ती मिटाता। नींद को दूर भगाने की हर संभव कोशिश में कभी उठता, थोड़ा टहलता, चाय पीता। सिगरेट के छल्ले बनाता।

रात अपने अंतिम पड़ाव पर थी, पर सुबह की कोई खोज ख़बर नहीं। मैं कुछ देर के लिए स्टेशन से गुज़रती एक मालगाड़ी में बैठकर अपने बचपन के दिनों में जा पहुँचा-जब सब लोग छुट्टी मनाने नानी के घर जाते थे। तब, जब हाथ में न फ़ोन होता था और न ट्रेन के आने का कोई वक़्त। घंटों इंतज़ार करते

थे। और इंतज़ार के बीच खुलती थी क़िस्से-कहानियों की पोटली। पर यहाँ तो मैं अकेला था। साथ था तो बस मेरा बैग जिसमें था एक वॉकमेन, जिसमें लगी थी एक रिकॉर्डेड कैसेट। साथ थी व्हीलर्स से ख़रीदी एक नॉवेल और एक ख़त। अमृता प्रीतम के किसी उपन्यास की तरह कब इस सियाह रात के आग़ोश में डूब गया, पता न चला। सपनों की अंतहीन गहरी गुफ़ा से अचानक मुझे रेल गाड़ी के साइरन ने बाहर निकाला।

हड़बड़ाकर उठा तो देखा आस-पास मंज़र कुछ बदल-सा गया था। प्लेटफ़ॉर्म पर चहल-पहल बढ़ चुकी थी। 'चाय गरम, चाय गरम' की आवाज़ से स्टेशन गूँज उठा था।

प्लेटफ़ॉर्म पर चटाई बिछाकर कुछ बुजुर्ग पत्ते खेलते हुए अपने जवानी के दिन याद कर रहे थे। उन्हीं में से एक बूढ़े अंकल राजेश खन्ना स्टाइल में पलकें झपकाते हुए सामने से गुज़रती रेलगाड़ी को देख गीत भी गा रहे थे:

मेरे सपनों की रानी
कब आएगी तू
आई रुत मस्तानी
कब आएगी तू
बीती जाए ज़िंदगानी
कब आएगी तू
चली आ तू चली आ...

मैं आँखें मलते हुए बेंच से उठा ही था कि उतने में ट्रेन के इंजन ने धुएँ का ग़ुबार मेरे साँवले से चेहरे पर मढ़ दिया। सवारियों की भीड़ सर पर बोझ ताने जनरल बोगी के पीछे भाग रही थी। ट्रेन ने एका-एक जबर का ब्रेक लगाया और नीले रंग की रिज़र्व्ड क्लास बोगी मेरे ठीक सामने आकर ठहर गई।

थोड़ी देर में जब भीड़ छटी तो एक जाना-पहचाना-सा हसीन चेहरा नज़र के सामने पाया। वह अप्सरा मानो किसी सुनहरे स्वप्न से उतरकर मुझसे मिलने आई हो। वह स्लो मोशन में बाल झटकते हुए मुड़ी और मेरी तरफ एक निगाह डाली। बैकग्राउंड में अपने आप 'आर डी बर्मन' का कोई फ़िल्मी संगीत बज उठा : ललला ललाsss, ललला लला...।

वह लड़की देखने में 'राजा रवि वर्मा' की किसी पेंटिंग की तरह ख़ूबसूरत

थी–एक़दम 'गॉडेस' टाइप। उसकी अंगड़ाई में रात के सपनों की परछाई थी। रात की गहरी नींद उसकी भारी पलकों में क़ैद थी। धीमे–धीमे उसने पलकों को उठाया और मेरी तरफ़ देखा। एक तिलिस्म था उसकी गहरी नीली आँखों में।

खिड़की से बाहर झाँकती मासूम–सी दिखने वाली वो आँखें जाने किस तलाश में इधर–उधर भटक रही थीं। उसने बग़ल के लोगों को ट्रेन से उतरते हुए देखा, तो वो भी सीट से उठकर अपना सामान बाँधने लगी। बड़ी मशक़्क़त के साथ एक हाथ में ट्रॉली बैग हिलाते–डुलाते नीचे उतरी और फिर उसे घसीटते हुए वेटिंग रूम की तरफ़ बढ़ी। पर वेटिंग रूम में जगह थी नहीं। होती तो भला मैं क्यों सारी रात ठंड में ठिठुरते हुए इस बेंच पर बिताता?

वह थोड़ी देर वेटिंग रूम के बाहर खड़ी रही, हैरान–परेशान। मैं बड़े आश्चर्य से उसे देखता। फिर जब वह मेरी तरफ़ देखने लगती तो अगल–बग़ल झाँकने का ढोंग करता। वह भी कुछ ऐसा ही करती। आँख मिचोली का यह खेल आख़िर कुछ देर में ख़त्म हुआ। उसने मेरी बेंच की तरफ़ निगाह डाली और आवाज़ लगाकर मुझसे पूछा, "excuse me... क्या यहाँ कोई और वेटिंग रूम नहीं है?"

"नहीं... एक ही है और वहाँ तो हॉउसफुल है... इसलिए मैंने भी इसी बेंच पर डेरा जमा लिया। आप इधर बैठ जाइए... काफ़ी जगह है।" बेंच से अपना बैग हटाते हुए मैंने कहा।

"थैंक्स" कहकर वो मेरे साथ उस बेंच पर बैठ गई।

कुछ यात्री स्टेशन मास्टर के पास अपनी फ़रियाद लेकर पहुंचे थे। घंटे भर इंतज़ार के बाद, हाथ में चाय का गिलास थामे स्टेशन मास्टर स्वयं प्लेटफॉर्म पर आये और व्यर्थ ही परेशान हो रहे यात्रियों को दिलासा देते हुए बताया : गुर्जरों ने आरक्षण की मांग के चलते इस साल फिर रेलवे लाइन रोक दी हैं। सभी ट्रेन देर से आएंगी।"

यह सुनकर उस लड़की ने अपना सर पकड़ा और 'च्च्च' की आवाज़ निकालते हुए अपनी परेशानी व्यक्त की। फिर उसने मेरी तरफ देखा।

मेरी हड़बड़ाती और उसकी शरमाती आँखों की मुलाक़ात कुछ यूँ हुई कि देर तक टकटकी लगाए हम एक–दूसरे को देखते रहे। और हमारी आँखें एक

दूसरे की आँखों से बातें करती रहीं-किसी ख़ुफ़िया कोड वर्ड में।

"आप चाय पिएँगी?" चुप्पी तोड़ते हुए मैंने कहा।

"नहीं मैं चाय नहीं पीती!"

"कॉफ़ी?"

उसने पहले तो फ़ॉरमैलिटी में ना कहा, फिर हल्की-सी मुस्कान के साथ गर्दन मटकाकर हाँ कह दिया।

"अच्छा सुनिए।" पीछे से आवाज़ लगाकर उसने कहा "चाय ही ले आइए।"

दोनों हाथों में चाय के कुल्हड़ लेकर मैं बेंच की तरफ़ बढ़ा, तो वो बैग खोलकर सामान निकालने में व्यस्त दिखाई दी। उसके बैग में साहित्य का अनमोल ख़ज़ाना था, जिसे मैं बड़े ग़ौर से देख रहा था। अचानक उसने एक टिफ़िन बॉक्स निकालकर मेरे सामने रख दिया। "माँ ने बनाए। लो ना।" ज़ोर देकर उसने कहा।

"पढ़ने की काफ़ी शौक़ीन मालूम पड़ती हो?" मैंने डब्बे से एक ठेकूआ उठाते हुए कहा।

"कैसे पता?" अपनी लटों को झटकते हुए वह बोली।

"तुम्हारी किताबें देखी ना...।"

"ओह अच्छा... वैसे, तुम अच्छा लिखते हो!" चाय की चुस्की लेकर उसने कहा।

"कैसे पता?" हैरत के साथ मैंने पूछा।

"अभी तुम जब चाय लेने गए तो चुपके-से तुम्हारी डायरी के कुछ पन्ने पढ़े।" शरमाते हुए उसने कहा।

देखते-ही-देखते बातों का सिलसिला चल निकला। एक दूसरे को न जानते हुए भी हमारे पास करने को ढेर सारी बातें थीं। देर तक बातें चलीं : पसंद - नापसंद को लेकर, किताबों के बारे में, कुछ कॉलेज की गपशप। और तो और पॉलिटिक्स पर बहसबाज़ी भी हुई।

चाय की हर चुस्की के साथ निकलते कई क़िस्से-जिनकी न कोई शुरुआत होती और न ही कोई अंत। जो हमारी तरह बस अपने आज में जी रहे थे-अतीत या भविष्य की परवाह किए बिना। वो क़िस्से मेरी उस लाल डायरी में

दर्ज होते जा रहे थे।

दोपहर हुई तो कैंटीन में दोनों ने साथ लंच किया। फिर प्लेटफॉर्म पर थोड़ा टहले भी। चलते-चलते बाज़ू टकराये। एक दूसरे को देख, बेवजह मुसकुराये। मेरे चेहरे पर गिरे पलक के बाल को, उसने अपनी हथेली पर रखा और कहा: "जो माँगना है, माँगो!"

मैंने संसार की सबसे खूबसूरत चीज़ की गुज़ारिश रखी। "जो चाहोगे, वो मिलेगा!" उसने कहा। फिर देर तलक मेरी ओर देखा।

पता ही न चला कब यूँ बतियाते आठ घंटे बीत गए। इससे पहले कि हम एक दूसरे को कुछ और जान पाते, एक दूसरे के कुछ और क़रीब आ पाते-प्लेटफ़ॉर्म पर लगे लाउड स्पीकर ने शताब्दी के आने का अनाउंसमेंट कर डाला।

"इस ट्रेन को आज ही वक़्त पर आना था! कुछ देर और रुक नहीं सकती थी... कमबख़्त कहीं की।" मैंने मन-ही-मन सोचा। फिर उसकी तरफ़ देखा। वह अपना सारा सामान बाँधने में व्यस्त थी।

"अच्छा, तुम्हारी ट्रेन कब आएगी?" अपना सामान उठाते हुए उसने पूछा।

"वो तो निकल चुकी।" हड़बड़ाते हुए मैंने कहा।

"कब?" हैरत के साथ उसने पूछा।

"बस अभी आधा घंटे पहले"

"तो तुम चढ़े क्यों नहीं?"

"बस, मन नहीं किया...।" शरमाते हुए मैंने कहा।

"तो फिर अब वापस कैसे जाओगे?"

"बस पकड़ लूँगा। चिंता मत करो।"

"उल्लू हो तुम।" भीनी-सी मुस्कान के साथ उसने कहा।

उस अजनबी-सी लड़की से एक रिश्ता-सा बन गया था। लगा कि ऐसा पहले भी कभी हो चुका है, वक़्त के किसी दूसरे डायमेंशन में। लगा कि उसे मैं जानता हूँ, पर अभी से नहीं, शायद जन्मों से।

अलविदा का इशारा करती हुई अपना सामान उठाकर वो ट्रेन की तरफ़ बढ़ने लगी। लगा कि वो पलटकर मुझे एक बार देखेगी। ट्रेन के निकलने का

अनाउंसमेंट हो गया था। प्लेटफ़ॉर्म पर इतनी अपार भीड़ आन पड़ी थी, मानो रजनीकांत की फिल्म का फर्स्ट-डे-फर्स्ट शो देखने आ पहुंचे हों।

वह हौले से, धीमी गति से अपने कम्पार्टमेंट में चढ़ी फ़िर पलटकर मेरी तरफ़ देखा और नज़दीक बुलाने का इशारा किया। लगा कि जैसे मेरे कान में कुछ कहना चाहती हो। जैसे उसके दिल में कोई राज़ हो, जो वह सब के सामने बता नहीं सकती।

"मैं तुम्हें फिर मिलूँगी।" उसने नम आँखों से कहा।

ट्रेन एक तेज़ झटके के साथ खुली और साईरन देती हुई धीरे-धीरे आगे बढ़ने लगी। ट्रेन पकड़ने की जल्दी में सवारियाँ स्टेशन पर भाग रही थीं। शोर में कुछ सुनाई नहीं दे रहा था।

"तुम्हारा नंबर?" मैंने ज़ोर से आवाज़ लगाई।

उसने अपने स्लिंग बैग में से क़लम निकाला और अपने हाथ पर नंबर लिखा। मैं फ़ौरन ट्रेन की दिशा में दौड़ा और भीड़ को चीरते हुए उसकी तरफ़ बढ़ा। उससे पहले कि मैं आगे बढ़कर उसके हाथ पर लिखा फ़ोन नंबर देख पाता, जाने कहाँ से अपार भीड़ सरपट भागती हुई पीछे से आई और मुझे ज़ोर का धक्का देकर कम्पार्टमेंट में चढ़ गई। उसने अपना हाथ मेरी तरफ़ बढ़ाया और ज़ोर से आवाज़ लगाई- "जल्दी उठो... ट्रेन निकलने वाली है।" मानो अपने साथ मुझे खींचकर ले जाना चाहती हो।

मैंने असहाय सी नज़रों से उसकी ओर देखा। मैं अधमरे कीड़े की तरह छटपटाता रहा। कोई हाथ पर, कोई सर पर, तो कोई गर्दन पर पैर रखकर भाग रहा था, अंधाधुंध दौड़ में।

मेरी आँखों के सामने वह ट्रेन छूट रही थी। वह अभी भी मेरी तरफ़ देख रही थी। मिश्री के कुछ दाने उसकी आँखों से छलक पड़े। उन आँखों में ख़ुद के आगे निकल जाने और मेरे पीछे रह जाने की टीस थी। बिछड़ जाने का गम था। उसने दुबारा मुझे आवाज़ दी। मैं तुरंत उठ खड़ा होने को हुआ पर पाया की हाथ पैर जाम पड़े हैं। मानो पूरे शरीर को किसी ने ज़ंजीरों से बाँध रखा है। बहुत मशक़्क़त की, झटपटाया, चिल्लाया पर हाथ-पैर टस से मस न हुए। धीरे-धीरे उसका चेहरा धुँधलाता दिखाई देने लगा। वह रेल गाड़ी बुलेट ट्रेन की रफ्तार में मेरी आँखों से ओझल होने को थी और वह चेहरा एक तस्वीर

बनकर मेरी आँखों के परदे पर लटक चुका था। इस उम्मीद में कि मैं भागकर उसका पीछा करूँ- पूरी ताक़त के साथ हाथों को ज़ोर-ज़ोर से झटकते हुए मैं आख़िर उठ खड़ा हुआ।

***

उठते ही ख़ुद को किसी कबाड़ खाने में पाया। कुछ वक़्त लगा ख़ुद को यह बतलाने में, कि मैं कौन हूँ और कहाँ हूँ। आस-पास देखा और जाना कि सब जैसा था, वैसा ही है। फ़र्श पर दारू की बोतलों का ढेर लगा था। 'एक के साथ एक फ्री' योजना के तहत मंगवाये पिज़्ज़ा की बची कुतरन भी पड़ी थी, जिस पर चींटियां रेंग रही थीं। टेबल पर किताबों का अम्बार लगा था और किताबों पर थर्माकोल के गिलास रखे थे- कुछ कोल्ड ड्रिंक से, तो कुछ सिगरेट की राख से भरे। टेबल से सटी कुर्सी पर 'unstable equilibrium' में पड़ी कपड़ों की गठरी लगभग गिरने को थी। और बिस्तर पर बगल में मेरी वह लाल डायरी सो रही थी, जिसमें से कुछ 'दर्द भरे नगमे' कल रात अपने दोस्तों को सुनाये थे। वो नज़्में सुन कर एक सरफिरे आशिक़ ने दारू के नशे में खिड़की में सर दे मारा था, जिसके चलते कांच चटक गया था और जानलेवा शीत लहर भीतर आ रही थी।

मूर्छित अवस्था से उठा तो पाया कि रेल गाड़ी का वह साइरन और कुछ नहीं, फ़ोन में बजती 'मिशन इम्पॉसिबल' वाली रिंगटोन थी, जिसने 'मुंगेरी लाल' के हसीन सपनों में ख़लल डाला था। 'इतनी सुबह-सुबह साला कौन कमबख़्त है जो फ़ोन बजाए जा रहा है' मैं मन ही मन बुदबुदाया। जब तक आँख खुलती, फ़ोन को रज़ाई में से ढूँढ़कर निकालता और चेहरे के पास लेकर आता-फोन कट चुका था। आखिरकार मैंने फ़ोन को वाइब्रेशन मोड पर रखकर पलंग के साइड में पटक दिया। ठंड से ठिठुरती मेरी उँगलियों ने मखमली रज़ाई से अपने एक-एक इंच को ढका और मैं पूरी तरह से पैक होकर दोबारा गहरी नींद के समुंदर में डूब गया।

ऐसी मान्यता थी कि हॉस्टल के इस कमरे में पलंग के सिरहाने एक भूत रहता था। किसी सीनियर का भूत, जिसने कुछ साल पहले पंखे से लटककर सुसाइड कर लिया था। कहते हैं उसे रातों में नींद नहीं आती थी इसलिए अब यह भूत लोगों के शरीर में घुसकर अपनी नींद पूरी करता है। अच्छा भूत है

न इसलिए किसी को डराता नहीं। न तो ख़ुद भटकता है और न ही किसी को भटकाता है। बस यूँ ही बिस्तर पर पड़ा-पड़ा, पंखे पर लगे जाले देखा करता है। जैसे कि मैं भी देख रहा था, जब-जब फ़ोन की घंटी बजती और मेरी नींद खुल जाती।

तक़रीबन एक घंटे तक चली इस कश्मकश के बाद आख़िर नींद टूट ही गई। फ़ोन उठाकर देखा तो पता चला कि पिंटू के 15 मिस्ड कॉल्स हैं। फ़ोन दोबारा बज पड़ा। जैसे ही उठाया, उसने गालियों की बरसात शुरू कर दी। "अबे कहाँ हो? तब से कॉल कर रहे हैं। भांग खाकर सोए थे क्या? तुरंत पहुँचो, यहाँ इंतज़ार कर रहे हैं तुम्हारा। तुम्हारी वजह से हारे अगर तो दौड़ा-दौड़ा के पीटेंगे तुम्हें।" धमकाते हुए वह बोला और बिना मेरी बात सुने बेवक़ूफ़ ने फ़ोन काट दिया।

***

सूरज का भी आलस अब तक उतरा नहीं था। 10 बजने को आए पर नामाकूल के दर्शन न हुए। मैं जैसे-तैसे उठा और गैस के स्टोव पर चाय का पैन रखा। इलायची कूटी, अदरक छीली और उबलते पानी में डाल दिया। अलमारी में से एक रेशमी केसर का धागा निकाला और उसे चाय पत्ती संग तड़पने के लिए छोड़ दिया। दूध निकालने के लिए फ़्रिज खोला तो पाया दूध है ही नहीं। अब क्या ही किया जा सकता था। एक तो दिल्ली की जानलेवा सर्दी, ऊपर से सुबह चाय भी नसीब न हो...। ख़ैर अब इतनी हिम्मत नहीं थी कि नीचे उतरकर दूध लाया जाए और फिर चाय बनाई जाए। और न ही इस वक़्त हॉस्टल की मेस में चाय-नाश्ता मिलने वाला था। "एक तो कल रात लोहड़ी की पार्टी में साले दोस्तों ने लिमका बोलकर वोडका पिला दी। ऊपर से नशा भी नहीं उतरा...। इधर 12 बजे से क्विज़ स्टार्ट होना है। नहाना भी है...। और कपड़े? अरे, कपड़े तो धोबी को दे रखे हैं...। यार... अब छोड़ो। फ़ोन करके मना कर देता हूँ...। कहूँगा कि तबीयत ठीक नहीं...।" मैंने मन ही मन सोचा।

हाथ में फ़ोन लिया तो पाया कि फ़ोन में भी बैलेंस नहीं...। इसे कहते हैं फूटी क़िस्मत! जैसे-तैसे लॉन्ड्री बैग में से ढूंढ के पुरानी जींस निकाली और पिंटू की अलमारी से ब्रैंडेड जैकेट चुरा ली।

"आज का दिन पक्का झंड होने वाला है। गीज़र भी नहीं चल रहा।

यह निठल्ले हॉस्टल के सेक्रेटरी बस वोट माँगने के वक़्त आ जाते हैं झोला फैलाए- भिखमंगे कहीं के। सर्दी के वक़्त में गीज़र नहीं चलता, गर्मी के वक़्त में वॉटर कूलर। गोली देने और लंबी-लंबी फेंकने में चैंपियन रहे हैं साले...। नेता लोग सब ऐसे ही तो बनते हैं।'' मैं मन ही मन बुदबुदाया।

ठंडे पानी में हाथ डाला पर उससे खेलने की हिम्मत नहीं हुई। सोचा छोड़ो, आज ड्राई-क्लीनिंग से ही काम चला लिया जाए। पर फिर याद आया कि माँ ने नहाने के लिए कहा था। मकर संक्रांति जो थी आज। धर्मसंकट शायद इसे ही कहते हैं। और घरवालों की नज़रों में तो हम ठहरे मर्यादा पुरुषोत्तम राम-क्या मजाल जो उनके किसी आदेश का उल्लंघन कर सकते। सो हाथ में बाल्टी ली और बजरंग बली का नाम लेकर उड़ेल दी अपनी छाती पर। गुसलखाने से तैयार हो कर निकला और आईने में ख़ुद को कुछ देर निहारा। काँच को थोड़ा साफ़ भी किया। पर चेहरा साला एक दम वैसे का वैसा।

रूम से बाहर निकला तो पाया कि जूते की हील चलने पर चर्र-चर्र कर रही है। बग़ल वाले दोस्त का दरवाज़ा खटखटाया। उसे हम प्यार से 'बाईचुंग भूटिया' बुलाते थे। इसलिए नहीं कि वह नॉर्थ-ईस्ट से आया था या फिर बेहतरीन फ़ुटबॉलर था, इसलिए क्योंकि उसका असली नाम हम हिंदी भाषियों से बोला नहीं जाता था। जूते देने के साथ ही उसने मेरे बालों पर तम्बू खड़ा करना अपना हक़ समझा। जाते वक़्त बोला "spikes look sexy bro". उसके दरवाज़ा बंद करते ही मैंने बालों को वापस ज़मीन पर बैठा दिया।

उधार के जूते पहनकर निकले '*इब्ने बतूता*' को अचानक याद आया कि वॉलेट में चिल्लड़ समेत कुल सौ-सवा सौ रुपए से ज़्यादा नहीं हैं। सोचा कि नीचे वाले फ़्लोर पर रहने वाले एक बैच-मेट से वसूली की जाये। वह विचित्र सी मुद्रा बनाये बालकनी में खड़ा फ़ोन पर कहीं बतिया रहा था।

हॉस्टल में अक्सर देखा जाता है कि जब कोई लड़का किसी लड़की से (जिसमें उसका 'इंट्रेस्ट' होता है) फ़ोन पर वार्तालाप करता है, तो ख़ुद-ब-ख़ुद उसकी गर्दन टेढ़ी हो जाती है, कोहनी छाती से चिपक जाती है, और वह अपने बाज़ू सहलाता रहता है। मेरा वो दोस्त भी इसी भाव भंगिमा में अपनी होने वाली प्रेमिका से गुटर गूं कर रहा था। जब मैं उस पर फ्रस्ट्रियाकर चिल्लाया, तब जाकर सुना बुड़बक। "ओये मॉन्टी... उस दिन जो तूने पाँच सौ

उधार लिए थे, मेरे को वापस चाहिए। काम है।''

''यार अभी नहीं है।'' उसने जवाब दिया।

''अबे तो 100 रुपये ही दे दे।'' मैंने मिन्नत की।

''यार, मंडे को पापा अकाउंट में डलवा देंगे। दे दूँगा पक्के से।'' बहाना मारते हुए वह बोला।

''यह जो पिछले एक घंटे से फ़ोन चिपकाए 'और बताओ-और बताओ' खेल रहे हो, इसके लिए पैसे कहाँ से आते हैं?'' मैंने उसकी टाँग खींचते हुए कहा।

''ओये ठण्ड रख कंजरा, दे दूंगा तैनू।'' फ़ोन के स्पीकर्स पर हाथ रखते हुए वह बोला। फिर दोबारा फ़ोन को अपने कान से चिपका लिया।

''बेटा अब आइयो माँगने। एक धेला नहीं देना है मैंने तेरे को।'' मैंने ग़ुस्से में तेवर दिखाते हुए कहा। पर मेरी बातों को नज़रअंदाज़ करता हुआ वह अपनी 'बंदी' से बात करने में उलझा रहा। जवाब देना भी ज़रूरी नहीं समझा। ''सारे कमीने मेरे ही पल्ले पड़ते हैं। पैसा माँगना होता है तो 'भाई नहीं है' कहकर इमोशनल करते हैं।'' मैं मन-ही-मन गलियाते हुए चुपचाप आगे बढ़ गया।

हॉस्टल से निकलकर याद आया कि सुबह जब माँ का फ़ोन आया था, तो उन्होंने मंदिर में माथा टेकने के लिए भी कहा था। वैसे तो हॉस्टल के सामने ही मंदिर था पर मजाल कि क्रिकेट खेलते वक़्त बॉल लेने के अलावा कभी उस प्रांगण में प्रवेश भी किया हो। वैसे भी भगवान से अपना रिलेशनशिप 'कॉम्प्लिकेटेड' ही रहा है। और जब IIT में सिलेक्शन नहीं हुआ तब से मैंने मंदिर में क़दम रखा भी नहीं। बस बाहर से ही मन ही मन 'Hi-Hello' कर के चलते बनता।

''ज़िंदगी में एक चीज़ माँगी और वो भी पूरी न कर सके। किस बात के भगवान? मैंने कितनी मेहनत की थी, पता है? माँ ने न कहा होता तो आपके दर पर यूँ सर झुकाए खड़ा न होता। आप की रिस्पेक्ट करता हूँ पर इसका मतलब ये मत समझना कि आपके पास कुछ माँगने आया हूँ। वो तो आँखें बंद कर के कुछ-न-कुछ कहना होता है, तो बक रहा हूँ। ख़ैर चलो चलता हूँ। मिलेंगे फिर कभी। जय राम जी की!'' मैं मंदिर में खड़ा मन-ही-मन

बुदबुदा रहा था।

मैं अक्सर ईश्वर के अस्तित्व को नकारते हुए वैज्ञानिक प्रमाणों के साथ आस्था और धर्म के नाम पर चल रहे गोरखधंधे का कड़ा विरोध किया करता था। शायद इसलिए मुझे मंदिर से निकलता देख दोस्त-यार हैरान थे। पर मेरे लिए तो ख़ुद को नास्तिक कहना भी एक तरह से नास्तिकता नाम के धर्म की अनुयायी करना है। यह भी तो एक तरह की बकैती ही है।

***

कॉलेज गेट से बाहर निकल कर ऑटो ढूँढा। ऑटो स्टैंड पर एक भी ऑटो खड़ा न मिला। सो 'गुलज़ार' का नया गीत गुनगुनाता हुआ कुछ क़दम पैदल चला: *डर लगता है इश्क़ करने में जी... दिल तो बच्चा है जी...।* रास्ते भर ऑटो वाले को आवाज़ लगाई, पर सब नज़रें चुराकर सर्राटे से भाग लिए। आधे रास्ते चलकर एक ऑटो वाला राज़ी हुआ, सिर्फ़ मेट्रो तक जाने के लिए, पर पैसे उतने ही मांगे जितने की कॉलेज गेट से लगते। ऑटो में ढिंचक-ढिंचक गाने बज रहे थे, ज़रूरत से ज़्यादा तेज़ आवाज़ में। मेरे ग़ुस्से से घूरने और टोकने का गाने की आवाज़ पर रत्ती भर भी फ़र्क़ न पड़ा।

मेट्रो स्टेशन पर उतरा और 50 का फटा हुआ नोट थमा कर ऑटो वाले पर अपना गुस्सा प्रकट किया। पर ऑटो वाले ने उसमें भी कौम्प्रोमाईज़ नहीं किया। आज़ाद भारत की सबसे बड़ी उपलब्धियों में से एक हमारी मेट्रो पर गर्व करके अपनी हताशा को थोड़ा कम करने की कोशिश की। बाक़ायदा लाइन में लगकर विश्वविद्यालय का टिकट लिया। जैसे-तैसे बचते-बचाते धक्का-मुक्की के बीच मेट्रो के कैबिन में आख़िर प्रवेश कर ही लिया। भीड़ के बीच से निकलता हुआ दो कम्पार्टमेंट के बीच की ख़ाली जगह में बैठ गया। बैग में से 'सिद्धार्थ बासु' की क्विज़-बुक निकाली और हाइलाइटेड प्वॉइंट्स पढ़ने लगा।

मेरे बग़ल वाले कम्पार्टमेंट में एक लड़की एक जानी-पहचानी-सी किताब हाथ में लिए हुए कोई जाना-पहचाना-सा गीत गुनगुना रही थी। उसके साथ खड़ी कुछ लड़कियाँ लाल रंग का दुपट्टा ओढ़े और हाथ में चाँद-सी ढफली लेकर इंक़लाबी नारे लगा रही थीं। उनके नुक्कड़ नाटक के शोर के बीच उस लड़की की आवाज़ में वह गीत मेरे कानो में गूँजता रहा। उसकी आवाज़ में

गाँव के गुड़ की मिठास थी-जिसमें सुर, लय, ताल, राग... सब का बोध जान पड़ता था। खच्चरों से भरे उस कम्पार्टमेंट में उसकी आवाज़ ऐसी लग रही थी मानो दूर हिमालय में देवदार के पेड़ पर बैठी एक कोयल गा रही हो।

आख़िर मैंने अपनी किताब बंद की और अपनी नज़रें उस आवाज़ के पीछे के चेहरे को खोजने में लगा दी। अलग-अलग एंगल पर नज़रें दौड़ाईं पर कभी किसी की बाहें बीच में आ जाती, किसी का चेहरा, किसी का बैग, तो किसी का फूला हुआ पेट। किताब के कवर और उसकी स्वेटशर्ट के अलावा कुछ ख़ास दिखाई नहीं दिया। काले रंग की उस स्वेटशर्ट पर लाल रंग से कैलीग्राफ़ी-नुमा स्टाइल में लिखा था- 'Delhi University (DU)'

जाने क्यों मैं जानने के लिए उत्सुक था कि आख़िर यह लड़की है कौन, जिसे यह गीत इतना पसंद है। जो यह किताब इतनी मुग्ध होकर पढ़ रही है। जो शायद मेरी सबसे पसंदीदा किताबों में से एक रही है। मेरी आँखें उसकी कँपकँपाती उँगलियों को देखती रहीं- जिन्हें वह सिर्फ़ किताब के पन्ने पलटने के लिए निकालती थी और फिर स्वेटशर्ट की बाज़ुओं में छिपा लेती थी। उसकी उँगलियों में एक सुनहरी अंगूठी सजी थी, जिस पर एक छोटा-सा मोती विराजमान था।

कुछ था जो मुझे उसकी ओर खींच रहा था - उसकी कोमल कलाई का बड़ी नज़ाकत के साथ पन्नों को पलटना...। उसकी ज़ुल्फ़ों का बेबाक़ी के साथ समुंदर की लहर की तरह पन्नों की रेत पर आ गिरना...। उसका रेत पर से लहरों को वापस हटा देना...। मैं उसके साथ वह गीत मन-ही-मन गुनगुनाता रहा। शायद कुछ ज़्यादा ही ऊँचे स्वर में। कुछ ज़्यादा ही कर्कश आवाज़ में। आस-पास के लोग देखकर हँस भी रहे थे।

'ऐसी उलझी नज़र उनसे हटती नहीं
दाँत से रेशमी डोर कटती नहीं... '

उससे पहले कि गीत पूरा होता शम्मी (नारंग) अंकल ने 'विश्वविद्यालय' आने का अनाउंसमेंट कर डाला:

"अगला स्टेशन विश्वविद्यालय है। दरवाज़े बाईं ओर खुलेंगे। कृपया सावधानी से उतरें।"

गाड़ी रुकते ही लगभग पूरी बोगी भागने को खड़ी हो गई। धक्का-मुक्की

के बीच मेरी निगाहें उसे ढूँढ़ते-ढूँढ़ते कहीं खो गईं। पर जब तक मुझे वह दिखाई पड़ती, मैं वहीं ट्रेन के डब्बे में क़ैद होकर रह गया। दरवाज़ा बंद हो चुका था। मेट्रो आगे निकल रही थी। तभी वह मुड़ी और उसकी एक झलक मेरी आँखों में पड़ी। मेरी आँखों की पुतलियाँ एकाएक बड़ी हो गईं। दिल की धड़कनें किसी घोड़े की तरह तबड़क-तबड़क दौड़ने लगीं। 'Adrenaline Rush' की इस प्रक्रिया के बारे में बायोलॉजी की मैडम ने स्कूल में पढ़ाया था, पर समझ अब जाकर आया था।

उस अंतहीन भीड़ में उसका चेहरा धुंधलाने लगा जैसे कोहरे में धूप। मेट्रो अंधेरी सुरंग में खोने जा रही थी। पर उसकी वह रहस्यमयी मुस्कान, बड़ी-बड़ी-सी आँखें, कुछ कहने की चाह में हिलते उसके होंठ, एक तस्वीर बनकर आँखों के पर्दों पर क़ैद हो चुके थे। देखने में यह कोई 'love at first sight' टाइप क्षण भर का प्रेम ही लगेगा पर जाने क्यों उसकी आँखों में मैंने यादों का एक समग्र महासागर देख लिया था। उसकी मुस्कान में गहरा राज़ छिपा था-जिसकी खोज में, मैं अभी-के-अभी निकल जाना चाहता था।

हमरी अटरिया पे, आओ सँवरिया

किसी बेरहम बेवफ़ा की तरह मेट्रो आगे बढ़ती गई। सिर्फ़ स्टेशन ही नहीं था जो पीछे छूट गया था। मन में एक अजब-सा कौतूहल था। मैं अपना बैग पकड़कर गेट से चिपका खड़ा रहा। अगले स्टेशन पर उतरा और भागकर वापसी की ट्रेन पकड़ी। विश्वविद्यालय पर उतरते ही मेरी निगाहें 'जीपीएस' बनकर उसकी लोकेशन ढूंढती रही। पूरा स्टेशन छान मारा पर वह कहीं दिखाई नहीं दी। स्टेशन से बाहर निकला तो लगा किसी दूसरी ही दुनिया में आ पहुँचे हों। स्वर्ग से अप्सराएँ उतरकर मानो 'नॉर्थ कैंपस' में इकट्ठी हो रखी थीं।

दिल्ली यूनिवर्सिटी के तमाम फ़ेस्ट हम इंजीनियरिंग वालों के लिए सिंगल से कमिटेड बनने का ज़रिया होते हैं। यहाँ इवेंट में पार्टिसिपेशन के बहाने लड़कियों से मेल-जोल बढ़ाया जाता है। पर यह सब होता कैसे है, हम में से कोई न जान पाता, अगर पिंटू यहाँ अपने इश्क़ का खाता न खोलता। डेढ़ साल पहले ऐसे ही एक फ़ेस्ट में भाई ने लड़की पटा ली थी- वह भी ऐसी कि जिसे दिल्ली की आवारा भाषा में 'टोटा' कहकर संबोधित किया जाता।

हुआ यूँ था कि हम हॉस्टल के साथी सज-सँवरकर फ़ेस्ट में फ़ैशन शो देखने गए थे। इवेंट शुरू होने के दो घंटे पहले पहुँचे ताकि सबसे आगे खड़े होने का मौक़ा मिले। वहाँ पता लगा कि फ़ैशन-शो की organizing secreatary के लैपटॉप में कोई 'malware' घुस आया था। इवेंट की सभी

महत्वपूर्ण जानकारी, शो में चलने वाले गानों की लिस्ट, स्पौंसर्स के पोस्टर्स, सब उस लैपटॉप में क़ैद थे।

लड़की ने हिचकिचाते हुए स्टेज पर अनाउंसमेंट किया। भाई से लड़की के आँसू देखे न गए। तुरंत स्टेज पर पहुँचा और टशन में आकर 2-4 लंबी डींगें हाँकी। टेक्निकल मामले में तो वैसे भी एक्सपर्ट था अपना लौंडा। लड़की के लैपटॉप से इनफ़ॉर्मेशन भी retrieve कर ली और लगे हाथ अपना दिल उसके लैपटॉप में डिफ़ॉल्ट प्रोग्राम की तरह save भी कर आया। लड़की पिंटू से इस क़दर इम्प्रेस थी कि फ़ैशन-शो ख़त्म होने के बाद 'Prom night' में दोनों बाँहों में बाँहें डालकर अलमस्त झूमते नज़र आए।

इस एक घटना से हमारे कॉलेज में हाहाकार मच गया था। आख़िर पिंटू हमारे बैच का पहला लड़का था जिसने कॉलेज में आते के साथ ही यह मुक़ाम हासिल किया था। ऐसे ही थोड़ी न उसे कॉलेज में लव-गुरु की ख्याति प्राप्त थी। पॉपुलैरिटी का यह आलम था कि मोहब्बत की कोचिंग में ऐडमिशन लेने के लिए हॉस्टल के लौंडे कमरे के बाहर आवेदन-पत्र लिए खड़े रहते थे। उसके दिए गुरुमंत्र से न जाने कितने आशिक़ों ने अपने प्रेम की नैया पार लगाई होगी।

पर होनी को कुछ और मंज़ूर था। पिंटू का प्यार निकला वाजपेयी जी की तेरह महीने की सरकार- एक अविश्वास मत और सब ख़त्म। प्यार की पहली सालगिरह के दिन दोनों में पिक्चर देखने को लेकर तनातनी हो गई। लड़की को बॉलीवुड मसाला फ़िल्में पसंद थीं और पिंटू को उनसे सख़्त नफ़रत। लड़की थी शुद्ध शाकाहारी और पिंटू तो ऐसा मांसाहारी कि बीफ़ और पोर्क के साथ-साथ ख़रगोश और बतख भी खाता था। लड़की को पिंटू का सिगरेट पीना पसंद न था और पिंटू को उसका देर रात तक पार्टी करना। आख़िर दोनों ने ख़ुशी-ख़ुशी 'mutual breakup' करने की ठानी, पर एक-दूसरे को जम के खरी-खोटी सुनाने में कोई कसर न छोड़ी।

प्यार के परवाने आखिर आपसी मतभेद को लेकर बुझ गए और संग बुझ गया पिंटू के दिल में प्यार के प्रति किसी भी तरह का विश्वास। पिंटू अब पूरी तरह 'औरंगज़ेब' बन चुका था। फ़िल्मों से तो उसे ऐसी नफ़रत थी कि बस चलता तो एक-एक सिनेमा हॉल में जाकर आग लगा आता। फ़िल्में नहीं होतीं

तो हम जैसों को पता भी न चलता कि साला प्यार किस चिड़िया का नाम है। यश चोपड़ा ने 'दिल तो पागल है' न बनाई होती तो वैलेंटाइंस-डे कौन मनाता? K2H2 न होती तो लड़कियाँ लड़कों को फ्रेंडशिप बैंड की जगह राखी बाँध रही होतीं। DDLJ न होती तो कौन साला मर्द लड़की के लिए करवाचौथ का व्रत रखने वाला था? पर पिंटू को यह बात कौन समझाए। उसकी ज़िंदगी का तो अब एक ही लक्ष्य था-आईएएस। जो उसे हर हाल में पाना था।

दरअसल पिंटू कानपुर का रहने वाला है। पिताजी 'मायावती सरकार' के चहेते बाबुओं में से एक हैं। घरवाले तो शुरुआत से ही सिविल सर्विसेज़ की तैयारी का प्रेशर डाल रहे थे, पर साला जब तक आदमी का दिल न टूटे, तब तक वह कहाँ ज़िंदगी के मूल को समझ पाता है। इसलिए पिंटू ने भी पिता के नक़्शे-क़दम पर चलते हुए या फिर सिर्फ़ अपनी भड़ास निकालने के लिए आईएएस बनने की ठानी और मुखर्जी नगर की एक कोचिंग में ऐडमिशन ले लिया।

मुखर्जी नगर को वैसे आईएएस एस्पिरेंट्स का मक्का, मदीना, चार धाम - कुछ भी कह सकते हैं। पर हम इंजीनियरिंग वालों के लिए यह सिर्फ़ 'दूसरा कोटा' है। एक 'hot blast furnace', जहाँ का तापमान लोहे को भी सोना बना दे। जहाँ दिमाग पर इतना प्रेशर बना दिया जाता है कि इंसान के सभी छेदों में से धुँआ निकल जाए। यहाँ हर तरफ़ बड़े-बड़े बिल बोर्ड्स पर आईएएस टॉपर्स के नाम स्वर्ण अक्षरों से लिखे जाते हैं और यही नाम और यही चेहरे लगभग हर कोचिंग के इश्तेहार में देखे जाते हैं।

पिंटू ने जिस आईएएस कोचिंग में ऐडमिशन लिया था, वहीं उसकी मुलाक़ात मुरैना से आए धर्मेंदर धाकड़ से हुई, जो अपने भारी-भरकम नाम के विपरीत बेहद शांत क़िस्म के आदमी थे। पूरे मुखर्जी नगर में पंडित के नाम से फ़ेमस थे। पर हम पूरी रिस्पेक्ट के साथ 'पंडित जी' कहकर संबोधित करते थे। उम्र में हमसे बड़े थे न इसलिए। पंडित जी ग्वालियर में रहकर दो साल मेडिकल की तैयारी किए, पर सेलेक्शन न हो सका। हालाँकि वे अभी भी इसका दोष 'व्यापम' में हो रही धांधली को देते हैं।

पंडित जी के अनुसार, ग्यारहवीं में बायोलॉजी लेकर आदमी या तो डॉक्टर बनता है या फिर कम्पाउंडर। डॉक्टर वे बन न सके और कम्पाउंडर

बनने की उन्हें कोई ख़्वाहिश न थी। चाहते तो अपने दोस्तों की तरह 'रशिया' जाकर भी MBBS कर सकते थे। पर ख़ुद्दार क़िस्म के आदमी थे। बाप से पैसा लेना नहीं चाहते थे। इतना पढ़-लिखने के बाद अपने बाक़ी भाइयों की तरह खेती करने का भी कोई इरादा न था।

अंततः ओपन कॉलेज से ग्रेजुएशन किया और आईएएस की तैयारी करने दिल्ली आ गए। पिछले 3 सालों से यहीं डटे हुए थे। ठान रखे थे कि दिल्ली से सरकारी नौकरी का ज्वॉइनिंग लेटर लिए बिना वापस अपने घर नहीं जाएँगे। घर वाले ताने जो मारते थे - "तुम्हारी पढ़ाई पर इतेक खर्चा हो गओ है...। सरकारी नौकरी में नहीं लगोगे तो दहेज कहाँ से आएगा?" वैसे भी हमारे देश में कोई अकेला आईएएस या आईपीएस नहीं बनता, पूरा परिवार बनता है। वैसे ही जैसे शादी सिर्फ़ लड़का-लड़की की नहीं होती, दोनों के परिवारों के बीच होती है।

***

मैं पिंटू और पंडित जी पिछले 3 महीने से कॉलेजों में होने वाले क्विज़ में भाग लेते आ रहे हैं। पिंटू पंडित जी का फ़र्ज़ी कॉलेज आईडी कार्ड बनवाकर उन्हें हमारी टीम में शामिल कर लेता। महँगाई के इस दौर में क्विज़ से जीती धन राशि ही हमारे जेब खर्चे का ज़रिया थी।

मैं टुकटुक में बैठा, किसी ख़याल में खोया, यूनिवर्सिटी कैंपस के प्राकृतिक सौंदर्य का जायज़ा ले रहा था कि पिंटू का फिर फ़ोन आया। मैं डर के मारे शताब्दी की रफ़्तार से भागा। शुक्र है कि जब तक ऑडिटोरियम में पहुँचा, क्विज़ स्टार्ट ही हुआ था। पिंटू मुझे देखकर किसी भेड़िये की तरह गुर्रा रहा था और मैं भोली-सी बकरी की तरह मिमिया रहा था। मैंने तुरंत अपनी सीट ग्रहण की। पहले सवाल का जवाब दे देने के बाद ही जाकर पिंटू का ग़ुस्सा कुछ शांत हुआ। जैसे-जैसे क्विज़ बढ़ता गया, टीम्स एलिमिनेट होती गईं। हमारे सारे जवाब लगभग सही जा रहे थे। जब 5 टीम्स रह गईं, तब जाकर हमें स्टेज पर आमंत्रित किया गया। स्टेज पर पहुँचकर बहुत सुखद अनुभूति हुई। इसलिए नहीं कि अब सारी नज़रें हम पर थीं। इसलिए क्योंकि हम जहाँ कहीं भी नज़रें दौड़ाते दिल बाग़-बाग़ हो जाता।

धीरे-धीरे सवाल कठिन होते गए और हम जवाब देते वक़्त और भी

सतर्क। एक भी जवाब ग़लत होता तो पिंटू वहीं सबके सामने स्टेज पर भौहें चढ़ाए गरियाना शुरू कर देता। महाभारत से लेकर Illiad, कालिदास से लेकर शेक्सपियर, तानसेन से लेकर बीथोवेन, 'याद पिया की आए' से लेकर 'stairway to heaven', गाँधी से लेकर हिटलर, आर्यभट्ट से लेकर आइंस्टीन, सब तरह के सवाल पूछे गए। अभी तक हम तीसरे पायदान पर थे और स्कोर के मामले में पहली टीम से काफ़ी पीछे। पहली बार पिंटू को क्विज़ में इतना टेंशन में देखा था।

फिर आया वह आख़री राउंड जिसके लिए ख़ास तौर पर मुझे नींद से जगाकर यहाँ बुलाया गया था। पिंटू और पंडित जी आशा भरी निगाहों से मेरी तरफ़ देखने लगे। इस राउंड का नाम था 'फ़िल्मी चक्कर'। किसी पुरातन टेप रिकॉर्डर पर कुल 5 सेकंड की एक धुन बजाई गई, जो कि एक मशहूर गाने का इंट्रो था। पूछा गया कि धुन किस फ़िल्म की है। बेहद आसान सवाल। एक तरुणमय मुस्कान के साथ मैंने जवाब दिया: 'दिलवाले दुल्हनिया ले जाएँगे'। वह गीत था 'मेरे ख़्वाबों में जो आए'। गाया था लता दीदी ने, लिखा था आनंद बख़्शी ने और संगीत दिया था जतिन-ललित ने। मेरा यह परम ज्ञान सुनकर ऑडिटोरियम में तालियों की बौछार हो गई। सवालों का सिलसिला चलता रहा और हमारी टीम एक के बाद एक सही जवाब देती रही। किसी बच्चे की तरह उत्साहित होकर मैं हर उन सवालों पर भी अपने हाथ खड़े करता चला जो हमसे पूछे भी नहीं गए। जब दूसरी टीम भी जवाब नहीं दे पाती तो फिर आख़िर पास होकर सवाल हमसे ही पूछा जाता। मेरे एक के बाद एक जवाब पर बाक़ी की टीम्स धराशायी होती नज़र आईं। हम अब जीत के बेहद क़रीब आ चुके थे, सिर्फ़ एक सवाल दूर।

सभी की निगाहें शायद मेरी ओर थीं। पर मेरी आँखों ने उस मुखड़े को ढूँढ लिया था जो अंतराल में कहीं मेट्रो स्टेशन पर खो गया था। हाथ में वही किताब लिए वह अप्सरा अपनी उँगलियों से ज़ुल्फ़ों को झटकती हुई मेरी ही तरफ देख रही थी। अचानक बैकग्राउंड में फिर वह गीत बज पड़ा- *"ऐसी उलझी नज़र उनसे हटती नहीं।"*

मैं इश्क़िया के 'नसीरुद्दीन शाह' की तरह 'विद्या बालन' को देखता रहा। दो टूक। बिन पलकें झपकाए। लगा मानो वह भी मेरी ही ओर देख

रही थी। स्टेज पर गाने की धुन की जगह टाइमर की टिकटिक शुरू हो चुकी थी। पर मेरे दिल की सिल्वर स्क्रीन पर वह गीत अभी तक बज रहा था... बार-बार लगातार...। आख़िर पिंटू ने एक रैप्टा लगाते हुए दिल के चलचित्र पर 'रुकावट के लिए खेद है' का इश्तिहार चिपका डाला।

''अबे, लिरिसिस्ट कौन है? जल्दी बताओ नहीं तो भिगो-भिगो के कूटेंगे तुम्हें!'' पिंटू चिल्लाते हुए बोला।

''गीत: गुलज़ार। संगीत: विशाल भारद्वाज।'' मैंने होश संभालते हुए कहा।

''बिल्कुल सही जवाब'' बच्चन साहब की नक़ल करते हुए क्विज़ मास्टर ने ऐलान किया।

इस बार हम बड़ी बाज़ी मारे थे। पिंटू और पंडित जी ने मुझे कंधे पर बैठा लिया। ऑडिटोरियम तालियों की गड़गड़ाहट से गूँज उठा था। मेरी नज़र फिर से उस लड़की को ढूँढने निकली। पर तब तक वह किसी तितली की तरह उड़न-छू हो चुकी थी। आस-पास हर तरफ़ ढूँढा पर कोई नामो-निशाँ नहीं।

आख़िर में हार मानकर वहाँ से निकल लिए और जा पहुँचे निज़ामुद्दीन औलिया की शरण में। नहीं, दरगाह में क़व्वाली सुनने नहीं। भीड़-भाड़ वाली संकरी गलियों के बीच एक मशहूर रेस्टोरेंट में, मुग़लिया ज़ायक़े का लुत्फ़ उठाने के लिए। हबड़-तबड़ में पिंटू ने निहारी, पाया, स्टू, कबाब और जाने क्या-क्या ऑर्डर कर दिया। उसे मेन्यू को देखने की भी ज़रूरत न पड़ी। दिल्ली की छोटी-से-छोटी गली-कूचे में मिलने वाले खाने-खज़ाने की खोज में पिंटू अक्सर निकल जाया करता था। यहाँ तक कि, उसकी फ़ॉरेन सर्विस में जाने की ख़्वाहिश सिर्फ इसलिए थी - ताकि विभिन्न देशों का ज़ायका चख सके।

ऑर्डर का इंतज़ार करते वक़्त पिंटू हमें पुरानी दिल्ली की मशहूर 'निहारी' की उत्पत्ति की कहानी सुना रहा था। तभी मेरा ध्यान न्यूज़ चैनल पर दिखाए जा रहे एक स्पेशल फ़ीचर पर पड़ा, जिसमें केरल में जबरन तरीके से किये जा रहे धर्म परिवर्तन के बारे में बताया जा रहा था। मैंने तुरंत पिंटू को टोका और दोनों का ध्यान अपनी तरफ़ खींचा- ''यह देखो। अब तो केरल हाई कोर्ट ने भी कह दिया। मैंने तुम्हें पहले ही बताया था। जिहाद की फैक्ट्री खुल रही हैं यहां।''

मेरी अचानक से की गई इस टिप्पणी पर वहाँ निगाहों में रोष फैल गया। वेटर ने तुरंत टीवी पर चैनल बदल दिया। ''तुम्हें क्या लगता है? यहाँ के मुसलमान कोई अरब देश से इम्पोर्ट होकर थोड़ी न आए हैं। सब converted हैं। और यही काम ईसाई मिशनरी भी करते हैं। हम हिन्दुओं ने तो कभी किसी को force नहीं किया?'' मैंने बिना आस-पास के लोगों की परवाह किए अपनी बात जारी रखी।

''अबे तुमको यह कौन समझाए कि ये सभी मुद्दे वोट के लिए उछाले जा रहे हैं। सही मायने में तुम्हारी शाखा ही इस देश में 'विपक्ष' है...। वैसे ही जैसे शक्तिमान ही गंगाधर है...।'' पिंटू ने मेरी बात से असहमति जताते हुए कहा। ''हमारे देश के बारे में यह कहावत तो सुनी है न: 'कोस-कोस पर बदले पानी, चार कोस पर वाणी'। इसी डाइवर्सिटी में हमारी यूनिटी है। वसुधैव कुटुंबकम की परंपरा रही है यहाँ। जो भी बाहर से आया, अंततः इस देश की मिट्टी में घुल-मिल गया। मीरा बाई की बृज और तुलसीदास की अवधी में जब रूमी की फ़ारसी मिली न, तब जाकर आमिर ख़ुसरो की देहलवी बनी। और यहीं से फिर आगे चलकर ग़ालिब की उर्दू और प्रेमचंद की हिंदी। यह वही रेख़्ता है, जिसमें तुम अपने चिंदी-सी नज़्में लिखते हो, और हमें सुना कर पकाते हो।

अबे अपने खाने को देख लो - तुम्हारी टेबल पर पड़ी बिरियानी हो, कैंटीन में मिलने वाला समोसा हो या फिर तुम्हारी पसंदीदा जलेबी, सब इन्हीं लोगों का दिया है। कभी धर्म परिवर्तन, कभी 'लव जेहाद'। साला कल को बोलेंगे 'फ़ूड जेहाद' - कि भैय्या यह भी इन मुसलमानों की एक साज़िश है। इतना ज़ायक़ेदार खाना बनाएँगे और सब हिंदू इनके यहाँ खाने चले आएँगे...। देख बेटा, इन चक्करों में रहेगा ना तो तुझे ये सब छोड़ना पड़ेगा, जो तू अभी चटखारे लेकर खा रहा है।'' मुर्गे की टांग पर नीम्बू निचोड़ते हुए पिंटू बोला।

''नहीं बे। खाना-पीना सब आदमी के पर्सनल प्रेफरेंसेज़ हैं। उसमें कोई इंटरफ़ेरेंस नहीं।'' मैंने पिंटू को आश्वासन देते हुए कहा। ''वैसे भी हम वहाँ कोई नेतागिरी करने नहीं, समाज सेवा के लिए जाते हैं। और शाखा वाले जो भी बोलते हैं, माना तरीक़ा थोड़ा बेढंगा हो सकता है, पर बात ग़लत नहीं होती।''

"ये सभी conspiracy theories बस तुम्हारे ही 'RSS फ़ीड' में आती है। हमें तो कभी इन बातों की भनक तक नहीं लगती। इन सब बातों में थोड़ी सच्चाई होती तो अख़बारों में ख़बर आती।"

"मीडिया तो यह सब दिखाने से रहा। मीडिया वालों की नज़रों में तो बाटला हाउस एनकाउंटर भी फ़र्ज़ी था। ऊपर से NCERT की किताबों में इतिहास को तोड़ मरोड़ कर दिखाया गया है। कहाँ से पता चलेगा? रट्टा लगाओ, एक्ज़ाम पास करो, फिर सब भूल जाओ - यही तो अंग्रेज़ों की शिक्षा नीति थी। हमारी तक्षशिला और नालंदा तो शताब्दियों पहले ही इम्पोर्टेड शहंशाहों ने तबाह कर दी थीं।"

"बेटा यूनान, मिस्त्र, रोम - सब मिट गए जहाँ से। अब तक मगर है बाक़ी, नाम-ओ-निशाँ हमारा। जानते हो, आज़ादी के बाद अंग्रेज़ मान के चल रहे थे कि यह देश और इसकी आज़ादी चंद दिनों की मेहमान है। अभी तक इसलिए बचे हुए हैं क्योंकि सेक्युलरिज़्म इस देश का डिफ़ॉल्ट प्रोग्राम है। इसी पर यह टिका हुआ है। इसे corrupt करोगे न तो सिस्टम क्रैश कर जाएगा।" पिंटू ने समझाया।

"अबे शुक्र मनाओ कि हिंदुस्तान में हिंदूओं की वो हालत नहीं हुई जो पारसियों की पर्शिया में हुई। और तुम्हारे ये 'मज़हब नहीं सिखाता आपस में बैर रखना' का पाठ पढ़ाने वाले अल्लामा इक़बाल साहब तो ख़ुद अपनी बात से पलटकर 'सारे जहां से अच्छा पकिस्तान हमारा' गाने लगे थे। और भैय्या सेक्युलरिज़्म का मतलब यह कतई नहीं है कि छोटा भाई खुले आम शैतानी करेगा और बड़ा भाई चुपचाप देखता रहेगा। अगर सरकार चुप रहेगी तो लोग तो बोलेंगे ही। और सिस्टम तो वैसे भी साला करप्ट है। इतना तो अंग्रेज़ों ने नहीं लूटा, जितना इन्होंने। देश की सारी योजनाएँ एक ही परिवार के नाम से चलती आ रही हैं। कॉलेज, यूनिवर्सिटी से लेकर सड़कें, चौक, कॉलोनियों का नामाकारण भी इनके नाम से हुआ है। पॉलिटिक्स हो, चाहे बॉलीवुड, जहाँ देखो यही भाई-भतीजावाद।" तंदूरी रान के टुकड़े को अपने मुँह में ठूसते हुए मैंने कहा।

"हाँ तो भैय्या, गांधी इस देश का सबसे बड़ा ब्रांड हैं। गांधी जी आज़ादी के लिए लड़े हैं और नेहरू जी ने इस देश की नींव रखी है। अबे तुम जिस IIT

का सपना पाले घूमते थे ना, वो नेहरू ने ही बनवाया था। और रही बात इनकी पीढ़ी की, तो जान दी है इन्होंने देश के लिए। तुम्हारे संघ ने लाठी भाँजने के अलावा किया ही क्या है?'' पिंटू ने ताव दिखाते हुए कहा।

''RSS देश की सबसे बड़े स्वयंसेवी संस्था है। बाढ़, तूफ़ान जैसी कोई भी प्राकृतिक आपदा हो या फिर आतंकवादी विस्फोट, मदद पहुँचाने में हमेशा सबसे आगे होते हैं। देश के कोने-कोने में संघ के विद्यालय हैं, जिसमें तुम्हारे मिशनरी स्कूल की तरह 'क्रिसमस कैरल' नहीं देशभक्ति का पाठ पढ़ाते हैं। पंडित जी से पूछो, यह भी संघ की IAS कोचिंग से तैयारी किए हैं।''

''अबे तुम हमें इन सब में मत घसीटो... और तुम जैसी सोच रखते हो रखो। बस ध्यान रखना कि यह संघी विचारधारा UPSC के प्रश्नपत्र पर उतारकर मत आना।'' पंडित जी ने मुझे समझाते हुए कहा।

''अरे हमें कौन-सा कोई आईएएस का इम्तेहान देना है।'' मैंने फ़ौरन जवाब दिया।

''तो दे दो... बेटा तुम्हारे हिस्ट्री के नोट्स से ही प्रीलिम्स निकालेंगे इस बार।'' पंडित जी ने चुटकी लेते हुए कहा।

''अरे नहीं... मुझे इन सब झमेले में कोई इंट्रेस्ट नहीं...।'' मैंने स्पष्ट रूप से कहा।

''बेफ़िज़ूल नेतागीरी का चक्कर छोड़ो और पढ़ाई में ध्यान लगाओ। यह जो फेसबुक पर हिंदू हृदय सम्राट बने फिरते हो, तुम्हारी पर्सनैलिटी को सूट नहीं करता।'' पंडित जी ने समझाया।

''क्या पंडित जी, आप जानते नहीं, कमल कीचड़ में खिलता है। अब जनाब ने दिमाग में इतना कचरा भर लिया है, तो और क्या होगा? मैं कह रहा हूँ पंडित जी... नेता बनेंगे यह देखना।'' मेरी टांग खींचते हुए पिंटू बोला।

''अबे जब देखो शुरू हो जाते हो। खाते वक़्त तो राजनीति छोड़ दिया करो।'' पंडित जी ने आख़िर इंटरवीन किया।

इतने में वेटर मेन कोर्स भी ले आया। अब हमारा सारा ध्यान खाने पर ही केंद्रित था। ऐसे खाया कि मानो जन्मों के भूखे हों। पेट भर चुका था। शायद नीयत नहीं। वापिस बाहर निकलते वक़्त एक छोटे-से स्टॉल पर पिंटू ने हमें रोक लिया। उसके ठीक बग़ल में ग़ालिब की क़ब्र मौजूद थी, बहुत ही ख़स्ता

हालत में। देखकर दुःख हुआ। पर शायद कभी पता भी न चलता कि ग़ालिब की क़ब्र वहीं कहीं निज़ामुद्दीन बस्ती में बसर करती है, अगर वहाँ रोककर पिंटू ज़बरदस्ती कबाब न खिलाता।

***

हम लोग मुखर्जी नगर पहुँचे तो पंडित जी के घर के बाहर मकान मालिक को बैठा पाया। वैसे तो वे मकर संक्रांति की पूजा का निमंत्रण देने आए थे, पर इसी बहाने उन्होंने दो महीनो का बक़ाया किराया भी माँग डाला। पंडित जी ने उन्हें पानी पूछा और कुर्सी आगे रख आराम फ़रमाने को कहा। मकान मालिक ने किसी मुग़लिया सल्तनत के शहंशाह की भाँति तख़्त-ए-ताऊस पर तशरीफ़ रखी। उनकी तोंद लटककर कुर्सी के बाहर गिरने को थी। लाल क़िले के सामने लगने वाले चोर बाज़ार से ख़रीदी वह कुर्सी हमने बड़े अरमानों के साथ जोड़-तोड़कर ठीक की थी। पर उनके बैठते ही वह बिखरकर टूट गई, मानो कोई गठबंधन सरकार हो। उधर वो गिरे और इधर पिंटू पेट पकड़कर हँसने लगा। मैंने जैसे-तैसे उसका मुँह बंद किया और पंडित जी ने मकान मालिक के हाथ में एक गड्डी नोट देकर उन्हें वहाँ से रवाना किया।

दिल्ली के ये मकान मालिक जो मनचाहा किराया वसूलते हैं, दरअसल कई साल पहले से इन 'लाल डोरा' वाली कॉलोनियों में अनाधिकृत रूप से मकान बना कर रहते आ रहे थे। फिर जब यूपीएससी की तैयारी करने छात्र यहाँ रहने आए तो यह मिट्टी सोने के भाव बिकने लगी। लोगों ने मल्टी स्टोरी बिल्डिंग बना ली और कमरों को किराए पर चढ़ा कर इतना कमाया कि कुछ सालों के अंदर साउथ दिल्ली के पॉश इलाके में ख़ुद का अपार्टमेंट ख़रीद लिया। यहाँ गुसलख़ाने बराबर दो कमरों का इतना भाड़ा था, जितने में पंडित जी के अपने शहर में एक कोठी किराये पर मिल जाए। ऊपर से खाना इतना ज़हरीला कि मक्खियाँ भी न खाएँ। आधी पकी हुई सब्ज़ी, पतली-सी दाल, रबर जैसी रोटियाँ खाकर जाने कितने अफ़सर बने हैं। यही सोचकर शायद सभी लोग, जैसा मिलता खा लिया करते होंगे। आख़िर इस पूरे इलाक़े की अर्थव्यवस्था ही आईएएस एस्पिरेंट्स की बदौलत चल रही थी। यहाँ पर कोचिंग से लेकर लाइब्रेरी और यहाँ तक कि टिफ़िन सेंटर का धंधा भी इस बात पर निर्भर करता था कि किसने ज़्यादा आईएएस निकाले।

खाना खाकर लौटने के बाद पिंटू कुम्भकरण की नींद सो गया। पंडित जी पिछले आधे घंटे से दूरबीन लगाए खिड़की से बाहर झाँककर सामने वाली छत का मुआयना कर रहे थे। मैं यहाँ मन ही मन ख़ुद को कोस रहा था। मकर संक्रांति के चलते माँ ने आज नॉनवेज को हाथ लगाने से भी मना किया था। जब पंडित जी को यह बात बताई तो उन्होंने मेरी इस आत्मग्लानि को मिटाने के लिए छत पर जाकर मकान मालिक के परिवार के साथ विधिवत पूजा-अर्चना और उसके उपरांत पतंग उड़ाने का प्रस्ताव रखा।

पंडित जी सिर्फ़ देखने में सीधे-साधे प्रतीत होते हैं, पर असल में रंगीन तबीयत के आदमी हैं। ऊपर पहुँचे तो पाया कि सामने वाली छत पर बहुत सी कन्याएँ पतंगबाज़ी का लुत्फ़ ले रहीं थीं। ऊपर नीले आसमान में काली-पीली रंगों को काटती एक लाल पतंग अपना परचम लहरा रही थी। उस पतंग की डोर थामे वही मोहतरमा, जिसे सुबह मेट्रो में देखा था, सामने वाली छत पर अपनी सहेलियों संग पतंगबाज़ी का आनंद उठा रही थी। मेरी तो ख़ुशी का ठिकाना ही न था। यह साला हो क्या रहा है? ऐसा संयोग तो केवल हिंदी फ़िल्मों में होता है। 'अगर यह वाक़ई में पिक्चर है, तो हम भी इसके शाहरुख़ ख़ान।' मैंने मन-ही-मन ठाना और तुरंत अपनी पतंग निकाली। मेरी पतंग ऊपर आसमान में पहुँच चुकी थी। पर लगा कि मेरे वजूद से वह अब तक अनजान थी। पंडित जी से कहकर कमरे से स्पीकर्स मंगवाए गए और वही गीत बजवाया गया।

'ऐसी उलझी नज़र, उनसे हटती नहीं।'

सर पर अजब फ़ितूर सवार था। ऊपर से वह पागल, अल्हड़ क़िस्म की हवा जिसे इस बात का भी इल्म नहीं कि उसकी गुस्ताख़ी से कितने दुपट्टे उड़ रहे थे, कितने दिलों की धड़कन तेज़ हो रही थी। स्पीकर्स का वॉल्यूम इतना तेज़ था कि पूरे मोहल्ले तक दिल का हाल पहुँचा। शायद वह गाना सुनकर उसकी नज़र मुझ पर पड़ी।

हम दोनों की पतंगें, जो अब तक दूर आसमान में उड़ रही थीं, कुछ क़रीब आ गईं। लाल और नारंगी रंग की दो पतंगें नीले आसमान में अठखेलियाँ खेलने लगीं। उसके चेहरे पर अब भी कुछ वैसी ही रहस्मयी मुस्कान थी। मेरी निगाहें उससे पेच लड़ाने की जुगत में थी। इधर मैं उसे ताकता रहा और उसने देखते ही देखते मेरी पतंग को अपने क़ब्ज़े में ले भी लिया। मेरी पतंग उसकी

पतंग से उलझ चुकी थी। एक डोर में बंध चुकी थी। इठलाते हुए उसने मेरी पतंग को आख़िर काट दिया।

मुझे देखकर वह थोड़ा मुस्कुराई, मानो जीतकर बहुत ख़ुश थी। पर मैं... मैं तो और भी ख़ुश था हारकर। मेरी पतंग धराशायी होकर गिर रही थी पर मेरे ख़्वाब हीलियम ग़ुब्बारे की तरह नीली आसमानी लिफ़्ट में उड़ रहे थे। उसकी छत पर जश्न का माहौल था। मेरी छत पर भी। उसके चेहरे पर बड़ी-सी मुस्कान थी। मेरे चेहरे पर भी। उसकी आँखें मुझे देख रही थीं और मेरी उसे। हमारे बीच कुछ तो था 'Resonance' जैसा। वह होता है न कि मतलब जैसा पिक्चर में हीरो-हिरोइन एक दूसरे को देखते हैं और फिर गाना शुरू हो जाता है, वैसा टाइप। वैसा ही जैसा किसी 'प्रेम ग्रन्थ' में लिखा होता है। विद्या क़सम! सच्चे प्यार वाली फ़ीलिंग आ गई। अगर यह कोई फिल्म होती न, तो इस वक़्त मैं 'हार्ले डैविडसन' दौड़ाते हुए उससे मिलने जा रहा होता। और वह शिफॉन साड़ी पहने स्विट्ज़रलैंड की पहाड़ियों पर नृत्य कर रही होती। फिर मैं उसे बाँहों में भर कर गीत गुनगुनाता : *"तू मेरे सामने, मैं तेरे सामने"।*

पर यह कोई फिल्म न थी। हम दोनों की नज़रें एक पल को मिली ही थीं कि उसकी एक सहेली बीच में आ गई। वह उसे खींचती हुई मेरी नज़र से दूर लेकर जाने लगी। सीढ़ियों से एक क़दम नीचे उतरने से पहले उसने एक बार पीछे मुड़कर मेरी तरफ़ देखा। फिर उसी रहस्यमयी मुस्कान के साथ मुझे अलविदा कह दिया। उसकी यह मुस्कान अब मेरे दिल में घुसपैठ कर चुकी थी।

***

रात भर नींद कहाँ ही आनी थी। तबीयत ठीक नहीं लग रही थी। हाल-ए-दिल अब किससे कहें समझ न आया। पिंटू को कुछ बताता तो ख़ामख़ा दो खरी-खोटी और सुनाता। इसलिए 'पंडित जी' की शरण में गया। पंडित जी परम ज्ञानी यूँ ही नहीं माने जाते थे। आस-पड़ोस की सभी कन्याओं की गतिविधियों पर उनका पूरा ध्यान रहता। कन्या की कुंडली निकलवानी होती थी तो लोग इन्हीं की शरण में आया करते थे।

मेरे आग्रह पर उन्होंने तुरंत अपने शागिर्दों को सर्विलांस पर लगवा दिया। पता चला कि सामने वाले घर में कोई 'संजय' रहता है जो UPSC की तैयारी

कर रहा है। उसकी गर्लफ्रेंड और कुछ दोस्त शाम को पतंग उड़ाने आए थे। जाने क्यों पर यह सुनकर दिल को थोड़ी चोट पहुँची। "अगर वह लड़की संजय की गर्लफ्रेंड निकली तो... नहीं! ऐसा होता तो वह मुझे इस तरह क्यों देखती? और चलो अगर ब्वॉयफ्रेंड है भी, तो कौन-सा शादी हुई है... " इस ख़याल से मैंने ख़ुद को थोड़ी तसल्ली देनी चाही।

रात भर वह हसीन चेहरा एक ख़्वाब बनकर आँखों में झिलमिलाता रहा। एक पल को भी नींद न आई। मैं सुबह पिंटू के साथ ही कॉलेज निकल लिया। ज़िंदगी में पहली बार कॉलेज टाइम पर पहुँचा और सुबह 8 बजे की क्लास अटेंड की। सारा दिन लेक्चर हॉल में बस उसी के बारे में सोचता रहा। कभी सपनों के हवाई जहाज़ उड़ाता। कभी अपनी काग़ज़ की कश्ती में उसको बैठाकर समुंदर पार ले जाता। उसकी आँखें जैसे कोई माया जाल। जाने क्या जादू-टोना किया मेरे ऊपर! हर जगह बस वही नज़र आने लगी। बार-बार मेरे कान में आकर कुछ कहती, फिर किसी तितली की तरह उड़न छू! सोचता रहा कि वह यूँ ही कहीं डीटीसी बस, मेट्रो या फिर बीच बाज़ार अपनी पल्टन के साथ कहीं नुक्कड़ नाटक करती दिख जाए। मैंने जो चाहा, कहाँ मिला है, ये मुझे अच्छे से पता था। मगर फिर भी बैठे-बैठे ख़याली पुलाव पकाता रहा! न जाने क्यों?

***

पिंटू अक्सर कोचिंग के बाद पंडित जी के यहाँ आया-जाया करता और वीकेंड पर उन्हीं के साथ पढ़ता। मैं भी अकेला हॉस्टल में बोर ही हो जाया करता तो यहाँ आ धमकता। इतिहास में मेरी बचपन से ही रुचि रही थी। इसलिए शौक़िया तौर पर रामचंद्र गुहा और बिपिन चंद्र की किताबें किसी फ़िक्शन नॉवेल की तरह हफ़्ता दस दिन में पढ़कर ख़त्म कर दिया करता। ख़ाली समय में उन लोगों को कुछ टॉपिक्स पढ़ा भी दिया करता।

पंडित जी ने कल ही मुझसे 'कन्टेम्पररी इंडियन हिस्ट्री' के पाठ को आगे बढ़ाने के लिए निवेदन किया था। सोचा इसी बहाने पंडित जी को रिक्वेस्ट करूँगा कि वह उस लड़की के बारे में थोड़ी और जानकारी निकलवाएँ। पिंटू भी बग़ल वाले कमरे से कान लगाए सब सुन रहा था। 'बिपिन चंद्र' के पन्ने पलटते हुए मैं लेक्चर की रूपरेखा तैयार करने लगा और लगभग एक दशक

के घटनाक्रम को कुछ यूँ summarise किया:

"तो पंडित जी..., पिछले हफ़्ते हमने जाना था पंजाब में मिलिटेंसी, ऑपरेशन ब्लू स्टार और इंदिरा गाँधी की हत्या के बारे में। आज हम टाइम मशीन में बैठकर चल पड़ते हैं उस वक़्त में जब बोफ़ोर्स की तोप से देश की सरकार डांवाडोल हो रही थी। और साथ ही देश के राजनीतिक हालात भी। यह वह दौर था जब सोवियत यूनियन द्वारा अफ़ग़ानिस्तान पर ज़बरदस्ती क़ब्ज़ा जमाने की कोशिश के जवाब में अमरिका ने मुजाहिदीनों की लंबी फ़ौज खड़ी कर दी थी। और फिर जब सोवियत संघ टूटने को हुआ तब कुछ बेरोज़गार जेहादियों को ISI के हवाले से कश्मीर में प्रॉक्सी वॉर लड़ने भेज दिया गया।

जिस कश्मीर के बारे में जहाँगीर ने कभी कहा था *'गर फ़िरदौस बर रुए ज़मीं अस्त। हमीं असतो, हमीं अस्त'*, उन बर्फ़ की वादियों में AK 47 से ख़ून की छीटें उछाली गईं और रातों रात कश्मीरी पंडितों को अपने ही देश में, अपनी ही ज़मीन से खदेड़ दिया गया।"

"वाह बेटा वाह। अबे तुम इतिहास पढ़ाते हो पर इतना भी नहीं जानते कि फ़ासिस्ट प्रोपगेंडा कैसे चलाया जाता है? तुम्हारे जैसे कितनों के दिमाग को कंट्रोल किया जा रहा है नागपुर के हेडक्वार्टर से।" पिंटू ने टोकते हुए कहा। 'कश्मीरी पंडित' याद रखा, पर AFSPA भूल गए। और रथ यात्रा के बाद जो बाबरी मस्जिद टूटी, जो दंगे हुए – वो सब कौन बताएगा?"

"उस पर भी आएँगे... और फिर जो मुंबई में धमाके हुए, उसकी भी तो कहानी बाक़ी है...।" मैंने जवाब दिया। "Newton's third law तो पढ़ा होगा न: to every action, there's an equal and opposite reaction. बस वही है। शाह बानो से उसका हक़ न छीना होता, मंडल ने देश में आग न लगाई होती तो रथ यात्रा को इतना बल न मिलता। फिर न बाबरी मस्जिद टूटती, न दंगे होते और न ही मुंबई में धमाके।" मैंने समझाया।

"बेटा इतिहास पढ़ लो, पता चल जायेगा, कौन सी पार्टी मंडल कमीशन लेकर आयी थी। और ये एक्शन-रिएक्शन कुछ नहीं है। शाह बानो तो बस बहाना था, बाबरी मस्जिद को गिराना था।" पिंटू ने पलटवार किया।

मैं और पिंटू आपस में लड़े जा रहे थे। पंडित जी हमेशा की तरह सर पकड़कर बैठे थे। वो हमेशा राजनीति से दूरी बनाए चलते थे। वे घर पर यही

सब से तो परेशान थे। उनके पिताज़ी सरपंच रहे हैं। सभी भाई बंधु दुनाली और तमंचों से खेलते हुए बड़े हुए हैं। पर वह उन सब के विपरीत एक़दम शांत क़िस्म के आदमी थे। लगता ही नहीं था उनकी रगों में चंबल का पानी दौड़ता है। उन्होंने रेफ़री का रोल अदा करते हुए हम दोनों को रेड कार्ड दिखा दिया– "एक काम करो यह पकड़ो बल्ला और धून डालो एक दूसरे को। कैसे दोस्त हो बे?"

"अरे यही शुरू किए थे।" पिंटू बोला।

"अबे तो तुम कर दो ख़त्म। तुम मोड़न सब, जब देखो राजनीति। हमाई समझ में जे नई आतओ ऐ, जे तुम इत्ती बड़ी-बड़ी बातें करते हो, इससे होगा क्या? अबके कछु भी बोला न, कनपटी सुजा देंगे तुम दोनों की।" ग़ुस्से में तमतमाते हुए पंडित जी बोले। "और तुम कुएँ के मेंढक।" मुझे देखते हुए उन्होंने कहा। "हमारे सामने तो जो मन किया कह देते हो, बेटा लड़की के सामने यह सब मत बोलना। वो ना झेलेगी तुम्हारी यह लिज्जी बकवास। फिर करते रहना अपनी स्वयं सेवा।"

"मिलने से रही इन्हें कोई कन्या। इनके लक्षण देखिए। इस वैलेंटाइंस डे पर फ्रस्टियाकर बजरंग दल में शामिल हो जाएँगे यह महाशय।" मेरा मज़ाक़ उड़ाते हुए पिंटू बोला।

"बेटा, तुम्हारी तरह लंगोट के ढीले नहीं हैं हम। सच्ची मोहब्बत में यक़ीन रखते हैं। इसलिए हर कहीं मुँह नहीं मारते। और वैसे भी हमें वैलेंटाइन डे मनाने का न कोई शौक़ है, न शऊर।" मैंने पलटवार किया

पंडित जी ने अपना माथा पीटा और फिर ग़ुस्से में आख़िर दोनों को घर से बाहर धकेल दिया।

***

पिंटू और मैं एक दूसरे को सन् 2008 से जानते हैं। वह कोचिंग में मुझसे एक साल सीनियर था पर कॉलेज में मेरा बैच मेट। तब जहाँ अमेरिकी बैंकों का दिवाला पिटने के कारण दुनिया भर में रिसेशन छा रहा था, लोगों की नौकरियाँ जा रही, उसी वक़्त हमारे नेता जीडीपी ग्रोथ का मायाजाल रच रहे थे। ठीक वैसे ही 'बेटा पढ़ लो। अच्छे कॉलेज से इंजिनियरिंग करोगे, तभी अमेरिका जा पाओगे' का सपने दिखा कर IIT कोचिंग का माफ़िया हम जैसे

लाखों बच्चों को ठग रहा था।

कॉलेज में आने के बाद मैं काफ़ी वक़्त ऑनलाइन नेतागिरी में व्यस्त रहा। IT Cell द्वारा 2009 के आम चुनाव से ठीक पहले ऑर्कुट, फेसबुक पर कांग्रेस के पिछले साठ सालों का काला चिट्ठा खोला जा रहा था। गाँधी-नेहरू परिवार के इतिहास से लोगों को अवगत कराया जा रहा था। दिल्ली, मुंबई में हुए विस्फोटों के लिए देश की आंतरिक सुरक्षा पर सवाल उठाए जा रहे थे। आरक्षण के ख़िलाफ़ शुरू हुई हमारी मुहिम जल्द ही कांग्रेस मुक्त भारत के सपने में तब्दील हो चुकी थी। इस मुहिम को व्यापक स्तर पर फैलाने का ज़िम्मा हम जैसे स्वयंसेवकों के हाथ था, जो सोशल मीडिया की नब्ज़ पहचानते थे। पिंटू को मेरी इस राजनीतिक विचारधारा से खिन्न थी। पर इसके चलते कभी हमारी दोस्ती में दरार नहीं आई।

मुखर्जी नगर में शाम को कोचिंग छूटते ही चाय की दुकानों पर जमघट लग जाता है। अपने-अपने स्टेटस के हिसाब से सबके अपने-अपने खोपचे होते हैं। अड्डे जमते हैं। चाय सुड़की जाती है। सुट्टे फूँके जाते हैं। अव्वल दर्जे के महापुरुष जब एक साथ इकट्ठा होते, तो चारों ओर ज्ञान गंगा का प्रवाह होता है। चाय के साथ घंटे तक आत्मज्ञान, ज़िंदगी और फ़लसफ़े को लेकर बातें होती हैं। देश और दुनिया के हालात पर गहन चर्चा होती है। वैसे भी चाय पर चर्चा की मुखर्जी नगर में पुरानी प्रथा रही है। हम दोनों भी वहीं चाय के एक स्टॉल के बाहर खड़े बाक़ी लोगों की तरह बहसबाज़ी में व्यस्त थे।

"तुम्हें पता है इस देश की सबसे बड़ी समस्या बेरोज़गारी नहीं... कुछ नया सोच पाने की, अलग हट कर करने की अक्षमता है।" चाय का पहला घूँट लेते हुए मैंने कहा। "सब अंधाधुंध भेड़-चाल में लगे हैं। अब यहाँ एक चाय की दुकान चल निकली तो लाइन से देखो सभी चाय की दुकान... अरे भाई, एक ने चाय का स्टॉल खोल लिया, तो दूसरा समोसा बेच ले। तीसरा आदमी चाहे तो तुम्हारा यह इटैलियन पास्ता। पर नहीं! क्या करें, पूरा देश ही भेड़-चाल पर चलता है। नेहरू को प्रधानमंत्री क्या बना दिया, मतलब उनकी सात पुश्तें इस देश पर राज करेंगी?"

"तुम साले हर बात पर कांग्रेस को काहे बीच में ले आते हो।" मेरे हाथ से चाय का कप छीनते हुए पिंटू बोला।

“तो क्या करें। दिल्ली-मुंबई में जब देखो आतंकवादी विस्फोट कर देते हैं। एक तो इनके ‘minority appeasement’ के चलते बांग्लादेशी बॉर्डर पार कर के बंगाल से सारे देश में फैल चुके हैं। क्या पता उनमें से कोई स्लीपर सेल बनकर अगले धमाके की प्लानिंग कर रहा हो। उस पर भी अगर हम कोई कड़ा क़दम उठाने की बात कहें तो सारे ह्यूमन राइट्स वाले बुद्धिजीवी मोर्चा लेकर निकल पड़ते हैं। तुम सूडो सेक्युलरों की मेहरबानी ऐसे ही बनी रही, तो ‘गज़वा ए हिन्द’ दूर नहीं। बॉर्डर पर भी हालात ठीक नहीं। कभी पाकिस्तान फ़ायरिंग कर देता है कभी चीन। ऊपर से साले नक्सलवादी नाक में दम किए हुए हैं।” सुट्टा फूँकते हुए मैंने कहा।

“बेटा आतंकवादी यह सोचकर अटैक नहीं करते कि सेंटर में किसकी सरकार है। तुम यह बताओ कि कंधार हाइजैकिंग के वक़्त मसूद अज़हर को ड्रॉप किसने किया था? अमन की आशा लिए बस में लाहौर कौन गया था? और किसकी नाक के नीचे से पाकिस्तानी कारगिल में घुस रहे थे?... और तुम जिन बांग्लादेशियों की बात कर रहे हो वो घुसपैठिये नहीं, तुम्हारी तरह रेफ्यूजी हैं। उसमें भी आधे हिन्दू हैं जिन्हें प्रताड़ित कर वहाँ से धकेल दिया गया है। भाईसाब कोई विकल्प हो तो तुम ही बता दो? तुम्हारी पार्टी को तो मिडिल क्लास, बनिया और ब्राह्मण छोड़ के कोई वोट नहीं देने वाला। और यह लोग तो साले वोट डालने भी नहीं जाते। इलेक्शन जीता जाता है मुसलमान और पिछड़ा वर्ग के वोटों से। तुम कुछ भी कहो, आज के टाइम में तो सिंह ही किंग है। बता रहे हैं, सरदार जी 2014 में हैट्रिक मारेंगे।” पिंटू ने एक्सपर्ट टिप्पणी दी।

“गुजरात का शेर अभी आएगा तो सारे सिंह फेल हो जाएँगे।” मैंने ताव दिखाते हुए कहा।

हमारी चर्चा बस आरंभ ही हुई थी कि उतने में पंडित जी का भी आगमन हो गया।

“अरे... मेरे अमर-प्रेम एक कप में चाय पी रहे हैं... इतना प्यार!” मेरे हाथ से सिगरेट और पिंटू के हाथ से चाय का कप छीनते हुए वे बोले। “अब क्या कह रहे हैं प्रो.फ़ेसर साहब?” मेरी ओर इशारा करते हुए पंडित जी ने पूछा।

"कह रहे हैं कांग्रेस की बत्ती लगने वाली है। गुजराती कंपनी को देश चलाने का टेंडर दिया जाएगा। शाखा में ज़रूर कोई प्लानिंग चल रही है।" हँसते हुए पिंटू बोला।

"तुम लोग भी न... जब देखो राजनीति। डिसकस करने के लिए कुछ और नहीं मिलता? मुखर्जी नगर को 'अस्सी घाट' बना दिए हो सालों।" पंडित जी ने अपनी नाराज़गी व्यक्त की।

"क्या करें। यही तो बस एक एंटरटेनमेंट का साधन है।" पिंटू ने फिरकी ली।

दिल्ली के जिस इलाक़े में पंडित जी रहते थे, वहाँ UPSC की तैयारी करने वाले ज़्यादातर छात्र बिहार या फिर उत्तर प्रदेश के पूर्वी भाग-यानी इलाहाबाद, बलिया, गोरखपुर, मिर्ज़ापुर से आए थे। राजमा-चावल और छोले-भठूरे की इस दिल्ली में लिट्टी-चोखा सेंध मार चुका था। पूर्वांचली यहाँ अपनी ही ऐठन में रहते। सब साले एक से एक गपोड़ी और बकैत, जो दिल्ली के और किसी कोने में लानटेन लेकर भी निकलो, तो ना मिलें। उन्हीं में से एक दबंग थे 'पांडे जी', जो ढलती शाम में पालिका-बाज़ार से ख़रीदा फ़र्ज़ी 'Ray ban' लगाए हमारी तरफ़ तेज़ी से आते हुए दिखाई पड़े। हमेशा की तरह अपनी ट्रेडमार्क स्किन टाइट जीन्स, तोते वाले हरे रंग की बुश्शर्ट और नुकीला सफ़ेद रंग का जूता पहने हुए। जनाब पांच साल पहले UPSC की तैयारी करने आए थे। सेलेक्शन नहीं हुआ तो फिर धंधे में लग गए। किसी भी आईएएस अधिकारी की वैध सैलरी से कहीं ज़्यादा कमाए हैं दलाली में। ड्रग्स, दारू, लड़की, कमरा, जीवन बीमा, क्रेडिट कार्ड – जो चाहो दिला देते हैं। ख़ाली समय में नारद मुनि बने फ़िरते हैं और इधर की उधर भी करते हैं।

हमारी मित्रमंडली देश के राजनीतिक हालात का जायज़ा ले ही रही थी कि इतने में मुँह में गुटका दबोचे, सर पर लाल टीका और हाथ में कलेवा बांधे पांडे ने हमें अति उत्सुकता के साथ सूचित किया- "तुम यहाँ बैठे पंचायत कर रहे हो, असली फिलम तो वहाँ चल रही है।"

'कहाँ?' ऐसा मैंने मन में सोचा पर पूछा नहीं। जानते थे कि साला बिना पूछे ही सब बक देगा।

"बत्रा के बाहर... गज्जब लड़ाई हुई बे।" हमारे दोने से एक समोसा

उठाते हुए वह बोला।

"किसकी लड़ाई?" पंडित जी ने चिढ़ते हुए पूछा।

"अबे संजय की। भिगो-भिगो के क्या जबर कुटाई किया।" पांडे ने जवाब दिया।

"कौन-सा संजय?" पिंटू ने उत्सुकता से पूछा।

"तुम्हारे ही तो सामने वाली बिल्डिंग में रहता है। अबे उस दिन जब तुम पतंग उड़ा रहे थे तो...।"

"अबे। अपना संजय...। क्या हुआ?" पिंटू ने गंभीरता से पूछा।

"हाँ तो संजय के फ़्लैट में उसकी गर्लफ्रेंड अपने ब्वॉयफ्रेंड को लेकर आया करती थी।" पांडे ने आगे बतलाया।

"फिर?"

"क्या होना था... संजय का ग़ुस्सा तो विकट है। उसने आव देखा न ताव, पीट दिया लड़की के ब्वॉयफ्रेंड को। एक गरमागरम रैप्टा खींचकर उसके गाल पर धर दिया। फिर शर्ट का कॉलर पकड़ा और घच्च से पेट पर ऐसे घूँसा मारा कि खाया-पिया सब निकाल दिया। इधर ख़ून, उधर ख़ून! मुँह तो पूरा सुजा दिया बे।" पांडे ने एक बड़ी चम्मच पास्ता पिंटू की प्लेट से उठाते हुए कहा।

"एक मिनट। संजय अगर लड़की का ब्वॉयफ्रेंड है तो फिर दूसरा कहाँ से आया?" पंडित जी ने अचरज में आ कर पूछा।

"यही तो समझ नहीं आ रहा कि साला दूसरा कहाँ से आया! और आया तो संजय के घर में कैसे घुस गया।"

"सारा माहौल ख़राब कर दिया है। ऐसे लोग आ जाते हैं आईएएस बनने, बताओ!" पंडित जी ने चिंता ज़ाहिर की।

"ऐसा नहीं है। संजय को हम जानते हैं। निहायती शरीफ़ और मेहनती लड़का है। हम देखकर आते हैं।" पिंटू पंडित जी की बात काटते हुए बोला। मेरे दिमाग में पिक्चर कुछ और ही चल रही थी। "अगर ये वही लड़की हुई तो... नहीं नहीं... वो यह सब कैसे... देखकर तो नहीं लगा...।" मैं मन-ही-मन सोच रहा था। फिर ख़ुद को रोक लिया। मैं भी पिंटू के पीछे-पीछे भाग लिया। पंडित जी भी ना-नुकुर करते हुए आख़िर आ ही गए। जब तक पहुँचे मैदान साफ़। भीड़ छट चुकी थी। लड़की का तो अता-पता नहीं था पर लड़के

की हालत देखने वाली थी। दोनों हाथ जोड़े त्राहिमाम पुकार रहा था। ख़ुद को सरेंडर कर, ज़मीन पर किसी अधमरे कीड़े की तरह पड़ा हुआ था। शर्ट के चीथड़े उड़ चुके थे। मुँह पर दो काले धब्बे। पूरा-का-पूरा शरीर मटमैला। लगता है ख़ूब पिटाई हुई थी। परंतु तरस तो संजय को देखकर आया। कितनी उदास और बेबस लगी उसकी आँखें।

***

रात भर नींद ग़ायब थी। कैसे-कैसे ख़याल मन में आ रहे थे। संजय को लेकर। उस लड़की को लेकर। वह लड़का जो पिटा, उसको लेकर भी। क्या होता अगर वह लड़का मैं होता? सोचकर ही दिमाग भन्ना गया। पिंटू ख़र्राटे मार के खटिया पर सो रहा था। सोते हुए शेर को नींद से जगाना ठीक नहीं लगा। पंडित जी लैम्प के नीचे नीले कोट वाले बैरिस्टर साहब के लिखे संविधान के आर्टिकल्स चाट रहे थे। उन्हें डिस्टर्ब करना अपना हक़ समझा। "क्या पंडित जी एक लड़की का बायो डाटा पता न चल पाया आप से।"

"भैय्या हमारे इलाक़े की नहीं है कन्या। वर्ना मजाल कि कोई पक्षी इस शिकारी की नज़रों से बचकर चला जाए। तुम्हारी ही तरह यह भी प्रवासी जान पड़ती है।"

"अब क्या करें?"

"वही करो जो आज के टाइम हर आशिक़ करता है। फेसबुक पर ढूँढ़ो उसे।"

"नाम कहाँ पता है...।" मैंने निराशा व्यक्त की।

"अबे हाँ...।"

दोनों ने मिलकर एक सुट्टा फूँका। फिर दिमाग की बत्ती जली।

"भैय्या पिंटू से पूछो। वह जानता है न संजय को...।" मेरे हाथ से सिगरेट छीनते हुए पंडित जी बोले।

"अरे नहीं। देखा तो! कितना बुरा हुआ संजय के साथ। सच कहें पंडित जी हमें बहुत डर लग रहा है। अगर ये वही कन्या निकली जिसकी वजह से यह सब रायता...।"

"साले ये वो लड़की नहीं है।" मेरी बात को काटते हुए पिंटू बोला।

"अबे तू सोया नहीं?" मैंने घबराते हुए पूछा।

"सो ही तो रहे थे पर तुम्हारा रोना सुनकर उठ गए। और तुम साले फट्टू डायरेक्टली हमसे नहीं पूछ सकते थे।" डाँटते हुए पिंटू बोला। "भई, या तो वो कन्या बहुत 'हॉट' टाइप है या फिर तुम्हारा 'Melting Point' है बहुत कम। 'फर्स्ट टाइम देखा तुम्हें हम खो गया... सेकंड टाइम में लव हो गया।' ऐसा होता है क्या बे?"

"अबे ऐसा कुछ नहीं... हम तो...।" मैंने बहाना मारते हुए कहा।

"वैसे लड़की भी तुम्हारे बारे में पूछ रही थी। संजय ने बताया। उसकी 'एक्स' की सहेली है।"

"पर...।"

"संजय ने क्या किया, क्या कहा... इस बात का ज़िक्र किसी और से न करना... कल सुबह 6 बजे... 'कमला नेहरू रिज' पर पहुँच जाना...।" यह कहता हुआ पिंटू वापस रज़ाई ओढ़कर सो गया।

रात भर पासे पलटा। दिल में उत्सुकता मिश्रित बेचैनी थी इसलिए ख़ाली बैठा न जा रहा था। और सो जाता तो कोई गारंटी न थी कि सुबह उठ भी पाऊँगा या नहीं। इसलिए वॉकमैन में 90s के रोमैंटिक गाने सुनकर जगराता किया। रात के ख़त्म होते ही मैं पंडित जी की साइकिल लेकर रिज रोड की तरफ़ निकल गया।

सुबह ने अभी तक दस्तक दी नहीं थी। सड़क पूरी तरह से सुनसान थी। चारों तरफ़ सिर्फ़ और सिर्फ़ कोहरा। पर ज़ोर से धड़कते दिल ने इतनी गर्माहट पैदा कर ली थी कि सुर्ख़ शीत हवाएँ भी कुछ बिगाड़ न सकीं। 'लल्लन मियाँ' की दुकान पर बैठकर चाय पी, सुट्टा फूँका और किसी रॉ एजेंट की भाँति सर्विलांस पर निकल पड़ा। लगभग डेढ़ घंटे ख़ाली सड़कों की ख़ाक छानने के बाद मेरी नज़र जॉगिंग करते हुए लड़कियों के एक गुच्छे पर आकर अटकी। सभी लड़कियाँ पीछे से एक जैसी नज़र आ रही थीं। सभी ने वही एक ही तरह की स्वैटशर्ट धारण कर रखी थी। जब तक मैं अपनी आँखों से एक-एक को स्कैन कर पाता, उतने में मोहतरमा ने मुझे ढूँढ लिया। ख़ामोश मुझे उसकी तलाश में दर-ब-दर भटकते देखती रही। जब तक जान पाता कि जिसे मैं ढूँढ रहा हूँ वह परछाईं मेरे पीछे चली आ रही है, तब तक बहुत देर हो चुकी थी। वह खिलखिलाकर हँसती हुई मुझसे आगे निकल गई और उसी गुच्छे में

दोबारा शामिल हो गई।

अब जो हुआ सो हुआ, आगे मैं ख़ुद को उसके सामने गली के आवारा और अल्हड़ लड़के की तरह हरगिज़ पेश नहीं करना चाहता था। यूँ पीछा करना अच्छा नहीं लगा। इसलिए साइकिल साइड में पटककर जॉगिंग करता और नेचर लवर की तरह बीच में रुककर प्राकृतिक सौंदर्य का लुत्फ़ भी लेता। बस एक भँवरा बनकर कली के आस-पास ही मंडराता रहा।

कम-से-कम 2 किलोमीटर का राउंड लगवाया होगा मैडम ने। पिंटू हमेशा कहता था सुबह-सवेरे चलते हैं दौड़ने। उसकी बात मानकर उसके साथ ही निकल लिया होता तो पहले ही शायद मुलाक़ात हो जाती। 'ख़ैर अब भी कोई देर नहीं हुई' मैंने ख़ुद को समझाया। वापस पहुँचकर वह थोड़ी देर रुकी। उसने मेरी तरफ़ देखा तो नहीं पर मानो मुझे ही देखते हुए अपनी सहेलियों से कहा "चलो मैं चलती हूँ, देर हो रही है।"

मैं भी साइकिल उठाकर वापस निकल लिया। एक भीनी-सी मुस्कान के साथ उसने मुझे 'Hi... ' कहा। मैंने जवाब में हैलो कहा और साइकिल धकेलता हुआ उसके क़रीब आ गया। दोनों साथ ही चलने लगे। कहना कितना कुछ चाह रहा था पर गले से आवाज़ मानो निकल ही नहीं रही थी।

"पतंग अच्छी उड़ाती हो तुम।" हिम्मत रखकर मैंने आख़िर कह ही दिया।

"गाना अच्छा गाते हो तुम।" मेरा मखौल उड़ाते हुए वह बोली। "यहाँ अक्सर आते हो?" उसने पूछा।

"इतनी सुबह तो कभी नहीं... शाम में कभी-कभी।"

"इंजीनियरिंग स्टूडेंट?"

"हाँ... पर तुम्हें कैसे पता?" मैंने आश्चर्यचकित होते हुए कहा।

"बस... पता चल जाता है।" मुस्कुराते हुए वह बोली। "कौन सा कॉलेज? IIT?"

"नहीं। JACE." मैंने जवाब दिया।

"JACE यानी?" उसने पूछा।

"Just Another College of Engineering"

खिलखिलाकर वह हँस पड़ी। बातें करते-करते हम यूँ ही सड़क के

किनारे फुटपाथ पर चलते रहे। अचानक सामने से कहीं ख़ून की प्यासी, खुँखार-सी दिखने वाली एक खटारा-सी ब्लू लाइन बस प्रकट हो गई। डर के मारे मैं और भी साइड हो लिया- उसके और भी क़रीब।

"अजीब इत्तेफ़ाक़ है न उस दिन मेट्रो में मिले, फिर ऑडिटोरियम में, फिर छत पर पतंग उड़ाते... और अब यूँ जॉगिंग करते हुए...।" थोड़ा रुककर वह बोली- "मुझे तो लगता था इस दिल्ली की भीड़ में कोई अंजाना चेहरा कभी दोबारा दिखाई नहीं देता...।"

"अगर दिल से निगाहें किसी चेहरे को तलाशें, तो मुलाक़ात हो ही जाती है।" नज़रें चुराते हुए मैंने कहा।

बातचीत बीच में ही जैसे ठहर गई थी। चिड़ियों की चहचहाहट और हवा की सरसराहट इस अनचाही ख़ामोशी के बीच बैकग्राउंड म्यूज़िक दे रही थी। हलकी-सी धूप खिल उठी थी। "अच्छा अब चलना होगा, कॉलेज के लिए देर हो रही है।" अपनी स्विस रिस्ट वॉच देखते हुए उसने कहा।

"संडे के दिन कॉलेज?" मैंने अचरज में पूछा।

"रिहर्सल है...। फ़ेस्ट चल रहा है न इसलिए।"

"नुक्कड़ नाटक?"

"अरे तुम्हें कैसे पता?"

"पता चल जाता है...।" चुटकी लेते हुए मैंने कहा।

"अच्छा, क्या तुम उसी घर में रहते हो जहां पतंग उड़ा रहे थे?" पीछे मुड़कर उसने पूछा।

"मेरा दोस्त है -पिंटू। उसका एक दोस्त है, वो रहता है उस घर में। मैं तो अपने हॉस्टल में रहता हूँ। क्या तुम उसी घर में रहती हो?" मैंने पूछा।

"नहीं मेरी भी फ्रेंड रहती है वहाँ... एक्चुअली रहता है...। एक्चुअली वह दोनों रहते हैं...।" उसने समझाया।

"फिर तुम?"

"मैं! मैं बस यहीं पास में रेड लाइट से थोड़ा लेफ़्ट...।"

"अच्छा पार्क की साइड। यहाँ तो मैं आया करता हूँ कभी-कभी शाम में।"

"अच्छा! क्यों लेकिन?"

"ऐसे ही। जब कभी लिखने का मन करता है, तो आ जाता हूँ अपनी डायरी लेकर।

"क्या लिखते हो? कविताएँ?"

"हाँ।"

"हम्मम... लगा मुझे!" उसने थोड़ी देर चुप्पी साधी और फिर बोली, "अच्छा कल ना हमारे कॉलेज में पोएट्री कॉम्पिटीशन है। उसी ऑडिटोरियम में... 11 बजे। आओगे?"

"तुमने बुलाया, कैसे नहीं आऊँगा!"

"ठीक है, फिर कल मिलते हैं। मैं निकलती हूँ।"

"वैसे घर कौन-सा है तुम्हारा?" मैंने अपेक्षा के साथ पूछा।

"ये तो तुम्हें ख़ुद ही ढूँढ़ना होगा।"

"अरे! मैं क्या जानूँ इन सभी एक जैसे दिखने वाले सरकारी क्वॉर्टरों में से कौन-सा घर तुम्हारा है?"

"जहाँ भी आज़ाद रूह की झलक पड़े-समझना वह मेरा घर है।" हँसते हुए वह बोली और फिर वही जानी-पहचानी रहस्यमयी मुस्कान के साथ उसने अलविदा कह दिया। मन तो किया रोककर कम-से-कम उसका नाम तो पूछ लूँ। पर जब तक आवाज़ लगाकर कुछ कह पाता, वह रिज रोड की कैनोपी में कहीं गुम हो गई।

***

ज़िंदगी में स्टेज पर चढ़ने की कभी हिम्मत भी नहीं जुटा पाया। जाने वो कौन लोग होते हैं जो दिल के सारे राज़ मंच पर जाकर बक आते हैं। क्या उनकी ऑडियेंस के सामने ज़रा भी नहीं फटती? वहाँ ऑडिटोरियम में एक सुंदर-सी लड़की 'अमूल बेबी' टाइप पोल्का डॉट्स वाली स्कर्ट पहनकर बड़े ही नाटकीय ढंग से liberty, sexuality, gender equality जैसे भारी-भरकम शब्दों को इस्तेमाल करते हुए कविता पढ़ रही थी। वह कभी अपने बालों को सुलझाती, तो कभी अपने नयन मटकाती। हाथों का भरपूर उपयोग करते हुए अपने शब्दों को इशारों में समझाती। कभी आवाज़ में आरोह-अवरोह पकड़ती, कभी आहें भरती। कभी बिलखते बच्चे की तरह रोती तो कभी अचानक से चुप हो जाती और फिर ज़ोर से दहाड़ती-किसी सिंहनी की

तरह। उसकी स्लैम पोएट्री को standing ovation मिला। देर तक तालियों की गड़गड़ाहट सुनाई देती रही।

मेरी तो पूरी तरह फट चुकी थी। सारे-के-सारे लोग बस अंग्रेज़ी। एक तो आज तक स्टेज पर कभी कविता नहीं पढ़ी, ऊपर से हिंदी तो फ़ैशन में भी कहाँ। जान गया था कि कंटेंट तभी चलता है जब अच्छी पैकेजिंग के साथ पेश किया जाए। ख़ैर मैं जिस मक़सद से वहाँ पहुँचा था, वह अब पूरा होता दिख गया। मुझे 'Hi' का इशारा करती हुई वह सबसे आगे वाली सीट पर जाकर बैठ गई। इतने में स्टेज पर मेरा नाम पुकारा गया। दिल ज़ोर से धड़क उठा। मैं स्टेज पर पहुँचा। वह बिलकुल ही सामने बैठी थी। उसने 'calm down' का इशारा किया, फिर धीमे-से 'All the best' बोलकर मुस्कुराई। पहले थोड़ा अटका, हिचका पर फिर ख़ुद को संभाला और जैसे-तैसे उसकी आँखों में झाँककर कविता पढ़ डाली। जैसे ये कविता उसके लिए ही लिखी गई थी।

कविता समाप्त हुई। पूरा ऑडिटोरियम ख़ामोश रहा। फिर धीरे-धीरे तालियाँ बजना शुरू हुईं। सबसे ज़्यादा आवाज़ पहली पंक्ति से ही आई। फ़र्स्ट तो नहीं पर कॉन्सोलेशन प्राइज़ मिला। पर मेरा इरादा कॉम्पीटीशन नहीं, उसका दिल जीतने का था। जैसे ही मैं सर्टिफ़िकेट लेकर स्टेज से नीचे उतरा वह उछलती हुई मेरे पास आ गई। "Congratulations!" बड़ी-सी मुस्कान के साथ उछलते हुए उसने कहा।

"शुक्रिया।" उसकी आँखों में देखते हुए मैंने कहा।

वह कुछ देर ख़ामोश रही फिर बोली- "चलो इस बात पर ट्रीट।"

"बिलकुल। कहाँ?" मैंने फ़ौरन पूछा।

"यहीं कैंटीन में।"

दोनों ने कैंटीन का रुख़ किया। एक अजीब-सी ख़ामोशी थी। मेरे दिमाग में इतना कुछ चल रहा था पर समझ ही नहीं आया कि क्या बात करूँ। इससे पहले कि मैं कोई फॉर्मल-सी कन्वर्सेशन स्टार्ट करता वह बोल पड़ी। "बहुत अच्छी लगी तुम्हारी कविता।"

"तहे दिल से शुक्रिया।"

"अच्छा लिख लेते हो तुम। Impressive!" उसने थोड़ी और तारीफ़ की।

"हाँ पर आजकल यह सब 'कूल' नहीं है न।"

"क्या बात करते हो। सबको पसंद आई। देखा नहीं?"

"नहीं मतलब... प्रेज़ेंटेशन भी एक चीज़ होती है।"

"राइटर हो या एंकर... क्या प्रेज़ेंटेशन? स्टेज पर चढ़कर कोई उछलकूद थोड़ी न करनी है... और वैसे भी शब्दों की गहराई तभी पता चलती है जब काग़ज़ पर उन्हें पढ़ा जाए।" यह कहते-कहते वह अचानक से रुक गई। "पता है क्या?" थोड़ा गंभीर होकर उसने कहा- "उस दिन जब तुमने कहा कि तुम पार्क में आते हो, तो न जाने क्यों मेरे दिल में एक ख़याल आया। अजीब-सा।"

"मैं समझा नहीं।"

"तुमने यह कविता उसी पार्क में बैठकर कहीं लिखी थी न?" उसने पूछा।

"हाँ पर तुम्हें कैसे पता?"

"काफ़ी दिनों पहले एक काग़ज़ का टुकड़ा वहीं पड़ा मिला था। शायद तुमने इसका पहला ड्राफ़्ट लिखा हो... तब से लगा कि शायद...।" कुछ देर फिर चुप रही और फिर सर हिलाते हुए बोली। "ख़ैर छोड़ो... कितना अजीब है न... आज पता चला कि तुमने ही वह लिखा।"

दोनों कुछ देर के लिए एक-दूसरे की आँखों में झाँकते रहे और फिर आजू-बाजू देखकर कैंटीन की तरफ़ बढ़ गए। कैंटीन में पहुँचे तो काफ़ी भीड़ थी। वह जैसे-तैसे भीड़ से गुज़रकर ऑर्डर कर के आई। ज्यों ही हम काउंटर से खाना उठाकर आगे बढ़े, टेबल झपटने की आपा-धापी में एक लड़की मुझसे टकरा गई। एकाएक उसके हाथ से ट्रे छूटकर नीचे गिरी और सारा खाना मेरी शर्ट के ऊपर। रायता पूरी तरह फैल चुका था। इधर मैं असमंजस में था- इस हालत में वापस जाऊँगा कैसे? उधर दोनों लड़कियां आपस में भिड़ गईं। आख़िरकार वह उस लड़की से मुझको सॉरी कहलवाकर ही मानी।

मेरी हालत देखकर वह पहले तो ख़ूब हँसी। फिर अपनी हँसी संभाली और मुझे अपने घर की राह दिखाई। हम एक शॉर्ट कट से बचते-बचाते सीधा उसके घर पहुँचे। वहीं पार्क के बिलकुल सामने था उसका घर, जहाँ मैं अक्सर आया करता था।

"अच्छा तो यह तुम्हारा घर है?" व्याकुल होकर मैंने पूछा।

"हाँ।"

"शायद तभी...।" मैं सोच में डूब गया।

"क्या तभी?" उसने पूछा।

"लगा कि तुम्हें कभी पहले देखा है...।"

"हाँ मुझे भी यही लगा था...।" मुस्कुराते हुए वह बोली।

"तुम फ़ैमिली के साथ रहती हो?" मैंने घबराते हुए पूछा।

"नहीं... PG है।"

"OK. अकेली रहती हो?"

"वैसे तो एक फ्रेंड साथ रहती है पर वह रहती अपने ब्वॉयफ्रेंड के घर पे है...।" कुछ सोचते हुए वह बोली।

"वहीं संजय के घर जहाँ उस दिन तुम पतंग उड़ाती नज़र आई थी?"

"उम्म्म्म... एक्चुअली नेहा अब संजय के साथ नहीं रहती। ख़ैर मैं उसकी पर्सनल लाइफ़ में दख़ल नहीं देती।" उसने थोड़ी हिचक के साथ कहा। फिर ऊपर की तरफ़ इशारा करते हुए वह बोली। "वो देखो बालकनी। वही मेरा घर है।"

पहली बार किसी लड़की के घर के भीतर प्रवेश कर रहा था। एक अद्‌भुत एहसास जाग्रत हो रहा था मन में। इससे पहले कि मैं सीढ़ियाँ चढ़ता उसने तुरंत ताला खोला और अंदर दौड़ पड़ी। मैंने थोड़ा संकुचित होकर धीरे-धीरे क़दम बढ़ाया। उससे पहले कि मेरी नज़र लॉबी में सूख रहे कपड़ों पर पड़ती उसने फटाक से तार पर लटक रहे कुछ कपड़े उठाए और उन्हें लांड्री बैग में धकेल दिया। फिर तुरंत मेरे सामने आकर खड़ी हो गई, जैसे 'एयर इंडिया' का 'महाराजा' शेर पढ़ रहा हो मेरे स्वागत में:

"वो आए हमारे घर, ख़ुदा की क़ुदरत है
कभी हम उनको, कभी अपने घर को देखते हैं"

"फ़्लैट बहुत ख़ूबसूरत है।" चारों ओर नज़र दौड़ाते हुए मैंने कहा।

"है न! पर कुछ दिन का मेहमान है यह भी।"

"क्यों?"

"नेहा परमानेंटली शिफ़्ट हो रही है अपने नए ब्वॉयफ्रेंड के साथ। मैं भी

हॉस्टल जा रही हूँ। बहुत प्रॉब्लम आती है खाने की। ऊपर से रेंट भी कितना ज़्यादा! डर भी लगता है अकेले।'' कुछ सोचते हुए वह बोली। ''तुम खड़े क्यों हो बैठो न!'' दीवान की ओर इशारा करते हुए उसने कहा।

मैं मूड़े पर जाकर बैठ गया। फिर मेरे पास आई और बोली ''तुम ज़रा अपनी शर्ट दो मैं इसे भिगो देती हूँ।''

''अरे नहीं बस...।''

''अरे नहीं क्या? लड़की हो जो शरमा रहे हो?'' मेरी बात को काटते हुए उसने कहा।

''मार्केट जाकर नई ले लेते हैं...।'' मैंने सकुचाते हुए कहा।

''ऐसी हालत में... मार्केट जाते...।'' मुझे देखकर थोड़ा हँसी। उसने मुझे सफ़ेद रंग की कुर्ते नुमा शर्ट दी। मैं कुछ देर तक उस शर्ट को देखता रहा। ''उससे पहले कि तुम्हारे ख़ुफ़िया दिमाग में कोई बे सिर-पैर का ख़याल आए मैं तुम्हें बता दूँ कि यह शर्ट नेहा के भाई की है। जब देखो टपक पड़ता है यहाँ। पिछली बार आया था तो अपने कुछ कपड़े यहीं छोड़ गया था।''

जब तक मैंने शर्ट बदली, वह वाशरूम से हिलते-डुलते बाल्टी लेकर आई। उसने बाल्टी भर पानी में वाशिंग पाउडर डाला और बाल्टी मेरे सामने रख दी। शर्ट को रगड़ते हुए मेरी नज़र उसके चेहरे पर जा पड़ती, जैसे नलके से टप-टप करती बूँद। एक पल को दोनों एक दूसरे को देखते, फिर नज़रें चुराकर अगल-बग़ल देखने लगते। फिर एक दूसरे को देखते-बार-बार, लगातार।

''तुम हमेशा ही ऐसे चुप रहते हो या फिर मेरे ही सामने शरमाने की एक्टिंग करते हो?'' उसकी अचानक से फेंकी गई इस गुगली का मेरे पास कोई तैयार जवाब न था।

''ऐसा तो कुछ नहीं... एक्चुअली कभी किसी लड़की के साथ यूँ बात की नहीं।''

''सीरियसली?''

''हाँ। और क्या। इंजीनियरिंग कॉलेज में कहाँ ही कोई लड़की...।''

''अच्छा तो इसलिए तुम अपने हॉस्टल से...।''

''नहीं-नहीं वह तो मैं...।''

"bird watching?"

"हाँ... नहीं-नहीं मेरा वह मतलब...।" इससे पहले कि मैं अपनी सफ़ाई में कुछ कह पाता, वह खिलखिलाकर हँसने लगी।

"पक्के शिकारी लगते हो।" हँसते हुए वह बोली।

शर्ट को भीगे 5 मिनट हो चले थे। मैंने शर्ट को पानी से खंगाला और बालकनी में सूखने के लिए रख दी। वह अंदर कुछ लेने के लिए गई। तब तक मैं अपनी आँखों से उसका कमरा टटोल रहा था। कमरे की दीवारें इंक़लाबी नारों से भरी पड़ी थीं। 'भगत सिंह', 'पाश', 'चे गुएरा' के पोस्टर्स दीवार पर चिपके हुए थे। बुकशेल्फ़ में रखी थी कई सारी जानी-पहचानी लेखकों की किताबें: 'अज्ञेय','अमृता', 'दिनकर', 'प्रेमचंद', 'Jane Austen', 'Charles Dickens', 'Ayan Rand' और कुछ टुच्ची-सी पल्प फ़िक्शन टाइप किताबें भी।

अचानक वह पीछे से आई और मेरी पीठ थपथपाते हुए बोली। "बेसन के लड्डू खाओगे?"

"तुम ने बनाए?" मैंने उत्सुकता से पूछा।

"अरे नहीं मुझे कुछ बनाना नहीं आता... माँ ने भेजे थे घर से...।"

"नहीं मुझे...।" उससे पहले मैं कुछ बोल पता उसने डब्बा बिलकुल मेरी आँखों के सामने लेकर रख दिया। भूख बहुत ज़ोरों की लगी थी इसलिए ख़ामख़ा फ़ॉर्मैलिटी नहीं की।

"हम्म... अच्छा है।" मुँह में लड्डू ठूसते हुए मैंने कहा।

वह देर तक मुझे खाते हुए देखती रही। मैं उसकी बुकशेल्फ़ में सजाकर रखी गई ढेर सारी किताबों को निहारता रहा। कुछ ख़ास समझ नहीं आ रहा था कि आगे क्या बात करूँ, तो सोचा कि 'ट्राइड एंड टेस्टेड' फ़ॉर्मूला अपनाकर किताबों से ही बातों के सिलसिले की शुरुआत करता हूँ।

"तुम्हारा किताबों का कलेक्शन कितना अच्छा है। क्या तुमने पढ़ी हैं यह सभी किताबें।" मैंने उससे पूछा।"

"हाँ तो और क्या। तुम्हें क्या लगा? शो-ऑफ़ के लिए लगा रखी हैं? हँसते हुए वह बोली।" वैसे सभी किताबें दादाजी की लाइब्रेरी से चुराई गई हैं। उन्हें बहुत शौक़ था किताबों का। कहते थे-'दोस्तों के साथ कॉफ़ी

पीने बाहर क्यों जाना? घर बुला लो... बाज़ार से जा के कॉफ़ी पियोगे, उतने में एक किताब आ जाएगी'। हर बर्थडे पर मुझे ढेर सारी किताबें गिफ़्ट करते थे। मार्क्स से लेकर हिटलर और गाँधी से लेकर गोडसे, हमारे घर में सब पाए जाते थे।'' उसने समझाया। ''वैसे तुम किस तरह की किताबें पढ़ते हो?''

''काफ़्का बहुत पसंद है मुझे। हाल-फ़िलहाल वही पढ़ रहा हूँ। बाक़ी ज़्यादातर तो हिंदी में ही पढ़ा है...। मंटो, अमृता प्रीतम, भीष्म साहनी, धर्मवीर भारती... और यह सब भी कॉलेज में आने के बाद ही...। बचपन में तो सिर्फ़ नंदन, चंदामामा, चकमक या फिर कॉमिक्स पढ़ा करता था...।''

''दादाजी तो चकमक के एडिटर... मतलब संपादक थे। और पता है क्या! मेरी बहुत-सी कहानियाँ चकमक में छपी भी हैं।''

''अरे वाह... मैं हमेशा सोचता था कि अपनी कहानी भेजूँ। पर कभी हिम्मत ही नहीं जुटा पाया। लगता था कि कोई नहीं छापेगा...।''

''अरे तो मेरा रिफ़रेंस दे देते?''

''तुम्हारा? क्या कहता? इस लड़की से मैं 10 साल के बाद मिलने वाला हूँ...।'' हँसते हुए मैंने कहा।

वह कुछ देर ख़ामोश रही फिर बोली ''अब भी लिखते हो?''

''हाँ पर बच्चों की कहानियाँ नहीं।''

''तो फिर क्या इरोटिका...।''

''अरे नहीं। मतलब देश और समाज से जुड़ी कहानियाँ। मुझे लगता है कि हमारी कहानियों में जो दुनिया दिखाई जाती है उसमें राजनीति और दुनिया भर में घटित घटनाओं का उल्लेख तो होता ही नहीं। इसलिए मैं अपनी लिखी कहानियों में सामाजिक, आर्थिक, नैतिक, राजनीतिक, सांस्कृतिक - सभी पहलू दर्शाना चाहता हूँ... क्या हुआ मुस्कुरा क्यों रही हो?''

''कुछ नहीं। ऐसे ही... कितनी अच्छी हिंदी बोल लेते हो न तुम।''

''वैसे मेरा हिंदी प्रेम, मेरी हिंदी में रुचि कम और विवशता ज़्यादा है...।''

''मतलब।''

''हमेशा लिखना चाहता था। इंग्लिश इतनी अच्छी थी नहीं। और मन की बात हिंदी में ही लिखाई आती थी। कुछ उन कहानियों का असर भी था जिनसे

बचपन रौशन हुआ था। कितना अजीब है न उसमें से शायद कुछ कहानियाँ तुम्हारी भी रही होंगी। जाने-अनजाने तुम्हें मैं बचपन से जानता था।'' उसकी आँखों में झाँकते हुए मैंने कहा।

मन की छत पर खड़े हम दोनों ने ही दिल के ऐंटीने एडजस्ट कर लिए थे। हमारी फ्रीरीक्वेंसी एक दूसरे से मैच करने लगी थी। जब तक शर्ट बाहर सूखती, हम इत्मीनान से बैठकर ढेर सारी बातें करते रहे। पता ही न चला वक़्त कब बीत गया। मैंने उसे अपनी कविताओं के बारे में बताया और उसने अपने शास्त्रीय संगीत के शौक़ के बारे में। काफ़ी अनुरोध करने के बाद उसने फिर मुझे राग मल्हार में एक गीत सुनाया: 'बादल उमड़ बढ़ आए'। सुनकर मन तो ख़ुश हुआ ही, मौसम भी मेहरबान हो लिया। पहले तो सिर्फ़ ठंडी हवा सरसराते हुए चुपके से अंदर आ रही थी। कुछ देर में तेज़ हवाओं का दौर चला और खिड़कियाँ खड़कने लगी। फिर ज़ोर से बादल गड़गड़ाये और तभी अचानक बिजली गुल। हवा का एक गुस्ताख़ झोंका उसके लाल रंग के मलमली दुपट्टे को हवा में उड़ा ले गया और साथ ही तोहफ़े में लाई बरसात की बूँदें चेहरे पर छलका गया। जो टप्प-टप्प करती उसके चेहरे से सीने पर जा गिरीं।

सब कुछ वैसा ही हुआ जैसा ऐसे मौक़ों पर हिंदी फ़िल्मों में हुआ करता है। और फिर आता है एक रोमैंटिक गीत: *'टिप टिप बरसा पानी, पानी ने आग लगाई'* टाइप्स। पर यह कोई फ़िल्म तो थी नहीं। और न ही हम इस फ़िल्म के 'खिलाड़ी कुमार'। मुझे थोड़ा अजीब-सा लगने लगा। मैंने हॉल में टंगे 'आदर्श बालक' के पोस्टर को देखा और चुप चाप उठ खड़ा हुआ।

''चलो मैं चलता हूँ... अब शर्ट भी सूख ही गई। मौसम भी ख़राब ही लग रहा है... मुझे निकलना चाहिए...।'' बहाना मारते हुए मैंने कहा।

''तुम तो बिलकुल फ़िल्मी हिरोइनों की तरह घबरा गए। चिंता मत करो। मैं तुम्हारा कोई ग़लत फ़ायदा नहीं उठाने वाली। अच्छा चलो, बाहर चलते हैं। इतना सेक्सी मौसम है।'' उत्साहित होकर वह बोली।

इससे पहले कि मैं कुछ कह पाता, वह फटाफट से स्कूटी की चाबी लेकर आ गई।

''तुम नीचे जाओ, मैं चेंज करके आती हूँ।'' स्कूटी की चाबी थमाते हुए

उसने कहा।

"नहीं रहने दो न! ऐसे ही अच्छी लग रही हो।" उसकी तारीफ़ में मैंने कहा। वो सुनकर ख़ुश हो गई थी।

वह पटियाला सलवार-क़मीज़ पहने मेरे पीछे बैठी। मस्तानी-सी हवा, हलकी-सी बारिश और रिज रोड से गुज़रते हम। यह बिलकुल फ़िल्मों के ड्रीम सीक्वेंस जैसा था। स्कूटी पर चलते-चलते उसकी लाल चुनरिया लहराती हुई मेरे चेहरे के आगे आ जाती। वह बड़ी मुशक़्क़त के साथ उसे हटाती तो ज़ुल्फ़ें बिखरकर मेरे चेहरे पर आ गिरतीं। फिर वह दोनों को खुला छोड़ देती-बहती हवा में उड़ने के लिए। ज्यों-ज्यों उसका हाथ मेरे काँधे पर जाकर ठहरता, मेरे हाथ स्वयं ब्रेक पर गड़ जाते। ख़ाली शाम, ख़ाली सड़क और सुहाना-सा मौसम। ऐसे में स्कूटी आसमान में उड़ रही थी, हवा के वेग से भी तेज़। और मेरी धड़कन गाड़ी की रफ़्तार से भी तेज़।

***

बरगद के पेड़ की छांव तले एक छोटी-सी 'ओपन एयर कैफ़े' नुमा टपरिया पर हम काफ़ी देर तक बैठे रहे। बाक़ी के कपल्स की तरह, सर्दी में बरसात का लुत्फ़ उठा रहे थे।

"अच्छा क्या लोगे?" पेड़ की शाखा से लटके गत्ते के तख़्ते नुमा 'मेनू कार्ड' को देखते हुए उसने पूछा।

"मैं ऑर्डर करता हूँ... चाय तो पियोगी न?" 'छोटू' को इशारे से बुलाते हुए मैंने कहा।

"No! I'll have coffee." उसने जवाब दिया।

"मसाला चाय, फिलटरकोप्पी, प्याज पकोड़ा, मैगी... जल्दी बता दो और कुछ चाहिए तो।" शताब्दी की रफ़्तार से स्टूल पर डुप्लीकेट बिसलेरी की बोतल रखते हुए 'छोटू' बोला।

"भाई चाय की जगह दो कॉफ़ी ही कर देना।" मैंने थोड़ा हिचकते हुए कहा।

"एक बार में डिसाइड नहीं कर सकते-क्या लेना है नहीं लेना है।" ग़ुस्से में तमतमाता हुआ छोटू ऑर्डर लेकर निकल लिया।

वह बड़े आश्चर्य से छोटू को देखती रही फिर हँसते हुए मुझसे पूछा-

"तुम्हें चाय बेहद पसंद है?"

"हाँ तो और क्या। चाय कौन नहीं पीता?"

"मैं नहीं पीती...।"

"अरे। ऐसे कैसे?"

"ऐसे ही बचपन से माँ कहती आ रही हैं कि चाय पीते हैं तो रंग गहरा जाता है इसलिए।"

"तुम्हारी मम्मी चाय नहीं पीती हैं?"

"नहीं वह तो रोज़ पीती हैं"

"पर वह तो बहुत सुंदर हैं"

"हाँ वो तो है।" मुस्कुराते हुए वह बोली... "पर... तुम्हें यह कैसे पता?" संशय के साथ उसने पूछा।

"तुम्हारी 'पिक' देखी थी न।" मैंने शरमाते हुए कहा।

"फेसबुक पे?"

"हाँ।"

"पर रिक्वेस्ट नहीं भेजी?" ग़ुस्से में वह बोली।

"अब फेसबुक ने सवाल किया कि क्या तुम पर्सनली जानते भी हो इन मोहतरमा को? फिर सोचा जब ठीक से जानेंगे तभी भेजेंगे।"

"बेवक़ूफ़ हो... अच्छा... तुम्हें मैं कैसी लगती हूँ?" अपने बाल झटकते हुए उसने पूछा।

"ताजमहल की तारीफ़ में क्या कहे कोई... ताजमहल तो ताजमहल है।"

"हाहाहा... तो तुम लतीफ़े भी मार लेते हो...।" हँसते हुए उसने कहा "वैसे तुम भी ठीक ठाक हैंडसम लगते हो।"

यह शब्द जैसे रास्ते भर मेरे कानों में गूँजते रहे। भैय्या पहली बार किसी लड़की ने हैंडसम कहा था। जैसे ही वापस उसके घर पहुँचे तो बाहर ग़ुस्से से लाल, संजय की एक्स, नेहा खड़ी मिली। संजय के कहे अनुसार "ख़ूबसूरत लड़कियों का दिमाग घुटने में होता है, पर नेहा का, घुटने से थोड़ा ऊपर था।"

"ओह्ह सॉरी मुझे नहीं पता था कि तुम आओगी।" तुरंत गाड़ी से उतरकर

नेहा को चाबी पकड़ाते हुए उसने कहा। नेहा ने बिना कुछ कहे चाबी उसके हाथ से ले ली। मेरे 'Hi... ' के जवाब में नेहा ने एक ग़ुस्से से भरी चुप्पी दी। नेहा मुझे ग़ुस्से से घूरती रही मानो किसी पुराने जन्म की दुश्मनी निकल आई हो। मैं उन दोनों की आपसी कानाफूसी पर कान गड़ाए खड़ा था। क्या बात चल रही थी, जान पाना मुश्किल था पर नेहा का मुझे वहाँ आना अच्छा नहीं लगा, यह बात तो लगभग तय थी।

मुझे थोड़ी शर्मिंदगी महसूस हुई। मैंने यहाँ से निकलने में ही भलाई समझी। 'अच्छा चलो मैं चलता हूँ' का इशारा करते हुए मैं जाने को हुआ पर उसने मुझे 'अभी रुको मैं आती हूँ' का इशारा करके वहाँ रोक ही लिया। फिर अचानक पीछे से आई और ज़ोर से मेरी पीठ थपथपाते हुए बोली– ''सॉरी! नेहा थोड़ी पागल टाइप की लड़की है। बुरा मत मानना!''

''कोई बात नहीं! चलो अब निकलता हूँ।'' मैंने बाय का इशारा करते हुए कहा।

''कैसे जाओगे?''

''ऑटो मिलता है तो ठीक, नहीं तो मेट्रो से चला जाऊंगा।''

''चलो मैं मेट्रो स्टेशन तक ड्रॉप कर देती हूँ...।'' कहती हुई वह मेरा हाथ पकड़कर स्कूटी की तरफ़ खींच ले गई।

''स्कूटी मैं चलाऊँ?'' उसने किसी बच्चे की तरह ज़िद की और चाबी मेरे हाथों से छीन ली। स्कूटी के साथ उसकी ज़ुबाँ भी चलती रही। ''तुम्हें पता है क्या?'' किसी बच्चे की जैसी मासूमियत से उसने पूछा।

''क्या?''

''पहली बार कोई लड़का मेरी स्कूटी पर बैठा है।''

''सच?'' मैं ख़ुद को अति भाग्यशाली मान ही बैठा था कि उसने मेरा भ्रम तोड़ डाला।

''मैंने अभी-अभी हफ़्ते पहले ही स्कूटी चलानी सीखी है।'' गर्दन पीछे करती हुई वह बोली।

मैंने उसकी गर्दन को वापस सामने की ओर मोड़ा और अपना सारा ध्यान आस-पास के ट्रैफ़िक पर लगा दिया। वह रियर व्यू मिरर से झाँककर मुझे देखती रही और मुस्कुराती रही। मैं किसी भी तरह की इमरजेंसी के लिए तैयार

खड़ा था, ताकि अगर गाड़ी स्किड मारती है तो संभाली जा सके। उसने मुझे मेट्रो स्टेशन पर उतारा और वहाँ खड़े रहकर कुछ देर बातें भी की। उसने मेरा नंबर लिया और मैंने उसका। फ़ोन नंबर के इस परस्पर एक्सचेंज के लिए अब किसी बहाने की आवश्यकता न थी।

वह 'बाय' कहती हुए वापस स्कूटी पर बैठ गई। बड़ी मुशक़्क़त से बालों को हेलमेट में समेटा। ख़ुद को निहारने के लिए या फिर शायद मुझे देखने के लिए अपना रियर व्यू मिरर थोड़ा एडजस्ट किया। स्कूटी स्टार्ट की और रेस देकर अचानक ब्रेक लगा दिया। पीछे मुड़कर मुझे देखा, मुस्कुराई और इशारा किया कि मैं अब लौट जाऊँ।

लगा कि आज का दिन कुछ ख़ास है। मौसम भी इतना सुहाना था। और तो और एक सज्जन ऑटो वाले ने ख़ुद आकर मुझसे कहा 'आइये भैय्या आपको छोड़ देते हैं'। यह सब जो हो रहा था किसी चमत्कार से कम न था। मैं चुपचाप ऑटो में जाकर बैठ गया। पीछे मुड़कर देखा तो वह अब भी वहीं खड़ी थी। मुस्कुराकर उसने अपना हाथ फहराया। और हलकी-सी मुस्कान के साथ मुझे अलविदा कह दिया।

रास्ते में ITO रेड लाइट के पास एक औरत दिखाई दी। प्रेग्नेंट थी और रो रही थी। मेरे क़रीब आई और पैसों की गुहार लगाई। बोली कि अस्पताल जाना है, अर्जेंट। मुझसे देखा न गया और 50 का नोट उसके हाथ में थमा दिया। जाम जैसे ही खुला तो वही औरत किसी दूसरी गाड़ी वाले के पास पहुँच गई। ऑटो वाले ने फिर राज़ खोला- ''माफ़ कीजिए भैया आपको इशारा भी किए, पर समझे नहीं। यह सब बकैती है। पेट में फुटबॉल डालकर बेवक़ूफ़ बनाते हैं जनता को। अगली बार ऐसा कोई मिले तो कह दीजिएगा इरविन हॉस्पिटल बग़ल में है वहीं चली जाएँ।''

फिर उसने दिल्ली में सर्वाइव करने के कुछ और नुस्खे भी बताए। जैसे 'ब्लू लाइन' से 50 मीटर की दूरी बनाकर रखें। और डीटीसी में चढ़ने से पहले पैसेंजर्स से पूछ लें कि बस आपके स्टॉप पर जाएगी या नहीं। कंडक्टर कान में रूई और मुँह में तम्बाकू ठूसा रहेगा। उसे आपके जाने या न जाने का रत्ती फ़र्क़ नहीं पड़ता।

रास्ते भर ऑटो वाला अपने बड़े से मुँह में तम्बाकू भरकर बतियाता रहा। उसकी ज़बान उसकी थूक की पिचकारी से भी लंबी प्रतीत हुई। कैंची की तरह चलती रही और समय कटता रहा।

भीषण जाम के बीच कब नॉर्थ कैंपस से अपने हॉस्टल पहुँचा पता नहीं चला। मीटर ने लगता है बड़-बड़ करने का टैक्स भी जोड़ लिया था।

हॉस्टल पहुँचते ही उसका SMS आया। उसने मैसेज में पूछा था: 'reached ?'. मैंने तुरंत ही मैसेज टाइप किया: 'मैं तो पहुँच गया। पर यह दिल वहीं रह गया'। सेंड करने ही वाला था की फिर भगवान ने थोड़ी सद्बुद्धि दी। काफ़ी जद्दोजेहद के बाद एक फॉर्मल सा मैसेज टाइप किया: 'Reached. Thanks for the help! Had a really nice evening !' और भेज दिया। फिर ख़ुद को देर तक आईने में निहारा। उसके कहे गए वह शब्द मेरे कानों में गूँजते रहे: 'वैसे तुम भी ठीक ठाक हैंडसम लगते हो'। मानो वह यही शब्द चुपके से मेरे कान में आकर दोहराती रही- बार-बार लगातार।

सुनिए कहिए, कहिए सुनिए

एक मुलाक़ात से शुरू हुआ यह क़िस्सा जाने कब गुफ़्तगू तक जा पहुँचा, पता ही न चला। बातों का सिलसिला कुछ यूँ चल निकला कि फिर आस-पास बातें बनने लगीं। हॉस्टल में अब धीरे-धीरे अफ़वाहें उड़ने लगीं थीं। हर रोज़ घंटों तक फ़ोन पर टक-टक करके मैसेज-पे-मैसेज भेजे जा रहे थे। मैं भी अब हॉस्टल के बाक़ी लड़कों की तरह बालकनी में खड़ा कोहनी को छाती से लगाए फ़ोन पर बतियाता रहता। उधार माँगकर फ़ोन रिचार्ज कराया करता। अपने उस दोस्त का दर्द शायद अब जाकर समझ आया। क्या करें ? जब मिर्ज़ा ग़ालिब उधार के रहमो-करम पर ऐश फ़रमा सकते थे, तो हम क्या चीज़ हैं।

मेरा हर वक़्त फ़ोन से चिपके रहना, मैसेज के इंतज़ार में फ़ोन की स्क्रीन को तकते रहना, उसके साथ बिताए किसी पल को याद कर मंद-मंद मुस्कुराना, रोज़ नहाना, बेख़याली में 90's का कोई रोमैंटिक गीत गुनगुनाना, सबसे प्रेम से बात करना और सबसे बड़ी बात, किसी भी तरह की पॉलिटिकल डिबेट से ख़ुद को दूर रख लेना - यह सभी वह लक्षण थे जिन्होंने पिंटू के मन में संशय उत्पन्न कर दिया था। हालाँकि ऑफ़िशियली उसे कुछ बताया नहीं गया था। सोचा था कि जब तक कुछ पक्का नहीं हो जाता, बताने का कुछ मतलब भी नहीं। ज़रूरी नहीं कि जैसा हम सोचते हैं सामने वाला भी कुछ वैसा ही सोचे। हो सकता है कि वह इसे एक अच्छी दोस्ती की शुरुआत मानकर चल

रही हो। और वैसे भी मैं कोई रिस्क लेना नहीं चाहता था। किसी चीज़ की कोई जल्दी नहीं थी। किसी को अपने दिल की बात कह देने से पहले ज़रूरी है यह जानना कि आख़िर तुम्हारा अपना दिल चाहता क्या है? मेरा दिल इस वक़्त बस बहाने ढूँढ़ना चाहता था–उससे मिलने के, उसे और जानने–समझने के, उससे कुछ और देर बात करने के।

फेसबुक पर शेरों के शेयर बाज़ार में हमने भी अपनी लिस्टिंग करा डाली। फेसबुक स्टेटस में पहली मुलाक़ात के नाम एक शेर लिखा, इस उम्मीद में कि सीधा दिल तक हाल डिलीवर हो सके। पर उसका कोई 'लाइक' या 'कमेंट' भी न आया। अगले दिन फिर एक मिसरा उछाला। इस पर उसने एक अंगूठा दिखाया तो दिल को थोड़ी तसल्ली मिली।

उससे आख़री बार मिले लगभग एक हफ़्ता होने को था। अगली मुलाक़ात के लिए कोई अच्छा बहाना खोजने की ज़रूरत थी। जानता था कि उसे नाटक में इंट्रेस्ट है, तो सोचा कि इसी बहाने से मिला जाए। ''मंडी हाउस में एक प्ले लगा है: 'आषाढ़ का एक दिन'। कोई साथ जाना नहीं चाहता। क्या तुम जाना पसंद करोगी?'' मैंने मैसेज करके पूछा। उसका तुरंत मैसेज आ गया। जवाब 'हाँ' था।

यह हमारी पहली ऑफ़िशियल डेट थी। ऑडिटोरियम खचाखच भरा हुआ था। हैरान था कि अब भी लोग इन सब चीज़ों को इतना पसंद करते हैं। नाटक काफ़ी बढ़िया था। ऑडिटोरियम में फुसफुसाहट तक नहीं। सभी की निगाहें स्टेज पर टिकी हुई थीं। पर मेरा ध्यान कभी उसकी ज़ुल्फ़ों में जाकर अटक जाता तो कभी उसकी रंग-बिरंगी बालियों के साथ खेलने लगता। बीच-बीच में कभी उसकी कोहनी मेरी कोहनी से टकरा जाया करती तो हाय! अजब ही अनुभव होता। उसके हाथ ग़लती से मेरी हथेलियों को छू जाते तो और भी सुखद लगता।

ऑडिटोरियम से निकल कर पास में एक रूफ़टॉप रेस्टोरेंट में खाने चल दिए। एक ज़माने में वो कॉलेज रोमांस का अड्डा हुआ करता था। सोचा हम भी अपने होने वाले रोमांस की शुरुआत यहीं से करें। हम एकदम कॉर्नर वाली सीट पर जा बैठे। नज़ारा अच्छा था, मौसम भी और माहौल भी। वेटर होशियार था। ऑर्डर लेने के आधे घंटे तक डिस्टर्ब करने नहीं आया।

वह मुझे देखती रही और मैं उसे। मेरी निगाह उसकी लटों की ही तरह बेपरवाह होकर गर्दन से कुछ नीचे जा फिसली। पर इससे पहले की दुर्घटना घटती, मैंने उसकी टीशर्ट की तारीफ़ कर दी जिस पर 'फ़ैज़' की एक मशहूर नज़्म उकेरी गई थी। नीले आसमानी रंग की टीशर्ट पर सफ़ेद और पीले रंग की एम्ब्रायडरी में लिखा था: 'बोल के लब आज़ाद हैं तेरे'। तारीफ़ सुनकर या शायद मेरे चेहरे पर झलकती शर्मिंदगी देखकर वह हँस पड़ी। काश मेरे लब भी इतने आज़ाद होते तो मैं उसे बता पाता कि मैं अभी इस पल क्या सोचता हूँ।

मैं अगल-बग़ल देखता-बिजली के तार पर बंदरो को झूलते हुए, भीड़ को कनॉट सर्कस के गोल-गोल घूमते हुए। बीच-बीच में ख़ुद-ब-ख़ुद मेरा ध्यान उन कोमल हथेलियों पर जा अटकता। मन किया कि अभी इस वक़्त इन्हें थाम लूँ।

"क्या हुआ हाथों को ऐसे क्या देख रहे हो।" एक लंबी ख़ामोशी के बाद आख़िर उसने चुप्पी तोड़ी।

"हाँ?" मैं सकपका उठा। फिर संभालते हुए कहा "तुम्हारी रेखाएँ देख रहा था।"

"तुम्हें हाथ पढ़ना आता है। सच में?"

"हाँ।" मैंने फ़ौरन जवाब दिया।

"कहाँ सीखा?"

"यह भी कोई सीखने की चीज़ है। यह तो सुपरनैचुरल पावर्स है।" चुटकी लेते हुए मैंने कहा।

"चलो झूठे कहीं के।"

"ठीक है। मत मानो।" मैंने इतराते हुए कहा।

उसने कुछ देर मुझे ग़ुस्से में देखा फिर ख़ुद ही अपना हाथ मेरे सामने रख दिया। जैसे कि कोई किताब चाहती हो कि उसे नज़ाकत के साथ पहले पकड़ा जाए, फिर देर तक पढ़ा जाए। "अच्छा। मेरा हाथ पढ़कर बताओ।" अपना हाथ मेरे हाथ में रखते हुए वह बोली। उसने जैसे ही मेरे हाथों को छुआ तो इलेक्ट्रिक करंट-सा लगा। पल भर के छुअन से रोंगटे उत्साह में खड़े हो गए। मेरे शरीर की छोटी-से-छोटी कोशिकाएँ भी इस स्पर्श, इस सौम्य एहसास से पूर्णतः अनभिज्ञ थीं। अब अगर हिंदी फ़िल्मों को फ़ॉलो करता तो वह दो

मिनट में समझ जाती कि मुझे कुछ नहीं आता-जाता, सिर्फ़ उसका हाथ पकड़ने के लिए ही यह सब ढोंग रच रहा हूँ। यह तो भला हो संघ के कुछ महानुभावों का जिनसे चर्चा के दौरान मुझे हस्तरेखा विज्ञान की टेक्निकल जानकारी हाथ लगी। अब उन ब्रह्मचारियों का ज्ञान कैसे हमारे जीवन को गृहस्थ आश्रम की ओर ले जाएगा, यह देखना बाक़ी था।

"यह देखो... यह है तुम्हारी मस्तिष्क रेखा... छोटी-सी है बिलकुल।" उसकी हस्तरेखाओं पर अपनी उँगलियों को छुआते हुए मैंने कहा- "यह जीवन रेखा... बेहद लंबी... और इन दोनों रेखाओं के ऊपर दिखने में धनुषाकार-सी... यह है तुम्हारी हृदय रेखा। अरे, इसका एक सिरा तुम्हारी मध्यम ऊँगली पर आकर जा ठहरा है और वहीं से नीचे की तरफ़ मुड़ गया है!"

"इसका क्या मतलब हुआ?"

"मतलब हुआ कि तुम पर भरोसा नहीं किया जा सकता।" मैंने हँसते हुए कहा।

"मज़े ले रहे हो मेरे... चिढ़ते हुए वो बोली। और ग़ुस्से में अपना हाथ मेरे हाथों से हटा लिया। फिर मन-ही-मन मुस्कुराने लगी।

"अव्वल दर्जे के ज्ञानी मालूम होते हो।" मेरा मज़ाक़ उड़ाते हुए वह बोली।

इतने में वेटर ऑर्डर ले आया। खाना खाते हुए कुछ देर और बातें की। उसने मुझे अपने स्कूल के क़िस्से सुनाए। उसने बताया कि किस तरह वह 9th तक देश के विभिन्न शहरों में रहक़र पढ़ी है। और फिर जब उसके पापा का ट्रांसफ़र पटना हो गया तब वहाँ आए दिन हो रही किडनैपिंग्स के डर से उसे घर से दूर दिल्ली के एक प्रतिष्ठित स्कूल में पढ़ने भेज दिया। वही प्रसिद्ध स्कूल जिसके भारत की गौरवमयी संस्कृति को भ्रष्ट कर देने वाले MMS कांड की कथा हम सरस्वती शिशु मंदिर के लौंडो ने अपने आचार्यों के मुँह से सुनी थी। फिर उसने मुझे अपनी नुक्कड़ नाटक मंडली से लेकर कॉलेज की सभी गतिविधियों से अवगत करवाया। अपने सभी कॉलेज के दोस्तों के साथ-साथ नेहा का भी पूरा ब्योरा दिया। अपने क्रश के बारे में बताकर मुझे जलाया भी।

वापस जाते वक़्त थोड़ी देर कनॉट प्लेस की परिक्रमा लगाई। वहीं कहीं एक बूढ़ी-सी माताजी हाथ में बीड्स लिए बैठी किसी जानी-पहचानी-सी

भाषा में लोगों को आवाज़ दे रही थी। उस बूढ़ी औरत की पुकार सुनकर अचानक वह रुकी और जाकर पूछा- "कौन जिला से हो अम्मा?"

"अररिया जिले से।"

"अरे हम भी तो वहीं से आवत हैं...।"

"यह लगाएगी गुड़िया?" रंग-बिरंगे बीड्स अपने हाथों में लेते हुए बूढ़ी अम्मा बोली।

"हाँ तो लगा दो...।" अपनी लटें सँवारते हुए उसने कहा।

उसने उस बूढ़ी औरत से फिर बालों में बीड्स लगवाए और कुछ कंगन खरीदे। 100 का नोट थमाकर उसने अम्मा को अलविदा कह दिया। मुस्कुराने के बाद अम्मा के चेहरे की झुर्रियाँ और भी खिल उठीं।

'मनमोहन सिंह' द्वारा की गई अर्थव्यवस्था कायापलट के बाद अंग्रेज़ी ने हम 90's के बच्चों में एक तरह का 'caste system' शुरू कर दिया था। इसमें 'ब्राह्मण' वह लोग थे जो 'south delhi' एक्सेंट में फ़र्राटेदार अंग्रेज़ी बोलते, हाई-फ़ाई इंगलिश मीडियम स्कूल जाते, 'हैरी पॉटर' या 'मिल्स एंड बून्स' पढ़ते और 'मैक-डी' में बर्गर खाते थे। जबकि 'शूद्र' वह लोग थे जिनका हाथ अंग्रेज़ी में थोड़ा टाइट था। जो गर्मी की छुट्टियों में हर रोज़ एक रुपये में किराए पर नागराज, डोगा, बाँकेलाल, सुपर कमांडो ध्रुव ला कर पढ़ते थे। और जब घर पर कोई नहीं रहता तब कभी-कभी मनोहर कहानियाँ भी पढ़ते। जो मेरी तरह 'सरस्वती शिशु मंदिर' के बाहर खड़े चाट वाले से एक रुपये में 4 गोल गप्पे खाते थे- साथ में एक सूखा फ़्री। पर जब उसे यूँ सड़क पर एक सामान बेचने वाली बूढ़ी औरत से इतनी आत्मीयता के साथ वार्तालाप करते देखा तब शायद मेरे सारे पूर्वाग्रह धराशायी हो गए थे और मैं यह जानकर बहुत ख़ुश था। देखने से ही नक़ली लग रहे उन कंगन को पहनकर इतना ख़ुश थी कि मानो 24 कैरेट गोल्ड के बने हों-ठीक उसकी मुस्कान की तरह।

कहते हैं आदमी का पहला प्यार वक़्त के साथ बदलता रहता है। 'अल्लादीन' की जैस्मीन, 'दिल तो पागल है' की माधुरी दीक्षित, फ़िज़िक्स की कोचिंग में मेरे साथ पढ़ने वाली वह लड़की-हर बार लगा कि यही पहला प्यार है। पर आज जाना कि वह सब महज़ अट्रैक्शन था। पहला प्यार तो वह है जो आज हुआ। यही वो क्षण था जब पहली बार इस बात का एहसास हुआ

कि शायद यही वह लड़की है जिसके साथ मैं अपनी बाक़ी ज़िंदगी बिता देना चाहता था।

***

वापस हॉस्टल पहुँचते ही मैंने उसे कॉल किया- "थैंक यू। मेरे साथ चलने के लिए। बहुत मन था प्ले देखने का।"

"फ़ॉर्मैलिटी की कोई ज़रूरत नहीं। तुम्हें जब मन करे, बता दिया करना। मैं साथ चल दूँगी।" मुस्कुराते हुए वह बोली। "वैसे कल आओगे?" हिचकते हुए उसने पूछा।

"तुम नहीं पूछोगी तो क्या बहाना बनाऊँगा तुम्हारे पास आने के लिए, बस अभी यही सोच रहा था।" थोड़ा शरमाते हुए मैंने कहा।

"हाहाहा... क्या बहाना सोचा था वैसे?"

"घूमने के बहाने तो दिल्ली में हज़ार मिल जाते हैं। अब जैसे... कल नेशनल म्यूज़ियम में एक प्रदर्शनी लगी है। वहाँ हम दिल्ली के समूचे इतिहास से रूबरू हो सकते हैं। क्या कहती हो, चलोगी?"

"मुझे तो हिस्ट्री से सख़्त नफ़रत है। तुम्हें इंट्रेस्ट है इन सब चीज़ों में?"

"हाँ मुझे तो स्कूल के दिनों से ही इतिहास पसंद है।"

"इतिहास! वाओ! हिस्ट्री को इतिहास कहते मानो सुना ही नहीं कभी।"

"इतिहास कहो तो लगता है किसी क़िस्से-कहानी की सौग़ात है और हिस्ट्री कहो तो लगता है कोई सब्जेक्ट है जिसे पढ़ना है और पास करना है। इतिहास कहो तो लगता है एक धरोहर है और हिस्ट्री कहो तो जैसे बोझ...।"

"वाह! क्या विचार है। जब इतिहास में इतना इंट्रेस्ट था तो फिर इंजीनियरिंग क्यों की भला? फ़ैमिली प्रेशर?"

"Not exactly! जॉब प्रॉस्पेक्ट्स भी तो होने चाहिए। वैसे भी मुझे इतिहास सिर्फ़ पढ़ने का शौक़ था, बनने का नहीं।"

***

हम अगले दिन सुबह नेशनल म्यूज़ियम पहुँचे। कला प्रदर्शनी देखने काफ़ी लोग आए हुए थे। आर्काइव्ज़ में लगे पुरानी ब्लैक एंड वाइट तस्वीरें देखकर मालूम हुआ कि लूटियंस का शहर और इसकी इमारतें कितनी ही

ख़ूबसूरत लगा करती थीं जवानी में। आज़ादी से नई-नई शादी हुई थी तब। इन साठ सालों में लगता है बुढ़ा गई है दिल्ली।

"कहीं भी ऐसी जगह जाओ तो यह इंटेलेक्चुअल टाइप लोग ज़रूर दिखाई दे जाते हैं।" भीड़ में एक ख़ास क़िस्म के लोगों के एक ग्रुप को देखते हुए मैंने टिप्पणी दी।

"तुम्हें कैसे पता कि ये इंटेलेक्चुअल हैं।" उसने हैरत में पूछा।

"होते नहीं, बस ढोंग करते हैं। 'इंडिया इंटरनेशनल सेंटर' और 'जिमख़ाना क्लब' की मेम्बरशिप लिए बैठे ये बुद्धिजीवि वर्ग के लोग ख़ान मार्केट से डिज़ाइनर वेयर खरीदेंगे, BMW में सफ़र करेंगे और धरना देंगे जंतर-मंतर पर किसानों के हक़ और पर्यावरण की रक्षा के लिए...। पाखंडी साले... ओह्ह सॉरी।" मैंने ज़बान संभालते हुए कहा। वह मुझे देखकर हँसती रही। मैंने अपनी बात आगे जारी रखी "किसी को भी अगर लेफ्टिस्ट या फेमिनिस्ट बनना हो तो बस खादी की साड़ी, स्लीवलेस ब्लाउज पहन लो। साथ में बड़ी-सी लाल बिंदी लगा लो। या फिर आदमी हो तो रगड़ा हुआ पोछे जैसा पुराना-धुराना खादी कुरता, ब्लू डेनिम जीन्स, साथ में मोटे फ्रेम का काला चौकस ऐनक और 'मार्क्स' जैसी बड़ी दाढ़ी। ज़बान पर फ़ैज़ का कोई कलाम और देश के हालात पर 2-4 कमेंट - ख़ुद को बड़ा ज्ञानी दिखाने के लिए इतना काफ़ी है।"

"हाहाहा... हे भगवान तुम कितना stereotypical सोचते हो!"

वह काफ़ी देर तक पेट पकड़कर हँसती रही। फिर प्यार से मेरे सर पर हाथ फेरकर बालों को झटक दिया और मेरा हाथ पकड़ते हुए आगे खींच ले गई।

"यह सब क्या है?" दीवार पर लगी पेंटिंग्स देखते हुए वह बोली।

"अरे यह तो दिल्ली के पुराने शहरों के नक़्शे हैं। तुम्हें पता है, दिल्ली कुल आठ शहर से मिलकर बनी है जो अलग-अलग कालों में बसाए गए।"

"बताया तो हिस्ट्री में मेरा कोई इंट्रेस्ट नहीं। क्यों मज़े ले रहे हो?" उसने नाराज़गी व्यक्त की।

"नहीं पता तो कोई बात नहीं... मैं हूँ ना तुम्हारा गाइड! तो चलो सुनते हैं दास्ताँ उस शहर की, जो था आलम में इंतिख़ाब। सोचो, जहाँ अभी हम खड़े हैं, यहीं-कहीं हुआ करता होगा इंद्रप्रस्थ-महाभारत के वक़्त पांडवों की राजधानी।

तुम्हें पता है, कभी ढिल्लू नाम का एक राजा हुआ करता था, जिसके ऊपर दिल्ली का नाम पड़ा। वैसे ऐतिहासिक रूप से जो पहला शहर था दिल्ली का वह था लाल कोट...।" मैप पर अपनी ऊँगली रखते हुए मैंने कहा। "राजपूतों द्वारा बसाया गया था। क़ुतूब मीनार के पीछे अब भी उसके कुछ अवशेष बचे हैं, जिसे क़िला राय पिथौरा कहते हैं।"

"तुम्हें इतना सब कैसे पता।" उसने हैरत के साथ पूछा।

"गूगल किया था।" मैंने जवाब दिया।

वैसे गूगल देवता से यह जानकारी जिस कारण से माँगी थी उसकी कहानी भी बड़ी रोचक रही थी। एक सवाल जो मुझे हमेशा हैरान करता था, वह था कि असल में 'दिल्ली वाला' है कौन? पेज थ्री पर दिखने वाले सोशलाइट, लुटियंस डेल्ही के पॉश इलाकों में रहने वाले नेता और ब्यूरोक्रेट्स, सत्ता के क़रीबी पत्रकार, देश के अलग हिस्सों से आईएएस की तैयारी करने आये छात्र, DU और JNU के स्टूडेंट्स, बरसों से फुटपाथ पर सो रहे भिखारी, रैड लाइट पर भीख़ मांगते बच्चे, जमुना पार रहने वाले माइग्रेंट वर्कर्स, काली-पीली टैक्सी चलाते हंसमुख मिज़ाज सरदार जी, चाणक्यपुरी के फॉरन डिप्लोमैट, हौज़ ख़ास जैसे सैंकड़ों शहरी गाँव में रहने वाले या फिर वो रेफ्यूजी जिन्होंने दिल्ली को अपना घर बना लिया - सी आर पार्क के बंगाली, लाजपत नगर के पंजाबी, मजनू का टीला के तिब्बती। आख़िर है कौन ये दिल्ली वाला? क्या वो जो दूर देशों से आकर यहाँ बसे और जिन्होंने दिल्ली के ऊपर आर्टिकल लिखे, किताबें लिखीं - क्या वो दिल्ली वाले नहीं?

तो उस दिन माजरा कुछ यूँ था कि हमारे एक सीनियर ने रैगिंग के वक़्त मुझसे पूछा कि क्या मैं 'Delhite' हूँ? शायद मेरी फ़्लूएंट इंग्लिश और बात करने के अंदाज़, चेहरे के हाव-भाव, जो मैंने दिल्ली के बड़े-बड़े स्कूलों में पड़े अपने कॉलेज के बाक़ी दोस्तों से सीखे थे-काम कर गए थे। एक अजब अनुभूति हुई यह जानकर कि मैं उस 'हिंदी मीडियम' वाले टैग से आज़ाद हो चुका हूँ। मैं उसी वक़्त दौड़कर किसी हाई-फ़ाई रेस्टोरेंट में जाकर बिना हिचके, बिना अटके एक लाइन में "I'll have a Mexican grilled hamburger with cheddar cheese & bacon... And a cup of cafe latte with whipped cream and brown sugar" बोलकर आना

चाहता था।

इससे पहले कि मैं इस भाषा के बंधन से ख़ुद को आज़ाद कर पाता-मेरे दोस्त ने मेरा वह भ्रम तोड़ दिया। सुरेंदर नाम था उसका। नाम बोलते वक़्त 'दर' पर वह कुछ ज़्यादा फ़ोकस करता था। सुन कर भी डर जाए भला मानुष। खड़ी आवाज़ थी-ठेठ बिलकुल। उसी ने मुझे यह सब दास्तान सुनाई। 'दिल्ली वाला', 'delhite' -यह सब स्लैंग्स क्या होते है, उसे नहीं पता। पर उसके पूर्वज पिछले 2000 सालों से यहाँ डेरा डाले हैं, इस बात का उसके पास लिखित प्रमाण है। वह तो यहाँ तक कहता है भगवान कृष्ण के टाइम से वह लोग यहीं रह रहे हैं, जमुना किनारे। तब से, जब वह दिल्ली नहीं इंद्रप्रस्थ नगरी थी। तब समझ आया, वह था 100 प्रतिशत दिल्ली वाला।

यह क़िस्सा सुनकर वो लोटपोट होकर हँसी। चलते-चलते अगले सेक्शन में पहुँचे। वहाँ पृथ्वीराज चौहान का एक बड़ा-सा पोर्ट्रेट टंगा हुआ था। "यह देखो, यह रही पृथ्वीराज की वीर दास्ताँ - कैसे पृथ्वीराज चौहान ने मोहम्मद ग़ौरी को बुरी तरह हराया, पर ज़िंदा छोड़ दिया। आख़िर ग़ौरी ने धोखे से पृथ्वीराज के पीठ में छूरा घोंपा।" पेंटिंग की ओर इशारा करते हुए मैंने कहानी को आगे बढ़ाया- "ज़रा सोचो, यदि इस देश में कोई 'जयचंद' न होता, यदि पृथ्वीराज राजपुताना की प्रथा भूल कर ग़ौरी को निहत्था मार देते, तो शायद इस देश का इतिहास कुछ और होता। पता है, पृथ्वीराज के बाद ही सरज़मीं -ए - हिंदुस्तान में इस्लामी हुकूमत की नींव पड़ी, जब 'कुतुबुद्दीन ऐबक' ने तक़रीबन 1206 में दिल्ली सल्तनत की शुरुआत की। उसी ने बनाया 'क़ुतूब मीनार' और उसी के आसपास बसा दिल्ली का दूसरा शहर 'महरौली'। इसके बाद आए ख़िलजी। उसमें से एक जल्लाद था अलाउद्दीन ख़िलजी, जिसने बनाया दिल्ली का तीसरा शहर 'सीरी'। वहीं जहाँ सीरी फ़ोर्ट ऑडिटोरियम है। पता है, मैंने पिछले साल ही वहाँ जगजीत सिंह का कॉन्सर्ट देखा था। तुम्हें भी ग़ज़ल पसंद है न। अगर दोबारा कभी मौक़ा लगा तो अपन चलेंगे...। क्या हुआ हँस क्यों रही हो?" उसको मुस्कुराता देख मैं रुक गया।

"कुछ नहीं।" उसने अपनी हँसी संभालते हुए कहा- "अच्छा अब इस एग्ज़िबिशन के कितने चक्कर काटेंगे? मुझे शॉपिंग जाना है।"

"अच्छा ठीक है। फिर मैं भी निकलता हूँ।"

"क्यों कुछ काम है?"

"मुझे क्या काम होगा। मैं तो फ्री ही रहता हूँ।"

"हाँ तो फिर साथ चलो न। इतनी अच्छी कहानी तो सुना रहे थे।"

म्यूज़ियम के बाहर सड़क के किनारे खड़े रहकर हमने ऑटो का इंतज़ार किया। जब मेरी अर्ज़ियाँ ऑटो वालों ने न सुनी तो कमान उसने अपने हाथों में ली। मैंने अपनी क्लास जारी रखी। "हाँ तो अब इसके बाद आए तुग़लक, जिन्होंने बसाया दिल्ली का चौथा शहर 'तुग़लकाबाद' और पाँचवा शहर 'फिरोज़ शाह कोटला' - जहाँ दिन में क्रिकेट के मैच होते हैं और रात में जिन भटकते हैं...।"

"अरे रुको ऑटो आ गया।" उसने टोकते हुए कहा।

उसने ऑटो वाले को ज़ोर से पुकार लगाई। पहली ही बार में ऑटो वाला मान गया। लगा कुछ तो जादू है उसके अंदर। ऑटो में बैठकर 'दास्ताँ -ए-दिल्ली' आगे सुनाई गई।

"अच्छा तो अभी तक चल रहा था दिल्ली सल्तनत। इसके आख़री सुलतान थे लोधी। वही लोधी गार्डन वाले। यह देखो, आ भी गया।" दूर से लोधी गार्डन की तरफ़ इशारा करते हुए मैंने कहा। "इसके बाद क़रीब 1526 में आया बाबर - जिसकी रगों में दौड़ता था दुनिया के दो सबसे ख़ूँख़ार लोगों का ख़ून, चंगेज़ ख़ान और तैमूरलंग। बाबर और लोधी के बीच पानीपत का पहला युद्ध हुआ। बाबर ने दिल्ली फ़तह की और मुग़ल साम्राज्य की स्थापना की। बाबर का बेटा था हुमायूँ, जिसकी बेगम ने बनाया था 'हुमायूँ का मक़बरा'- जो न सिर्फ ताजमहल के लिए रिफरेन्स पॉइंट था, बल्कि इंस्पिरेशन भी और उसी की तरह प्यार की निशानी भी"

"क्या हुआ रुक क्यों गए?"

"कुछ दिमाग में घुस भी रहा है या सब tangent की तरह निकल रहा है?

"नहीं...। आ रहा है समझ। आगे सुनाओ... "

"हाँ तो... हिमायूँ को हारने के बाद कुछ वक़्त शेर शाह सूरी का राज चला। वो एक पठान था जो बिहार से आया था...।"

"हाँ पता है। वही न जिसने GB रोड बनाई थी।

"नहीं! GB नहीं GT रोड!"

"ओह! सॉरी सॉरी... वह तो कुछ और ही...।

"हाँ! हिस्ट्री में इस तरह की ग़लती माफ़ नहीं होती। पता नहीं कब किसकी भावनाओं को ठेस पहुँचे और फिर वह बस-वस जला दे! खैर, इस शेर शाह ने एक और शहर बनाना चाहा... दिल्ली का छठवां शहर... पुराना क़िला और उसके आसपास का इलाका, जहाँ अब चिड़िया घर है। इसके बाद मुग़ल सल्तनत की वापसी हुई और लगभग एक पूरी शताब्दी, तीन महान शहंशाओं ने राज किया - अकबर (द ग्रेट), 'मुग़ल-ए-आज़म' का सलीम यानी कि जहाँगीर और उसके बाद शाहजहाँ। इस शाहजहाँ ने बनाया लाल क़िला, जामा मस्जिद और उसी के आसपास बसाया शाहजहांबाद-जो था दिल्ली का सातवाँ शहर और मुग़ल साम्राज्य की राजधानी। जो उस वक़्त नई दिल्ली हुआ करती थी, जिसे आज हम पुरानी दिल्ली कह देते हैं। यहाँ हम चलेंगे किसी दिन सुबह सवेरे।"

"ठीक है मेरे 'राजू गाइड' जहाँ ले जाओगे वहाँ चल लेंगे।" मेरे बालों पर अपना हाथ फेरते हुए वह बोली।

"औरंगज़ेब के बाद जहां मुग़ल सल्तनत अपने 'रंगीले' शहंशाहों के चलते पतन की ओर बढ़ी, वहीं अंग्रेज़ी ईस्ट इंडिया कंपनी अपना वर्चस्व पूरे हिंदुस्तान में फैला रही थी। 1857 की चिंगारी बुझते ही आखरी मुग़ल शहंशाह बहादुर शाह ज़फर को बर्मा भेज दिया गया। हिंदुस्तान की कमान ब्रिटेन की रानी के हाथ में जा पहुंची और कलकत्ता राजधानी बन गयी। फिर जब 1911 में अंग्रेज़ों ने दिल्ली को वापस राजधानी बनाने की घोषणा की, तब चौड़ी-चौड़ी सड़कें, बड़े-बड़े बंग्लों वाला एक नया शहर बसाया गया - New Delhi, जो था दिल्ली का आंठवा शहर। पार्लियामेंट, नॉर्थ ब्लॉक, साउथ ब्लॉक, राष्ट्रपति भवन, इंडिया गेट और कनॉट प्लेस वाली इस 'नयी दिल्ली' को एडवर्ड लूटियन ने डिज़ाइन किया था।

दिल्ली का इतिहास कितना रोचक है न! इस सरज़मीं ने तख्तों को पलटते देखा, विध्वंस के ख़ौफ़नाक मंज़र देखे। सदियों तक गुलामी की ज़ंजीरों में जकड़े इस मुल्क ने आख़िर 1947 में आज़ादी का बिगुल सुना। दिल्ली भारत की राजधानी बनी। इधर देश आज़ाद हुआ और उधर पार्टीशन। दिल्ली की

एक बड़ी मुस्लिम आबादी पाकिस्तान की ओर रुख कर गयी और पकिस्तान से आये पंजाबी, सिंधी और बंगाली रिफ्यूजियों ने दिल्ली को अपना घर बना लिया। फिर आया सन् पिछत्तर, जब देश में इमरजेंसी लागू की गई। तब दिल्ली में विपक्ष के नेताओं, स्टूडेंट लीडरों को जेल में बंद किया जा रहा था और आम लोगों को पकड़कर जबरन नसबंदी कराई जा रही थी। 1982 में जब एशियाड खेल हुए तो दिल्ली को दुल्हन की तरह सजाया गया। चौरासी में जब इंदिरा गाँधी की हत्या हुई तो घरों को, बस्तियों को जलाया गया। 90's में इकॉनोमी में लिब्रलाइज़ेशन होने के बाद देश में ब्रांड्स की बाढ़-सी आ गई। बाज़ार पर कोक, पेप्सी, टीवी, कंप्यूटर, ब्रैंडेड कपड़े, मोबाइल का वर्चस्व छा गया और फिर इन ब्रांड्स को बेचने के लिए बना दिया गया तुम्हारा हाई फ़ाई मॉल। वह रहा देखो सामने!"

"भैय्या बस यहीं रोक दो।" ऑटो वाले को आदेश देते हुए मैंने कहा। ऑटो ने हमें ठीक मॉल के सामने उतारा।

"भैय्या कितना हुआ।" जेब से वॉलेट निकालते हुए मैंने पूछा।

"जो ठीक लगे दे दो।" ऑटोवाले ने बड़ी शालीनता के साथ कहा।

"यह लो।" 100 का नोट मैंने उसके हाथ में थमा दिया और इंतज़ार किया कि वह कुछ छुट्टे लौटाएगा। पर कम्बख़्त ऑटो वाला "अच्छी कहानी सुनाते हो भैय्या" बोलकर चम्पत हो गया।

"तुम्हें पता है दिल्ली कितनी बार लुटी?" मॉल के एस्कलेटर पर चढ़ते हुए मैंने उससे पूछा।

"नहीं।"

"बहुत बार। गिनती नहीं। ग़ौरी, ग़ज़नी, तैमूर, अब्दाली, नादिर शाह- सब ने लूटा। इसके बाद आये अंग्रेज़। अंग्रेज़ों के आने से पहले, जब पूरे यूरोप में 'Dark Age' चल रही थी, ईसाईयों और मुसलामानों के बीच 'Crusades' लड़ी जा रही थी; जब United States का कोई अस्तित्व भी न था और अमेरिका में अंग्रेज़ की औलाद नहीं मूल निवासी यानि रेड इंडियन रहा करते थे - तब हम दुनिया की सबसे बड़ी इकोनॉमी हुआ करते थे। इन अंग्रेज़ों ने हमारी संस्कृति, रिवायत, शिक्षा प्रणाली, इतिहास - सब कुछ बदल के रख दिया। और इन सब के भी बाप निकले हमारे नेता लोग, जिन्होंने लूटा भी, राज

भी किया और पूजे भी गए। अब देखो यह ऑटो वाला भी लूट कर ले गया। मीटर से चलते तो 60 रुपये से ऊपर नहीं बनता।''

वह आँखें मीचते हुए मेरी हर एक बात पर हँसती रही। आख़िर में बोली, ''तुम इतना बोलते हो, सच में नहीं पता था।''

''क्या! जो सच है वही बोलता हूँ। अब यह 'हैलो सर, हैलो मैम' करते हुए कै.फ़े वाले भी लूटेंगे।''

''Can I have a coffee and a masala chai please? Add some cookies as well... '' बड़ी नज़ाकत के साथ अपने 'Delhite' वाले स्टाइल में मैंने ऑर्डर दिया और अपनी बात जारी रखी। ''जैसे देखो, हमारे यहाँ किसी को पानी न पूछना घोर अपमान माना जाता है। और यहाँ कहीं भी मॉल्स में खाने जाओ तो एक पानी की बोतल के 50 रुपये दो...।''

वह मेरी बात पर लोट-पोट होकर पहले तो ख़ूब हँसी और फिर वेटर को ऑर्डर चेंज करने के लिए कहते हुए बोली : ''Make it two masala chai please.''

''अब एक बात बताओ। रूह-अ.फ़्ज़ा, बेल शरबत, आम पन्ना, नारियल पानी, छाछ-इतना सब था हमारे यहाँ फिर भी पेप्सी कोला ने पूरे देश पर राज कर लिया। यही अमरीकी साले 'turmeric latte' पीते हैं और नीम के दातुन से मंजन करते हैं। ये ख़ुद आयुर्वेद, खादी, योगा और मेडिटेशन का मार्केट खड़ा करके बैठे हैं। अब वही मु.फ़्त की चीज़ें वापस अमेरिका से इम्पोर्ट होकर हमारे देश में आए तो हम मूर्ख उन्हें सर आँखों पर बैठा लेते हैं। ऐसे ही थोड़ी न अंग्रेज़ हम पर राज करके निकल लिए और छोड़ गए कंगाल फटे हाल।'' चाय की चुस्की के साथ मेरी हर बात पर वो खिलखिलाकर मुस्कुराती रही। ''तुम्हारा हो गया हो तो अब अंदर चलें...'' अपने वॉलेट से पैसे निकालते हुए वो बोली। बिल के मामले में वो बड़ी ही पर्टिकुलर थी। ख़ास कर तब जब बिल मैं अदा करता था। तुरंत ही 50% मुझे थमा दिया करती। साथ में वेटर के लिए टिप भी छोड़ दिया करती।

***

मॉल के ओरिजिनल ब्रैंडेड प्रोडक्ट्स के चमचमाते शोरूम्स मानो किसी अंग्रेज़ी अख़बार का शहरी पेज 3 संस्करण। और उसके पीछे की झोपड़पट्टी

जैसे 'रवीश की रिपोर्ट', जो सच्ची ज़मीनी हक़ीक़त बयान करती है। जहां नज़रें दौड़ाओ, वहाँ 'ब्रांड कॉन्शियस' मॉडल स्वरूप लड़कियां अपने BFF के साथ दिखाई दे जातीं। मॉल के माहौल को देख कर जाना कि पंडित जी को खरीददारी तो कमला नगर के फेरी वालों से करनी होती थी पर वे क्यों मॉल में जाकर विंडो शॉपिंग करके टाइम पास करने की ज़िद करते थे। आखिर अब समझ आया कि नैन सुख प्राप्ति उन्हें यहीं आकर होती थी।

मॉल में एक बड़े से फ़ैशन स्टोर में उसने ऑलिव, सैल्मन, सी ग्रीन, इंडिगो, turquoise, tangerine और जाने कौन-कौन से ब्रैंडेड रंगों की ड्रेस देखी। काफ़ी देर तक आईने में ख़ुद को निहारा। शक्लें बनाई। अपनी वेस्ट साइज़ के बारे में सोचकर भौहें फैलाई। उलझन में आँखें मटकाई, फिर देर तक अपने बालों से खेलती रही। आख़िर जब कुछ समझ नहीं आया तो मेरी तरफ़ देखा और इशारे में मुझसे पूछा। मैंने भी पलकें झपकाई और इशारे में कह दिया कि ड्रेस सुंदर लग रही है। पहले थोड़ी देर हँसी और फिर '2 मिनट में आती हूँ' का इशारा करके आधे घंटे में आई। मेरे साथ सभी उम्र के आदमी लोग एक काउच पर बैठे आराम फ़रमा रहे थे 10 साल के बच्चे से लेकर 90 साल के बुज़ुर्ग तक। कोई अपनी मम्मी के साथ आया था। कोई बहन के साथ, कोई गर्लफ्रेंड के साथ और कोई वाइफ़ के साथ। ''पर मैं?'' मैंने मन-ही-मन सोचा। अब ज़रूरी तो नहीं कि हर रिश्ते का नाम हो। कुछ रिश्ते बस बन जाते हैं। नहीं पता कि आगे क्या होने वाला है। पर इस वक़्त यह जो भी है, ख़ूबसूरत है।

शॉपिंग करके निकले तो उसने सैलून चलने की ज़िद की। मैं भी उसके साथ चल पड़ा। फिर अनुरोध किया कि मैं भी साथ ही वहीं हेयर कट करा लूँ। पर रेट्स सुनकर मेरे होश उड़ गए। इतने में तो साल भर 'हरीराम नाई' से बढ़िया कटाई कराई जा सकती है। उसमें भी साथ मालिश ऑटोमेटिकली फ्री। बहाना लगाकर कि 'अभी मुझे ज़रूरत नहीं', मैं वहाँ से खिसक लिया। वह शॉपिंग बैग मेरे हाथ में थमाकर अंदर चली गई और मैं एक प्रसिद्ध बुकस्टोर में टाइम पास करने चल दिया। वक़्त काटने का इससे अच्छा ज़रिया और क्या हो सकता था। सभी शेल्फ़ में किताबें टटोली। पाया कि अंग्रेज़ी के घटिया-से-घटिया लेखकों की किताबें बुकशेल्फ़ में सबसे ऊपर। पर हिंदी साहित्य या

किसी भी क्षेत्रीय भाषा का कहीं नामो-निशाँ नहीं। साहित्य अकादमी से नवाज़ी गई किताबों की उपलब्धता के बारे में भी स्टोर मैनेजर को कोई जानकारी न थी। हिंदी साहित्य तो मानो जैसे अछूत हो। ख़ामख़ा अपनी बेइज़्ज़ती कराने से बेहतर है कि संडे को दरियागंज जाकर किताब ख़रीद ली जाए। मैं फिर चुपचाप वहाँ से खिसक लिया। वह भी इतने में फ्री हो गई। मुस्कुराती हुई मेरे पास आई और 'सॉरी' की लंबी झड़ी लगा दी। फिर ख़ुद ही अपने बाल शायद जान-बूझकर फहराने लगी।

"हेअर कट वाक़ई अच्छा लग रहा है।" मैंने तारीफ़ में कहा।

"है न? यह देखो बाल कितने सॉफ़्ट हो गए।" अपने बाल मेरे हाथों में थमाते हुए वह बोली। मैं भी अपनी उँगलियों के बीच उन्हें उलझाता-सुलझाता रहा। फिर उसने अपने हाथ मेरी हथेलियों पर रख दिए। "यह देखो नेल पेंट। अच्छा है न?"

"WOW... बहुत ख़ूबसूरत पेंट किया है।" मैंने जवाब दिया।

"यह पहले का है। कुछ ध्यान भी नहीं देते। बेवक़ूफ़ कहीं के। अच्छा चलो अब तुम्हारे लिए कुछ ख़रीदते हैं।" मेरे हाथ से शॉपिंग बैग छीनते हुए वह बोली।

"अरे नहीं... मुझे कुछ नहीं...।"

"यह मेरी तरफ़ से है, तुम्हें इतना देर वेट कराने के लिए।" मेरी बात को काटते हुए वह बोली। लाख मना करने पर भी ज़बरदस्ती मुझे खींचकर ले गई एक ब्रैंडेड आउटलेट पर जहाँ से पिंटू अक्सर शॉपिंग किया करता था। ख़ुद से एक जैकेट पसंद की। और मुझसे पूछे बिना ही ख़रीद भी ली।

"अब इसे पहनकर देखो।" मेरे हाथ में जैकेट थमाते हुए वह बोली।

"अरे। ख़रीदने से पहले देखना था ना।"

"वह तो मैंने देख लिया था।"

"कैसे?"

"मन की आँखों से। तुम पर सूट करेगी, पहनो तो।" उसने ज़ोर देते हुए कहा।

टहलते हुए आगे बढ़े तो एक भूत बंगला दिखाई दिया। दिखने में डरावना कम, बचकाना ज़्यादा लग रहा था। टिकट भी 200 रुपये। 'इससे अच्छा तो

बत्रा में फिल्म का शो देखा जा सकता था वह भी 75 रुपये में।' मैंने मन-ही-मन सोचा। जितनी देर में मैं कैलकुलेशन करता रहा उसने जाकर टिकट ख़रीद लिया। क्या करें। आर्थिक तंगी एक पंजाबी को भी बनिया बना देती है। अंदर जाकर देखा तो ड्रैकुला का भेस पहने एक आदमी बचकानी सी एक्टिंग करने लगा। मैंने सोचा वह लड़की है तो डरेगी और शायद मेरा हाथ पकड़ लेगी। अचानक बत्ती गुल हुई और चुड़ैल की आवाज़ सुन मेरी चीख निकल गई। उस चीख में भय और आतंक का मिश्रण था। एक दम 'फट के हाथ में आ जाना' टाइप्स। जाने क्या सोच के उसके हाथों में अपना हाथ दे दिया। जब तक मुझे ग़लती का एहसास हो पाता वह खिलखिलाकर हँस पड़ी। ''डरपोक हो तुम बिलकुल।'' उसने कहा। फिर ख़ुद ही मेरा हाथ थाम लिया।

***

हम संडे को सुबह-सुबह स्कूटी से इंडिया गेट की सैर पर निकले। ''सुबह की दिल्ली कितनी अलग लगती है। चौड़ी-सी सड़कों के बग़ल में बड़े-बड़े लॉबी वाले सरकारी बंगले और उनके आगे खड़ी सफ़ेद रंग की एम्बेसडर।'' अपनी बाहें फैलाते हुए उसने कहा। और फिर उसने अपनी बाहें मेरे कंधे पर रख दीं। शायद अपना हक़ समझ के। दोनों ने जैकेट, मफ़लर, टोपा, ग्लव्स सब पहन रखा था। पर इतनी कड़ाके की ठंड जान लेने को आतुर थी। बस उसकी हाथों की छुअन ही थी जिसने शरीर के तापमान को बनाए रखा था, नहीं तो मैं तो कब का जम के बर्फ़ हो गया होता। कितना अच्छा लग रहा था सब देखकर-सुबह के कोहरे में भागते लोग, सड़क पर बिछा सूखे पत्तों का क़ालीन, ठंड से काँपते हम, उड़ते कबूतर और उन सब के बीच मोहब्बत के खिलते फूल।

हम इंडिया गेट से कनॉट प्लेस होते हुए बारहखम्बा रोड की ओर निकल गए। फिर एक लेफ़्ट कट लेकर चढ़ लिए एक फ़्लाई ओवर पर, जिस पर आगे बढ़ते ही शहर जैसे बदलने लगा। काले रंग के हेलमेट की जगह सफ़ेद रंग की गोलाकार टोपियाँ दिखाई देने लगीं। यह पुल नई दिल्ली से पुरानी दिल्ली को ही नहीं जैसे दो बिलकुल ही अलग शहरों को जोड़ता हो। चौड़ी-चौड़ी सड़कों को छोड़ के अब हम संकरी-सी टेढ़ी-मेढ़ी उलझी हुई गलियों तक आ पहुँचे थे।

जैसा कि ऑटोवाले ने उस दिन बताया था कि जब भी किसी से रास्ता पूछो, दो और लोगों से कन्फ़र्म करो। यहाँ साला हर आदमी ख़ुद को जीपीएस समझता है। कुछ भी पूछो, जवाब होता है –हाँ, बस आगे से लेफ़्ट। ऊपर से इन गलियों में कोई साइन बोर्ड भी नहीं। आसपास लोगों से, रिक्शा वालों से पूछते-पूछते, पहुँच गए चावड़ी बाज़ार और वहाँ जाकर बेड़मी, आलू की सब्ज़ी और नाग़ौरी हलवा खाया। राजपथ पर जॉगिंग करने के कारण बड़े ज़ोरों की भूख लगी थी, सो लगे हाथ दौलत की चाट पर भी दो हाथ जमा लिए। वो दौलत की चाट मिश्री-सी मीठी, मक्खन-सी मुलायम थी। जीभ पर रखते ही पल भर में ग़ायब हो गयी।

जब पेट फटने को हुआ तो दिल्ली गेट पहुँचे। वहीं से 'दरियागंज बुक मार्केट' शुरू हो जाता है। वहाँ ओरिजिनल से लेकर डुप्लीकेट, नयी से लेकर पुरानी-सब किताबें मिलती हैं। कुछ कबाड़ी और फेरी वालों से ख़रीदी गई, तो कुछ सरकारी लाइब्रेरी से चुराई हुई। कोई पायरेटेड तो कुछ फ़ोटोकॉपी। कोई किताब 10 रुपये की, कोई हाफ़ रेट पर, तो कोई किलो के भाव। स्कूटी को किसी सेफ़ जगह टिकाकर हम पैदल ही निकल लिए। दुकानें जमना शुरू हो चुकी थीं। सूरज का आलस भी उतर गया था। किताबों की बातें करते-करते हम पूरे बाज़ार में टहलते रहे। और जब बात साहित्य की निकली ही थी तो सोचा 'विश्व पुस्तक मेले' की चर्चा भी कर ही दी जाए। "अच्छा तुम अगले वीकेंड फ्री हो?" मैंने उत्सुकता से उससे पूछा।

"क्यों?"

"बुक फ़ेयर है प्रगति मैदान में।"

"अरे हाँ। मैं तो भूल ही गई। कल चलें?" उसने किसी बच्चे की तरह उत्साहित हो कर कहा।

"कल तो प्रोजेक्ट सबमिट करने की आख़री डेट है...। एक काम करता हूँ पिंटू को बोल दूँगा वह बना देगा।" मैं धीमे से बुदबुदाया।

"जी नहीं पिंटू से बनवाने की कोई ज़रूरत नहीं।" ज़ोर से अपनी कोहनी से मारते हुए मुझे बोली। "ऐसा करते हैं सैटरडे चलेंगे। वैसे भी पूरा दिन लग जाएगा।"

मैंने भी मुस्कराहट के साथ हामी भर दी। थोड़ी देर किताबें टटोली और

फिर स्कूटी उठाकर जामा मस्जिद से गुज़रते हुए लाल क़िले की ओर बढ़ गए। कुछ वक़्त लाल क़िले में बिताया।

शाहजहांबाद, जैसे एक रंग-बिरंगा फ़ारसी कालीन हो- जिसकी बाउंड्री वॉल बनकर खड़ा यह लाल मिट्टी से बना लाल क़िला। लगता है कि गंगा-जमुनी तहज़ीब से इस पर कारीगरी की गई है। और शाहजहांबाद की यह जो गलियाँ हैं, जैसे अरबी में आयतें लिखी गई हैं। इन आयतों में रामलीला का ज़िक्र है, जो यहीं इसी लाल क़िले में सालों से होती आ रही है, जिसका जुलूस इन्हीं गलियों से निकलकर लाल क़िले तक पहुँचा करता है। वही लाल क़िला जो कभी मुग़लों का तख़्त था, वहाँ अब आज़ादी के दिन झंडा फहराया जाता है। जहाँ प्रजातंत्र के शहंशाह जुमलों का मायाजाल रचते हैं। ऐसा ही एक मायाजाल 15 अगस्त 1990 को इसी लाल क़िले से वी पी सिंह ने रचा था, 49% आरक्षण की घोषणा करते वक़्त। देश मंडल कमिशन की लगाई इस आग में झुलस रहा था और राजनौतिक गिद्ध उस आग में झुलस चुके युवाओं की लाश पर रोटी सेक रहे थे।

इसी लाल क़िले के पिछले हिस्से से, जहाँ अब रिंग रोड है, सालों पहले जमुना गुज़रा करती थी। जो अब सिकुड़कर दूर चली गई है। जो कभी बहती हुई नदी हुआ करती थी, अब एक नाला है, जिसमें शहर का पूरा कचरा जाता है। लाल क़िले से फ़तेहपुरी मस्जिद तक जिस सड़क पर अब बेहिसाब बेअदब भीड़ दिखाई देती है, अंग्रेज़ों के वक़्त यहाँ ट्राम चला करती थी। और उससे भी पहले एक ज़माने में यहाँ एक नहर हुआ करती थी, जिसे शाहजहाँ की बेटी रोशनआरा ने बनवाया था। उस पानी में झलकते चाँद के खूबसूरत प्रतिबिम्ब की वजह से आज भी इसे चांदनी चौक के नाम से ही जाना जाता है।

यह शाहजहांबाद अपने-आप में देश की रिवायत का प्रतिनिधि जान पड़ता है -a microcosm of India! लाल क़िले से आगे बढ़कर हम जैन मंदिर, हनुमान मंदिर, बैप्टिस्ट चर्च होते हुए सीसगंज गुरुद्वारा पहुँचे। जिस जगह कभी औरंगज़ेब ने गुरु तेग बहादुर का सर क़लम किया था, वहाँ अब सीसगंज गुरुद्वारा है। वहाँ हमने कड़ा परशाद भी चखा।

फिर रिक्शा में बैठ बल्लीमारान की गलियों से गुज़रे और जा पहुँचे ग़ालिब की हवेली। कहते हैं चचा ग़ालिब को जलेबी बेहद पसंद थी। ये

गलियाँ भी जैसे जलेबी हों और हम चाशनी - बस बहते जा रहे थे।

एक ज़माना था जब तमीज़ और तहज़ीब सीखने के लिए युवकों को चावड़ी बाज़ार के कोठों पर भेजा जाता था। आज न तो वो तहज़ीब रही, न वो कोठे। पर तवायफ़ों के पैरों की छनछन आज भी इन गलियों में सुनी जा सकती है। कितना कुछ ये गलियाँ अपने गर्भ में लेकर बैठी थीं-शानदार आलीशान हवेलियाँ, ओल्ड स्टायल्ड आर्ट डेको बिल्डिंग्स, भीड़-भक्कड़, सड़क पर पड़ी गंदगी के बीच इत्र की महक, पतली-सी सड़कों पर बड़े-बड़े बिजली के खम्बे और उनसे लिपटती तारों के गुच्छे, कलाबाज़ियां दिखाते बाज़ीगर, उड़ते कबूतर, छज्जे पर जाल बिछाते कबूतरबाज़ और बालकनी में खड़े नैन-मटक्का करते इश्क़बाज़। पर सबसे ग़ज़ब था यहाँ का खाना - छोले कुल्चे, बन्टा-सोडा, पराँठे, शाही-टुकड़ा, जलेबी, टिक्की, दही-भल्ले... क्या कुछ नहीं खाया! जिस तरह आगरे का पेंठा, अलवर का मिल्क केक, मथुरा के पेड़े, मुरैना की गज्जक, हैदराबाद की बिरियानी - हर शहर के नाम से कोई न कोई व्यंजन प्रसिद्ध है। उसी तरह यह मुकाम दिल्ली की चाट को हासिल है। कहते हैं कि किसी ज़माने में शाहजहां का पेट खराब हुआ तो इसके इलाज के लिए किसी हक़ीम के रहमो करम से चाट का इज़ाद हुआ। आलम यह है कि आज इसे खाकर लोगों का पेट खराब होता है, फिर भी लोग खाने से बाज़ नहीं आते। शायद तभी, भिन-भिन करती मक्खियाँ और असपास मंडराती गायें और कुत्ते भी हमारी ही तरह हर ज़ायक़े का लुत्फ़ उठा रहे थे।

***

पता ही न चला कैसे शाहजहानाबाद की उन गलियों में बेपरवाह टहलते हुए इतना वक़्त गुज़ार दिया। जब शाम ढलने को हुई, तो स्कूटी उठाकर वापस यूनिवर्सिटी की ओर निकल गए। जब पहुँचे, उसके हॉस्टल का गेट बंद होने को था। हम दोनों गेट बंद होने के बाद भी वहीं खड़े रहकर बातें करते रहे। वो गेट के अंदर और मैं बाहर। हम दोनों के बीच अब जालीदार पहरा था। एक अजब-सी ख़ामोशी थी हवा में। मानो वह भी थक गई हो बतियाते-बतियाते। आखिर उसने भारी मन से अलविदा कहा। मैं दो क़दम बढ़ा। फिर मुड़ा। उसके क़दम भी धीमे हुए। उसने पलटकर देखा। दोनों की आँखें मिली। मन-ही-मन हँसे। फिर दोनों अपने-अपने रास्ते चल दिए। जाने क्यों लगा कि वह फिर

रुकेगी और पलटकर देखेगी। मैं फिर रुका। उसके क़दम भी धीरे हुए। उसने फिर पलटकर देखा। आँखें मिली ही थी कि पहरेदार ने सीटी बजाकर इस नैन-मटक्के पर अपनी नाराज़गी व्यक्त कर दी।

इतना कुछ गटक तो लिया था, अब वक़्त था अपने किए की सज़ा भुगतने का। हॉस्टल पहुँचकर सबसे पहले वॉशरूम भागा। वहाँ से निकला तो वहीं पीछे से किसी के गाना गाने की आवाज़ आई- ''अरे हो गया है तुझको तो प्यार सजना!!'' देखा तो कॉरिडोर में पिंटू हाथ में बाल्टी और कंधे पर तौलिया लपेटे गीत गुनगुनाता हुआ मेरी ही तरफ़ आ रहा है। पहले तो पेट में ज़ोर का एक मुक्का मारा और फिर मेरे कान खींचते हुए बोला- ''साले यहाँ सारे हॉस्टल में तुम्हारी लव-स्टोरी के चर्चे चल रहे हैं और तुमने हमें बताने की ज़हमत तक नहीं उठाई?''

''ऐसा-वैसा कुछ नहीं बस दोस्त...।''

''बेटा सच क्या है, तुम्हारे चेहरे पर बड़े-बड़े अक्षर में लिखा है। आईना देखो।'' मेरी बात काटते हुए वह बोला ''वैसे हाल-ए-दिल कब इज़हार कर रहे हो?''

''पता नहीं यार। अभी तो मिलना-जुलना ही स्टार्ट हुआ है...। ख़ामख़ा ऐसा-वैसा लड़का सोचकर कहीं फ्रेंडज़ोन से भी बाहर न कर दे...।''

''साला 20-20 को टेस्ट मैच की तरह काहे खेल रहे हो बे? द्रविड़ की तरह टुक- टुक करना बंद करो और सहवाग बनो।''

''हाँ, और फ़र्स्ट बॉल पर आउट हो गए तो?''

''अबे तुम सेंचुरी मारोगे। लड़की सेट है। बता रहे हैं।'' उसका यह कहना था कि इतने में फ़ोन की घंटी बज पड़ी। ''लो आ गया मैडम का फ़ोन। हम चलते हैं, लगे रहो तुम।'' कहते हुए वह फिर निकल लिया।

''जो मैं भी ठीक से नहीं जानता था वह पिंटू कैसे समझ गया? उसने मेरे चेहरे पर ऐसा क्या पढ़ लिया? बस कुछ ही दिन चाहिए किसी को वाक़ई में इतना जानने के लिए?'' मैं मन-ही-मन बुदबुदाने लगा। पता ही न चला कि वह लाइन पर है। '''एक मुलाक़ात' ही काफ़ी थी। 'अमृता' तो 'साहिर' की हमेशा ही दीवानी थी।'' उसने शरमाते हुए कहा और फ़टाक से फ़ोन रख दिया।

ओ साथी मेरे हाथों में तेरे

हमने अपनी बातों में अब तक की ज़िंदगी साथ बिता ली थी। अब हम एक दूसरे को अर्से से जानते थे। बचपन साथ जिया। साथ खेले। लड़े भी। एक को दूसरे की लिखी कहानियाँ सुनाई। मैंने उसकी चोटी खींची और उसने मुझे चिमटी काटी। मुझे किसी लड़के ने तंग किया तो उसने उसकी कनपटी पर दो बजाए भी। होमवर्क करके न लाने पर डांट से मुझे बचाया। क्लास में कुछ समझ न आने पर तसल्ली से किसी टीचर की तरह समझाया।

मैंने उसके साथ पेड़ पर चढ़कर कच्ची अम्बियों को पकते देखा। खेतों में 'काक भगोड़ा' बनकर चिड़ियों को ख़ुद पर बैठते देखा। अपने अधूरे बचपन को पूरा होते देखा। कोई पन्ना अब रह नहीं गया था ज़िंदगी का, जिसे उसने रंगा न हो। कोई पन्ना ऐसा रह नहीं गया था उसकी ज़िंदगी का जिससे मैं अनजान होता।

जैसा कि तय हुआ था, हम लोग शनिवार को बुक फ़ेयर में मिले। हमेशा की तरह वो मुझसे पहले आ पहुँची और मेट्रो स्टेशन पर खड़ी मेरा इंतज़ार कर रही थी। उसने 'Hi' का इशारा किया और फिर ज़ोर से कोहनी मार के ताना सुनाया- "तुम हमेशा ही लेट आते हो, या फिर मेरे सामने ही लेट होने का नाटक करते हो।"

"सो सॉरी... मैं पक्का अब से टाइम पर आऊँगा।" मिमियाते हुए मैं

बोला।

''जस्ट किडिंग। मैं भी अभी आई हूँ।''

''ड्रेस अच्छी लग रही है तुम्हारी।'' अपने बाल थोड़े ठीक करके और हल्का-फुल्का स्टाइल मारते हुए मैंने कहा।

''मक्खन मारने की ज़रूरत नहीं। मैं नाराज़ नहीं हूँ।'' हँसते हुए वह बोली। ''तुम्हें पता है... यह जो प्रगति मैदान है न, यहीं पहले अप्पू घर हुआ करता था।'' मेट्रो की सीढ़ियाँ उतरते हुए उसने कहा।

''ओह्ह... अच्छा!''

''क्यों? तुम नहीं गए कभी?''

''नहीं।''

''चलो, कोई तो ऐसी जगह निकली जहाँ तुम नहीं गए। अप्पू घर में डरावना-सा भूत बंगला हुआ करता था।'' कहते हुए वह रुकी फिर आगे बोली- ''ओके... अब समझ आया, तभी तुम उस बचकाने से हॉन्टेड हाउस में डर गए थे... है न! या डरने की एक्टिंग कर रहे थे? सच बताओ? एक्टिंग कर रहे थे न? अरे बता भी दो, अब क्या ही शरमाना।'' मेरा मज़ाक़ उड़ाते हुए वह बोली। फिर मेरा हाथ पकड़कर मुझे प्रगति मैदान के अंदर ले गई।

वहाँ किताबें ख़रीदने वालों की बेहिसाब भीड़ थी। बड़े-बड़े एयर कंडीशंड हॉल्स और हर हॉल में असंख्य स्टॉल्स-कुछ छोटे, तो कुछ बड़े। हॉल के बाहर ही अपने-अपने समुदाय, धर्म और कोचिंग संस्थानों के एजेंट लोग पैम्फ़लेट लिए अपने स्टॉल का पता बताकर लोगों को गुमराह कर रहे थे। पर हम उन सभी को नज़रअंदाज़ करते हुए एक बड़े से पब्लिकेशन हाउस के सुंदर से स्टॉल पर जाकर खड़े हो गए।

इतनी सारी किताबें एक साथ ज़िंदगी में इससे पहले कभी नहीं देखी थी। सोचा कि कितनी किताबें हैं दुनिया में। कितनी सारी कहानियाँ हैं कहने को। पर कितने ही लोग इन्हें पढ़ते होंगे? कितनी ही किताबें लिखी जाती हैं पर उनमें से कितनी ही लोगों के दिलों तक पहुँच पाती हैं! सोचा कि काश मेरी भी किताब कभी ऐसे ही किसी स्टॉल पर रखी हो, और ऑटोग्राफ़ लेने वालों की एक लंबी क़तार मेरे इंतज़ार में खड़ी हो। जैसे हाल-फ़िलहाल जमा हो रखी थी-एक प्रसिद्ध इंग्लिश नॉवेलिस्ट के इंतज़ार में।

''सब को बस इसी तरह की किताबें पसंद हैं... कॉलेज, एक्ज़ाम, प्यार, ब्रेकअप... करियर, एम्बिशन... सब साली वही बासी कहानियाँ।'' चुप्पी तोड़ते हुए मैंने कहा।

''हाँ तो ट्रेंड ही यही है। एक काम करना, तुम कुछ अलग लिखना।''

''अलग! ऊपर से वह भी हिंदी! कौन ही पढ़ेगा?''मैंने चिंता व्यक्त की।

''अरे तुम नहीं जानते, सब रेट्रो ही चलता है आजकल। अगली बार आएँगे तो देखना तुम्हारी किताब भी यहीं रखी मिलेगी।'' एक नावेल के पन्ने पलटते हुए उसने कहा।

वह एक-एक कर सभी स्टॉल्स पर जाती, शेल्फ़ में से किताबें चुनती और फिर उन्हें लेकर वहीं-कहीं नीचे फ़र्श पर बैठ जाती। मैं उसकी हर छोटी-छोटी हरकतों को अपनी आँखों में एक स्लो मोशन कैमरे की तरह क़ैद करता रहा। किस तरह वह बड़ी अपेक्षाओं के साथ कोई किताब उठाती। उसके कवर को देखती। उसे अपनी उँगलियों से छूती। किताब की महक सूँघती, कुछ पन्ने पलटती और किसी गहन सोच में डूब जाती। हमेशा की तरह कोई विचित्र-सी चीज़ देख लेती तो तुरंत ही मेरा हाथ खींचकर उसे देखने दौड़ पड़ती। कैनवस शूज़ के फीते खुले रहते, ज़ुल्फ़ें हवा में उड़ती रहतीं। बिलकुल मेंटल क़िस्म की लड़की थी। पागल और झल्ली, जैसे बावरी-सी कोई हवा। मैं उसकी इसी अदा का क़ायल बन चुका था। उसकी इसी उछलक़दमी से अब प्यार हो चला था।

वह किताब के पन्ने पलटती रही और मैं अपनी ही कहानी में कहीं खो गया। कहानियाँ हमें वो सब अनुभूति करा देती हैं, जैसी ज़िंदगी शायद हम कभी जी नहीं पाए। अब चाहे साइंस फ़िक्शन, हॉरर, माइथोलॉजी या फिर कोई क्राइम नॉवेल ही क्यों न हो। हम उनके किरदारों से उतना ही रिलेट कर पाते हैं जितना कि किसी 'स्लाइस ऑफ़ लाइफ़' कहानी से। कहीं-न-कहीं एक यूनिवर्सल ट्रुथ है, एक धागा है जो हमारी सोच को, हमारे भाव को, हम सभी मनुष्यों को आपस में पिरोता है। कुछ ऐसा ही संसार रामायण और महाभारत रचते हैं। तभी तो हम आज भी हज़ारों साल के बाद इन्हें पढ़ते हैं और पढ़ते रहेंगे। सिर्फ़ इसलिए नहीं कि यह भगावन राम और कृष्ण की कहानी है, इसलिए क्योंकि उन किरदारों का द्वंद्व, उनकी पीड़ा, उनका संघर्ष हम समझ

सकते हैं। उनसे प्रेरणा ले सकते हैं। कुछ ग़लत करने से ख़ुद को रोक भी सकते हैं। और अगर किसी की दुनिया न भी बदले, तो भी पढ़ लेने के बाद असर ज़रूर होता है। एक कहानी में इतनी ताक़त है कि एक साधारण मनुष्य को भगवान बना सकती है।

मैंने अभी तक कितनी ही कहानियाँ लिखीं पर कोई भी मुकम्मल न हो सकी। क़सूर इसमें कहानियों का नहीं है। कहानी तो बहती नदी है। तब तक नहीं बहती जब तक किरदार न चाहे। इन किरदारों को धीमी आँच पर पकाना होता है। तड़पते, सुलगते, बौखलाते हुए छोड़ देना होता है। लोग सोचते हैं कि कहानी लिख रहे हो तो जैसा चाहो अपने किरदारों को मोड़ दो। जो ख़ुद न बन पाए, जो ख़ुद न कर पाए, वो सारे सपने उन पर थोप दो। ऐसा नहीं होता। तुम भगवान नहीं हो। तुम मिट्टी से मूरत बनाते हो, जीवित वह ख़ुद होते हैं। साँस ख़ुद लेते हैं। अपना सफ़र ख़ुद तय करते हैं और अपनी राह भी ख़ुद ही चुनते हैं। कभी-कभी तुम कैरेक्टर में समा जाते हो और कभी ख़ुद कैरेक्टर को असल ज़िंदगी में जीने लगते हो। उनकी पीड़ा, उनकी ख़ुशी, उनके सपने, सब अपने जैसे लगने लगते हैं। तुम उन्हें देते कम, बल्कि उनसे लेते ज़्यादा हो। सिर्फ़ तुम ही उन्हें नहीं बनाते, वह भी तुम्हें बनाते हैं।

फ़िलहाल हमारी कहानी ऐसे मुक़ाम पर थी जहाँ से दो दिशाएँ जाती हैं- या तो वो एक हमसफ़र बनकर पूरी ज़िंदगी मेरे साथ बिताना चाहती है या फिर यह सिर्फ़ एक ट्रेन का सफ़र है जिसमें हम कुछ देर के लिए मिलते हैं, बातें करते हैं और अपने-अपने स्टेशन उतर जाते हैं।

मैं इन्हीं सब खयालों में मुतमईन बैठा हुआ था। वह अचानक पीछे-से उछलती हुई आई और ज़ोर से मेरी पीठ थपथपाते हुए पूछा : ''तुमने क्या खरीदा?''

''मंटो की कुछ कहानियों का कलेक्शन है। इसके अलावा यह 'साये में धूप', 'फ़ैज़ की नज़्में', 'गालिब के शेर', 'अमृता की कविताएँ' हैं।'' मैंने अपनी झोली में से एक-एक किताब निकालकर उसे दिखाई।

''अरे वाह! तुमने 'अमृता की कविताएँ' ले ली। मैंने 'साहिर के गीत' रख लिए!'' साहिर की किताब मुझे दिखाते हुए वह बोली।

***

किताब टटोलते-टटोलते सुबह से शाम हो चली थी। लंच भी नहीं किया था। किताबों का झोला उठाए हम वहाँ से बाहर निकले और कनॉट प्लेस के लिए ऑटो कर लिया। सोचा वहीं डिनर करेंगे।

ऑटो में बैठे दोनों बाहर की ओर देख रहे थे। वह इस कोने में और मैं उस कोने में। दोनों पल भर के लिए एक-दूसरे को देखते और फिर दोबारा अगल-बग़ल झाँकने लगते। सीधी सड़क पर चलते-चलते ऑटोवाला जैसे ही एक शार्प टर्न लेता, centrifugal force के कारण वह मेरी ओर खींची चली आती। जैसे ही ऑटोवाला अचानक से ब्रेक लगाता, मैं उसे कस के थाम लेता। फिर वह मुझे देखती और शरमा पड़ती। पता ही नहीं चला कब ऑटो वाला ITO से हमें कनॉट प्लेस तक ले आया और आउटर सर्कल पर उतार दिया।

हमने वहीं एक राजस्थानी रेस्टोरेंट में किसी महाराजा की तरह बड़ी-सी थाली में रजवाड़े के ज़ायक़े का आनंद उठाया। बहुत देर तक बैठकर बातें भी की। फिर जब देखा कि बाक़ी के कस्टमर हमारे उठने का इंतज़ार कर रहे हैं तो भारी मन के साथ हम उठ लिए। बाहर निकले तो सामने ही प्रसिद्ध हनुमान मंदिर था। उसने मंदिर के अंदर जाने की ज़िद की। मैंने जब बहाना बनाना चाहा तो उसने ग़ुस्से में पैर पटकते हुए मुझे देखा और फिर ख़ुद ही मेरा हाथ पकड़कर अंदर ले गई।

मैं उस वक़्त किसी और ही ख़याल में खोया हुआ था। दरअसल इससे जुड़ा एक मज़ेदार पुराना क़िस्सा था जिसे मैं मन-ही-मन याद करके मुस्कुरा रहा था। उसने मेरी आँखों को पढ़ लिया और आदेश दिया कि तुरंत ही वह क़िस्सा सुनाया जाए।

"दरअसल ये बात उन दिनों की थी जब हम टैडपोल मेंढक में कन्वर्ट हो रहे थे। इस बात से बिलकुल अनजान कि जवान होने का मतलब क्या होता है। जब हम पायरेटेड DVDs लाकर अकेलेपन में लिज़ा रे, बिपाशा, मल्लिका के सौंदर्य को निहारा करते थे। हमारे छुटपन के दिनों में अचानक से बड़े हो जाने का एहसास अगर किसी ने कराया है, तो वह महेश भट्ट प्रोडक्शन की फ़िल्में ही तो रही हैं। और इन्हीं 'hormonal changes' के दौरान एक लड़की थी जो मेरे साथ फ़िज़िक्स की ट्यूशन में पढ़ने आती थी। सबसे आगे की पंक्ति में बैठती थी, लेफ़्ट कॉर्नर में। मैं क्लास में सबसे आखिर में जाता ताकि सबसे

पीछे बैठ सकूँ उसके 'diagonally opposite', राइट कॉर्नर में।

क्लास में जो भी सवाल करने को दिए जाते, सभी का हल मेरे पास होता। इसलिए नहीं क्योंकि मेरी फ़िज़िक्स बहुत अच्छी थी। इसलिए क्योंकि मास्टरजी जिस किताब से सवाल पूछते थे उसकी कुंजी सिर्फ़ मेरे पास थी। सवाल हल करने के बहाने हम दोनों की बात हो जाया करती और कभी-कभी जब सर को माइग्रेन होता और कोचिंग कैंसिल हो जाती, हम दोनों इसी हनुमान मंदिर के बाहर कचौरी सब्ज़ी खाया करते।

एक साथ फ़िज़िक्स के कॉन्सेप्ट्स पढ़ते-पढ़ते पता ही न चला कब मैं 'charged particle' उसकी मैग्नेटिक फ़ील्ड की तरफ़ आकर्षित हो उठा। और काटता रहा चक्कर, उसकी कॉलोनी के, अपनी एटलस की लाल साइकिल पर। ध्यान ही नहीं गया कि स्कूल में इम्तिहान आने वाले हैं। मेरा पहला-पहला 'अट्रैक्शन' एक्ज़ाम के रिज़ल्ट आने के साथ ही 'रिपल्शन' में तब्दील हो गया। घर पर डाँट तो पड़ी ही, कोचिंग में सरे-आम बेइज़्ज़ती हुई वह अलग। धीरे-धीरे बातें कम होती गईं और मैं पढ़ाई के प्रति सीरियस होता चला गया। वह अब मेरी सबसे बड़ी कॉम्पिटीटर बन चुकी थी और मेरा कोचिंग के टेस्ट में टॉप करना उसे फूटी आँख न सुहाता था।

दो साल यूँ ही पढ़ाई-लिखाई में गुज़र गए। उस वक़्त अपने दिल की बात कहने की हिम्मत नहीं थी। एक्ज़ाम की तैयारी में बिज़ी था। जब HC Verma और RD Sharma से फ़ुर्सत मिलती, तब तो हम 'पर्सी शेली' और 'कीट्स' की कविताओं में गोते लगाते।

ख़ैर जब कॉलेज आना हुआ तो पता चला कि लड़की पर इम्प्रेशन डालना हो तो तीन काम बेहद ज़रूरी हैं-गिटार बजाना, इंग्लिश नॉवेल्स पढ़ना और अंग्रेज़ी गाने सुनना। सब किया पर कहीं दाल न गली। फिर सोचा कोचिंग वाली अपनी उस सहेली से एक बार बात करके देखूँ। दोस्तों से नंबर जुगाड़ा और हनुमान जी को 11 रुपये की रिश्वत चढ़ाई। सच्चे मन से माँगा कि वह मान जाए। हिम्मत कर के फ़ोन किया। पर पता चला कि वह अपना 'Valence Electron' किसी और को दे चुकी थी। उस दिन क़सम खाई कि अब भगवान से कुछ नहीं माँगूँगा।"

मेरी यह गाथा सुनकर वह ठहाके लगाकर हँस पड़ी। "हे राम! हनुमान

जी तो ब्रह्मचारी हैं। उनसे यह सब माँगोगे तो कहाँ से मिलेगा! कितने बड़े उल्लू हो तुम।'' उसने कान खींचते हुए कहा। फिर कुछ देर मेरी आँखों में देखा और कहा। ''पता है, यहाँ से कुछ दूर, अरावली की एक पहाड़ी पर राधा-कृष्ण का एक मंदिर है। उसकी चोटी से पूरी दिल्ली दिखाई देती है। कल तुम्हें वहाँ ले चलूँगी। बहुत मान्यता है वहाँ की। कहते हैं उधर से कोई ख़ाली हाथ नहीं जाता।''

***

अगले दिन सुबह-सुबह हम लोग स्कूटी पर मंदिर के लिए निकल पड़े। लंबी-चौड़ी सड़कों से कब संकरी उबड़-खाबड़ गलियाँ आ गईं पता ही नहीं चला। स्कूटी को नीचे छोड़ हमने चढ़ाई स्टार्ट कर दी। वह लाल रंग का ज़रीदार सलवार क़मीज़ और कोल्हापुरी चप्पल पहनकर आई थी। जैसे ही मंदिर पहुँचे उसने बहुत देर तक बंद आखों से कुछ माँगा। मैं उसे देखता रहा। उसने मुझे इशारे से डाँटा और आदेश दिया कि मैं भी आँखें बंद करके कुछ माँग लूँ।

मंदिर के अहाते में ही एक दीवार थी, जिस पर लोगों ने अपनी मन्नत लिख रखी थी। किसी को अच्छी नौकरी चाहिए थी, किसी को एक्ज़ाम में पास होना था। कोई डॉक्टर बनना चाहता था तो कोई आईएएस। वह भी दीवार पर कुछ लिखने लगी। जब मैंने पढ़ने की कोशिश की तो मुझे डाँटकर दूर भगा दिया। फिर मुझसे अपनी मनोकामनाएँ लिखने को कहा और मेरा मज़ाक़ बनाते हुए वह बोली- ''ठीक से लिखना। भगवान को समझ आनी चाहिए तुम्हारी राइटिंग।'' और फिर मुझे और भगवान को थोड़ी प्राइवेसी दे दी। मैं असमंजस में था। आख़िर मैं जो चाहता था, माँगता भी तो कैसे। आख़िर हिम्मत करके मैंने एक चिट्ठी लिखकर वहीं दीवार पर चिपका दी।

''एक बात बताओ, क्या तुम वाक़ई मानती हो इन सब चीज़ों को?'' मंदिर से बाहर निकलते ही मैंने उससे पूछा।

''सब विश्वास की बात है। अगर मानने से किसी का मन हल्का हो जाए, टूटे दिल को दिलासा मिले, तो अच्छा ही है न। देखो मैं तो मानती हूँ कि कोई तो है जिसने सब अपने कंट्रोल में ले रखा है। जो भी होता है, कहीं लिखा होता है। कैसे उस दिन मेट्रो में विपरीत दिशा में जाने के बावजूद देखो हम मिल ही

गए। दुनिया सच में गोल है न।''

''कहीं कुछ नहीं लिखा होता। हम परिस्थिति के अनुकूल ख़ुद को ढाल लेते हैं। जब कोई चीज़ वापस घूम-फिरकर हमारे ऊपर आती है, तभी हमें दुनिया गोल नज़र आती है। अगर वाक़ई दुनिया गोल होती न, तो किसी का बुरा करने की सज़ा ज़रूर मिलती और अच्छे कर्म का फल भी मिलता। पर हमेशा ऐसा नहीं होता। जब नहीं होता तो हम इसे ही अपना नसीब मान लेते हैं। और नसीब जैसा भी कुछ नहीं। सब probability का खेल है। यह ज़िंदगी एक mathematical equation है। यूँ तो संभावनाएं कितनी सारी हैं, पर ज़िंदगी में आगे क्या होगा, निर्भर करता है कि हम क्या राह चुनते हैं और किसे हमराही बनाते हैं।''

''हे भगवान! तुम तो दर्शनशास्त्र में भी गणित ढूँढ लेते हो। इतनी रोमैंटिक -सी बात की तुमने धज्जियाँ ही उड़ा दी। ख़ैर छोड़ो यह बताओ तुमने कुछ नोटिस नहीं किया?''

''जैसे?''

''यह ज़रीदार लाल रंग का सूट, बुद्धू। दादाजी ने गिफ़्ट किया था। उनका आख़री तोहफ़ा। आज पहली बार पहना... तुम्हें तो कुछ बताना ही बेकार है। तुम्हारे मुँह से तारीफ़ का एक शब्द भी नहीं फूटता।'' अपने लहरिया दुपट्टे के कोने में लगे फूलों के गोटे से उसने मेरे सर पर तेज़ प्रहार कर अपने ग़ुस्से का इज़हार किया।

''यह इल्तेजा थी कि रोक लो अपनी इस दरख़्वास्त को। फिर से देखना कहीं कोई मक़बरा ताजमहल न बन जाए।'' उसके दुपट्टे को झिड़कते हुए मैंने कहा। ''तारीफ़ों के लंबे पुल बना तो दूँगा। डर है उससे कूदकर किसी की जान न निकल जाए।''

''हाय। देखो तो, शायर-ए-आलम से इस नाचीज़ पर एक नज़्म तो ख़ुद से गढ़ी नहीं गयी...।'' अपने नैन मटकाते हुए वह बोली।

''दूर से देखूँ, क़रीब बुलाती हैं।
बढ़ाऊँ भीतर क़दम, भटका जाती हैं।
तुम्हारी आँखें हैं कि जंतर-मंतर?
गर परमिशन नहीं दी आने की अंदर,

यहीं बैठा रहूँगा आमरण अनशन पर।"

"हाहाहा... तुम्हारा यह चेहरा पहली बार देखा। यह सब अभी-अभी बनाया या फिर पहले से लिखकर रखा था... हाँ?"

"सब सोच के बैठा था जाने कब से। कोई आ जाए और पूछे मुझ से। और मैं कहूँ। हाँ, मैं यही हूँ।"

"अच्छा। सब डायलॉग्स किसी बी ग्रेड हिंदी फ़िल्म से चुराए हुए लगते हैं मुझे।"

"माना दिल चुराने का इलज़ाम लगा है कई दफ़ा। मौसिक़ी चुराने का इलज़ाम लगाने वाले तुम पहले ज़ालिम हो।"

"हाहाहा... तुम हर किसी के सामने इस तरह की लाइन्स बोलते हो या फिर?"

"Inspiration!"

मेरी बात सुनकर वो देर तक मंद-मंद मुस्कुराती रही। फिर बोली "क्या डायलॉग्स मारते हो। फ़िल्मों में क्यों नहीं जाते?"

"मौक़ा मिले तब न।"

"मौक़ा तो मिलता है। तुम फ़ायदा ही कहाँ उठाते हो?"

"इंतज़ार करता हूँ। सही वक़्त का।"

"और वक़्त यूँ ही गुज़र जाए तो?"

"तो फिर इसे रोक लेता हूँ। यह देखो। सब फ्रीज़ हो गया।"

मज़ाक़-मज़ाक़ में ही सही, दिल के प्रेशर कुकर ने सीटी बजा दी। धीमी आँच पर पके मेरे ख़याली पुलाव का स्वाद दोनों की ज़ुबाँ पर बराबर चढ़ चुका था। मेरी चिल्लर-सी नज़्मों का उसने पहले तो ख़ूब मज़ाक़ बनाया, फिर ख़ुद-ब-ख़ुद उस चिल्लर को अपने पर्स में संभालकर रख लिया। हम दोनों वहीं पहाड़ पर बैठे देर तक दुनिया-जहान की बातें करते रहे-अपने बचपन के बारे में... बीती ज़िंदगी के बारे में। बातें जिनकी न ही कोई शुरुआत होती थी और न ही कोई अंत। बीच-बीच में हमारी नज़रें आपस में टकरा जाया करतीं। उसका हाथ अपने आप ही कुछ देर के लिए ही सही, मेरे हाथों से बंध जाता। कोई किस्सा सुनाते हुए उसकी आँखें नम हो गयीं। दोनों कुछ देर खामोश रहे। फिर मैंने चुप्पी तोड़ते हुए उसे बताया : "वैसे कल मैंने भीष्म साहनी की वह

किताब पढ़ी, जो तुमने मेरे लिए खरीदी थी।''

''तमस? कैसी लगी तुम्हें?'' बड़ी उत्सुकता के साथ उसने पूछा।

''बहुत अच्छी थी। पर शायद वह कहानी थोड़ी अलग थी उस कहानी से, जिसे सुनकर मैं बड़ा हुआ... चलो तुम्हें एक मज़ेदार किस्सा सुनाता हूँ... 5th स्टैण्डर्ड की बात रही होगी। हमारी क्लास में एक लड़की थी - चश्मिश बुलाते थे उसे। बहुत पढ़ाकू थी। सब टीचर्स की फेवरिट। मेरी भी...।'' शरमाते हुए मैंने बताया।

''भगवान! फिर एक लड़की। मैं तुम्हें अपने क्रशेज़ के क़िस्से सुनाऊँ तो कैसे जल के कोयला बन जाते हो... हाँ!'' ताव दिखाते हुए उसने कहा।

''अब आगे सुनाऊँ?''

''बको... '' चिढ़ते हुए वो बोली।

''तो माजरा यूँ था कि उस दिन क्लास में मैथ्स के टीचर ने मुझे होमवर्क न करके लाने की वजह से पनिशमेंट के तौर पर सबसे आगे बैठा दिया, चश्मिश के साथ। और कहा कि आज से मैं रोज़ यहीं बैठूंगा, उसके पास। सोचो, इतने वक़्त से जो मैं न कर पाया, वो मैथ्स टीचर ने कर दिखाया। कितना खुश था मैं उस दिन। फिर इसके बाद आर्ट की क्लास में टीचर ने हमें 'यूनिटी इन डाइवर्सिटी' टॉपिक पर पोस्टर बनाने के लिए कहा। इंडिपेंडेंस डे आने को था न, इसलिए। चार्ट चश्मिश ने बनाया था, पर अपने साथ मेरा नाम भी लिखा - अपने नाम से पहले। और पता है क्या, हमारे पोस्टर को फर्स्ट प्राइज़ मिला था।

हम दोनों ने साथ मिलकर वह चार्ट क्लास के नोटिस बोर्ड पर लगाया। इतने में टन-टन की आवाज़ आयी। सब बच्चे हाथ में टिफ़िन लेकर क्लास से बाहर निकल ही रहे थे कि अचानक डायन प्रकट हुई - हमारी खूंखार क्लास टीचर। इंग्लैंड से आयी थी न, तभी इतनी अंग्रेज़ी झाड़ती थी। क्लास में जो हिंदी बोलता, उसे डस्टर से मारती। जैसे ही वह आयी, सब लोग डर के मारे खड़े होकर ''गुड मॉर्निंग मैडम'' गाने लगे। मैडम ने पहले गुस्से में सभी को देखा और फिर ब्लैक बोर्ड पर बड़े-बड़े अक्षरों में लिखा 'A', फिर 'B' और उन दोनों के बीच सफ़ेद चॉक से गहरी सी रेखा खींच दी। फिर बताया कि क्लास को रोल नंबर के हिसाब से दो सेक्शन में बाँटा जाएगा।

सभी हैरानी से बोर्ड को देखते रहे। चश्मिश का नाम लकीर के इस तरफ और मेरा लकीर के उस तरफ। मैंने उसे देखा और उसने मुझे। फिर उसने अपने 'सिंड्रेला' वाले पाउच में से क्रेयॉन कलर्स निकाले और मेरे 'शक्तिमान' वाले बॉक्स में रख दिए। मैंने भी मैथ्स की क्लास में उससे जो 'पायलट पेन' उधार लिया था, वापस कर दिया।

क्लास ख़त्म होते ही हम सभी सेक्शन 'B' वाले अपना सामान समेटने में जुट गए। एक ही डेस्क पर बैठने वाले दोस्तों के बीच क्रिकेट कार्ड्स से लेकर 'tazos', कॉमिक्स, स्टैम्प्स – हर चीज़ का बटवारा हो रहा था। दीवार पर टंगे चार्ट्स और शेल्फ में रखे मॉडल्स को लेकर दोनों सेक्शंस के बीच घमासान युद्ध छिड़ चुका था। 'आदिल' और 'मनप्रीत' – जो अब तक साथ बैठकर टिफ़िन खाया करते थे, 'चोक स्लैम' देते हुए दिखाई पड़े। मैं लड़ाई-झगड़े से दूर, नोटिस बोर्ड पर लगा वही चार्ट उतार रहा था। पीछे से चश्मिश आई और चुटकी बजाते हुए बोली। "पाकिस्तान वाले इंडिया वालों का कोई सामान लेकर नहीं जायेंगे।" मुझे बहुत बुरा लगा, जैसे उसने मुझे गाली दी हो। घर पहुँच कर सबको बताया कि चश्मिश ने मुझे 'पाकिस्तानी' बोला. मम्मी ने हँसते हुए कहा "तो क्या हुआ, दादाजी तो वहीं से आये हैं। वहाँ पहले उनका घर था।" फिर उन्होंने पार्टीशन की पूरी दास्ताँ सुनाई। तब समझ आया, ऐसे ही किसी क्लास टीचर ने एक दिन फरमान जारी किया और बच्चे लड़ पड़े। दो देश बने। अपने बिछड़े। ज़मीन छूटी। कितने दिल टूटे। कितना खून बहा... सब बचपना ही तो था।

ज़मीनी हकीकत से नावाक़िफ़ 'रैडक्लिफ़' ने एक काग़ज़ पर लकीर खींचकर इस उपमहाद्वीप की तक़दीर हमेशा के लिए बदल दी। नतीजन, लाखों लोग बॉर्डर के उस पार से इस पार अपना सब कुछ छोड़कर आए। हिटलर के राज में जितने jews जर्मनी में मारे गए, लगभग उतनी ही जानें पार्टीशन के वक़्त गईं। वर्ल्ड वॉर के बारे में कितना कुछ लिखा गया है। कितनी फ़िल्में बनी हैं। पर हमें ना तो कभी अपने इतिहास से कोई मतलब रहा है और ना ही उससे कुछ सीखना चाहते हैं।"

"ज़मीन छोड़ के तो आज भी लोग आते हैं। तुम नहीं आए? मैं नहीं आई?"

“आज की बात अलग है। पूरी दुनिया ग्लोबल है। हर कोई अपनी जगह से भागना चाहता है। पहले ऐसा नहीं था। मिट्टी लोगों के लिए सब कुछ होती थी। इसलिए आज तक हर किसी दिल में ज़ख़्म ताज़ा हैं।”

“ख़ैर! अच्छा हुआ जो पार्टीशन हुआ। नहीं हुआ होता तो तुम वहीं रह जाते बताओ। और फिर हम कैसे मिलते?”

“लव और लक्ष्मण, रावी और गोमती – इन सब के बीच एक ऐसा मुक़ाम आता है जो ग़ालिब के शहर से होता हुए जाता है। अब देखो कुछ तो राब्ता ज़रूर है, इसलिए मिलना तो तय था। लाहौर और लखनऊ की दूरी, दिल्ली कम कर ही देती।” उसकी आँखों में देखते हुए मैंने कहा। सुनकर वह थोड़ी देर मुस्कुराई फिर बोली: “गहराई है तुम्हारे अंदर। समुंदर हो तुम। डर लगता है, कहीं डूब न जाऊँ।”

“डरो मत। नदी हो तुम। बेखौफ, बेबाक कल-कल करके बहती।”

“अच्छा?”

“हाँ सच! वैसे यूँही दौड़ती ही रहोगी या फिर मिलोगी इस समुंदर से भी कभी?”

“सोचेंगे... ” पहले यह बताओ तुम्हें पहाड़ ज़्यादा पसंद है या फिर समुंदर?” बात पलटते हुए उसने पूछा।

“शायद समुंदर।”

“पहाड़ क्यों नहीं?”

“ऊँचाई से डर लगता है न।”

“अच्छा और समुंदर की गहराई से नहीं?” हँसते हुए वह बोली। “मुझे तो पहाड़ बहुत पसंद हैं। हमेशा से एक तमन्ना रही है कि दूर पहाड़ों पर एक छोटा-सा घर हो। पर देखो न, मैं एक बार भी किसी हिल स्टेशन नहीं जा पाई।” उसने उदास मन से बताया।

“क्यों?”

“पापा लेकर ही नहीं जाते कभी। जब भी मैं गर्मी की छुट्टियों में मिन्नत करती कि चलो कहीं घूमने चलते हैं, तो हमेशा मुझे डांटकर चुप करा दिया करते थे। हमेशा से ऐसे ही हैं।”

“लगता है तुम्हारे पापा ज़रूर हिटलर क़िस्म के आदमी हैं!” मैंने चुटकी

लेते हुए कहा।

"हम्मम... थोड़ा हैं तो। वैसे अंदर से डरपोक हैं, पर ईगो बहुत बड़ा है। जाने ख़ुद को क्या समझते हैं। पता है, अभी पिछले साल ही जब दादा जी एक्सपायर हुए तभी हम लखनऊ शिफ़्ट हुए। उससे पहले हम अलग रहते थे। उनकी दादाजी के साथ भी नहीं बनती थी।"

"क्यों लेकिन?"

"दादाजी थे कांग्रेसी- भारत छोड़ो अभियान में गाँधी जी के साथ चले थे। और पापा तो ठहरे संघी। तो कैसे बनती?"

उसका यह कहना हुआ और मेरी हँसी छूट पड़ी। "हँसने की क्या बात है। तुम भी तो पापा के जैसे हो?" उसने तंज़ कसा।

"नहीं... ऐसा नहीं। मतलब...। ठीक है... मैं शाखा जाता हूँ। But I'm not a blind follower." मैंने समझाते हुए कहा।

"बनना भी मत। तुम भी उन्हीं के जैसे हो जाओगे नहीं तो-खडूस टाइप। No emotions at all! पता है जब मैं 2nd क्लास में थी तब मुझे फ़ैंसी ड्रेस में 'चंद्रकांता' बनना था। मार्केट में एक ड्रेस देखी थी... इतना रिक्वेस्ट किया पर मुझे वह ड्रेस नहीं दिलाई।" कुछ नम आँखों से उसने कहा। पापा हमेशा से मुझसे नफ़रत करते हैं। शायद जब मैं दुनिया में आई भी न थी, तब से। उनके लिए तो मैं वह हूँ जिसे शायद होना ही न था।" बोलते-बोलते उसकी आँख भर आने को हुई। "जब उन्हें पता चला कि लड़की है, वह चाहते थे एबॉर्शन हो जाए। पर माँ ने ऐसा होने नहीं दिया। शायद इसलिए वह माँ से कभी ख़ुश नहीं रहे और मुझसे भी। वह चाहते थे कि मैं डॉक्टर या इंजीनियर बनूँ। पर मैंने साइंस की जगह आर्ट्स पढ़ना ज़रूरी समझा। जब कहा कि जर्नलिज़्म पढ़ना चाहती हूँ तो मना कर दिया।"

"पर वह तो ख़ुद ही जर्नालिस्ट थे?"

"उन्हें पता है कि यह लाइन लड़कियों के लिए नहीं।"

"अब तो कितना बदल चुका है!"

"दुनिया शायद बदल चुकी है, उनकी मानसिकता तो नहीं।" अपनी पलकों को झुकाकर आँसुओं को छुपाते हुए वह बोली।

मैंने उसका चेहरा ऊपर उठाया और उसकी आँखों से टप-टप गिरती

मोतियों को अपनी हथेली में रख लिया। और संजो लिया उन्हें अपने दिल के क़रीब, शर्ट की आगे वाली जेब में।

***

महाभारत के युद्ध की तरह, मन का 'अर्जुन' आंतरिक मतभेदों और उलझनों से जूझ रहा था। शायद वक़्त आ चला था। आज से कुछ दिनों पहले तक हमें एक दूसरे के अस्तित्व का भी पता न था और आज लग रहा था कि मानो एक दूजे के लिए ही बने हों। शायद वह समझ चुकी थी कि मैं पहला क़दम बढ़ाने में संकोच कर रहा हूँ। देर तक वो मेरी ओर देखती ही रही। उसकी बड़ी-बड़ी आँखें कितना कुछ बोल रही थीं। पर जो दिल में था, ज़ुबाँ पर आ न सका। मैंने कुछ पल अपनी आँखें बंद की और अपनी ज़िंदगी के पिछले तीन हफ्ते रिवाइंड करके देखे। फिर समझ आया कि यह सच में प्यार है। ऐसा एहसास पहले कभी हुआ ही नहीं। कितना अच्छा होगा अगर हम रोज़ यूँ ही बतियाते रहें।

सूरज डूब चुका था। लोग धीरे-धीरे वापस ज़ा रहे थे। वह अभी भी मेरी ओर देख रही थी। उसकी आँखें शर्म से लाल थीं -जैसे खिलखिलाता गुलाब दोबारा से कली बन जाए। उसकी हथेली मेरे हाथों के लिए ही बनी थी जैसे। उसकी उँगलियाँ अपने-आप ही मेरी हथेलियों पर अठखेलियाँ कर रही थीं। आख़िर उसने अपनी चुप्पी तोड़ी। अपना हाथ वापस मेरे हाथों से लेते हुए वह बोली- ''शायद तुम्हें अब तक पता चल गया होगा कि मैंने संजय से तुम्हारे बारे में पूछा था। पर वह तुम्हें जानता नहीं था। नहीं जानती कि क्या था और क्यों था, पर कुछ था जो मैंने उस दिन देखा, जब तुम मेट्रो में मुझसे दूर जा रहे थे। मैं काफ़ी देर वहाँ खड़ी थी। पर तुम उस भीड़ में मिल नहीं पाए। तुम्हारे हाथ में क्विज़ बुक देखी थी तो लगा कि कहीं तुम...। फिर तुम्हें ढूँढते हुए ऑडिटोरियम पहुँच गई। वहाँ भी निकलकर तुम्हारा इंतज़ार किया। पर तुम अपने दोस्तों में बिज़ी थे। पता नहीं क्यों लगा कि वह कविता जो पार्क में कहीं पड़ी मिली थी, वह तुमने ही लिखी होगी। नहीं जानती कि ऐसा क्यों हुआ, पर जो भी हुआ उससे पहले कभी नहीं हुआ। ऐसा लगा जैसे हमारे बीच सच में कुछ तो है... पुराना... शायद बहुत पुराना...।

मेरे अंदर की फ़ेमिनिस्ट शायद इस बात से इत्तेफ़ाक़ ना रखे, पर हमेशा

लगता था कि कोई हो, जिसके काँधे पर सर रखकर छत पर बैठे तारों को टिमटिमाता देखूँ। कितनी ही इनडिपेंडेंट क्यों ना हो जाऊँ पर जब वापस घर पहुँचूँ तो कोई हो जो मेरा इंतेज़ार करे। कोई हो जो पास मंडराता रहे। मैं जिसकी धुरी का केंद्र रहूँ। जो सिर्फ़ ख़ूबसूरती को ना देखे। मैं अंदर से जैसी हूँ, उसे जाने और उसे ही पसंद करे... ना जाने तुम्हारे अंदर क्या देखा... तुम्हारी ओर खिंची चली आई। जाने क्या था? जैसे कोई केमिकल रिएक्शन जो सिर्फ़ मेरे और तुम्हारे मिलन से ही सम्भव था, और किसी से नहीं। अब लगता है जो हुआ, वो किसी जादू से कम नहीं...।''

वो बोलती गयी और मैं बस उसे देखता रहा। शायद कुछ वक़्त लगा यह समझने में कि हुआ क्या है। आख़िर उसने घुटने के बल बैठकर नज़ाकत के साथ गुलाब का फूल मेरे हाथ में थमाया। और फिर मेरा हाथ पकड़ते हुए थोड़ा शरमाकर हाल-ए-दिल का इज़हार कर दिया।

मेरा दिमाग पूरी तरह से सुन्न हो चुका था। उसकी आवाज़ मेरे कानों में गूँज रही थी। इतना सुख मिला यह सुनकर कि जैसे जीवन काल में ही मोक्ष प्राप्ति हो गई हो। मन में एक अजीब-सा डर था, जैसे कि यह एक सपना है जो बस अभी नींद खुलते ही टूट जाना है।

''बेशर्म कहीं के कुछ तो बोलो।'' मुझे ज़ोर से चिमटी काटते हुए वह बोली- ''देखो तो कैसे शरमा रहे हो लड़की की तरह...।''

उसने मुझे पहले ज़ोर से कोहनी मारी। फिर मेरे दाहिने हाथ पर उसने अपने बायाँ हाथ रखा। मेरे काँपते हाथों ने जैसे-तैसे उसके मलमली गालों को छुआ तो सहसा करंट-सा लगा। बदन में सिरहन-सी उठी। वो मेरा हाथ थामकर मुझे भीड़ से कहीं दूर ले गई। अपना हाथ मेरे हाथ में रखते हुए उसने कहा- ''पहले बताओ यह लघु प्रेम कथा है कोई या फिर एक उपन्यास?''

''अच्छा, तो अब तुम अपनी मोहब्बत को किताब के पन्नों से तौलोगी!'' उसके चेहरे पर हाथ रखते हुए मैंने कहा।

''फिर भी पता तो चले तुम मुझसे कितना प्यार करते हो?'' इतराते हुए वो बोली।

''मोहब्बत का भी कोई नाप होता है भला? या वज़न या गिनती? यह तो असीमित होता है। जैसे महासागर में जल, जैसे हवा में ऑक्सीजन, जैसे

आकाश में अनगिनत तारे। जब इन सबकी गणना कर लूँगा तब शायद तुम्हें बता पाऊँगा कि तुमसे इतना प्यार करता हूँ।'' उसकी आँखों में झाँकते हुए मैंने कहा।

''माना कि शरणार्थी हो, पर मेरे दिल को तुम रिफ़्यूजी कैंप न समझना!''

''रहने को परमानेंट जगह मिलेगी?''

हँसते हुए उसने मेरे सवाल नुमा जवाब पर हाँमी भर दी। फिर कहा- ''अभी तो यहाँ रहने का भाड़ा देना पड़ेगा। और कुछ तोड़ोगे-फोड़ोगे नहीं तो ज़िंदगी भर रह सकते हो।'' फिर बावरी सी हँसी हँसते हुए मेरे सीने से लिपट गई।

यूँ ही एक दूसरे की आँखों में खोये पता ही न चला कब शाम ढल गई। सूरज दूर क्षितिज में कहीं गुम हो गया था। चाँद निकलकर आ चुका था। तारों की महफ़िल जमना शुरू हो चुकी थी।

''पता है, मैं तुम्हें यहाँ आज ही क्यों लाई? कहते हैं नक्षत्र के इस वक़्त किसी से रिश्ता जोड़ो तो वो टूटता नहीं।'' अपने बैग में से कुछ रंग-बिरंगे कार्ड निकालते हुए उसने कहा।

''देख लो एक बार।'' रंग बिरंगे कार्ड्स मेरे हाथ में पकड़ाते हुए वह बोली।

''यह क्या है?'' मैंने अचरज में पूछा।

''अरे, दुष्यंत का क्या भरोसा कब शकुंतला को भूल जाए। भुलक्कड़ तो तुम हो ही। इसी से तुम्हें एक-एक वचन याद दिलाऊँगी। तुम्हें कोई प्वॉइंट जोड़ना है तो देख लो।''

''पढ़ने तो दो।''

''पढ़ो। पढ़ो। पर हँसना मत।''

मैं वह क़रारनामा पढ़ने लगा। पहले पन्ने पर अक्षत और कुमकुम से स्वस्तिक बना हुआ था। हर पन्ने पर एक वादा। और उसके साथ में मेरे लिए एक साइड नोट।

''बताओ! तुम्हें भी कुछ लिखना है तो अभी लिख दो। फिर न कहना।''

''मुझे कुछ नहीं लिखना।''

"क्यों? तुम्हारी कोई शर्त नहीं?" कमर पर हाथ रखकर किसी टीचर की तरह उसने पूछा।

"इश्क़ किसी टर्म्स और कंडीशंस के साथ नहीं आता।" मैंने फ़ौरन जवाब दिया।

"अगर कोई मार्केट रिस्क आ पड़ा तो?"

"कंपनी विश्वसनीय होगी तो क्लाइंट को धोखा नहीं देगी... वैसे मैं सही कंपनी में ही इन्वेस्ट करता हूँ।"

"तुम भी न... चलो अब मेरे साथ ये सभी वचन बोलो। और यह बत्तीसी दिखाना बंद करो। मज़ाक़ लगता है तुम्हें सब कुछ!" मेरे सर पर ज़ोर से फटका मारते हुए वह बोली। उसने मुझे सप्तऋषि में से एक चमकता तारा दिखाया और उसके पास एक धुंधुलाता हुआ तारा भी, जो दिल्ली के प्रदूषण में कभी न दिखता। हमने वह सभी वचन एक साथ एक स्वर में पढ़े। उस क़रारनामे में कुछ बातें थीं जो उसको मुझे कहने थी। और कुछ वादे थे जो मुझे उसको करने थे।

- "मैं सखी और तुम सखा। जैसे ये अरुंधती और वशिष्ठ हैं न, हम भी एक दूसरे की धुरी का केंद्र रहेंगे।"
- सुख या दुःख, चाहे मेरा या तुम्हारा, मिलकर बाटेंगे। रास्ते कितने भी ऊबड़-खाबड़ क्यों न हों, साथ सफ़र तय करेंगे।
- मैं कितना भी रूठ जाऊँ, मेरी प्रॉब्लम नहीं। तुम मुझे कैसे भी मनाओगे। फिर भी न मानी तो चॉकलेट केक बनाओगे।
- वो सभी बातें जो कहीं-न-कहीं हमारे बीच दूरियाँ लेकर आएँ, उनसे हम ख़ुद दूरी बना लेंगे।
- हम सभी ख़्वाहिशें, सभी सपने मिलकर देखेंगे और उन्हें मिलकर पूरा भी करेंगे।"

यह सब एक सुनहरे सपने जैसा था-मेरी ज़िंदगी में अब तक का सबसे सुनहरा पल। क्या हो अगर यहीं सब रुक जाए? मैं देखता रहूँ उसे। कोई सवाल न हो, कोई जवाब न हो।

वक़्त थम चुका था। आसपास कोई नहीं। हम जैसे किसी सपनों की दुनिया में थे। बहती हवा में गोते खा रहे थे। तारों के बीच आसमान में उड़ रहे

थे। बैकग्राउंड में जैसे 1950's का कोई रोमैंटिक गीत बज रहा था। अब जाना कि इश्क़ में लोग क्यों चाँद-तारे और फूलों की बातें करते हैं।

अजीब है न, साल लग जाते हैं पर हम किसी को जान नहीं पाते। और इस लड़की को मिले कितना ही वक़्त हुआ, लगा कि इसे मैं बचपन से जानता हूँ। मैं अब अपनी बाक़ी की ज़िंदगी उसके साथ बिता देना चाहता था। जाने क्यों यह ख़याल आकर ज़ेहन में अटक जाता कि जिसे मिलना होता हैं वो पहले ही क्यों नहीं मिल जाता। आख़िर क्यों ख़ामख़ा इंतेज़ार करना होता है, किसी के मिलने का।

जैसे एक ताले की एक ही चाबी होती है, एक सवाल का एक ही सही जवाब। वो झल्ली-सी लड़की, लगता है बस मेरे लिए ही बनी हो। हम अलग-अलग कितने अकेले और अधूरे थे। पर साथ मुकम्मल हैं, एक-दूसरे के पूरक।

हम बने तुम बने एक दूजे के लिए

माना कि मोहब्बत कितनी भी बार हो सकती है, पर वो पहली वाली फ़ीलिंग कहाँ। वो चहरे पर खिलती हँसी, शरमाकर बगलें झांकना, उसकी एक झलक के लिए खाली सड़कों की ख़ाक छानना। ये सब तो पक्का पहली बार ही होता होगा, जैसा कि हो भी रहा था। जीवन जैसे कोई हसीन ग़ज़ल बन चुका था, श्रृंगार रस से परिपूर्ण लग रहा था।

हमेशा सोचता था कि यह फ़र्स्ट आना इतना ज़रूरी क्यों है ? क्या फ़र्क़ है कि इम्तेहान में या रेस में कोई फ़र्स्ट आए या फिर कोई सेकेंड! फ़र्क़ शायद तब समझ आया जब ज़िंदगी में कोई पहली बार आया। जैसे बारिश की पहली बूँद। जैसे बौराई हुई हवा का एक झोंका, जो सबसे पहले चेहरे से टकराता है। समुंदर किनारे बैठे लहरों का एक छोटा-सा गुच्छा जो पैरों में गुदगुदी करके चला जाता है। वह पहला ख़ास होता है। हमेशा पास हो या न हो, वह एहसास जीवन भर साथ रहता है।

मेरी ज़िंदगी में वो सर्दी में बरसात की तरह आई थी और भर गई थी इस ब्लैक एंड वाइट ज़िंदगी को इंद्रधनुष के रंगों से। सर्दियाँ अब अपने अंतिम पड़ाव पर थीं। बसंत ऋतु दस्तक दे रही थी। बागों में बहार आने लगी थी। अब तक जहाँ मैसेज करने से पहले भी दो बार सोचना पड़ता था, अब कॉल करना एक ज़िम्मेदारी लगने लगा था। उसने खाना खाया या नहीं, चिंता होने लगी थी।

हमारी अब लगभग हर रोज़ ही मुलाक़ात होती। मिलने के लिए बहाने बनाने की ज़रूरत अब नहीं पड़ती। रात को देर से मिलने आती थी तो डर लगता था। इसलिए वापस ऑटो से छोड़ के आया करता था।

कॉलेज की अटेंडेंस शॉर्ट थी। प्रॉक्सी से काम चलता था। रात को देर से सोना, सुबह धक्के से उठना और कॉलेज के लिए भागना। मेट्रो पकड़कर शाम को उससे मिलने पहुँच जाना-यह अब रूटीन-सा हो गया था। हाथ पकड़कर चलना अब आदत बन गई थी। रोड पार करते वक़्त अपने आप ही मैं उसके और ट्रैफ़िक के बीच में आ जाया करता। वह मेरे साथ डीटीसी बस में धक्के भी खाती थी। हरे रंग की लो-फ़्लोर बसों की बड़ी सी खिड़कियों से झाँककर बाहर का नज़ारा देखते। इंडिया गेट, क़ुतुब मीनार, लोटस टेम्पल, दिल्ली हाट-जहाँ मन करता उतर जाते।

एक-दूसरे का हाथ पकड़ कर मेट्रो में साथ सफ़र करते। राजीव चौक की बेहिसाब भीड़ भी हमें जुदा न कर पाती। क्या पता था कि जिस लड़की को इसी मेट्रो में पहली बार देखा था, उसके संग ज़िंदगी भर यूँ मेट्रो में सफ़र करूँगा। वह मुझे कभी मेट्रो में एस्केलेटर से चढ़ने न देती। खींचकर ले जाती सीढ़ियों की तरफ़। मैं तेज़ क़दम रखते हुए आगे निकलता, तो वह हाँफने की एक्टिंग करती। मैं रुकता। और फिर वह मुझसे आगे निकलकर पहले ऊपर पहुँच जाती। मैं भीड़ में अक्सर खो जाया करता था। "तुम इतने एब्सेंट माइंडेड हो": वो कहती, फिर हाथ पकड़कर खींचती हुई मुझे ले जाती। अगर मेरी नज़र किसी और पर जा टिकती, तो कनपटी पर दो रख भी देती।

कनॉट प्लेस अक्सर जाना होता था। बातें करते-करते कब सेंट्रल पार्क के समक्ष सात फेरे ले लेते, पता ही न चलता। कभी रीगल में रिक्शा वालों के साथ फ़िल्म देखते तो कभी हनुमान मंदिर के बाहर कचौरी खाने चले जाते। कभी कमला नगर में चाट खाते, कभी 'मजनू का टीला' में मोमोज़। कभी बत्रा सिनेमा में पिक्चर देखते तो कभी नॉर्थ कैंपस की रिज रोड पर साइकिलिंग। साइकिल के डंडे पर बैठाकर मैं उसे सैर कराता और वह अपनी स्कूटी के पीछे बैठाकर मुझे। उस स्कूटी पर हम दिल्ली का कोना-कोना नाप चुके थे। कभी सड़क किनारे किसी टपरी पर चाय पीते तो कभी कॉलेज कैंटीन में मैगी खाते। जैसे किसी पड़ोसी मुल्क को दूसरे देश की सीमा से लगी जर्जर ज़मीन

'स्ट्रेटेजिक प्वॉइंट ऑफ़ व्यू से इम्पोर्टेन्ट' नज़र आती है ठीक वैसे उसे मेरी प्लेट में रखी मैगी अपनी प्लेट से अधिक दिखाई पड़ती थी। इसलिए मेरी प्लेट से चुराकर खा जाती। धीरे-धीरे प्लेट दो से एक हुई, फिर चम्मच भी एक ही। धीरे-धीरे खिलाने वाला हाथ भी एक हो गया।

जब हम प्यार में होते हैं तो यार दोस्तों को भूल जाया करते हैं। आसपास की गतिविधियों से, देश और दुनिया में हो रही किसी भी घटना से बेख़बर किसी काल्पनिक दुनिया में जीते हैं। मैं अब बढ़ते पेट्रोल के दाम पर अपनी नाक नहीं सिकोड़ता। और न ही खाने पर लगने वाले सर्विस चार्ज पर कोई सवाल उठाता था। शायद इसे ही रिलेशनशिप का 'हनीमून' पीरियड कहते हैं।

इसी बीच 'संत वैलेंटाइन दिवस' का आना हुआ। दरअसल वैलेंटाइन वो महान ऋषि थे जिन्होंने रोम शासन के दौरान चोरी-छुपे कई युगलों का प्रेम विवाह कराया था। जिसकी वजह से उन्हें सज़ा-ए-मौत मिली। आज के इस भौतिकवादी युग में लोग उनका बलिदान भुला चुके हैं। मोहब्बत एक बड़ा मार्केट है और आज के लड़के प्यार के इस बाज़ारवाद में महज़ उपभोक्ता हैं, जिन्हें किसी भी हाल में अपनी प्रियतमा को महँगे गिफ़्ट्स देकर 'सेटिंग' कर लेनी हैं। अब समाज का हिस्सा होने के नाते हम इन पाखंडों से कैसे अछूते रह सकते थे? इसलिए, आदर्श प्रेमियों की तरह हमने भी पूरा 'वैलेंटाइन्स वीक' सभी रस्म और रिवाज के साथ मनाया। पर सवाल यह था कि सरप्राइज़ क्या दिया जाए? मैंने तो बचपन से ही सोच लिया था। जिससे प्यार करूँगा, उसे एक HF 90 ब्लैंक कैसेट में कुछ मनपसंद गाने रिकॉर्ड कर दे दूंगा। मानो हमारी ज़िंदगी यश चोपड़ा की कोई रोमैंटिक फ़िल्म हो और वह कैसेट हमारी फ़िल्म का म्यूज़िक एल्बम। पर कैसेट के साथ उसे देने के लिए ऐसा क्या हो जो कुछ अलग मगर बेहद ख़ास हो। सभी permutations और combinations लगाने के बाद 'शाहपुर जाट' के एक बुटीक पर बैठकर ख़ुद को फ़ैशन डिज़ाइनर कहने वाली लेडीज़ टेलर के पास गया और उससे चंद्रकांता वाली ड्रेस बनवाई।

पंडित जी और पिंटू को रिश्वत के तौर पर दारू की एक बोतल दी। साथ ही बत्रा में लेट नाईट शो का टिकट थमाकर बेघर कर दिया। पंडित जी के

निकलते ही मैंने शाम को उसे बुलाया। उसके आते ही मैंने उसकी आँखों पर एक लाल रिबन बाँधा और उसके सामने वह चमचमाती ड्रेस रख दी। और फिर टेप रिकॉर्डर पर उस कैसेट को भी चला दिया। वो ख़ुशी से फूली न समा रही थी। वो ड्रेस पहन कर इतनी खूबसूरत लग रही थी, मानो सच में वो विजयगढ़ की शहज़ादी हो। उसके चेहरे की आभा देखते बनती थी। लौंग का वो लश्कारा, सुरमयी आँखें, हलकी झुकी सी पलकें, थरथराते होंठ, बिखर कर आते उसके बाल... हाय! रात के इस आग़ोश में, शाम-सी ढल रही थी चंद्रकांता। अपने ही आफ़ताब में, मोम-सी पिघल रही थी चंद्रकांता। दोनों एक दूसरे को एकटक देखते रहे। और फिर कुछ वैसा ही हुआ जैसा की फिल्मों में होता है जब चुपके से इश्क़ के गुल खिलते हैं, और प्रतीकात्मक तौर पर पर्दे पर दो फ़ूल आपस में मिलते हैं। वो रात उसकी बातों की तरह लंबी होती गई और आशना उसकी आँखों की तरह गहरी।

***

हम कॉलेज में अब लव गुरु हो चले थे। सीनियर और जूनियर सभी को इस बात की ख़बर लग चुकी थी। फिल्मों की ही तरह हॉस्टल में भी ऐसे मौकों पर पार्टी का आयोजन होता है। वैसे भी हॉस्टल में शामें बहुत बेज़ार गुज़रा करती थीं, इसलिए लोग छोटी-छोटी बातों में ख़ुशियाँ खोज लिया करते। बहाना जो चाहिए होता था दारू पीने का। जन्म दिन, ब्रेक-अप, लिंक-अप हो या इम्तहान के नतीजे आए हों, या फिर किसी के अकाउंट में आए हों सरकारी स्कॉलरशिप के पैसे। कोई भी मौक़ा हो, पार्टी के बिना किसी को छोड़ा नहीं जाता। जब यार दोस्त एक साथ हाथ में बियर की बोतल लिए चियर्स करते हैं तब धर्म, जात, भाषा, क्लास - सभी बंधन अपने-आप टूट जाते हैं। महफ़िल जमाते लौंडो की इन चर्चाओं में राजनीति से लेकर क्रिकेट तक की बातें होती हैं। बैच की लड़कियों के क़िस्से बयान होते हैं। किसका टाँका कहाँ फ़िट है और किसका काटा जा रहा है, सभी राज़ उगले जाते हैं।

पार्टी में पिंटू और पंडित जी के अलावा कुछ ख़ासम-ख़ास दोस्त, सीनियर और जूनियर्स को बुलाया गया। स्कॉच और व्हिस्की मंगवाई गई थी। चखने में कोई साधारण नमकीन नहीं बाक़ायदा तले हुए काजू और रोस्टेड चिकन मंगवाए गए थे। 'मेन कोर्स ' के लिए बिरियानी बनाने का प्लान था और यह

ज़िम्मेदारी मेरे कंधों पर थी। इसके लिए मुझे भरपूर सहयोग दिया गया। किसी ने प्याज़ छीले तो किसी ने अदरक लहसन कूटी। कोई बाज़ार से चिकन लाया तो कोई दारू की पेटियाँ। एक आदमी को 'DJ' के तौर पर पार्टी के मूड के हिसाब से गाने बजाने के लिए बैठा रखा था। उधर लोगों ने दो घूँट गटके और वैसे ही गाने के रंग बदलने लगे।

पार्टी का श्रीगणेश हमेशा की तरह अंग्रेज़ी गानों से हुआ। फिर पंजाबी धुनों पर नागिन डांस हुआ। नशा जब अपने चरम पर पहुँचा तो हॉस्टल अल्ताफ़ राजा के सुरों से सराबोर हुआ। गानों की ही तरह आदमी नशे में बात करने का भी एक फ़िक्स्ड पैटर्न फ़ॉलो करता है। यहाँ सभी के साथ कभी-न-कभी एक ऐसा हादसा हुआ था जिसकी चोटें उनके दिल में अभी तक ताज़ा थीं। किसी को स्कूल टाइम की सहेली ने भाईजान कहकर 'भाईज़ोन' किया था तो किसी को प्रिंसिपल के ऑफ़िस की PA ने। किसी ने फेसबुक पर 'एंजेल प्रिया' के धोके में किसी ठरकी लौंडे से चैटिंग करके अपना कटाया तो किसी ने सबवे पर चिपके 'बॉडी मसाज कराइये' वाले विज्ञापन से। हाथ में जाम लेकर सभी एकतरफ़ा प्यार से पीड़ित मजनुओं ने अपनी बेइंतेहा मोहब्बत के बदले मिली वफ़ा का बख़ान कुछ इस तरह किया-

"मोहब्बत तो भैय्या 'चाइनीज़ आइटम' है। कउनो गारंटी नहीं। क़िस्मत अच्छी रही तो लाइफ़ लॉन्ग साथ निभ जाए। और नहीं तो शाम को शुरू हुआ और सुबह की अंगड़ाई से पहले ही ख़त्म।" एक ने कहा।

"यार लड़की के किए गए वादे चुनावी घोषणा पत्र से कम जाली और छली नहीं होते। लड़की को प्यार करना वोट डालने जैसा ही है। ज़रूर डालो मगर सूझ-बूझ के साथ। अगर इस उम्मीद के साथ वोट डालोगे कि पार्टी वादे पूरे करेगी, तो दिल तो टूटेगा ही ऊपर से फ्रस्टिया और जाओगे।" दूसरे ने उस बात को आगे बढ़ाया।

जैसे ही बिरियानी पकने को हुई, दूसरे हॉस्टल से भी नरभक्षी ख़ुशबू सूँघते आ पहुँचे और खाने पर टूट पड़े। मैंने चखने के तौर पर मंगाए गए पनीर टिक्के से ही अपना काम चलाया। दरअसल क्या है न कि मैडम को जानवरों को मारकर खाने के रिवाज से सख़्त नफ़रत थी। किसी धार्मिक कारण से नहीं। उसका मानना था (जो कि अब से मेरा भी मानना है) कि सिर्फ़ अपने स्वाद

के लिए किसी निरीह प्राणी को मारना, तलकर मसाले में भूनकर खाना–This is unnatural and unethical. मेरे अंदर यह अभूतपूर्व बदलाव देखकर पंडित जी और पिंटू दोनों हैरान ज़रूर थे पर उस वक़्त वे कुछ न बोले।

खाना ख़त्म होते ही जाम का एक राउंड और चला। और उधर पार्टी का मूड भी धीरे-धीरे बदलकर ज़िंदगी और फ़लसफ़े तक जा पहुँचा था।

"यार मोहब्बत का भी साला कोई प्रोटोकॉल होना चाहिए। जैसे हर प्रीपेड कनेक्शन की वैलिडिटी होती है न, वैसा कुछ। और प्लान expire होने से पहले आदमी को एक बार इत्तिला तो करना चाहिए। कम-से-कम कनेक्शन काटने से पहले इतना वक़्त तो दे दो कि आदमी नया नंबर लगवा ले।" एक दोस्त ने नम आँखों से अपनी भावनाएँ व्यक्त की।

इतने में पिंटू भी मैदान में कूद पड़ा। "मेरा तो मानना है कि आदमी साला कुत्ता है और औरत बिल्ली। कुत्ते को खिलाना छोड़ दो। दुम हिलाते हुए पीछे-पीछे भागेगा। पर बिल्ली को तुम खिलाना छोड़ दोगे न, दूसरे घर में चली जाएगी।" दो घूँट गटकते हुए वह बोला–Men are dogs and Women are bloody cats."

"भैय्या यह philosophy तो किसी मशहूर किताब से इंस्पायर्ड लगती है।" मैंने टोकते हुए कहा।

"जी नहीं, यह हमारी अपनी थ्योरी है। Life has taught me enough to reach to this conclusion." पहाड़ की चोटी पर आसीन किसी महापुरुष की भाँति वह बोला। पिंटू की ही तरह अब बाक़ी लोग भी अंग्रेज़ी में बतियाने लगे थे।

पार्टी के बाद मैं और पिंटू पंडित जी को ऑटो रिक्शा में ड्रॉप करने गए। मैं रास्ते भर उन्हें अपनी दास्ताँ -ए - मोहब्बत सुनाता आ रहा था। ऑटो वाला भी बड़े मज़े से सारी कहानी सुन रहा था और मन-ही-मन मुस्कुरा भी रहा था। पिंटू के दिमाग में जाने क्या ख़याल आया और मेरे कंधे पर हाथ रखते हुए वह बोला-

"अबे साले... तुम्हारी वाली भी ब्राह्मण निकली।"

"क्यों क्या हुआ?"

"हुआ तो नहीं पर हो सकता है। कहीं वो मैथिल तो नहीं?"

''पता नहीं।''

''कर लेना पता।'' पहले हँसा। फिर बोला ''वो भी मैथिल थी।''

चोट खाया आशिक़ था। इतना टांग खींचना तो बनता था।

''अबे क्या तुम भी शुभ मौके पर ऐसी अशुभ बातें कर रहे हो।'' पिंटू को फटकारते हुए पंडित जी बोले।

ऑटोवाला जो अब तक सारी बात ध्यान से सुन रहा था, पीछे मुड़ा और हिचकते हुए बोला- ''वैसे एक बात कहें भैय्या। हमारी भी गर्लफ्रेंड थी, गाँव में। हम ब्राह्मण और वो यादव। बड़ा संगीन मामला था। हम तो जैसे-तैसे लड़-झगड़कर घरवालों को शादी के लिए मना लिए थे। पर उसके पिताज़ी नहीं माने। आख़िर गाँव से भागकर दिल्ली आ गए। गाँव वापस नहीं जा सकते न, इसलिए पंडिताई छोड़कर ऑटो चला रहे हैं। बुरा मत मानना, पर हमाम में साले सब नंगे हैं।''

ऑटोवाले का प्रेम पुराण ख़त्म हुआ तो पंडित जी ने ऑटो लल्लन मियाँ की दूकान पर रुकवा लिया।

''3 mild दीजिए लल्लन मियाँ।'' पंडित जी ने 500 का करारा नोट थमाते हुए कहा।

''दो ही दीजिएगा। मेरे लिए बस एक 'चुटकी'।'' मैंने लल्लन मियाँ को आदेश दिया।

''काहे बे?'' अचरज से मेरी तरफ़ देखते हुए पिंटू बोला।

''कुछ नहीं, ऐसे ही।'' मैंने बात टालनी चाही।

''इतनी जल्दी। अबे साले तुम सिगरेट छोड़ भी दिए?'' हैरत में पिंटू ने मुझे देखा, फिर ख़ूब देर तक हँसा।

पंडित जी भी अचानक हुए इस हृदय परिवर्तन से स्तब्ध थे। फिर सिगरेट को देखते हुए बोले- ''अच्छा किया! हमें कोई मिल जाए तो हम भी छोड़ देंगे।'' फिर एक लंबी फूँक मारते हुए किसी गहन सोच में डूब गए।

***

पार्टी वाले दिन काफ़ी मित्रों ने 'भाभी' से मिलने का अनुरोध किया था। अब उसके कॉलेज तो लगभग रोज़ ही जाता था। सोचा उसे अपना कॉलेज दिखाऊँगा। और पिंटू से भी तो उसे मिलवाना था। सोचा इस बहाने बाक़ी लोग

मिल भी लेंगे और जलने वाले जल भी लेंगे।

हमारे हॉस्टल का केयरटेकर हर संडे गर्ल्स हॉस्टल की सिक्योरिटी इंचार्ज के साथ घूमने निकल जाता था। सोचा कि मौक़े का फ़ायदा उठाया जाए और संडे को ही कॉलेज के साथ-साथ कुछ घंटे के लिए सही हॉस्टल का कमरा भी दिखा दिया जाए। पहली बार हॉस्टल के इस कमरे में स्त्री प्रवेश होने वाला था। इसलिए आव भगत में कोई कमी न छोड़नी थी। मेस वाले को कुछ पैसे दिए और उसने कमरे को एक़दम चकाचक नये जैसा कर दिया।

सफ़ाई अभियान के बाद कमरा महकाने के लिए और यह दिखाने के लिए कि मैं अब संस्कारी बन गया हूँ-पूरे कमरे में धूप-बत्ती से धुँआ-धुँआ किया। रूम में एक पुरातन काल का फ़ायर अलार्म लगा हुआ था, जो कभी हमारे सीनियर्स ने फ़र्स्ट सेमेस्टर प्रोजेक्ट के लिए बनवाया होगा। अचानक से उठते धुँए से अलार्म बज उठा। उस नादान अलार्म ने सुलगती सिगरेट की शिकन जानी थी, शायद धूप अगरबत्ती से उठती दुआएँ नहीं।

इतवार की सुबह मैं उसे लेने नॉर्थ कैंपस पहुँचा। वह हॉस्टल के गेट के बाहर मेरा इंतज़ार कर रही थी। मेरे हाथ में झोला देखकर उत्साहित होते हुए वह बोली- "यह बैग में क्या भर के लाए हो? गिफ़्ट लाए हो मेरे लिए?"

"अरे नहीं ड्रेस है।"

"कौन-सी ड्रेस?"

"वही... निक्कर। आज शाखा गया था न।"

"अचानक क्यों? तुमने तो कहा था के छोड़ दिया यह सब।" हँसते हुए उसने कहा "अब क्या कोई नयी प्लानिंग चल रही है?"

"तुम्हें बताना ही भूल गया। हमारा जो एंटी रिज़र्वेशन ग्रुप था न, दुबारा एक्टिव हो गया है। मेरे सेक्रेटरी पोस्ट से रिज़ाइन करने के बाद तो सब ठंडा पड़ चुका था। पर अब कुछ नये लोग आए हैं जो आंदोलन को जंतर-मंतर से संसद तक ले जाना चाहते हैं। इसलिए सोचा कि थोड़ा मार्गदर्शन दे आऊँ।"

"चलो अच्छा किया। पर एक बात बताओ, क्या तुम सच में विश्वास रखते हो जो वो लोग सोचते हैं या करना चाहते हैं?"

"समझा नहीं!"

"मतलब... अब तो तुम एक अच्छे कॉलेज में हो। अच्छा प्लेसमेंट हो ही

जाएगा। सरकारी नौकरी तो तुम्हें करनी भी नहीं। ठीक है शुरुआत में सबको ग़ुस्सा आता है। पर कब तक यह कड़वाहट लेकर फिरते रहोगे?''

"कड़वाहट नहीं यार फ्रस्ट्रेशन है। अब तुम बताओ, दुनिया का ऐसा कौन-सा हिस्सा रहा होगा जहाँ किसी तरह का भेद-भाव न हुआ हो। यूरोपियन देशों की स्लेवरी, अमेरिका में रेसिज़्म...। उस लिहाज़ से देखें तो हमारे समाज में अगर किसी तरह का जातिवाद है भी तो कोई बड़ी बात नहीं। ठीक है... शोषण हुआ। बिलकुल ग़लत हुआ। पर उसके क़सूरवार हम तो नहीं हैं न। कुछ करना ही है तो पहले इन सभी लोगों को स्कूल में पढ़ाओ। ज़रूरत मुहैय्या कराओ। आरक्षण कोई लेवल प्लेइंग फ़ील्ड नहीं। यह बस वोट बैंक का झुनझुना है।''

"तुम उस माहौल में कभी रहे नहीं इसलिए शायद तुम्हें पता नहीं। मैंने अपनी आँखों से शोषण होते हुए देखा है। नानी के गाँव में आज भी छोटी जात का आदमी हम ब्राह्मणों के कुएँ का पानी नहीं पी सकता। मंदिर में नहीं घुस सकता। गाँव में अगर कोई बीमार होता है तो सबसे पहले अपनी जात के डॉक्टर के पास जाता है। कितनी जगह पर इंटरव्यू में सिलेक्शन जात देखकर किया जाता है। तुम कभी अपने बनाए क़िले से बाहर निकलो तो पता चलेगा कास्ट डायनामिक्स। कैसे ब्राह्मण, भूमिहर, ठाकुर, यादव, जाटव-सब एक ही गाँव में रहकर अपने से नीचे वालों को दबाने में लगे हैं। जहाँ हमारा देश चाँद और मंगल पर पहुँचने के सपने देख रहा है, हमारी मानसिकता गटर में जा रही है। मानो या न मानो, रिज़र्वेशन के बाद नीची-से-नीची जाति के लोग भी उठकर ऊपर आ पाए हैं।'' उसने जवाब दिया।

"और जो उठकर आए हैं, वही अब दबा रहे हैं। तुम एक बात बताओ - ऐसे कितने लोग हैं जो पूरी तरह से सक्षम हैं। जिनके परिवार में लोग अच्छी सरकारी नौकरी में हैं। बच्चे प्राइवेट स्कूल में पढ़ते हैं। किसी चीज़ की कमी नहीं। फिर किस बात का रिज़र्वेशन? आज किसे फ़र्क़ पड़ता है कि किसकी क्या जात है।

पता है, स्कूल में मेरा एक अच्छा दोस्त था। उसके घर पर हम सब दोस्त ग्रुप स्टडी करते। जब कभी शाम को देर हो जाती तो उसके पापा हमें अपनी नीली बत्ती वाली एम्बेसडर से घर ड्रॉप करवाते। वैसे पढ़ने में होशियार था,

पर दिन भर मटरगश्ती करता था। मेरे मार्क्स हमेशा उससे ज़्यादा ही आते थे। यहाँ तक कि उसे अपने घर में मेरी वजह से डाँट भी सुनने को मिलती। हमने सोचा था कि दोनों एक ही IIT में एडमिशन लेंगे। जब पता चला कि IIT में मेरी रैंक उससे कहीं आगे है तो मुझे उसके लिए बुरा लगा। क्या पता था कि उसके पास हुकुम का इक्का है। मालूम हुआ कि 5000 रैंक आने पर भी मेरा IIT में सिलेक्शन नहीं हुआ जबकि उसे 20,000 रैंक आने पर IIT दिल्ली मिल गया। उस दिन लगा कि आज के समय एकलव्य या कर्ण कोई है, तो वो हम हैं!''

''अब इसमें तुम्हारे दोस्त की तो ग़लती नहीं है न। जब शोषण रुकेगा, तभी तो आरक्षण बंद हो पाएगा।'' मुझे समझाते हुए उसने कहा।

''जब मैंने कोई फर्क नहीं किया तो फिर मेरे साथ ऐसा क्यों हुआ? क्या मेरे दोस्त ने मेरे साथ टिफ़िन नहीं खाया या मेरे मम्मी-पापा ने कभी पूछा कि वो किस केटेगरी से आता है?''

''तुमने कोई भेदभाव भले न किया हो, पर हम जैसे अपर कास्ट के लोग ही तो इतने सालों से इन्हें प्रताड़ित करते आ रहे हैं।''

''हाँ तो जो कर रहा है, उसे डाल दो जेल में। क़ानून कहता है न...।''

''सिर्फ़ क़ानून क्या करेगा?'' उसने टोका।

''हाँ तो रिज़र्वेशन ने क्या कर लिया? आज़ादी को साठ साल से ऊपर हो गए। रिज़र्वेशन मिल रहा है न, तो अब भी शोषण क्यों हो रहा है?'' आवाज़ ऊँची करते हुए मैंने कहा।

''चिल्ला क्यों रहे हो? तुम से तो कोई बहस भी नहीं करनी चाहिए। तुम जानते क्या हो? पता है, इस देश की एक बड़ी आबादी छोटी से छोटी मूलभूत चीज़ों से भी महरूम है। जिनके पास खाने को रोटी नहीं। लोग आज भी गटर में घुसकर सफाई करने को मजबूर हैं। इस देश में किसान हैं जो रोज़ आत्महत्या कर रहे हैं...। तुम्हें ख़ुद को छोड़कर किसी और की परवाह नहीं... कितने ज़्यादा सेल्फिश हो। हर वक़्त बस मैं... मैं... मैं।''

''अरे, मैं कैसे सेल्फिश हो गया। मैंने भी नारे लगाए थे। डंडे खाए थे जंतर-मंतर पर।''

''रिज़र्वेशन को ख़त्म करने के लिए किया था सब। अपने लिए किया था।

किसी दूसरे के लिए नहीं।"

"हाँ तो तुमने क्या कर लिया अभी तक इनमें से किसी के लिए भी।"

"गाँव-गाँव जाकर लोगों को उनके हक़ों से अवगत कराया है। माना कोई बड़ा काम नहीं किया पर अपने लेवल पर जितना कर सकती थी न, उतना किया है।"

"नुक्कड़ नाटक करने जाती थी या लाल झंडा फहराने के लिए? तुम लोगों ने बिना पोलिटिकल एजेंडा के कोई काम किया भी है?"

"अच्छा, जैसे तुम़ तो कभी चड्डी पहनकर शाखा नहीं गए? क्या तुम अपने फ़र्ज़ी राष्ट्रवाद की मुरली नहीं बजाया करते थे बीच बाज़ार?"

मेरी ज़बान पर टेप लग चुका था। अब या तो युद्ध भूमि में हार मानी जा सकती थी या फिर एक कुशल योद्धा की तरह ग़ुस्से से सामान उठाकर फेंका जा सकता था। पर मुझे कहाँ पता था कि सामने से ब्रह्मास्त्र आने को है। वह बिलखकर रोने लगी। यह पहला मौक़ा था जब मैं उसे इस तरह देख रहा था। मेरे हाथ-पैर फूल चुके थे। असमंजस में था। तुरंत मेरे अंदर का आदर्श ब्वॉयफ्रेंड हरकत में आया और मैंने तुरंत अपनी अष्टभुजाओं से उसके आँसू पोछे, माफ़ी माँगी, पानी का गिलास थमाया और क़सम खाई कि आगे से उससे इस तरह का व्यवहार नहीं करूँगा।

"तुम बिलकुल पापा की तरह हो। बिलकुल इंसेंसिटिव। बस अपने बारे में ही सोचते हो। पता नहीं मैंने क्या सोचा लिया था... how can I be so stupid! एक म्यान में दो तलवार रह भी कैसे सकती हैं।" रोते हुए उसने कहा।

अब ग़लती तो मेरी ही थी। ख़ामख़ा ही इतनी बहस की। 'क्यों जा रहे हो' बस इतना ही तो पूछा था उसने। मना थोड़ी न किया था जाने से! इससे पहले कि FIR दर्ज होती, मैंने ख़ुद ही जुर्म क़बूल करने की ठानी!

"I am really sorry... मुझमें बात करने की ज़रा भी तमीज़ नहीं। देखो... आई प्रॉमिस। आज के बाद से इस ख़ामख़ा की बहस में तुम्हें कभी नहीं उलझाउंगा प्लीज़...। ख़त्म करते हैं इस बात को यहीं। चलो बाहर चलते हैं।"

"मुझे नहीं जाना।"

"चलो न प्लीज़। देखो तुम्हें पिंटू से भी मिलवाना था।"

"मुझे तुम्हारे उस दोस्त से कतई नहीं मिलना, जो मेरे बारे में तुम्हें भड़काता है। वह भी बिना मुझे जाने।" डाँटते हुए उसने कहा।

"यार वह तो बस एक मज़ाक़ था। प्लीज़... he's a nice guy" मैंने मनाते हुए कहा।

"मैं मैथिल ब्राह्मण नहीं हूँ। बता देना उसे।"

"यार होती भी तो क्या ही फ़र्क़ पड़ता। तुम भी न...। नेहा को भी तो मैं पसंद नहीं।"

"नेहा कोई दोस्त नहीं। She's just a flat mate! That's it. और क्योंकि वह ब्राह्मण है, इसलिए पापा ने मुझे उसके साथ रहने के लिए कहा। आया समझ तुम्हें? That's how this caste system works, where I come from! और एक बात। मैं नेहा की फालतू बकवास सुनती नहीं हूँ। वहीं जवाब दे देती हूँ।" ग़ुस्से से मुझे घूरते हुए उसने कहा। इसके बाद थोड़ी और खरी-खोटी सुनाई। जज साहिबा के कोर्ट में पेशी हो चुकी थी। दिल को ठेस पहुँचाने का मुक़दमा चला। पहला जुर्म समझकर रिहा कर दिए गए, पर अल्टीमेटम के साथ।

***

आख़िर उसे पिंटू से मिलवाया। दोनों ने अच्छे से एक-दूसरे से हाल-चाल पूछा मानो एक दूसरे के बारे में कितना कुछ जानते हैं। मेरी टांग भी खींची। पर जाने क्यों दोनों के चेहरे की मुस्कराहट बनावटी लगी। पिंटू की थोड़ी ज़्यादा। इसलिए भी क्योंकि वह जो भी है, सीधा मुँह पर कह देता है। बाक़ी दोस्तों से भी 'भाभी' को मिलवाया गया। कुछ देर दोस्तों ने हमें अकेला छोड़ दिया। कुछ देर भी क्या सिर्फ़ शाम ढलने तक ही। वार्डन को भनक भी लगती तो हॉस्टल से बोरिया बिस्तर समेत बाहर फेंक देता।

रात को वापस उसे उसके हॉस्टल छोड़ने गया। जब अलविदा कहने का समय आया तो वह मायूस होकर मुझे देखती रही। फिर मेरे करीब आयी और यूँ खड़ी हो गई मानो किसी छोटी-सी बच्ची की बार्बी डॉल खो गई है।

"सब ठीक है न...। इतनी परेशान क्यों लग रही हो?" मैंने उसके गालों पर हाथ रखते हुए कहा।

"घर पर बचपन से बहुत लड़ाई झगड़े देखे हैं। क्या हम हमेशा ऐसे ही लड़ेंगे?" उसने उदास मन से पूछा।

"हाँ, अगर ख़ुद को दूसरे से बड़ा समझेंगे। अगर अहम को हावी होने देंगे। अगर एक-दूसरे पर शक करेंगे। पर हम ऐसी कोई भी नासमझी नहीं करेंगे।" उसका हाथ थामते हुए मैंने कहा। वह मुझे देखती रही और मैं उसे। देखते-देखते पता ही नहीं चला कि हम प्यार में कितने बड़े हो गए हैं और कितने समझदार भी। यक़ीनन प्यार सब सिखा देता है।

***

सर्दियाँ, गर्मियों की छुट्टी पर जाने को थी। हवा के रंग भी बदल से गए। कोहरे के पहरे के बीच हलकी-सी सोंधी धूप खिलने लगी। टेसुओं के फूल सड़क पर गिरे-पड़े मिलने लगे। जनवरी जैसे आशिक़ों को मिलाने के लिए हो। फ़रवरी प्यार में पड़ने के लिए और मार्च उस प्यार में नये-नये रंग भरने के लिए-होली के रंग से। आख़िर होली वो पहला त्योहार था, जो हमने मिलकर साथ मनाया। उसके कॉलेज कैंपस में उसकी सहेलियों के साथ जम के होली खेली। गेरुआ, आसमानी, बसंत, हरा, गुलाबी और लाल - सभी रंग एक दूसरे से कुछ यूँ गले मिले गोया, रंग के ऊपर रंग चढ़ता गया, रूह घुलती रही और इश्क़ गहराता गया।

एक शाम पंडित जी से मिलने मुखर्जी नगर जाना हुआ। थोड़ा उधार जो लेना था। देखा तो वे पिंटू के साथ छत पर खड़े दूरबीन से कुछ जाँच-पड़ताल में लगे हैं। "अरे वह देखो... लेग ग्लांस... क्या पंडित जी क्या राय है?" सड़क से जाती एक लड़की की तरफ़ इशारा करते हुए पिंटू ने कहा। फिर मुझे देखा तो हँसने लगा। "क्या बात है आज अचानक दर्शन दे दिए! मैडम ने परमिशन कैसे दे दी आने की?" पिंटू मज़े लेते हुए बोला।

"पंडित जी से उधार माँगने आए हैं।" मैंने जवाब दिया।

"तो पिताज़ी से काहे नहीं माँगते बे तुम-एकलौते हो। कितनी केयर करते हैं घर वाले और एक तुम साले... पैसा माँगने में भी फटती है।"

"यार पिछले महीने जो कोचिंग फ़ीस देने के बहाने मँगाए थे- वह सब कपड़े और गिफ़्ट्स ख़रीदने में उड़ा दिए।"

"कौन-सी कोचिंग।"

"IAS" मैंने नज़रें चुराते हुए कहा।

"अबे साले! मतलब तुम घर वालों को यह बोल दिए कि तुम आईएएस की तैयारी करोगे! वाह मेरे हरीशचंद्र। देख रहे हो पंडित जी।" पंडित जी की ओर इशारा करते हुए वह बोला- "याद है जब गोवा जाने का प्लान बनाया था तो महाशय क्या बोले थे। घर वाले परमिशन नहीं देंगे और हम घर वालों से झूठ नहीं बोलेंगे। यह देखो, तुम तो थाली के बैंगन निकले बे।"

"अबे तो तुम कोई कम हो। क्या बोले थे? किसी लड़की की तरफ़ आँख उठाकर नहीं देखेंगे। सिर्फ़ पढ़ाई करेंगे। तुम क्या कर रहे हो इधर। ठरकी साले।" पिंटू का मज़ाक़ उड़ाते हुए मैंने कहा।

"जब से लड़की क्या आई सुर बदल गए हैं। सिगरेट छोड़ दी समझ आया। नॉन वेज भी! और अब झूठ भी बोलने लगे। ऊपर से जब देखो, वहीं जाकर घुसे रहते हो। बोल रहे हैं संभल जाओ। वर्ना ज़िंदगी भर इशारों पर नाचोगे।"

"हाँ तो नाच लेंगे। जब देखो वही एक बात...।" मैं बड़बड़ाकर गेट पीटता हुआ ग़ुस्से में वहाँ से निकल गया। नीचे उतरने को हुआ तो कुछ खुसर-फुसर की आवाज़ आई। जाने क्या ख़याल आया और दरवाज़े पर कान लगाकर बातें सुनने लगा। लगा कि पिंटू ज़रूर मेरे बारे में कुछ ऊल-जलूल बक रहा है।

"क्या पिंटू तुम भी। नया-नया प्यार है। पंछी हैं, उड़ने दो।" पिंटू के कंधे पर हाथ रखते हुए पंडित जी बोले।

"ग़ुस्सा देखा! इसे छोटा भाई समझे हैं। अपनी आँखों के सामने जाने दें?"

"तुम साले अपना काम देखो। ठेका लेकर बैठे हो क्या दुनिया भर का? ज्ञान तो ऐसे पेल रहे हैं जाने कहाँ के लव गुरु हो गए! अपना टाइम भूल गए?"

"नहीं भूले ना पंडित जी। अब जो ग़लती हम करें, वही ग़लती इसे तो नहीं करने दे सकते ना। और हमारी वाली तो दिमाग की ख़ाली थी। इनकी मैडम तो समझदार हैं, वो भी फ़ेमिनिस्ट सरीखी!"

“देखो भैय्या, हर दोस्ती में न एक टाइम आता है जब एक दोस्त को प्यार होता है, दूसरे दोस्त की जलती है और फिर दूरियाँ बढ़ जाती हैं। तुम्हारी दोस्ती में वह टाइम आ चुका है।”

“पंडित जी, जय और वीरू की दोस्ती इतनी भी कच्ची नहीं कि किसी बसंती के आ जाने से इसमें दरार पड़ जाए।”

पिंटू ने सच कहा। हम छोटी सी बात पर एक दूसरे से खफा भले हो सकते थे, पर जुदा नहीं। मैं तुरंत दबे पाँव वहाँ से निकलकर यूनिवर्सिटी पहुँचा। शाम को मैडम के साथ बाहर डिनर का प्लान था। वेटर कुछ ज़्यादा ओवर स्मार्ट बन रहा था। बार-बार जान-बूझकर महंगी कॉन्टिनेंटल डिशेज़ को अपनी स्पेशियलिटी बताते हुए ऑर्डर करने के लिए मजबूर कर रहा था। हमने भी बातों में आकर ऑर्डर कर दिया पर पर खाना निकला बिलकुल ही घटिया। ग़ुस्सा तो आना जायज़ था। मैडम ने मैनेजर को बुलवाकर ख़ूब सुनाया। सर्विस चार्ज तो हटा ही, साथ में कम्प्लीमेंटरी स्वीट डिश भी मिली।

मैंने भी लगे हाथ रेस्टोरेंट के नाम पर चल रहे स्कैम की पोल खोल दी। किस तरह यह लोग 1 की चीज़ को 10 में बेचते हैं। अरे भैय्या जितने की यहाँ एक रोटी मिल रही थी, उतने में तो कैंटीन में एक पूरी थाली आ जाती है-रायता और सलाद के साथ। और कितने लोग तो मेस वाले को उसके पैसे भी नहीं देते पर यहाँ तो ऊपर से फलाना टैक्स, ढिमकाना चार्ज भी दो।

साथ ही, मौक़े पर चौका मारते हुए मैंने अपनी आर्थिक तंगी का बखान किया और अपने क़र्ज़दारों की लिस्ट उसके सामने रख दी। उसने पहले तो ख़ूब खरी-खोटी सुनाई और फिर आइंदा से किसी और से माँगने से मना कर दिया। हमने डिसाइड किया कि अब हम सोच-समझकर खर्चा करेंगे। अब हमारी शामें अक्सर बाग़-बग़ीचों में गुज़रती, जहाँ कई सारे नवयुवक प्रेम रस का आदान-प्रदान करते झाड़ियों के पीछे दिखाई दे जाते। जब बग़ीचों में हाउस फुल मिलता तो हम यूनिवर्सिटी कैंटीन में वक़्त गुज़ारा करते। बाकी स्टूडेंट्स की तरह कैंटीन के ज़ायके का आनंद उठाते : सड़ी-गली सब्ज़ियों से बने वेज-मोमोज़, बासी आलू के समोसे, कद्दू की पेस्ट में लाल रंग डाल कर बनाई गई 'टोमेटो केचप', बेकिंग पाउडर और यूरिया मिले दूध की चाय।

इधर गर्मियों का आना हुआ। गुनगुनी सी धूप में अमलतास के सुनहरे फूल दिल्ली की सड़कें पर जगमगा रहे थे। हलकी - हलकी पुरवई चलने लगी थी। बाहर तपती धूप की वजह से सभी आशिक़ों ने लाइब्रेरी में डेरा जमा लिया था। एक्ज़ाम्स के आने की घोषणा भी हो गई। इसलिए हमने भी अब यूनिवर्सिटी लाइब्रेरी में साथ ही पढ़ना शुरू कर दिया। हम अपनी पूरी गृहस्थी ही वहाँ ले जाते। लाइब्रेरी के टेबल के ऊपर किताबें, चिप्स, पार्ले-जी, चाय के कप्स बिखरे पड़े होते और टेबल के नीचे हमारे हाथ आपस में उलझे रहते। कभी लाइब्रेरी की सीढ़ियों पर, कभी लाइब्ररी के पीछे के गार्डेन में बैठकर पढ़ा करते। पढ़ते-पढ़ते उसे नींद आती तो मेरे कंधे पर सर रखकर झपकी ले लिया करती। रात को डिनर के बाद कैंपस में टहलते। तब कैंपस में कोई CCTV कैमरा नहीं हुआ करता था। सभी कपल्स इस बात का भरपूर फ़ायदा भी उठाते। कोई नहीं था जो हम पर नज़र गड़ाए बैठा था।

***

एक्ज़ाम्स से हमें आज़ादी मिल चुकी थी और नेहरू की 'tryst with destiny' को 63 साल हो चुके थे। 15 अगस्त इस बार संडे को पड़ा था। ख़ामख़ा की छुट्टी मारी गई थी। पिंटू सुबह-सुबह आकाशवाणी पर प्रधानमंत्री मनमोहन सिंह का भाषण सुन रहा था। बचपन में हमारे विद्यालय में इस मौक़े पर झंडा फहराया जाता, बूंदी के लड्डू और चवन्नी की चार टॉफ़ियाँ बाँटी जाती। फिर चीफ़ गेस्ट के तौर पर बुलाए गए संघ के कोई विशिष्ठ कार्यकर्ता सावरकर का महिमामंडन करते। हमारे लिए आज़ादी के मायने क्या हैं इस बात पर गहन चिंतन कभी किया नहीं। पर उस दिन मैडम के कॉलेज में इसी विषय पर वाद-विवाद प्रतियोगिता का आयोजन था। फ्रीडम ऑफ़ स्पीच से जुड़े नाना प्रकार के विचार प्लेट में परोसकर रखे जा रहे थे।

डिबेट ख़त्म होने के बाद हम बाहर लंच के लिए गए। आवाजाही रोज़ के मुक़ाबले कुछ कम लगी। ऊपर से ड्राइ डे भी था। हर तरफ़ पुलिस वालों ने घेराबंदी कर रखी थी. शाम को 'बत्रा' में 'पीपली लाइव' देखी। इस ब्लैक कॉमेडी में ज़मीनी स्तर पर जूँझ रहे किसानों के मुद्दों को तो उठाया ही साथ में आज के सर्कसनुमा जर्नलिज़्म पर भी जबर कटाक्ष किया गया था। किस तरह TRP के लिए असल मुद्दों से भटककर सनसनीखेज ख़बरें बनाई जाती

हैं और उन्हें मार्केट में बेचा जाता है, यह इस फिल्म में दर्शाया गया था। पर उस फ़िल्म ने मुझे इतना हैरान नहीं किया जितना की उसके चेहरे पर झलकती फ्रस्ट्रेशन ने जब उसने कहा – "This is the death of journalism."

वापस आते वक़्त कॉमनवेल्थ गेम्स की तैयारी के लिए चल रहे निर्माण कार्य में लगे मज़दूरों में, चमचमाती नीऑन लाइट्स की चकाचौंध के बीच रेड लाइट्स पर भीख माँगते लोगों में 'नत्था' दिखाई देने लगा। "ये बड़े-बड़े फ़्लाईओवर्स बना लेने से क्या होगा। चाँद पर मिशन भेज दिया पर गाँव में बिजली, सड़क, पानी, शिक्षा – कुछ भी नहीं। किसानों की उगाई चीज़ों को दलाल कौड़ियों के भाव ख़रीदते हैं। जो अन्न उगाते हैं उन्हीं के पास खाना नहीं। ऐसे डेवलपमेंट का फ़ायदा ही क्या?" अपना फ्रस्ट्रेशन ज़ाहिर करते हुए उसने कहा। "इस देश में इंक़लाब की ज़रूरत जितनी आज से 63 साल पहले थी उतनी आज भी है, शायद और ज़्यादा।"

"किसी इंक़लाब की ज़रूरत नहीं। इस देश में एक आदमी भी अपना काम ठीक से कर ले तो चीज़ें अपने-आप ही सुधर जाएँगी। पर कोई साला करना ही नहीं चाहता।" मैंने अपनी राय रखी।

"भैय्या... कॉमनवेल्थ में सुना है कितना बड़ा घोटाला हुआ है? सब साले चोर हैं यहाँ।" ऑटो वाले भैय्या ने हमारी बात काटते हुए कहा। पहली बार मैं किसी ऑटो वाले की बात से सहमत हुआ था। दिल्ली में कॉमनवेल्थ की तैयारियाँ ख़त्म भी नहीं हुई थीं कि रोज़ अख़बारों में इसके अंदर हुई धांधली के लेख छपने लगे।

गेम्स के शुरू होने से 2 दिन पहले जंतर मंतर पर एक बड़ा आंदोलन रखा गया था। मैडम के साथियों ने यहाँ भी नुक्कड़ नाटक तैयार किया था, जिसको देखने के लिए, मैं विशेषकर इतनी भारी बारिश में आ पहुँचा था। सफ़ेद रंग का कुरता, नीले रंग की जीन्स पहने और गले में लाल रंग का दुपट्टा ओढ़े सभी ढफली और ताली बजाते, एक आवाज़ में ज़ोर से नारे लगते हुए गोल-गोल चक्कर काट रहे थे। वह अचानक से प्रकट हुई और बुलंद आवाज़ में उसने बोलना शुरू किया–

"इस शहर की दो ही तो जीवन रेखाएँ थीं–यमुना और अरावली। एक को बना रखा है गटर और दूसरे को काटकर बना दिए हैं कॉन्क्रीट के जंगल। जहाँ

अरावली पहाड़ी हुआ करती थी, अब उनकी समाधी स्वरूप मॉल्स बनाए गए हैं। अच्छी तरकीब निकाली सरकार ने भी–अब कोई मॉनसून हवाएँ पहाड़ों से टकराएँगी नहीं। न ही बरसात होगी, न ही फ़्लाईओवर्स पर ट्रैफ़िक जैम!'' ज़ोर–ज़ोर से हँसते हुए वह बोली।

''दिल्ली को 'वर्ल्ड क्लास सिटी' बनाने के एवज़ में शहर भर के भिखारी, बेघर लोगों को बसों में भरकर शहर के बाहर छोड़ आए हैं। क्यों? ताकि कोई हमारी ग़रीबी न देख ले! झुग्गी बस्तियाँ रातो–रात ख़ाली कराई गईं और उनमें रहने वालों को दूर कहीं ऊँची–ऊँची बिल्डिंग में शिफ़्ट करा दिया गया, जहाँ न पानी था और न बिजली। जिन झुग्गियों को ख़ाली नहीं करा पाए उन झुग्गियों को 'शेरा' के बड़े–बड़े पोस्टर्स से ढक दिया गया। यह कॉमनवेल्थ खेलों का आइकन 'शेरा' पहले पोस्टर्स के पीछे जो जंगल हुआ करता था, वहाँ रहता था। वो अब टीशर्ट पहनकर सिर्फ़ पोस्टर पर दिखता है।'' उसने आगे कहा।

जैसे ही उसका मोनोलॉग ख़त्म हुआ सड़क पर तालियों की बौछार हो गई। और इतने में पुलिस का आगमन भी हो गया। वह तो भला हो JNU के बुद्धिजीवियों का जिन्होंने सरकार के ख़िलाफ़ नारे लगाने शुरू कर दिए तो पुलिस पहले उन्हें ही बस में भर के थाने ले गई। हमारी तरह बाक़ी के सब लोग मौक़ा देखकर भाग खड़े हुए। तभी बस स्टॉप पर एक नई नवेली लाल रंग वाली लो–फ़्लोर डीटीसी आकर रुकी। हम सब तामझाम से पीछे हटकर उस बस में चढ़ गए। वह हालाँकि अब भी उस बस स्टॉप पर पुलिस वालों के डंडे खा रहे JNU के छात्रों को देखती रही। जाने किस ख़याल में खोई हुई थी। फिर कुछ देर बाद उसने अपने पर्स में से एक लिफ़ाफ़ा निकालकर मुझे दिखाया।

''तुम्हें बताना भूल ही गई। कॉमन वेल्थ गेम्स की ओपनिंग सेरेमनी के टिकट्स हैं। छोटे चाचा ने भेजे हैं।''

''सही है। आए दिन इम्पोर्टेड महंगे गिफ़्ट्स मिलते रहते हैं। टिकट्स भी अरेंज हो गई। जलवे हैं सर्विसेज़ के...। पर क्या फ़ायदा! तुम तो जाने से रही।''

''तुम्हारा इतना मन था, मैं क्यों नहीं जाऊँगी।'' कुछ पल को ठहरी, फिर कुछ सोचकर उसने कहा– ''अच्छा, तुम्हारी उस स्क्रिप्ट का क्या हुआ? बात

कुछ आगे बनी?"

"नहीं। कोई जवाब नहीं आया। वक़्त लगता है इन सब चीज़ों में। बहुत स्ट्रगल है।"

"अच्छा। फिर और क्या सोचा है आगे फ़्यूचर के बारे में?"

"अभी तो बस अपनी इस गुल्लक में चिल्लर जमा कर रहा हूँ। वैसे भी सपने फ्री में नहीं बिकते। उन्हें देखने की भी हैसियत होनी चाहिए। सोचा तो था कि अगर मुंबई में अच्छी जॉब मिल जाए तो डायरेक्टर लोगों से मिलता रहूँगा। इंजीनियरिंग में कोई इंट्रेस्ट तो नहीं पर नौकरी हाथ में होना ज़रूरी है।"

"राइटर बनने का क्या है। कहीं भी बैठ के लिख लो। मुंबई जाकर क्या धक्के खाने। जब इंजीनियरिंग में कोई ख़ास इंट्रेस्ट है नहीं और वाक़ई इतिहास पढ़ने का शौक़ है...। ब्रिलियंट स्टूडेंट हो, दुनिया भर में क्या चल रहा है हर ख़बर रखते हो तो सिविल सर्विसेज़ की तैयारी क्यों नहीं कर लेते? पिंटू भी तो कर ही रहा है।"

"कभी सोचा ही नहीं इस बारे में।"

"सोच सकते हो। अभी बहुत टाइम है। हमेशा कहते हो न यह ठीक नहीं... यहाँ घोटाला है... देश में कोई अपना काम ठीक से नहीं करता। जब डीएम रहोगे तो ग्रास रूट पर काम करने का मौक़ा मिलेगा और जब प्रमोट होकर मिनिस्ट्री जाओगे तो पॉलिसी-मेकर बन जाओगे। अब सिस्टम के बाहर रहकर तो देखो सिस्टम को बदला नहीं जा सकता न। अंदर रहकर ज़रूर तुम अपना काम लगन और ईमानदारी के साथ करोगे तो बहुत कुछ अपने-आप बदल जाएगा। और जो कुछ भी लाइफ़ से तुम चाहते हो, जैसा मैंने अब तक तुम्हें समझा है, वह सब तुम्हें मिलेगा... क्या हुआ? चुप क्यों हो गए?"

"कुछ नहीं। मतलब कभी इस ओर ध्यान गया ही नहीं। मुझे लगता नहीं कि मैं कर सकता हूँ।"

"पता है, तुम हनुमान हो। अपना सामर्थ्य तुम्हें पता ही नहीं। I am not forcing you... but I feel it's something that you deserve, not any random corporate 9-6 job."

"मुझे नहीं पता कि मैं कर सकूँगा। बहुत मेहनत चाहिए होती है। तैयारी

के लिए आगे जॉब भी छोड़नी पड़ सकती है।'' मैंने हिचकते हुए कहा।

''तो अभी से थोड़ी बहुत पढ़ाई शुरू कर दो और अगले सेशन से कोचिंग भी ले लेना। कोशिश करना कि फ़ाइनल ईयर क्रॉस होते ही फ़र्स्ट अटेम्प्ट दे दो। और देखो चिंता मत करो, तुम्हारा हो जाएगा। कोशिश तो करो। कौन-सा कैटरपिलर को पता होता है कि वह भी किसी दिन रंग-बिरंगी तितली बनकर उड़ेगा?'' उसने समझाया।

ज़िंदगी में पहली बार किसी ने मुझ पर विश्वास किया था। मुझमें इतनी क़ाबिलियत देखी थी। बड़ा फ़ैसला था। पहले भी तो कितनी बार पिंटू और पंडित जी ने कहा पर मुझे कभी यक़ीन ही नहीं हुआ। काफ़ी सोचा। लगा कि शायद वह सही है। मैं अपनी लाइफ़ को कुछ ज़्यादा ही casually ले रहा हूँ। यही वक़्त है, ज़िंदगी में कुछ कर लिया तो कर लिया। और कुछ ऐसा मुश्किल काम भी नहीं है। इतने वक़्त से पिंटू को पढ़ते हुए देखा है। कौन-सा मुझे या किसी और को इंजीनियरिंग में कोई इंट्रेस्ट है। वैसे पिंटू ने सही कहा था। इंजीनियरिंग है ही साली इच्छाधारी नागिन। यहाँ से निकलने के बाद आदमी कुछ का कुछ बन जाता है। कोई स्टार्ट-अप कर रहा है, कोई स्टैंड-अप! कोई फ़िल्म बना रहा है, कोई चिंदी-सा नॉवेल लिख रहा है! यहाँ आकर लोग अपनी राह खोज ही लेते हैं। बस एक मैं, जो अब तक इस बात पर भगवान से ख़फ़ा था, कि IIT में चयन नहीं हुआ। लगा कि मुझे जीवन का एक मक़सद मिल गया हो। उस दिन वो सपना सिर्फ मेरा नहीं, हमारा बन गया था।

हम रात भर कैंपस में टहलते हुए भविष्य की प्लानिंग करते रहे। चलते-चलते पता नहीं कब उस रात के अंत तक पहुँच गए। वह रात जो उस साल के अंत तक पहुँच गई। वह साल जिसने हमें एक दूसरे से मिलाया। बीते साल ने इतना कुछ दिया कि मन किया कि ज़िंदगी भर के लिए उसे रोक लें। एक कालजयी उपन्यास बनकर यह साल अब ज़िंदगी भर साथ रहने की जुगत में था।

आओ मीलों चलें

हमारे इश्क़ की पहली सालगिरह आने को थी। दोनों के सेमेस्टर एक्ज़ाम्स हो चुके थे। सोचा कॉलेज से छुट्टी लेकर वीकेंड पहाड़ों पर बिताया जाए- जहाँ जाने की बातें वह अक्सर किया करती थी। शुक्रवार शाम को हम अपना बोरिया-बिस्तर लेकर ISBT कश्मीरी गेट पहुँच गए। सवारियाँ क़तार में इस इंतज़ार में खड़ी थीं कि कब कोई गाड़ी आए और उन्हें यहाँ से कहीं दूर ले जाए। हम भी उसी क़तार में शामिल हो लिए। प्लान आसान था। पहली बस जिस हिल स्टेशन की आएगी, हम वहीं निकल लेंगे। देर तक इंतज़ार करने के बाद आख़िर एक बस आई। लिखा था देहरादून। हम लाइन से अलग होकर बस की तरफ़ दौड़ लिए। बाक़ी लोग अभी भी अपनी बस के इंतज़ार में खड़े थे। शायद जब पता न हो कहाँ जाना है, राह आसान हो जाती है और मज़ेदार भी।

रास्ते में बस एक ढाबे पर रुकी। ढाबे की दीवारों पर शेरो-शायरी लिखी थी और एक पर तो बाक़ायदा ग़ालिब को क्रेडिट भी दिया गया था। ग़ालिब के नाम से ऐसे छिछोरे शेर अक्सर हाईवे के ढाबों और ट्रक के पीछे स्लैंग्स के तौर पर लिखे दिखाई दे जाते हैं। या फिर एक क्वॉटर पीने के बाद, शराबी के मुँह से।

उस ढाबे पर आलू के परांठे के साथ ताज़ी दही, चटनी और घर का बना सफ़ेद मक्खन सर्व किया गया। गाड़ी चली तो कंडक्टर ने बत्ती बुझा दी और

टीवी पर 'क़यामत से क़यामत तक' चला दी। बाकी मुसाफिर खाकर मस्त सो गए। हम बस में जागते हुए पिक्चर देखते रहे। "तुम्हें पता है क्या?" मैंने उसके कान में कहा– "मेरा बचपन का सपना है! घर से भागकर शादी करना। कितना रोमैंटिक होगा न ... हम समाज के सताये प्रेमियों की तरह घर से भाग कर किसी हिल स्टेशन जा रहे हों... और बस में बैठे यही गीत गुनगुना रहे हों : 'अकेले हैं... तो क्या गम है... चाहे तो हमारे बस में क्या नहीं।"

"बस एक ज़रा, साथ हो तेरा।" उसने मेरे हाथ पे अपना हाथ रखते हुए कहा। फिर कुछ देर कुछ सोचा और कहा– "चलो न भाग चलते हैं।"

"हम्मम... कॉम्प्लीकेशन है।"

"क्या? घर वालों से डरते हो?"

"नहीं।"

"उन्हें चोट पहुँचाओगे तो बुरा लगेगा? बहुत प्यार करते हो?"

"नहीं उल्टा है।"

"मतलब?" उसने हैरत में पूछा।

"वह बहुत प्यार करते हैं। भागने नहीं देंगे। मान जाएँगे।"

"हाहाहा...। कोई बात नहीं, तुम्हारे सपने मेरे घर वाले पूरा कर देंगे।"

"सच???" उत्साहित होते हुए मैंने कहा।

"तुम भी न। यह भी कोई ख़ुश होने की बात है? उल्लू। अच्छा यह बताओ तुम्हारी कास्ट क्या है?" चिंतित होकर उसने पूछा।

"यह कहाँ से आया?"

"बताओ तो।"

"पंजाबी हूँ।" मैंने जवाब दिया।

"वो तो पता है। पर कास्ट क्या है?"

"यह सब नहीं होता हमारे यहाँ।"

"ऐसा कैसे हो सकता है? घर पर पूछो! तुम रिज़र्वेशन कैटेगरी में तो नहीं आते?" उसने घबराते हुए पूछा।

"नहीं। आता तो IIT में न होता!"

"अरे हाँ। यह मैं कैसे भूल सकती हूँ। और तुम ब्राह्मण भी नहीं?"

"नहीं... वो तो तुम हो।"

"वैश्य भी नहीं?"

"हाँ थोड़ी कंजूसी करता हूँ, पर बनिया नहीं हूँ।"

"फिर क्षत्रिय?"

"हो सकता है।"

"हाँ क्षत्रिय ही हो। तभी इतना लड़ते हो।" मेरी टांग खींचते हुए उसने कहा।

"तुम भी न?"

"मज़ाक़ कर रही थी। कभी-कभी डर लगता है। घर पर प्रॉब्लम हो सकती है। पापा का तो बस यह है कि कोई डॉक्टर या आईएएस देख के इसकी शादी करा दो।"

"इंजीनियर नहीं चलेगा?"

"नहीं सोसाइटी में रेस्पेक्ट नहीं है।" उसने फ़ौरन जवाब दिया। "पापा तो 'गुनाहों का देवता' के डॉ. शुक्ल के समान सोच रखते हैं। शादी उनके लिए सांस्कृतिक और सामाजिक संतुलन और समानता की परिभाषा है। उनका बस चले तो जातीय दृष्टिकोण को वैज्ञानिक रूप से प्रमाणित भी कर दें।" मुझे उसने समझाया।

"कोई हल तो निकाल ही लेंगे। अभी बहुत टाइम है।"

"पर हमें तैयार रहना होगा।" मेरे सीने पर अपना सर रखते हुए वह बोली।

कुछ ही देर में वह सो गई। मैं उसे सोते हुए देखता रहा। कितना सुकून था उसके चेहरे पर। देखते-ही-देखते सुबह भी हो गई। बाहर घना सफ़ेद कोहरा था। ऊपर से कड़ाके की ठंड। देहरादून आते ही देवदार के लंबे, ऊँचे, तिकोने पेड़ हमारे स्वागत में खड़े मिले। बस स्टैंड पर उतरकर हमने मसूरी के लिए टैक्सी ढूँढी। जैसे ही टैक्सी थोड़ा आगे बढ़ी, पहाड़ दिखाई देना शुरू हो गए। लाल रंग का बड़ा-सा गोला ऊपर नीले आसमान में बस उगा ही था। सामने ऊँचे-ऊँचे पहाड़ और हमारे बिलकुल नीचे बड़ी गहरी-सी खाई थी। खाई में घना-सा जंगल। हम खिड़की से झांककर पंछियों को खुली हवा में उड़ता देख रहे थे। मानो उनके साथ हम भी उड़ ही रहे थे-बादलों को चीरते हुए।

***

हम मसूरी पहुँचकर सबसे पहले होटल की तलाश में निकले। मॉल रोड पर ही कहीं एक ठीक-ठाक बजट होटल मिल गया। मेरी नज़र वहाँ हर आने जाने वाले टूरिस्ट और स्टाफ़ पर थी। यूँ तो वहां हमारी ही तरह और भी कपल्स थे, पर डर था कि कहीं कोई होटल 'जब वी मेट' के 'Decent Hotel' टाइप न निकल जाए।

कमरे में घुसते ही दोनों बिस्तर पर बेसुध होकर फैल गए। दोपहर में उठे और मॉल रोड घूमने निकल लिए। उसने सड़क किनारे एक हेंडीक्राफ्ट स्टोर से एक डरावना सा तिब्बती मुखौटा खरीदा और फिर रास्ते भर जो भी बच्चे मिलते, उन्हें डराती रही। हमेशा की तरह, मैं अपने मन के कैमरे से उसकी तस्वीरें खींचता रहा- फूलों को अपने गालों पर सहलाते हुए, रास्ते में अपनी माँ से बिछड़े किसी मासूम बछड़े को गले लगाते हुए, किसी थकी हुई बूढ़ी-सी अम्मा के चेहरे पर ताज़ी मुस्कान लाते हुए, किसी दुकानदार से दो रुपये के लिए मोल-भाव करते हुए।

वहाँ एक बुकस्टोर पर 'रस्किन बांड' कहानी सुनाने आये थे जिसके साथ अपने बचपन की दोपहरें बिताई, उसे यूँ साक्षात कहानी पढ़ते सुना तो बहुत अच्छा लगा। फिर एक खूबसूरत से कैफ़े में हमने कॉफ़ी और वॉलनट पाई का आनंद लिया। लगा कि कभी कोई कहानी लिखने का मन करे तो ख़ुद को इस कैफ़े में बैठा ही इमेजिन कर लूँ। इस पहाड़ी हवा को मेहसूस करूँ। चाय की चुस्की के साथ मैं आज भी कभी मन की खिड़की से कूदकर मसूरी के उस कैफ़े में जाकर बैठ जाता हूँ और और अपनी उस लाल डायरी में कुछ लिखने लगता हूँ।

***

अगले दिन जब हम सोकर उठे तो देखा हर तरफ़ सफ़ेद रंग की रज़ाई ओढ़े पहाड़, हमारी ही तरह, ठंड से कँपकपाते नज़र आ रहे थे। बाइक पर सवार हम सनराइज़ देखने हिलटॉप के लिए निकल गए, बादलों की भीड़ में से पवन की तरह गुज़रते हुए।

यह सम्पूर्ण ब्रह्माण्ड मानो एक अंतहीन लंबा सफ़र हो। बिगबैंग से लेकर ब्लैकहोल तक। ज़ीरो से इंफ़िनिटी तक। न शुरुआत में कुछ था और न अंत में कुछ होगा। मंज़िल तो सिर्फ़ सड़क किनारे पड़ा, एक छोटा-सा मील का पत्थर

है। मंज़िल तक पहुँचने की जल्दबाज़ी में हम अकसर राह में खुशियों को नज़रअंदाज़ कर देते हैं। इसलिए हम भी अपनी मंज़िल की परवाह किए बिना ज़िंदगी भर इन ऊबड़-खाबड़ रास्तों पर एक साथ चलना चाहते थे। आख़िर, जो मज़ा रास्तों में है, मंज़िल में कहाँ।

पहाड़ पर थोड़ा चढ़ने के बाद देखा तो दूर किसी क्षितिज पर सुनहरे रंग की माला पहने आसमान, मानो घंटे भर से पोज़ बनाकर खड़ा था कि कोई आए और तस्वीर ले जाए। सूरज अकेला आया था सुबह। धूप की शायद तबीयत ठीक नहीं थी। सनराइज़ देखने के बाद हम ट्रैकिंग के लिए निकल पड़े। साथ में तरह-तरह के लोग थे। कोई फ़ैमिली के साथ आया था, कोई दोस्तों के साथ, तो कोई अपने हनीमून पर। एक मोहतरमा थी जीन्स टॉप पहने हुए, जिन्हें इस बात में काफ़ी इंट्रेस्ट था कि हम लोग कौन हैं। हमसे तो नहीं पर बार-बार अपने पतिदेव के कानों में फुस-फुसाकर यही बात पूछे जा रही थी। शायद नई-नई शादी हुई थी। हथेली पर मेहँदी रचाए और हाथों में चूड़ा पहने, 'pout' करके 'सेल्फी' भी ले रही थी।

कोई क्या सोच रहा है या कह रहा है कौन-सा हमें इस बात से रत्ती भर भी फ़र्क़ पड़ने वाला था। हम उन सबको पीछे छोड़ अपने ही रास्ते चलते चले। कितना आसान है भीड़ बन जाना, दूसरों की कही मान लेना। भले ही कितनी मुश्किल आए, पर मन को सुकून वही राह देती है, जो ख़ुद तलाशी जाए।

थोड़ी दूर चलते ही कुछ घोड़ेवाले मिले। सोचा कि हम भी किसी चक्रवर्ती सम्राट की तरह अपने अश्वमेध के घोड़े को दौड़ा ले चलें। मेरी घोड़ी का नाम था पारो और उसके घोड़े का नाम देव। वह भी रानी झाँसी बनकर फट से घोड़े पर बैठ गई। मुझे हालाँकि घोड़ी पर बैठाने के लिए 2 लोग बुलाए गए।

"प्रैक्टिस कर लो। शादी में कैसे बैठोगे?" मेरा मज़ाक़ उड़ाते हुए वह बोली।

"चिंता मत करो, एम्बेसडर में आऊँगा।" मैंने फ़ौरन जवाब दिया।

घोड़े वाले ने हमें सड़क किनारे लगे पेड़ों से सेब तोड़कर खिलाए। कश्मीरी सेब की तरह लाल और मीठे तो नहीं पर इनका अपना एक खट्टा-मीठा मिज़ाज था। इन्हीं फलों पर 'ऑर्गेनिक' का लेबल चिपकाकर ख़ान मार्केट में दस गुना दाम में बेचा जा सकता था।

घोड़े वाले को जब पता चला कि हम दिल्ली से आए हैं तो उससे रहा न गया। ''दिल्ली कोई रहने की जगह है।'' घोड़े वाले ने कहा। ''आप लोगों ने तो देखा नहीं होगा पर यहाँ देखो। आसमान नीला होता है, पत्ते हरे होते हैं। हवा और पानी का कोई रंग नहीं होता। दिल्ली में तो हवा से लेकर यमुना सब कुछ काला ही नज़र आता है। लोगों के दिलों की तरह।'' घोड़े वाले ने शायद दिल्ली वाला समझकर हमसे एक्स्ट्रा चार्ज कर लिया था।

शाम को जब हम होटल की तरफ वापस जा रहे थे तो रास्ते में 'आईएएस अकेडमी' दिखी।

''अरे रुको रुको रुको।'' बिल्डिंग के गेट के बाहर लगा बोर्ड देखकर वह चिल्लाने लगी। ''चलो तुम्हारा फ़ोटो लेते हैं।''

''अरे क्या बचपना है यह सब।'' मैंने चिढ़ते हुए कहा।

''चलो न। प्लीज़।'' आख़िर वह बाइक रुकवाकर ही मानी। ''L.B.S.N.A.A.- लाल बहादुर शास्त्री नेशनल अकेडमी ऑफ़ एडमिनिस्ट्रेशन... अच्छा तो यह है पूरा नाम।'' बड़े ध्यान से बोर्ड को पढ़ते हुए वह बोली। ''चलो सामने खड़े हो जाओ।'' कहकर वह गार्ड को कैमरा पकड़ाने चले गई। ''गार्ड भैय्या बस एक फ़ोटो प्लीज़।'' गार्ड को कैमरा थमाते हुए उसने कहा।

''चलो स्माइल...।'' कैमरा में देखकर मुस्कुराकर वह बोली। फिर दौड़ पड़ी गार्ड के पास फ़ोटो देखने के लिए।

''इतनी थकी-सी हँसी! जैसे मुस्कुराकर भी दुनिया पर कोई परोपकार कर रहे हो। ठीक से हँसना अब।'' उसने मुझे आदेश दिया और गार्ड को विनती करते हुए बोली- ''गार्ड भैय्या एक और फ़ोटो लीजिए प्लीज़।''

गार्ड अब थोड़ा ग़ुस्सा हो रहा था। आस-पास देखने वालों की भीड़ भी जुट गई थी।

''जल्दी करो। Embarassing लगता है।'' उसके कान में मैंने कहा।

''अभी से ठाठ तो देखो बाबू के।'' मुझको ताव दिखाते हुए वह बोली।

उतने में वहाँ का सिक्योरिटी इंचार्ज आ गया।

''मैडम यहाँ पर तसवीरें खींचना मना है। आप जाइए।'' गार्ड ग़ुस्सा होते हुए बोला।

"चलो न प्लीज़। फ़ोटो ले तो ली।" मैंने समझाते हुए कहा।

पर वह मेरी एक न मानी। सीधा जाकर गार्ड से भिड़ गई। "अरे ऐसे कैसे बात कर रहे हैं आप। क्या समझते हो, यह भी दो -तीन सालों में यहीं आने वाले हैं... देखना।"

उसे ज़बरदस्ती पकड़कर लेकर जाना पड़ा। बस चलता तो वहीं गार्ड को थप्पड़ जड़ देती। "अगली बार आएँगे तो सीधा अंदर ही जाएँगे।" गार्ड को धौंस दिखाते हुए उसने कहा। उसकी आँखें ग़ुस्से से चमचमा उठी। उस ग़ुस्से में एक अदम्य विश्वास था। मैंने वह चेहरा अपनी आँखों में क़ैद कर लिया। उसकी ख़्वाबों से चमचमाती हुई आँखों ने मुझे उसकी शदीद ख्वाहिश का एहसास करा दिया था। सोचा कि अगर कभी पढ़ाई से मन उचट जाए तो उसका यह चेहरा याद कर लूंगा।

***

अगली सुबह वापस निकलना था। उसकी ज़िद थी कि रात को उसे हिल टॉप वाले रिजोर्ट में रुकना है। अब मेरी मजाल है कि उसने कोई गुज़ारिश की और वह पूरी न की जाए। देर शाम हम हिल टॉप की तरफ़ निकल पड़े। जब तक पहुँचे घुप्प अंधेरा छा चुका था। आसमान में लटका था चांदी का लालटेन। टिमटिमाते तारे, झिलमिल-सी चाँदनी, डब-डब जलते-बुझते हवा में उड़ते बैगनी, लाल, नारंगी रंग के जुगनू। आसमान, ये वादियाँ, ये सितारे - सब कितना हसीन लग रहा था।

शहर खर्राटे लेकर सोता रहा। हम दोनों पहाड़ की चोटी पर देर तक बैठे बतियाते रहे। तारों को आपस में मिलाकर अपना नाम आसमान के कैनवस पर लिखते रहे। धीरे-धीरे बोतल में वोडका कम होती गई और उसकी बातें बढ़ती गई। कुछ देर में वेटर हमारे लिए चाय और पकोड़े लेकर आया।

"बताओ एक चाय के लिए इतने पापड़ बेलने पड़े। सोचो आईएएस बन जाओगे तो लोगों से यह सब रिक्वेस्ट भी नहीं करनी पड़ेगी। बहुत रेस्पेक्ट होती है। तुम जानते नहीं...। छोटे चाचा हैं न फ़ॉरेन सर्विस में।" पकोड़ा मुँह में भरकर वह बोली। मैं उसे देखकर बस मन-ही-मन हँसता रहा। "तुम मेरी बातों को सीरियसली लेते ही नहीं...। क्या हुआ ? क्यों हँस रहे हो ?"

"कुछ नहीं।"

"देखो मैं बता रही हूँ। दिल्ली के प्रदूषण में तो मेरी साँसें उखड़ जाती हैं। न तो वहाँ रात में तारे दिखाई देते हैं और न दिन में ट्रैफ़िक के शोर के बीच किसी पंछी की चहचहाहट सुनाई पड़ती है। बस सोच लिया। मुझे नहीं रहना दिल्ली। यहाँ की हवा कितनी सच्ची है-तुम्हारी आँखों की तरह। तुम न उत्तराखंड कैडर ले लेना। सोचो। नीला आसमान। पहाड़ों के बीच से उगता सूरज। बादल के गुच्छों से छनकर आती हुई किरणें। पहाड़ के माथे पर से निकलता एक झरना, जो बहते हुए आ पहुँचे एक तालाब बनकर। वहीं जंगल के बीच हो हमारा एक घर। एकदम जंगल भी नहीं मतलब... जंगल से थोड़ा दूर...। शेर-वेर से तो मुझको डर लगता है... ठीक है...। और... और मैं क्या कह रही थी?" थोड़ा याद करके उसने फिर अपने हसीं सपनों को आगे बढ़ाया। "हाँ घर के आस-पास हो एक बग़ीचा। जिसमें लगे हो नन्हे-से कई पौधे। जिन पर सतरंगी तितलियाँ मंडरा के कोई प्रेम गीत गाती हों... तुम हँस रहे हो!" बच्चों की तरह रोने की एक्टिंग करते हुए उसने कहा।

"मैंने इतनी नहीं पी। I just had two shots! Thats it... ख़ुद तो पीनी नहीं, मुझे भी नहीं पीने दे सकते। बेवक़ूफ़ कहीं के।" मुँह फुलाते हुए पहले तो थोड़ा दूर जाकर बैठ गई, फिर पल भर में मेरे क़रीब आ गई।

"अच्छा सुनो न... इधर आओ... टेक मी इन योर आर्म्स...।" अपनी बाहें फैलाते हुए वह बोली। मैंने उसका हाथ कस के थाम लिया। उसका सर मेरे काँधे पर था और मेरे हाथ उसके हाथों में। चाँद, तारे सब मानो हमें ही देख रहे हों। चांदनी उसके चेहरे पर छलक रही थी। मेरी आँखों में झाँकते हुए वह बोली। "हम न इन्हीं पहाड़ों में कहीं घोसला बना लेंगे। रात भर इन सितारों को टिमटिमाते देखेंगे। कोई टूटता तारा दिखे भी, तो कुछ और नहीं माँगेंगे।"

***

सुबह हम लोग वापस दिल्ली के लिए निकल पड़े। उन वादियों को अलविदा कहने का मन ही न किया। उसकी आँखों में अभी भी नशा था और बातों में भी। "मैं क्या कल बहुत ज़्यादा बोल रही थी?" मेरे चेहरे पर अपना हाथ रखते हुए वह बोली।

"नहीं बिलकुल नहीं।"

"अच्छा सुनो... अगर घर पे कोई नहीं माना तो?" उसने चिंता व्यक्त

की।

"भाग जाएँगे और क्या।"

"बिलकुल नहीं। इट इज़ नॉट आवर कल्चर।"

"क्या बात करती हो। शास्त्रों में कहा गया है कि यदि कन्या तैयार हो, पर घर वाले न माने, तो कन्या को भगाकर शादी कर लो।"

"कुछ भी। मैं सब जानती हूँ। अपनी बेतुकी बात सिद्ध करनी हो तो कह दो 'शास्त्रों में लिखा है'।"

"अरे सच में। गंधर्व विवाह की परंपरा तो हज़ारों सालों से चली आ रही है। दुष्यंत और शकुंतला भी तो प्रेम बंधन में बंधे। सोचो, अगर उन्होंने लव मैरिज न की होती तो यह भारतवर्ष ही न होता।"

"अच्छा। और फिर दुष्यंत की ही तरह तुम भी मुझे भूल गए तो?"

"चिंता क्यों करती हो? तुमने उस क़रारनामे पर मेरे दस्तख़त लिये थे न। और वैसे भी तुम्हारे अंबेडकर ने ही कहा था-अगर इंटरकास्ट शादियाँ होंगी तो वर्णव्यवस्था ख़त्म हो जाएगी। यहाँ तक कि साइंस भी कहता है इंटरकास्ट शादियाँ होने पर बच्चे भी स्वस्थ होंगे।"

मेरी बात को वह ध्यान से समझ रही थी। उसके कंधों पर अपना हाथ रखते हुए मैंने अपनी बात जारी रखी। "भाग के शादी करेंगे तो तुम्हारे घर वालों के लिए फ़ायदा ही है - दहेज देने से बच जायेंगे। हमारा शादी का ख़र्चा भी बचेगा। और उस बचे हुए पैसों से हम चाहें तो पूरी दुनिया घूम लें। सोचो?"

"सब बकवास। मुझे पूरी रीति और यज्ञ के साथ ब्रह्म विवाह करना है। सात जन्म का बंधन तभी बनता है।" मेरा हाथ झटकते हुए वह बोली।

"चलो हमेशा की तरह तुम सही। मैं मान जाता हूँ। पर उन्हें कौन मनाएगा?"

"तुम बस अच्छे से एक्ज़ाम की तैयारी करो। रिज़ल्ट के बाद मैं सब बता दूँगी। तब उनके पास शायद कोई बहाना नहीं होगा।" मेरे कंधे पर अपना सर रखते हुए वह बोली।

पता नहीं क्या सोचा, क्या समझा, पर उसका दिया सपना एक बीज

मानकर दिल की गिरह में संजो लिया। सोचा कि साथ मिलकर उसे संरक्षण देंगे, प्रेम से सीचेंगे और किसी दिन एक पौधा बनकर वह सीने से फूट पड़ेगा। मेरे लिए आईएएस ही अब वह हथोड़ा था, जिससे जातीय बंधनों का यह पिंजरा तोड़ा जा सकता था।

तेरे मेरे सपने, अब एक रंग हैं

ख़याल का पौधा बाज़ार में नहीं बिकता। और बिना तजुर्बे और मेहनत के वह भविष्य का पेड़ नहीं बनता। उस नवपल्लवित पौधे को बड़े होकर एक पेड़ बनना था। और उस पेड़ के गर्भ से निकले फल को हमारे रिश्ते का भविष्य तय करना था। इसलिए उस पौधे के पोषण में कोई कसर नहीं छोड़नी थी।

UPSC यूँ ही नहीं दुनिया की सबसे कठिन परीक्षाओं में से एक मानी जाती है। लाखों बैठते हैं UPSC prelims में। उनमें से सिर्फ़ दस हज़ार मेन्स के लिए सेलेक्ट होते हैं। इंटरव्यू के लिए जहाँ लगभग तीन हज़ार को बुलाया जाता है, फ़ाइनल लिस्ट में बमुश्किल हज़ार सेलेक्ट हो पाते हैं। CSAT के आने के बाद पीटी का पैटर्न इंजीनियरिंग वालों के अनुकूल था। इतिहास का 'इ' भी न जानने वाले CSAT, करेंट अफ़ेअर्स और जनरल साइंस के दम पर प्रीलिम्स निकालने लगे थे। पर सिविल सर्विसेज में सिर्फ़ सिलेक्शन हो जाना ही बहुत नहीं होता-रैंक मायने रखती है। जनरल वालों को टॉप 200 में आना होता है।

सर्विसेज़ का असल मतलब है आईएएस (IAS), आईपीएस (IPS), आईएफएस (IFS), और हद्द-से-हद्द आईआरएस (IRS)। बाक़ी रेलवे और टेलीकॉम तो यहाँ के नकुल और सहदेव हैं-कोई नहीं पूछता। कहते हैं सबसे ज़्यादा जलवा आईएएस का ही होता है। आईएएस कोई बनता है तो उस

पद से जुड़ी पावर और प्रेस्टीज के लिए। आईएएस होता है कलेक्टर यानी कि डिस्ट्रिक्ट मजिस्ट्रेट-पूरे ज़िले का भगवान। शहर में कर्फ्यू लगाने से लेकर स्कूल की छुट्टी डिक्लेयर करने तक का सारा काम आईएएस ही देखता है। कहते हैं IAS एक बनता है, पर उद्धार आने वाली सात पुश्तों का होता है। ऐसे ही थोड़ी न लोग दो-चार और कुछ तो सात-आठ साल तक तैयारी करते हैं।

मुखर्जी नगर में छात्रों की एक ऐसी भी प्रजाति पायी जाती है जो 'आईएएस की तैयारी' के बहाने दिल्ली आते और जी भर के मटरगश्ती मचाते हैं। दारु, सुट्टा, दिल्ली दर्शन, बंदी पटाना, पिक्चरें देखना - ये सब उनके नित्यकर्म में शामिल होता है, सिवाय पढ़ाई के। पर मुझे बाक़ियों की तरह किसी पंचवर्षीय योजना के तहत आईएएस नहीं बनना था। पहले अटेम्पट में परीक्षा क्लियर करनी थी। रैंक पीछे भी आए तो नौकरी ज्वॉइन कर लेना बेहतर है। फिर चाहो तो स्टडी लीव लेकर दोबारा एक्ज़ाम दिया जा सकता है। पर सिलेक्शन पहली बार में ही होना है, यह ठान लिया था।

आने वाले दिनों में यह ख़्वाब मेरी आँखों में चमकता रहा। प्यार का हनीमून अब शायद ख़त्म होने को था। दोनों ने अपनी ज़िंदगी को सीरियसली लेना शुरू कर दिया। उसे भी JNU से पोस्ट ग्रेजुएशन करना था इसलिए साथ मिलकर पढ़ने का ठाना। उसको इतिहास पढ़ाने की ज़िम्मेदारी भी मेरे ही कंधों पर थी। इसी बहाने आईएएस की तैयारी का श्री गणेश भी हो गया। वह यूनिवर्सिटी के पास ही पीजी में रहती और मैं हॉस्टल छोड़कर पंडित जी के साथ मुखर्जी नगर शिफ़्ट हो गया।

कॉलेज में 'शॉर्ट अटेंडेंस' की लिस्ट में नाम आ चुका था। पिंटू ने अकैडमिक ऑफ़िस के बाबू से सेटिंग कर ली थी। बाबू भी कानपुर का था और पिंटू के पिताजी का वैसे भी कानपुर में जबर भौकाल है। अतः वह बाबू मैजिकल पेन से हमारी एब्सेंट को प्रेज़ेंट में तब्दील कर दिया करता। बदले में उसे हर हफ़्ते एक खम्बा ऑफ़िसर च्वॉइस और कुछ हरे नोट मिलते।

पिंटू ने किताबों की लंबी लिस्ट थमा दी थी। घर से पैसे मंगवाए और दो बड़े एल्युमीनियम के बक्से भर के किताबें ख़रीदी गईं। आठवीं से बारहवीं तक की NCERT किताबें, योजना, कुरुक्षेत्र के साल भर के अंक, हर सब्जेक्ट के लिए दो तरह की टेक्स्ट बुक, इकोनॉमिक सर्वे, स्कूल एटलस,

ईयर बुक, कोचिंग के फोटोकॉपी नोट्स, टॉपर्स के हैंड रिटेन नोट्स और जाने क्या-क्या। दिन में कोचिंग और उसके बाद रात तक नॉन स्टॉप पढ़ाई- अगले कुछ महीने यही रूटीन चलना था। पर प्यार में कुछ भी नीरस नहीं लगता। फ़िल्म रजनीगंधा के अमोल पालेकर की तरह मैं हर शाम फूलों का गुलदस्ता लेकर उससे मिलने जाया करता। वह बालकनी में खड़ी मेरा इंतज़ार किया करती। उसका ध्यान पढ़ाई में कम और ख़ामख़ा की नौटंकी में ज़्यादा रहता। पढ़ते वक़्त कभी चॉकलेट खाना, कभी खिड़की से बाहर झाँकना तो कभी घड़ी की ओर उदासीन आँखों से देखते रहना। कभी किताब पर हम दोनों का नाम लिखती... तारीख़ के साथ, ताकि अगली बार जब वही किताब दोबारा पढ़ें तो इन पलों को याद कर सकें। अगर मैं उसे नज़र अंदाज़ करता तो वह गुलदस्ते में से एक छोटा-सा गुलाब निकालकर अपने कान के पीछे लगा लेती। फिर बड़ी नज़ाकत के साथ दूरदर्शन वाली 'सलमा सुल्तान' की तरह न्यूज़ रीडर बनने की एक्टिंग करती। उसके 'मुख्य समाचार' में मेरे सिविल सर्विसेज़ टॉप करने का ज़िक्र होता।

कभी अपनी बातों से, कभी ज़ुल्फ़ों से, कभी तिरछी निगाहों से मुझे भटकाने की कोशिश करती। वह भी जानती थी कि मैं इतनी आसानी से पिघलने वालों में से नहीं। किस वक़्त क्या ज़रूरत है, समझता हूँ।

***

पढ़ाई में हम इतना लीन हो गए कि 2011 क्रिकेट वर्ल्ड कप कब आया, पता ही नहीं चला। जब पकिस्तान के ख़िलाफ़ अपनी टीम ने सेमीफ़ाइनल में एंट्री मारी, तब जाकर होश संभला। हॉस्टल में दोस्तों के साथ वक़्त गुज़ारे अरसा हो चला था। इसलिए मैडम को दो दिन की लीव एप्लीकेशन थमाई और पिंटू के संग हॉस्टल जा पहुंचा। पिंटू क्रिकेट को छोड़कर किसी और धर्म को नहीं मानता था। हर मैच से पहले, अपने कमरे में सचिन, द्रविड़ और गांगुली के लगे पोस्टरों की पूजा करता था। मजाल है कि जनाब ने सचिन की कोई भी इनिंग्स मिस की हो। चाहे शारजाह में सचिन का शतक हो या ईडन गार्डन में लक्ष्मण और द्रविड़ की ऐतिहासिक साझेदारी। कुंबले के दस विकेट्स हों या हरभजन की हैट्रिक। नेटवेस्ट में गांगुली की लहराती शर्ट से लेकर युवराज के छह छक्कों तक, क्रिकेट जगत ही हर छोटी बड़ी घटना उसे ज़बानी याद थी।

सारा हॉस्टल टीवी रूम में जमा था। 'सचिन-सचिन!... ', 'इंडिया -इंडिया ... !' के नारे लग रहे थे। पकिस्तान के ख़िलाफ़ भारत की जीत हमारे अंदर देशभक्ति की असीमित भाव जगा चुकी थी। फिर आया वह पल जिसका बेसब्री से इंतज़ार था। मुंबई के वानखेड़े स्टेडियम में हो रहे इंडिया वर्सेस श्रीलंका फ़ाइनल में जैसे ही धोनी ने गगनचुंबी छक्का जड़ा, मानो बचपन के अरमान पूरे हो गए हों। "भारत माता की जय" और "वंदे मातरम" के नारों से टीवी रूम गूँज उठा था। उस रात हॉस्टल में होली और दिवाली संग मनी। जम के पटाखे फूटे। रंग बरसे। अग्निशामक यंत्र से हॉस्टल के कॉरिडोर में धुआँ-धुआँ किया गया। और पानी की पाइप से कई दिनों के न नहाये हॉस्टल वासियों का शुद्धिकरण भी हुआ। जब कुछ और न मिला तो कुछ असामाजिक तत्वों ने हॉस्टल की ट्यूब लाइट्स ही तोड़ डाली। पता नहीं था कि वो हमारी भी इस हॉस्टल में आख़री पारी होगी। पता नहीं था कि आख़री बार सब दोस्त टीवी स्क्रीन से यूँ चिपककर बैठेंगे। पता नहीं था कि जल्दी ही सब बदल जाएगा। उस रात सचिन को वर्ल्ड कप हाथ में लेते देखकर लगा कि सपने सच में पूरे होते हैं, अगर शिद्दत से चाहो तो।

हम हिंदुस्तानी इंडिया-पाकिस्तान वर्ल्ड कप सेमीफ़ाइनल के दौरान ताज़ा-ताज़ा देशभक्त बने थे, और उसी देशभक्ति की आग में घी छिड़कने के लिए कुछ ही दिनों बाद जंतर-मंतर पर एक आंदोलन हुआ। कुछ लोग थे जिन्हें 'जन लोक पाल बिल' चाहिए था। मुझे मेरे संघ के मित्रों से बुलावा आया पर मैंने जाने से मना कर दिया। मैडम का JNU एंट्रेंस एक्ज़ाम आने वाले थे। मुझे भी पढ़ाई करनी थी। ऊपर से ग़ुस्सा इस बात का भी कि साला पढ़ने के लिए एक टॉपिक और बढ़ गया। इस देश में भसड़ मचाने वालों को हम आईएएस एस्पिरेंट्स के बारे में भी थोड़ा सोचना चाहिए। किसी को नया राज्य चाहिए, किसी को नया देश, किसी को मंदिर, किसी को मस्जिद, किसी को शहर के नाम से ही प्रॉब्लम है। किसी भी टुच्ची चीज़ के लिए लोग सड़कों पर उतर पड़ते हैं। इनकी फ़रमाइशों की लिस्ट ख़ामख़ा हमारे लिए करेंट अफेयर्स का सिलेबस बढ़ा देती हैं।

***

जल्द ही एक्ज़ाम्स बीते और रिज़ल्ट भी आया। मैडम का JNU में

पोस्टग्रेजुएशन कोर्स के लिए सिलेक्शन आख़िर हो गया था। इधर दिल्ली में सावन ने दस्तक दी ही थी कि लोकपाल आंदोलन दोबारा भड़क गया। सोचा कुछ वक़्त के लिए पढ़ाई से ब्रेक लेकर सुहाने मौसम का लुत्फ़ लिया जाए और देखा जाए, क्या नया तमाशा है।

जंतर-मंतर पर नज़ारा देखकर होश उड़ गए थे। इतनी भीड़ ज़िंदगी में नहीं देखी थी। वैसे जंतर-मंतर बनवाते वक़्त जयपुर के महाराजा ने कहाँ सोचा होगा कि यंत्र तंत्र की यह खगोलीय वेधशाला भविष्य में इख़्तिलाफ़ और इंक़लाब का प्रतीक बन जाएगी। और यहाँ इंक़लाब ज़िंदाबाद, तानाशाही नहीं चलेगी, 'जब तक सूरज चाँद रहेगा', 'बंद करो ये अत्याचार' जैसे मंत्रों का उच्चारण होगा।

मुझे वह दिन अब भी याद है जब मैं और मेरे दसवीं के स्कूल दोस्त घर पर बिना बताये प्री बोर्ड से एक दिन पहले 'रंग दे बसंती' देखने गए थे। जैसे ही पिक्चर देखकर बाहर निकले वैसी ही सब ने ठाना कि बस्स... 'आज तो दुनिया ही बदल देंगे। पुलिस वाला हो या नेता, अफ़सर या बड़े बाप का बेटा, जो बकैती मचाएगा-बीच सड़क पर ठोकेंगे साले को। बदल के रख देंगे इस देश को'। रात में लौटकर घर में क़दम रखा तो माँ की उड़ती हुई चप्पल सीधा चेहरे पर आकर पड़ी। बाकी दोस्तों की भी जबर धुनाई हुई। लगा कि ज़िंदगी में अगर सच में कुछ बड़ा करना है न तो भैय्या पहले पढ़ लो। एक साल ड्रॉप लेकर IIT की कोचिंग करने से बहतर था कि ग्यारवीं और बारहवी में मन लगा कर पढ़ लो और पहली ही बार में अच्छी रैंक से IIT क्रैक कर लो। पर कुछ कर गुज़रने का सपना हमेशा मन में रहा।

उसी साल, 2006 में, सरकार ने IIT, IIM, NIT, AIIMS जैसे उच्च शिक्षा संस्थानों में 49% आरक्षण का विधेयक लाना चाहा तो देश भर में भारी विरोध हुआ। IIT दिल्ली और AIIMS के छात्रों ने हड़ताल की, जिसके समर्थन में स्कूल-कॉलेजों के छात्र उतर आये। हमारी दसवीं की बोर्ड की परीक्षाएं ख़त्म हुईं तो हम भी आंदोलन में कूद पड़े। जंतर-मंतर पर धरने दिए, लाठियां खायीं। वैसे शायद हमारी मुहिम के चलते ही महामहिम 'कलाम' साहब ने आरक्षण का विधेयक संशोधन के लिए भेजा। पर इस 'Banana Republic' में राष्ट्रपति की बात कहाँ चलनी थी। विधेयक संसद के दोनों

सदनों में बहुमत से पास हुआ। आंदोलन के बिखर जाने के बाद मैं और मेरे सरस्वती शिशु मंदिर के दोस्तों ने गुस्से में आकर शाखा में अपना नाम दर्ज करवा लिया। ऐसा ही कुछ मैडम के साथ भी हुआ। उसने भी 'जेसिका लाल' के टाइम पर मोमबत्तियाँ जलाईं। यह भी 'रंग दे बसन्ती' का ही प्रभाव था कि 'जेसिका लाल' की हत्या करने वाला जब ट्रायल कोर्ट से बरी हुआ तब इंडिया गेट पर कैंडल मार्च हुआ। नतीजन दिल्ली हाई कोर्ट ने आरोपी को उम्र कैद की सज़ा सुनायी। इस फैसले ने देश की आम जनता को यह हौसला दिया कि यदि हम एक हो जाएँ तो सत्ता के ताक़तवर लोगों से भी लड़ सकते हैं।

माना कि हमारे विचार अलग थे, पर उद्देश्य कहीं न कहीं एक जैसे ही थे। शायद यही कारण था कि आज हम दोनों ही इंडिया गेट से जंतर-मंतर की ओर दौड़ रहे थे-नारे लगाते हुए, हज़ारों की भीड़ में। फिर से कुछ कर गुज़रने, कुछ बदलने की चाहत लिए। हम इस लड़ाई में भले ही सिपाही भर थे, पर ख़ुश थे। संतुष्ट थे। और सबसे बड़ी बात, अकेले नहीं थे। हमारे साथ हज़ारों लोग भी शायद ऐसी ही कुछ वजहों के चलते नारे लगा रहे थे। नेताओ ने सरकार चलाने के नाम पर जो खुलेआम डकैती डाली थी- उन आँकड़ों में लगे ज़ीरो गिनकर ख़ुद आर्यभट्ट को भी हार्ट अटैक आ जाता।

पर इस बात का एक पहलू और भी है जिससे मैं वाक़िफ़ हुआ पार्टीशन की कहानी सुनने के बाद। भीष्म साहनी की 'तमस' और 'द हिंदू' के लेफ़्ट लीनिंग एडिटोरियल्स पढ़ने के बाद। यह भीड़ बस पीछे चलना जानती है-बिना ज़्यादा सोचे-समझे। जैसे यहाँ भी आए हुए ज़्यादातर महानुभावों को पता नहीं होगा कि साला लोकपाल किस चिड़िया का नाम है। वह बस इतना जानते हैं कि जो भी है- एक जादूई मंत्र की तरह देश से भ्रष्टाचार मिटा देगा। जैसे कि यह जनतंत्र पर मरते हुए हमारे विश्वास के लिए कोई संजीवनी बूटी हो।

यही भीड़ जब पगला जाए तो मौसम बदल देती है। एक अफ़वाह की तरह वो काले बादल शहर भर में फैल जाते हैं। इन बादलों से नफ़रत बरसती है और घर जलकर राख हो जाते हैं। 1947, 1984, 1992, 2002 सिर्फ़ साल नहीं रह जाते। एक कालिख़ बन जाते हैं इतिहास के पन्नों पर। बादल यहाँ भी गरजे थे। पर यह नफ़रत के बादल नहीं, कुछ कर गुज़रने की आशा से भरे हवा के गुच्छे थे-जो आसमान में किसी ऊर्जा की बरसात कर रहे थे।

'टीम लोकपाल' के सदस्यों को दिल्ली पुलिस अपने कब्ज़े में ले चुकी थी। यहाँ तक कि वह महिला आईपीएस, जिसने अपने समय में तिहार जेल का नक्शा बदल कर रख दिया था, उसे भी अन्ना हज़ारे के साथ जेल ले जाया गया था। नतीजा यह निकला कि लोग बौरा गए और आखिर जेल से रिहा होकर अन्ना हज़ारे ने रामलीला मैदान पर अनशन का ऐलान कर दिया। यह वही राम लीला मैदान था जहां कभी 'लता दीदी' ने नेहरू के सामने गाया था 'ऐ मेरे वतन के लोगों, ज़रा आँख में भर लो पानी।' जहाँ खड़े होकर शास्त्री जी ने 'जय जवान जय किसान' का नारा लगाया था। जिसके बाद देश में हरित क्रांति आई थी और 1965 के युद्ध में पाकिस्तान को नाकों चने चबवाये गए थे। पटना के गांधी मैदान में बेरोज़गारी से ग्रस्त नौजवानों को प्रेरित करने के बाद जय प्रकाश नारायण ने 1975 में इसी राम लीला मैदान से रामधारी सिंह दिनकर की कविता पढ़कर सम्पूर्ण क्रांति का आवाहन किया था: 'सिंघासन ख़ाली करो कि जनता आती है'। इस भीषण गर्जना के नतीजन रातों-रात देश में इमरजेंसी लागू कर दी गई थी।

उसी ऐतिहासिक रामलीला मैदान में आज महाभारत का शंखनाद हुआ। मंच पर देशभक्ति की बजती धुनों के बीच कुछ एक्टर्स और राजनीतिक गिरगिट रंग बदलकर आए थे-मौक़े पर चौका मारने। एक बात तो है: कर्म कितने भी काले क्यों न हो, जीवन कितना रंगीला क्यों नहीं, हमारे नेता किसी महात्मा की तरह हमेशा सफ़ेद कपड़े पहनते हैं।

आंदोलन ने देखते-देखते विकराल रूप ले लिया। हम लगभग रोज़ ही आंदोलन में अपनी मौजूदगी दर्ज कराने जाते। एक रूटीन-सा बन गया। ढफली बजाते, तिरंगा फ़हराये, 'इंक़लाब ज़िंदाबाद' के नारे लगाते हर मिनट में मेट्रो स्टेशन से आंदोलनकारी का एक जत्था रामलीला मैदान की ओर बढ़ता। कहीं 'भारत माता की जय' तो कहीं 'वंदे मातरम' के नारे लग रहे थे। बीच-बीच में कहीं किसी कान में 'आई लव यू' की काना-फूसी भी हो रही थी। वहाँ कॉलेज स्टूडेंट्स का भारी हुजूम था। हमारे जैसे कई युगल हाथों में हाथ थामे इंक़लाबी नारे लगा रहे थे। कोई अपना प्यार तलाशने आया था और कुछ तो लग रहा था पहली बार यहीं पर मिले हों। लोकपाल आंदोलन के दौरान

जाना कि करप्शन की तरह PDA यानी कि पब्लिक डिस्प्ले ऑफ़ अफ़ेक्शन भी खुले आम हो चला था। अगर यह मंज़र किसी टीवी न्यूज़ कैमरा में क़ैद हो गया होता तो प्राइम टाइम डिबेट में बहस भ्रष्टाचार को छोड़कर शिष्टाचार पर पहुँच गई होती। आखिर यह सारा तमाशा अब न्यूज़ चैनल के ज़रिये देश भर की जनता देख रही थी, कुछ वैसे ही जैसे 2001 की गर्मी की छुट्टियों में दिल्ली में गदर मचाते 'मंकी मैन' को टीवी पर देखा गया था।

एक रूहानी एहसास होता था यह सब देखकर। किसी भी तरह का कोई भेद नहीं। सफ़ेद रंग की गाँधी टोपी पहने सब एक से मालूम पड़ते थे। लगा कि क्यों न इसी तरह ज़िंदगी की हर शाम बिताई जाए। आंदोलन से अब प्यार हो चला था। क्या हो अगर सरकार मांग न माने? क्या हो अगर हम भी अड़े रहे? क्या हो अगर लोग सब भेदभाव भूलकर रोज़ मिलने आते रहे? क्या हो अगर इस बीच मोहब्बत के फूल भी खिल जाएँ? यह इश्क़ भी किसी इंक़लाब से कम है भला!

ख़ैर, इंक़लाब रामलीला मैदान पर ही सीमित रहता तो बेहतर था। उन दिनों मेरी छोटी-छोटी बातें भी उसे बाण की तरह चुभने लगती और घर में महाभारत हो जाया करती थी। ग़ुस्से में लाल, 'अन्ना हजारे' बनकर, वह अनशन पर बैठ जाती। मैं 'कुमार विश्वास', उसे अपनी कविताएँ सुनाकर मनाया करता। कुछ ही देर में 'मेमोरेंडम ऑफ़ अंडरस्टैंडिंग' साइन हो जाता। आख़िर वह ही मेरी सरकार थी, वह ही मेरा लोकपाल भी।

***

JNU में ऐडमिशन होना, जैसे उसका बरसों का सपना रंग ला गया हो। वहाँ जाते ही मानो वहीं के रंग में पूरी तरह रंग गई हो। अब तक वह मुझे 'सेक्युलरिज़्म' मानती थी। अब ख़ुद मुझसे कहीं ज़्यादा गंभीर और गहन बातें कहती। मैं बस चुपचाप सुनता। पाश की कविताएँ, फ़ैज़ की नज़्में पढ़ा करती। चे गुएवारा, मार्क्स, लेनिन को अक्सर कोट करती। इक्वॉलिटी, लिबर्टी, फ़ेमिनिज़्म, सेकुलरिज़्म, आर्टिकल 370, AFSPA, कश्मीर, फ्रीडम ऑफ़ स्पीच... यह सब लफ़्ज़ अक्सर उसकी बातों में रोज़ सुनने को मिलते। उसकी सभी बातों से सहमत तो नहीं रहता था पर जानता था कि चुप रहने में ही समझदारी है।

उधर वह यूनिवर्सिटी में बिज़ी रहने लगी और इधर मैंने भी अपना सारा वक़्त पढ़ाई को देना सही समझा। प्रीलिम्स कोचिंग ख़त्म हुई तो सेल्फ़ स्टडी स्टार्ट कर दी। ठान लिया था किसी भी हालत में प्रीलिम्स फ़र्स्ट अटेम्प्ट में निकालना था। काफ़ी दिन IAS और कोचिंग, फाइनल ईयर की पढ़ाई में बीते। मुलाक़ात अब कम हो चली थी।

मेरे कैंपस प्लेसमेंट की डेट्स नज़दीक आ रही थी। एक तरफ़ डर था कहीं दूसरे शहर में न जाना पड़े, वहीं यह डर भी सता रहा था कि अच्छा पैकेज नहीं मिला तो आगे परेशानी न आए। इंटरव्यू के लिए जी जान लगा दी। पिंटू ने इंटरव्यू ही नहीं दिया। ड्रॉप लेकर पढ़ना सही समझा।

कभी-कभी लगता है भगवान कुछ ज़्यादा ही मेहरबान हो जाते हैं। गुड़गाँव में ही प्लेसमेंट हो गया- वह भी स्टार्टिंग सैलरी 8 लाख सालाना। बाक़ी IIT के दोस्तों का पैकेज मुझसे काफ़ी अच्छा था। कुछ को तो गूगल और फेसबुक वाले झोले में भरकर ले गए थे अमेरिका, पर मैं फिर भी ख़ुश था। मेरा 'सोशल नेटवर्क' जो यहीं था।

उस शाम मैं बिना बताये उससे मिलने JNU चला गया। सरप्राइज़ देना चाहता था। पर वहां जाकर देखा कि 'AISA' वालों ने जमघट लगा रखा है। दरअसल जेएनयू छात्र संगठन का कोई एक्स प्रेज़िडेंट था जिसे कुछ सालों पहले बिहार के किसी बाहुबली नेता ने मरवाया होगा। उसके बारे में डाक्यूमेंट्री दिख़ासर फ्रेशर्स को यूनिवर्सिटी के स्वर्णिम इतिहास से रूबरू कराया जा रहा था।

मैंने उसे डिस्टर्ब नहीं किया। वहीं एक ढाबे पर बैठकर चाय और आलू बोंडे का मज़ा लिया। कुछ तो था उस कैंपस में जो शायद कहीं और नहीं देखा। लाल रंग की दीवारों पर ग्राफ़िटी स्टाइल में लेनिन, मार्क्स, चे गुएवारा, फ़ीडल कास्त्रो, हो चिन मिन्ह, बिरसा मुंडा, भगत सिंह के चेहरे पोत रखे थे। कहीं पर 'El pueblo unido jamas sera vencido' जैसे इंक़लाबी नारे लिखे हुए थे।

कुछ ही देर में इंक़लाबियों की एक फ़ौज वहीं आकर बीच सड़क पर नारेबाज़ी करने लगी। सबने लाल रंग का गमछा गले में लपेट रखा था-जैसे शिव जी की गर्दन में साँप। उनमें से कोई-कोई वहीं बैठा हुआ सुदूर हिमालय

से लाया गया भोलेनाथ का प्रसाद भी फूँक रहा था। जो भी हो, यहाँ जिसका जो मन आए वह करता है: कोई टीचर्स डे को बॉयकॉट करता है, तो कोई दुर्गा पूजा पर महिषासुर की पुण्यतिथि मनाता है। यहाँ सब को अपनी बात रखने की भरपूर आज़ादी है। सिर्फ़ देश भर की नहीं, जेएनयू के बुद्धजीवियों को 'विएतनाम वॉर' से लेकर 'सोवियत यूनियन कोलैप्स', 'ओक्यूपाय वॉल स्ट्रीट' से लेकर 'तहरीर स्क्वॉयर', 'फ़िलिस्तीन' से लेकर 'सीरियन क्राइसिस' तक की चिंता सताती थी।

उधार की चाय और सिगरेट पर जाने कितनी ही गहनता के साथ चर्चा होते देखी है, पर किसी भी बात को निष्कर्ष तक ले जाते नहीं देखा। इन्हें भी मेरी तरह रास्ते पसंद है, मंज़िल तक पहुँचने से घबराते हैं।

यहाँ आकर एक बात जाना कि कैसे बिलकुल ही अलग विचारधारा के लोग चाय पर घंटों चर्चा कर सकते हैं–बिना लड़े, बिना एक-दूसरे को ठेस पहुंचाए। उनकी बहस चलते-चलते सुबह से शाम हो गई और चारों ओर सुनने वालों का हुजूम लग गया। यूँ ही थोड़ी न इसे बुद्धजीवियों का अड्डा कहा जाता है। टीवी न्यूज रूम में डिबेट के नाम पर भसड़ मचाने वालों को एक शाम जेएनयू के किसी ढाबे पर ज़रूर बितानी चाहिए। अब ऐसा संस्थान जहाँ चाय बेचने वाला भी पीएचडी कर रखा हो, वहाँ का मिज़ाज कुछ तो ज़हीन होगा।

इंतज़ार करते-करते घंटे बीत गए पर पता न चला। वह आई तो हम कुछ दूर चलकर 'पार्थसारथी रॉक्स' पर जाकर बैठ गए। वहाँ हमनें सूर्यास्त होते देखा। चारों ओर जंगल, अरावली के अवशेष और ऊपर से सुहाना मौसम। हमारे स्वागत में मोर ने भी पंख फैला दिए। पर ऐसी आलौकिक शांति में भी उसका मन अशांत लगा। उसका मन बहलाने के लिए मैं उसे हौज़ ख़ास विलेज के एक लेक साइड ओपन एयर रेस्टोरेंट में रोमैंटिक डिनर के लिए ले गया। वहाँ लाइव म्यूज़िक परफ़ॉरमेन्स के तौर पर एक कॉलेज स्टूडेंट ग़ुलाम अली की सबसे मशहूर और दिल फ़रेब ग़ज़ल गा रहा था: *'चुपके चुपके रात दिन, आँसू बहाना याद है'*। वह फेसबुक पर नेतागिरी करने में व्यस्त थी।

"तुम्हें पता है क्या?" उसका ध्यान खींचते हुए मैंने कहा।

"क्या?" मेरी और देखते हुए वह बोली।

"जिस शख़्स ने यह ग़ज़ल लिखी, उसी ने 'इंक़लाब ज़िंदाबाद' का नारा

भी दिया था।''

''अच्छा? मुझे लगा भगत सिंह ने दिया।''

''सबको यही लगता है। वैसे भगत सिंह भी कोई कम दीवाने नहीं थे। अजीब है न! इश्क़ और इंक़लाब सच में एक ही सिक्के के दो पहलू हैं। जो सच्ची मोहब्बत करते हैं, वो ही क्रांतिकारी बनते हैं-जैसे पाश।''

''पर हमारी सोच में तो हमेशा ही 180 डिग्री का एंगल रहता है। हम दोनों के लिए तो इंक़लाब के मायने भी अलग हैं।''

''रास्ते अलग हो सकते हैं... तरीक़े अलग हो सकते हैं... पर मंज़िल तो एक है।''

''जब मंज़िल एक है तो रास्ते एक क्यों नहीं हो सकते?''

''शायद अब एक हो चुके हैं।''

''रंग बदल लिया तुमने इतनी जल्दी!'' मेरा मज़ाक़ उड़ाते हुए वह बोली।

''मैंने कोई रंग नहीं बदला। मैं बस इतना जनता हूँ कि कोई एक रंग आपकी सोच को डिफ़ाइन नहीं कर सकता। ... this is actually against the myriad of cultural and political ethos of this country.'' मैंने सफ़ाई दी। ''अब हमारे झंडे को ही देख लो... जैसे कोई राजनीतिक इंद्रधनुष। हिंदुत्व का भगवा है तो इस्लाम का हरा भी। इन दोनों के बीच यदि गांधी का श्वेत रंग है, तो उसके ठीक बीच में अम्बेडकरी नीला रंग धारण किए अशोक चक्र बैठा है। तुम हर चीज़ एक चश्मे से देख रही हो आजकल, इसलिए मैं तुम्हें गिरगिट दिखाई पड़ता हूँ।'' मैंने उसकी टांग खींचते हुए कहा।

''मज़ाक़ कर रही थी, भड़क क्यों जाते हो?'' चिढ़ते हुए उसने कहा।

''भड़क इसलिए जाता हूँ क्योंकि मैं जानता हूँ कि जो लोग केसरिया, लाल, हरा या नीले रंग का पुंछल्ला बाँधे फिरते हैं, और कुछ नहीं... सिर्फ़ और सिर्फ़ अपना पॉलिटिकल उल्लू सीधा करते हैं। यह पॉलिटिक्स और कुछ नहीं, गंदगी है।''

''गंदगी है तो साफ़ भी तो की जा सकती है। तुम्हें नहीं करनी साफ़, न सही, पर किसी की मंशा के पीछे शक की ऊँगली तो न उठाओ।'' ग़ुस्साते

हुए वह बोली।

"अच्छा छोड़ो... let's not get into this political discussion now... मुझे भूख लगी है।"

"मुझे कुछ नहीं खाना... आई एम लीविंग... वैसे भी मुझे मीटिंग में जाना है। कैंडिडेट्स की लिस्ट में मेरा नाम शॉर्ट लिस्ट हुआ है। मेरा वहाँ होना ज़रूरी है।"इतना बोलकर, बैग उठाकर वह चल दी।

"अरे सुनो तो...।" मैंने उसे रोकने के लिए आवाज़ दी।

मनाया पर नहीं मानी। आसपास सब लोग देखकर हैरान थे। इतना वक़्त भी नहीं दिया कि जो ऑर्डर किया था, उसे पैक करा के घर ले जा सकूँ। वह अपनी राह निकली और मैं अपनी राह। वापस घर पहुँचा तो उसका फ़ोन आया। न कोई सॉरी, न कोई माफ़ीनामा। बस हमेशा की तरह फटकार: "कुछ खाया कि नहीं?" मुझे डाँटते हुए वह बोली।

"नहीं।"

"तो होटल से पैक क्यों नहीं कराया?"

"तुमने टाइम दिया? बड़ी-बड़ी बातें करती हो- भुखमरी, महंगाई, कैपिटलिज़्म। और वहाँ रेस्टोरेंट में 1500 रुपये की चपत लगवाई, उसका क्या? सोचो कितने लोगो का पेट भर सकता था?"

"और ताने मारना चाहते हो तो मार लो और ग़ुस्से से अपना पेट भर लो।" किसी बच्चे की तरह उसने कहा। फिर थोड़ा सुनाया, थोड़ा भाव भी खाया। आखिर मान ही गई। फिर इत्मीनान से देर तक बातें की। यूनिवर्सिटी कैंपस में हो रही चुनावी हलचल का पूरा ब्यौरा दिया। और अपने फ्यूचर प्लान्स के बारे में डिटेल में बताया।

***

कॉलेज आखिर ख़त्म हुआ। जितनी पढ़ाई की थी, उससे तो कहीं अच्छे नंबरों से पास हुआ, बिना कोई बैक लगे। पिंटू ने अपना पहला अटेम्प्ट इसी साल 2012 में दे दिया था। पर प्रीलिम्स में उसका सिलेक्शन हो नहीं पाया। पिंटू ने भी फिर जेब ख़र्ची के लिए बतौर ट्यूटर कोचिंग क्लास ज्वॉइन कर ली। वह आर्ट्स बैकग्राउंड के लोगों को जनरल साइंस पढ़ाता, मेन्स का टेस्ट देने वालों की कॉपी चेक किया करता, मैथ्स में लोगों के doubts भी सॉल्व

करता। मुखर्जी नगर में जो कोई कानपुर से IAS की तैयारी करने आता, अपने सभी गम और दुविधाएं लेकर पिंटू के पास जाता। पिंटू मार्गदर्शन देने में गुरु द्रोणाचार्य को भी मात देदे। दोस्ती-वोस्ती अपनी जगह पर, यहाँ जितने भी सीरियस एस्पिरेंट्स होते हैं कोई भी अपने अस्त्र-शस्त्र की विद्या किसी को भी नहीं देता था। पर पिंटू लोगों को अपना ब्रह्मास्त्र तक बता डालता।

इधर मैंने पिंटू के कहने पर मेन्स के लिए कोचिंग ज्वॉइन कर ली। सब्जेक्ट 'हिस्ट्री' ही चुना। ऊपरी तौर पर नॉलेज के लिए पढ़ना और एक्ज़ाम में जाकर पन्ने भरने के लिए पढ़ने में अंतर था। गहन जानकारी चाहिए थी। जितना हो सकता था उसी बीच मैंने मेन्स का सिलेबस कवर कर लिया। उसी दौरान वह इलेक्शन में खड़ी हुई। 'AISA में तो नहीं, पर किसी दूसरी लेफ़्ट विंग पार्टी में जनरल सेक्रेटरी की पोस्ट के लिए उसे टिकट मिल गया। मैं उस दिन बधाई देने पहुंचा पर वो अपनी ही नेतागिरी में व्यस्त दिखाई दी। दरअसल DU के किसी कॉलेज के एडमिनिस्ट्रेशन ने वहाँ की लड़कियों पर कुछ प्रतिबंध लगाए जिनकी चिंता इन लोगों को सता रही थी। शायद इसलिए भी, क्योंकि उस कॉलेज में राइट विंग वाले कैबिनेट में थे और JNU वालों को भुनाने के लिए कोई टॉपिक चाहिए था।

"रोज़ाना मानो बस यही रट लगा रखी है कि किसी तरह हमें क़ैद कर लें। खुला बाहर घूमने से रोककर क्या होगा? कहाँ पे सेफ है आख़िर? बस में, मेट्रो में, बाज़ार में? जब घर में ही सेफ़ नहीं तो पहरा लगाकर होगा भी क्या? अभी बोल रहे हैं कि नियम नहीं फ़ॉलो करना तो हॉस्टल छोड़ दो। कल बोलेंगे यूनिवर्सिटी छोड़ दो। परसों बोलेंगे देश छोड़ दो। इनका दिमाग इनकी चड्ढी में क़ैद है। यह अपनी मूर्खता छोड़ दें तो सब ठीक हो जाए।" अपना ग़ुस्सा ज़ाहिर करते हुए उसने कहा।

अब उसे भी कट्टर पॉलिटिकल ओपिनियन बनाने से पहले अपने-आप को तराशना चाहिए। उल्टा पड़ सकता है कभी भी। बहुत आसान है किसी एक किताब को पढ़कर प्रेम में पड़ जाना और उसी एक विचारधारा को अपने जीवन का केंद्र बिंदु बना देना। लेकिन मुश्किल है दूसरे के पक्ष को सुनना और समझना। खादी कुर्ता धारण कर के, ढफली बजाकर नुक्कड़ नाटक करने से क्रांति नहीं आ जाएगी, मैं जानता था। और न ही उसकी सोच से मैं पूरी

तरह इत्तेफ़ाक़ रखता था। पर मुझे बहुत ख़ुशी थी कि वह ऐसा सोचती है। इस सोच की एक प्रगतिशील समाज को ज़रूरत है। पर इतना idealism चलता ही कहाँ। बस डर था के कहीं यह बस फ्रेम पर लटकी मॉडर्न आर्ट की पेंटिंग न बन जाए जो किसी के समझ में न आए। सब सुन लेने के बाद वो मुस्कुरायी। और फिर बोली, ''जब तुम मेरे साथ चलने के लिए रास्ता बदल सकते हो, तो फिर मैं क्यों नहीं।''

कुछ वक़्त में छात्रसंघ चुनाव नज़दीक आ गए। तैयारियाँ ज़ोरों-शोरों से थी। दिल्ली यूनिवर्सिटी के एलेक्शंस के विपरीत यहाँ किसी तरह का बाहुबल नहीं चलता। न कोई जातिवाद, न क्षेत्रवाद। न कोई गुंडई, न मारपीट। न शराब, न ही फ्री मूवी टिकट्स और न लड़कियों का नाच। यहाँ अगर होते थे तो सिर्फ़ डिबेट्स। यहाँ लड़ाई हाथों से नहीं ज़बान से लड़ी जाती थी। इस वक़्त उसके ऊपर जिम्मेदारियाँ ख़ूब सारी थीं। किसी मिनिस्टर की तरह मुझे आदेश देती और एक आदर्श ब्यूरोक्रेट की तरह मैं उसका पालन किया करता। अपनी इलेक्शन स्पीच उसने मुझसे ही लिखवाई। और तो और मैं उसका भाषण सुनने भी गया - बुलाई नहीं, आई गई भीड़ बनकर। कैंपस का चुनावी माहौल रोंगटे खड़े कर देने वाला था। हाथ में चाँद-सी ढफली पीट-पीटकर 'हल्ला बोल', 'लाल सलाम' के नारे लगाए जा रहे थे।

फ़िल्म आंधी की सुचित्रा सेन की तरह आँखों में अदम्य विश्वास लिए वह स्टेज पर चढ़ी और एक-एक स्टूडेंट की आँखों में झाँकते हुए उसने अपनी स्पीच पढ़ी। अपने भाषण में उसने लेनिन नहीं भगत सिंह की बात रखी। मैं 'संजीव कुमार' की तरह उस भीड़ में खड़ा, उसे देखता रहा। आवाज़ भी दी पर मेरी आवाज़ इतने शोरगुल के बीच ख़ामोश रह गई।

***

जल्द ही चुनावों का नतीजा भी आया। झंडा लाल रंग का ही फहराया, पर उसे यह मौक़ा नहीं मिला। शायद आइडियल लेफ़्ट विंग रोमांटिसिज़्म की बातें की होती तो वहाँ के इंटेल्लेक्ट को कुछ समझ आता। इस बार भी अल्ट्रा लेफ़्ट की जीत हुई। दूसरे पायदान पर रहे राइट वाले। और वह जो बीच की राह कहीं खोज रहे थे कहीं नज़र न आए। मतलब साफ़ था। किसी तरह के pragmatism की इस कैंपस में ज़रूरत नहीं। वह अपने सपनों के भारत में

जीना पसंद करते हैं। आँखें खोलकर सच को देखना नहीं चाहते।

सपना टूटना अखरता है, ज़्यादा तब जब क़रीब से टूटे। "तुम सही कहते थे यह लोग इस लायक़ ही नहीं। अच्छा है मुझे क्या, करें जो हमेशा करते आए हैं।" रोते हुए वह बोली। "तुम्हें भी अब पॉलिटिक्स डिस्कस करने की कोई ज़रूरत नहीं। चुपचाप पढ़ाई करो और अपना एक्ज़ाम क्लियर करो। मुझे यहां अब और नहीं रहना।" उसकी आँखें ग़ुस्से से लाल दिखाई दी। उदास थी। वल्नरेबल भी। अजीब-अजीब डिप्रेसिंग बातें भी कर रही थी। मैं बस सुनता रहा। अब ऐसे वक़्त में प्रैक्टिकल होना नहीं बनता।

लगा कि हफ़्ते दस दिन में दोबारा नॉर्मल हो जाएगी। पर ऐसा कुछ नहीं हुआ। इलेक्शन के बाद उसने काफ़ी हद तक अपना सोशल सर्किल समेट लिया था। फेसबुक लाइक्स एंड शेयर्स वोट में तब्दील नहीं होते। वह यह बात समझ चुकी थी। इसलिए अपने इस सो कॉल्ड सोशल नेटवर्क से भी डिसकनेक्ट हो गई, जो दुनिया जोड़ने की बात तो करता है पर घर अक्सर तोड़ दिया करता है।

वह अब नुक्कड़ नाटक और राजनीतिक बहसबाज़ी से दूरी बनाकर चलती थी। उसने गुस्से में हॉस्टल भी छोड़ दिया और वहीं मुनीरिका में एक कमरा देख लिया। बस किसी तरह से डिग्री मिलते ही कुछ वक़्त जॉब करे और फिर अपनी एक न्यूज़ वेबसाइट। यही उसका प्लान था। ब्लॉग लिखना शुरू कर दिया। वह सारा फ्रस्ट्रेशन अब मेरी जगह ब्लॉग पर निकालती।

दीपावली आते-आते मेरी जॉब स्टार्ट हो चली थी। मेन्स की कोचिंग और जॉब दोनों कैसे भी साथ-साथ मैनेज कर रहा था। मैं ऑफ़िस में बिज़ी रहता था। वीकेंड्स पर कोचिंग रहती। ऑफ़िस से वापस आते-आते रात हो जाती। हर रोज़ उससे यूँ मिलना मुमकिन नहीं था। जॉब छोड़ नहीं सकता था। अगले साल प्रीलिम्स देना था और एक्ज़ाम के टाइम छुट्टियों की ज़रूरत थी। इसलिए छुट्टियाँ भी अभी से ही बचा रहा था और पैसे भी। यूनिवर्सिटी पॉलिटिक्स ने उसे साल भर बिज़ी रखा था। अब अचानक से यह ख़ालीपन बर्दाश्त न कर पाई। ऊपर से मेरा भी उसके पास न होना अखर रहा था।

अपने जन्मदिन वाले दिन उसने ख़ुद ही मुझे अपने पास बुला लिया। मैंने बाहर चलने का प्लान बनाया था पर वह नहीं मानी। कहा कि कुछ वक़्त अकेले

गुज़ारेंगे, भीड़-भाड़ से दूर। कोचिंग से वापस आते-आते देर हो चली थी। 'बस ग़ुस्सा न हो' डोर बेल बजाते हुए मैंने मन ही मन प्रार्थना की। दरवाज़ा खोला तो देखकर चौंक गया।

"ढैन-टेना! यह देखो!" मेरे स्वागत में पलकें बिछाती हुई वह बोली।

पूरा कमरा गुलाबों से सजाकर रखा था। परदे, बेडशीट सब लाल।

"हे भगवान। कितना सुंदर लग रहा है सब!" चौंकते हुए मैंने कहा।

"है न?"

उसने मेरे हाथ से बैग लिया और पानी का गिलास हाथ में थमा दिया।

"थक गए हो अच्छे से बेड पर आराम फ़रमाओ।" आँखें मीचती हुई वह बोली।

उसका यह रूप पहले कभी देखा नहीं था। जैसे ही मैं जूते उतारकर बेड पर लेटा, तुरंत मेरी ओर किसी जंगली बिल्ली की तरह झपट्टा मारती हुई आ गिरी। बेहद क़रीब। इतनी सर्दी में मेरे पसीने छूट गए थे। अपनी परेशानी व्यक्त करते हुए उसने कहा: "देखो न सब छोटा हो गया। मोटी हो गई मैं। देखो यह टायर्स निकल आए हैं। बिलकुल तुम्हारी तरह।" फिर हँसने लगी।

"आई लव यू।" उसके गालों पर हाथ रखते हुए मैंने कहा।

"लव यू टू।" मेरे बालों को बिखेरते हुए वह बोली।

"कितना सुंदर लग रहा है सब। कैसे किया तुमने? कितना टाइम लगा होगा तुम्हें यह सब करने में?"

"दिन भर और क्या ही करती?"

"सॉरी! टेस्ट था आज। फिर डिस्कशन हुआ। इसलिए आने में देर हो गयी।"

"कोई बात नहीं। तुम आए तो सही।"

"आई लव यू।"

"ठीक है एक बार बोल दिया। मैं मान गई। पहले की तरह अब तुमसे ग़ुस्सा नहीं होती उल्लू!"

"यह देखो चॉकलेट केक।" बैग में से केक निकालते हुए मैंने कहा।

"कब बनाया?" बच्चे की तरह उत्साहित होते हुए उसने पूछा।

"ख़रीद के लाया। वक़्त ही नहीं मिला बनाने का।"

"कोई बात नहीं।"

"अच्छा इसे न आराम से काटेंगे। अभी भूख लगी है। अच्छी-सी जगह डिनर करने चलते हैं।"

"घर पर बनाया है।"

"क्या? तुमने?" मैं अचरज में था।

"कब से?"

"सीख ही लिया देखो!"

"तुमने तो कहा था, खाना मुझसे बनवाओगी?"

"अब तुम कभी घर पर नहीं रहोगे, तो बच्चे भूखे तो न मरेंगे बेचारे।" मुस्कुराते हुस उसने कहा। फिर दौड़ती हुई किचन में चली गयी। मैं वॉशरूम से हाथ धोकर आया तो देखा की दस्तरख़्वान सजा रखा है। रेड वाइन की बॉटल, दो वाइन ग्लास, रेड सॉस पास्ता, गार्लिक ब्रेड, सैलेड - सब टेबल पर रखा हुआ था।

"उम्मम... खाना अच्छा है। स्वाद है तुम्हारे हाथों में।" मैंने उसकी तारीफ़ में कहा।

"छुपाने की ज़रूरत नहीं। पास्ता में नमक तेज़ है और ब्रेड जल चुकी है। पता है मुझे!" मुझे घूरते हुए वह बोली।

मैं अपनी हँसी को बड़ी मुश्किल से छुपा रखा था। पर बाहर आ ही गई। फिर देर तक दोनों लोटपोट होकर हँसते रहे। जब तक वह किचन में बर्तन समेट रही थी, मैं सोफ़े पर आराम फ़रमाने लगा। पता नहीं क्या हुआ अचानक से मेरी ओर आई और हाथ से गुलाब का फूल लेकर पूरे कमरे में दौड़ने लगी, मानो नुक्कड़ नाटक कर रही हो।

"इस गुलाब का रंग लाल है। शादी की साड़ी, माथे का सिंदूर, सभी का रंग लाल होगा। मेरे और तुम्हारे विचारों का रंग लाल है कॉमरेड...।" मेरे पास झपटती हुई वह बोली- "अगर तुमने किसी दूसरी लड़की की ओर पलटकर भी देखा तो तुम्हारी शिराओं से जो ख़ून बहेगा, उसका रंग भी लाल होगा...।"

कितने दिनों के बाद उसकी ओवर एक्टिंग देखने को मिली। मैं खिलखिलाकर हँस पड़ा। "वार्निंग दे रही हो?" उसका चेहरा उठाकर मैंने

कहा।

"बिलकुल। तुम्हारा कोई भरोसा?" चुटकी बजती हुई वह बोली।

"सिग्नेचर लिया तो था तुमने दस्तावेज़ों पर।"

"हाँ ठीक है। फिर भी रिकॉल करा रही थी।"

"कितना बकवास लिखती हो तुम।" उसका मज़ाक़ उड़ाते हुए मैं बोला।

"मेरी कविता का उपहास!" पैर पटकते हुए वह बोली। और ग़ुस्से से अपने दाँत भींच लिए।

मैंने फ़्रिज से केक निकाला और मोमबत्ती जलाई। उसने ज़ोर की फूँक मारी और दोनों ने मिलकर फिर केक काटा। मैंने घड़ी देखी। दस बज चुके थे। मैंने उसे बाय का इशारा किया और बैग उठाकर गेट की ओर बढ़ा।

"अरे रुको मेरी भावनाओं को ठेस पहुँचाकर कहाँ जा रहे हो?" वह जैसे मेरे पैरों पर आकर गिर गई और रोने की एक्टिंग करने लगी। इन सब की तो अब मुझे आदत हो चली थी।

"क्या कर रही हो। जाना है। जाकर पढ़ना भी है!"

"सुनो तो। देखो और भी लिखा है।" मुझे रोकते हुए उसने कहा।

"क्या बचपना है?" चिढ़ते हुए मैंने कहा।

"चलो, जाओ।" उसने बिगड़ते हुए कहा।

वह बच्चे के जैसे चुपचाप कोने में दुबककर बैठ गई। अपनी नाक और होंठों को दोनों तरफ़ तेज़ी से हिलाया और मुझे इग्नोर करने की ऐक्टिंग करने लगी। मैं क़रीब गया तो फिर 'च्चच' की आवाज़ निकालकर मन-ही-मन कहा -'मन करता है कि तुम्हारी आँखें नोच लूँ'।

"अच्छा आगे सुनाओ न प्लीज़ ...।" उसे मनाते हुए मैंने कहा।

"कॉमरेड, तुम्हारे लिए जो गाजर का हलवा बनाया है, उसका रंग भी लाल है।" मेरे कान में किसी छोटी बच्ची की तरह आकर वह बोली। मैं माथा पकड़कर बैठ गया और वह खिलखिलाकर हँसने लगी। हँस-हँसकर उसके गाल कश्मीरी सेब की तरह लाल हो गए थे।

"हलवा अच्छा बना है।" बड़ी-सी चम्मच हलवे की अपने मुँह में ठूसते हुए मैंने कहा।

"बस अच्छा?" नाक सिकोड़ते हुए उसने ताना मारा।

"स्वाद है तुम्हारे हाथों में।" उसकी हथेली चूमते हुए मैंने कहा। "चलो निकलता हूँ। मेट्रो बंद हो जाएगी।"

"सुनो अब कब आओगे?" मेरी आँखों में डूबते हुए वह बोली।

"तुम ऐसे शक्ल बनाओगी तो मैं कैसे जा पाऊँगा।"

"इधर आओ।" मुझे क़रीब बुलाते हुए वह बोली। मैं कुछ आगे बढ़ा। "यह लाल रंग साथ लेते जाओ।" अपने होठों को मेरी और लाते हुए उसने कहा। फिर फटाक से दरवाज़ा बंद कर लिया।

मेट्रो में आने-जाने वाले घूर-घूर के देख रहे थे। शायद लिप ग्लॉस का रंग उतर ही नहीं पाया था। कोशिश करता रहा उसे निकालने की, फिर निशान को रहने दिया। मैं रास्ते भर मन-ही-मन मुस्कुराता रहा। वह बिलकुल नहीं जाने देना चाहती थी। रुक ही जाना चाहिए था। इतना-सा भी मन नहीं था वापस आने का। पर क्या करता? भविष्य में यदि साथ रहना है तो आज सैक्रि.फाइस करना ही था।

साइड B
हज़ारों ख़्वाहिशें

ये तेरा घर, ये मेरा घर

दिल्ली की सर्दियाँ इससे ज़्यादा निर्दयी, नृशंस कभी न रही होंगी। 16 दिसंबर 2012 की वह शाम हमने भी जाने कितने ही कपल्स की तरह दिल्ली की सड़कों पर घूमते हुए बिताई थी। पर उस रात का अंजाम किसी एक लड़की पर यूँ गुज़रेगा, सोचकर भी दिमाग भन्ना जाता। कितनी बार रात में ऑटो से, बस से सफर किया है। और हम क्या, कितने लोग करते हैं। वे कोई भी हो सकते थे। शायद हम भी। यह ख़याल मुझे रात में सोने नहीं दे रहा था।

इस एक हादसे ने देश भर को झकझोर कर रख दिया। सिर्फ़ दिल्ली ही नहीं, देश भर में प्रदर्शन हुए। हम भी गए। मोमबत्तियाँ जलाईं। नारे लगाए। टियर गैस छोड़ी गई। लाठी चार्ज भी हुआ। रायसेना हिल्स से लेकर इंडिया गेट तक प्रदर्शनकारियों का भारी हुजूम सरकार के ख़िलाफ़ मोर्चा लेकर खड़ा था। उन आँखों में ग़ुस्सा था। रोष था। कुछ न कर पाने की बेबसी थी। माँग थी कि अब किसी के साथ ऐसा दोबारा न हो। आस थी कि जिसके साथ यह हुआ, कम-से-कम उसकी जान बच जाए। पर ऐसा कुछ न हुआ। एक तरफ ये आक्रोशित भीड़ थी, वहीं दूसरी तरफ समाज का एक बड़ा वर्ग 'खाप' बनकर लड़कियों को देर रात घर से बाहर न निकलने की नसीहत दे रहा था। सड़कों पर घूमते भेड़ियों को नहीं, बल्कि मोबाइल फ़ोन, चाऊमीन और जींस को हमारी संस्कृति खराब कर देने का दोष दिया जा रहा था। वो सब बाबा लोग

जिन पर ख़ुद औरतों को प्रताड़ित करने के आरोप लगा करते थे, खुलेआम लड़की को ही ज़िम्मेदार ठहरा रहे थे।

उधर वह जाने कब से अकेला महसूस कर रही थी। न जाने क्यों अब एक अजीब-सा डर सताने लगा था। इतने महीने नौकरी करने के बाद यह भी समझ आया कि नौकरी और तैयारी तो साथ हो सकती हैं, पर प्यार कहीं पीछे छूट रहा है। धीरे-धीरे वो अपना संतुलन जैसे खोने लगी। हर वक़्त उदास रहने लगी थी। मैं घबरा जाता था। कभी प्यार से समझाता, कभी भरोसा देता कि सब ठीक हो जाएगा। जाने क्या बात थी जो उसे अंदर से खाए जा रही थी।

ऐसा नहीं था कि मैं नहीं जानता था कि वह अकेली है। सब जानते हुए भी अब और नज़र अंदाज़ नहीं कर सका। ख़ास तौर पर इस वक़्त जब बाहर सब कुछ 'बदल गया है' सा लगने लगा। यह सब असल में 'हमेशा से ऐसे ही था' जो कि हमें कभी दिखाई ही नहीं दिया। या फिर यूँ कहें कि हमने कभी ग़ौर ही नहीं किया। शायद वह लड़की कोई मिडिल क्लास कॉलेज स्टूडेंट न होती, अगर वह किसी मॉल से न निकलकर किसी झोपड़पट्टी से निकली होती या शायद वह शहर दिल्ली न होता तो हम भी जैसे रह रहे थे, वैसे ही रहते। फिर किसी को कोई फ़र्क़ नहीं पड़ता।

***

अब और ज़्यादा इंतज़ार नहीं किया। नए साल की शुरुआत होते ही हमने घर की तलाश शुरू कर दी। दलाल को कमीशन देने के चक्कर से बचने के लिए दर-बदर ख़ुद ही ठोकरें खाईं। बथेरे फ़्लैट्स देखे पर कोई पसंद ही नहीं आया। क्या करें, मैडम को पहाड़ नहीं, बिल्डिंग की ऊँचाई से डर लगता था।

"न बग़ीचा, न बैठक, न कोई ख़ाली जगह। कितने नीरस बचपन गुज़रे होंगे इसकी कोख में। कितनों ने कूदकर यहाँ से बाहर निकलने की कोशिश की होगी।" एक ऊँची-सी बिल्डिंग की बालकनी को देखते हुए वो बोली। "मैं तो कभी न रहूँ ऐसे घर में। सारे फ़्लैट देखने में बिलकुल एक से, मानो फ़ैक्ट्री से निकला कोई प्रोडक्ट।" उसने चिंता व्यक्त की।

नखरे सिर्फ़ हमने ही नहीं मकान मालिक ने भी दिखाए। अगर कोई मकान पसंद आता तो लोग unmarried couple को मकान देने में आना कानी

करते। मैं हमेशा सोचता था कि जितना छोटा शहर सोच उतनी ही छोटी। पर मैं ग़लत था। शहर चाहे बड़ा हो या छोटा, .फ़र्क़ नहीं पड़ता। सोच कुछ लोगों की हमेशा ही छोटी रहती है।

घर की तलाश में ह.फ़्ते दस दिन यूँ ही गुजरे। आख़िर जैसा चाहा वैसा एक मकान मिल ही गया। यूनिवर्सिटी के क़रीब ही एक सरकारी कॉलोनी में डुप्लेक्स अपार्टमेंट था। बुज़ुर्ग कपल रहते थे, क्यूट से। दोनों ही JNU के रिटायर्ड प्रो.फ़ेसर थे।

घर का अच्छे से निरीक्षण किया। कहीं-न-कहीं इस बात का एहसास लगातार होता रहा कि इस मकान में हमसे पहले भी लोग रहे होंगे। कहीं-कहीं पर क्रेयॉन कलर्स से रंगी बचकानी कलाकारी, कहीं ख़ून की छींटें भी। हर चीज़ को तो डेंटिंग-पेंटिंग से ढका जा नहीं सकता। "जाने वो कौन लोग थे।" हो सकता है कि हमारे बाद कोई नया किरायेदार जब इस घर में आए, शायद वो भी यही सोचे।

घर के बाहर ही छोटा-सा लॉन था, जिसमें झूला लगा हुआ था। बिलकुल बग़ल में ही आम का पेड़ था, जिसकी डालें ऊपर बालकनी में हमसे मिलने आती थीं। तोह.फ़े में कभी-कभी कैरियाँ भी दे जाती थीं। पेड़ पर रहने वाली गिलहरियाँ हमारी बालकनी में मटर के दाने खाने के बहाने आया करती थीं।

गिलहरियों को देखकर आस-पास की किसी छत से एक दिन छोटी-सी बिल्ली ने झपट्टा मारा। नौसिखिया थी। बेचारी। गिलहरी को तो कुछ ना हुआ। बिल्ली धड़ाम से सड़क पर गिर पड़ी और अपना एक पैर तुड़वा बैठी। मैंने उसकी मरहम पट्टी की और अपने साथ घर ले आया। नाम रखा, गब्बर सिंह। मैडम को हालाँकि बिल्ली कुछ ख़ास पसंद न आई।

लैंडलॉर्ड्स के साथ अच्छी बनने लगी थी। हमें भी सिक्योरिटी का कोई इशू नहीं था और उन्हें भी एक सपोर्ट सिस्टम मिल गया। JNU के थे तो ओपन माइंडेड होना लाज़मी था। कभी हमें शक की निगाह से नहीं देखा। एक दिन शाम को अंकल-आंटी ने हमें चाय पर बुलाया और यहाँ-वहाँ की बातें की-हमारे .फ़्यूचर प्लान्स के बारे में, करियर के बारे में। फिर हमें अपनी

मोहब्बत की दास्ताँ भी सुनाई। आंटी अलीगढ़ की रहने वाली थीं। मुस्लिम थीं। अंकल अमृतसर में रहते थे। सिख थे। जब शादी की बात आई तो दोनों के घर में ख़ूब बवाल हुआ था पर उन्होंने समाज की परवाह न करते हुए अपनी राह ख़ुद चुनी। दोनों ही ओल्ड वर्ल्ड रोमैंटिक थे पर कितने आज़ाद ख़यालों वाले भी। लाख मना करने पर भी उन्होंने डिनर के लिए रोक लिया। अरसे के बाद घर वाले राजमा चावल खाए थे। अंकल ने अपने बच्चों के बारे में बताया। दोनों बेटे वेल सेटल्ड थे –एक अमेरिका में नौकरी करता है और दूसरा बंगलोर में बड़े स्टार्टअप फ़र्म में डायरेक्टर है। पर घरवालों के लिए वक़्त नहीं। जाने, क्यों यह सुनकर थोड़ा बुरा लगा – जिन्होंने बचपन से पाला, उन्हें कैसे कोई अकेला छोड़ सकता है।

***

नए घर में आते ही वह ठीक हो गई। जगह बदलने की वजह से या फिर शायद मेरा साथ होने की वजह से। चेहरे पर वही मुस्कान और नाक पर ग़ुस्सा वापस आ चला था। आते के साथ ही घर की सफ़ाई तो आरंभ कर ही दी थी। अब वक़्त था सेटिंग का। बैग्स भर के जो सामान लेकर आए थे पूरा वीकेंड उन्हें घर में अरेंज करने में लगा देना था। इससे पहले भी मुखर्जी नगर में फ़्लैट्स बदले हैं, पर ऐसी उथल-पुथल कभी नहीं हुई। मैं पैर फैलाकर 2 मिनट बैठता, तो वह मुझे जूते, चप्पल और कपड़े सही जगह रखने का आदेश दे दिया करती। सुबह जब नहाकर निकलता, तो जो टॉवल कुर्सी पर पटक दिया गया था, उसे बालकनी में जाकर सुखाना पड़ता था। जैसा पिंटू ने पहले ही चेताया था, यह सब एक 'वाइल्ड एनिमल' को डोमस्टिकेट किए जाने की प्रक्रिया थी, जिससे मैं अब तक अनजान था।

उसे शायद संडे को देर तक सोने से कोई एलर्जी थी। पिछला संडे इतना ही हेक्टिक बीता और अब इसी संडे सुबह 6 बजे से "उठो न, उठो न" करते-करते आख़िर मुझे 8 बजे उठा ही दिया। भगवान जाने क्या प्लान बना रखा था आज के लिए।

"कितने खर्राटे मारते हो?" मेरी टाँग खींचते हुए उसने कहा।

"हाँ। जैसे तुम नहीं मारती।"

"तुम्हारी तरह तेज़ तो नहीं मारती।" उसने बचाव में कहा।

“रिकॉर्डिंग है। सुनाऊँ?”

“रहने दो। हर बात का सबूत साथ लेकर चलते हो।”

“तुम भी कोई वकील से कम हो? जाने कब मुक़दमा ठोक दो।”

इधर साला रेडियो चलने का नाम नहीं ले रहा था। ज़ोर से एक फूँक मारी, कान मरोड़े, पीठ पर ज़ोर से धपकी दी- तब जाकर मुआ on हुआ।

“अब नहाने जाओगे या खेलते रहोगे इसी के साथ।”

मैं नहाने के लिए निकल लिया। वह बेडरूम में बैठी तानों की माला जपती रही।

“फ़ोन में भी FM होता है... पर नहीं...। तुम्हारी साँसें अभी तक इस 2 इन 1 प्लेयर और कैसेट पर अटकी है।”

जब बाहर आया तब भी बहसबाज़ी जारी रही।“यह सब हरप्पा मोहनजोदारो काल की चीज़ें फेंक क्यों नहीं देते?” डाँटते हुए उसने कहा।

“विंटेज कहते हैं इन्हें मेडम... तुम्हारे फ़ोन में व्हाट्सएप है न... फिर भी तुम मुझे ख़त क्यों लिखती हो?” मैंने जवाब दिया।

“कैंची की तरह ज़बान चलने लगी है तुम्हारी।” मुझे ताना मारते हुए बोली।

“तुम्हारा ही असर है।” मैंने जवाब दिया।

“इतनी अच्छी आदतें सिखाई। सुबह टाइम से उठो। हर चीज़ को तरीक़े से सही जगह रखो। गंदगी न फैलाओ। पर सीखा क्या? बस लबर-लबर ज़बान चलाना! और यह...।” टॉवल को मेरे मुँह पर फेंकते हुए वह बोली- “कितनी बार कहा है इसे बाहर डालकर आओ।”

“डालने ही तो जा रहा था। तुमने ही रोक लिया।” मैंने बचाव में कहा।

“अच्छा... और यह जूते?” जूते पर लगा गोबर दिखाते हुए उसने कहा।

“यह अभी मैं बस रखने ही वाला था।” जूता तुरंत उसके हाथ से खींचते हुए मैं बोला।

“और यह कपड़ों की गठरी जो पिछले दो दिन से यहाँ पड़ी है वो?”

“वो... मैं।”

“भूल गया...। है न?” ग़ुस्से से गुर्राते हुए वह बोली।

“अरे मैंने धोबी को कहा था। आया ही नहीं कम्बख़्त लेने के लिए। अभी ठीक करके आता हूँ साले को।” मैंने बहाना बनाते हुए कहा।

“आज तो लगता है बुरी वाली धुलाई होगी।” मैं धीरे से बुदबुदाया।

“होगी तो तब जब घर में वाशिंग पाउडर होगा?” मुझे घूरते हुए वह बोली।

“तुम लिस्ट बनाओ मैं फटाफट सारा सामान आज ही ले आऊँगा। ठीक है?” यह कहते हुए मैं पतली गली से निकलने ही वाला था कि उसने आकर रास्ता रोक लिया।

“पैसे हैं?” मुझे गुस्से से घूरते हुए वो बोली।

“हाँ वॉलेट में है न।” वॉलेट हाथ में लेते हुए मैंने कहा। देखा तो वॉलेट खाली था। “कोई बात नहीं मैं एटीएम से पैसे निकाल भी लाऊँगा। सैलरी नहीं आई थी न। ऊपर से बैंक वाले साले हरामी लोग हैं। मिनिमम बैलेंस न रखो तो पैसे काट लेते हैं। और वैसे भी फ्लैट का भाड़ा भी देना है न...। देखो मुझे याद था।” मैंने डरते-डरते कहा।

“रेंट मैंने दे दिया। पिछले हफ़्ते।”

“यार तुम सारा काम कितने अच्छे से कर लेती हो। I am so lucky to have you! मतलब मैं अकेला तो पता नहीं अब तक कैसे... तुम नहीं होती तो...।” उससे पहले कि मैं ब्रेड पर थोड़ा मक्खन लगाता, मेरे मुँह पर दरवाज़ा मार के वह बेडरूम में चली गई।

मैंने थोड़ी देर बाद गेट पर नॉक किया। हाथ में ब्रेकफ़ास्ट ट्रे लेकर खड़ा रहा। “प्लीज़ ओपन। देखो चीज़ सैंडविच बनाया है। और यह देखो कॉफ़ी के ऊपर व्हिप्पड क्रीम से हार्ट शेप भी बना दिया।”

“हे भगवान, कितने बड़े बकलोल हो तुम!” दरवाज़ा खोलते हुए वह बोली।

“हाँ और तुम कम हो? कितना दिमाग खाती हो!”

“हाँ बहुत दिमाग है न तुम्हारे पास। एक छोटी-सी चीज़ तो याद रखी नहीं जाती, पता नहीं यह पढ़ाई कहाँ से याद रह जाती है।”

“दिमाग में अलग-अलग चीज़ के सेंटर्स होते हैं। एक आध कमज़ोर हो तो कोई बात नहीं।” मैंने समझाया।

"पर तुम्हारे तो सारे सर्किट ही फ्यूज़्ड हैं। जा कर MRI कराओ।"

"अब चलोगी शॉपिंग या बहस को आगे बढ़ाना है?" मैंने ताव दिखाते हुए कहा।

"अपने बाल तो देखो! जाओ कंघी करके आओ। क्रूर सिंह लग रहे हो।" हँसते हुए वह बोली। "अच्छा रुको... यह शर्ट पिछले महीने ही खरीदी थी न?" उसने मुझे टोका।

"हाँ शायद!"

"वज़न देखा है? शर्ट के बटन तक तो बंद नहीं होते। दिन भर बस बैठे रहते हो सेठ किरोड़ी मल की तरह। अब से जंक खाना बंद। और वैसे भी मेरी भी डबल चिन निकल आई है।" अपनी ठोड़ी को गर्दन से चिपकाते हुए वह बोली।

हम नाश्ता करके शॉपिंग के लिए सरोजिनी नगर निकल पड़े। वैसे तो सामान की लिस्ट दोनों ने साथ मिलकर बनाई थी पर क्या लेना है और कितना, उस पर अंतिम मोहर मैडम जी की होती। ग़लती से भी एक चीज़ ज़्यादा उठा ली जाए तो वहीं-के-वहीं वापस रखवा देती। अब से हमारे राशन में हमेशा के लिए कुछ महत्वपूर्ण बदलाव किए गए। जैसे - वाइट की जगह 'होल वीट ब्राउन ब्रेड', फ़ुल क्रीम की जगह 'स्किम्ड मिल्क' और चीनी की जगह नेचुरल स्वीटनर। किसी भी तरह के नमकीन, बिस्कुट, चिप्स, मैगी जैसे आइटम्स पर अब पूरी तरह बैन लग चुका था। मैं किसी लालची बच्चे की तरह कन्फ़ेक्शनरी स्टोर पर खड़ा चॉकलेट बिस्किट्स टटोल रहा था। वह आई और 'मम्मी' की तरह मुझे खींचकर वापस ले गई। "डाइटिंग पर हो भूल गए?" पहले तो डाँटा फिर मेरा छोटा-सा मुँह देखकर मन-ही-मन मुस्कुरा दी। उसने भी अब चॉकलेट केक की अपनी डिमांड दरकिनार कर दी थी।

सुबह से दोपहर हो गई पर शॉपिंग ख़त्म न हुई। ग्रोसरी के बाद फल-फूल भी ख़रीदे गए। फूलों के लिए गमले भी। घर पर राधा कृष्ण की मूर्ति विराजमान की जानी थी, वो भी पूरे रीति और पूजा के साथ। उनके लिए बक़ायदा छोटा-सा मंदिर ख़रीदा गया और परदा भी। आख़िर हमारी तरह भगवान को भी थोड़ी प्राइवेसी का अधिकार था।

ऐसे में अब और भूखा नहीं रहा जा रहा था। पेट में चूहे कूद रहे थे। आख़िर बीच सड़क पर सारा सामान पटककर मैंने अपने ऊपर हो रहे अन्याय का विरोध करना चाहा।

"भूख लगी है। सुबह से धूप में दौड़ा रखा है।"

"हाँ तो Photosynthesis कर लो।" हँसते हुए बोली। "ग़ुस्सा तो देखो! चलो, क्या खाओगे?" उसने पूछा।

"गोल गप्पे?"

"हाँ और फूल के ख़ुद भी गोलगप्पा ही बन जाना!"

मैंने वहीं खड़े रहक़र उसे घूरा और फिर दमदमाता हुआ आगे चल दिया। वह पीछे से मनाने के लिए आई। "अच्छा सॉरी... चलो अब मज़ाक़ कर रही थी... बेवक़ूफ़...।" मेरा हाथ खींचते हुए वह बोली। फिर ज़बरदस्ती चाट के स्टॉल पर ख़ुद ही ले गई। स्टॉल पर जाकर पहले टोकन ख़रीदे और शराफ़त से लाइन में लगकर बाक़ायदा इंतज़ार किया।

टिक्की वाले ने उबले आलू की गठरी उठायी और अपने कलाई का बेहतरीन उपयोग करते हुए उसे तवे पर जलने के लिए छोड़ दिया। वह बीच बीच में तवे को ठोकता हुआ शक्ति प्रदर्शन भी करता रहा। उसने आलू की टिक्की को बड़ी बर्बरता के साथ कुचला। फिर अंदर चटनी, दही, मसाला और छोले ठूँसकर, उसने वह टिक्की हमें देनी चाही। पर वह प्लेट मेरे हाथ में आने से पहले ही किसी और ने बटोर ली।

तीन-चार बार लगातार नाकामयाबी मिलने के बाद मैडम ने यह ज़िम्मा अपने हाथों में लिया और किसी हरफ़नमौला खिलाड़ी की तरह भीड़ में से निकलते हुए पहली ही बार में टिक्की की प्लेट अपने हाथ में लपक ली। फिर गोलगप्पे की बारी आयी। गोलगप्पे वाले भैय्या ने अपनी नाख़ूनों से गोलगप्पे को फोड़ा, मटर और चटनी डाली और फिर झोल में कुछ देर के लिए डुबाया। जब साँसें फूलने को हुईं तो उसे निकालकर हमारी प्लेट में धर दिया। मुँह में जाते ही 'फच्च' की आवाज़ के साथ वह फूट गया और ऐसा परम आनंद आया कि दिन भर की थकान मिट गई। बंगाली लोग इसे 'फुचका' क्यों बोलते हैं इस बात का एहसास हुआ ही, साथ-ही-साथ यह भी समझ आया कि 'गोलगप्पे वाले पानी में एसिड मिला होता है' वाली बात दरअसल एक फेक

प्रोपगेंडा है। नादान लोग यह नहीं जानते कि गोलगप्पे वाले भैय्या के नाख़ुनों की मैल से निकलता तीखापन और नाक से बहती खटास ही झोल के स्वाद का असल राज़ है।

***

कहते हैं इश्क़ की सात हदें होती हैं। पता ही न चला कब हम एक-एक सीढ़ी, एक-एक दीवार लांघकर जा पहुँचे सातवें आसमान पर-जहाँ से हम दीन-दुनिया की तमाम चीज़ों से ऊपर उठ चुके थे। जहां सिर्फ़ हम दोनों थे। हमारी अपनी एक छोटी-सी दुनिया थी और ढेर सारी मोहब्बत।

वो अपार्टमेंट अब घर हो चला था। सपनों का महल हो चला था। वह घोंसला हमने मिलकर बसाया। गौरैया की तरह अपने हिस्से के ग़म चुग रहे थे। एक दूसरे से छुपाकर, कि कहीं एक का गम दूसरा न खा जाए। ख़ुशी हम एक-दूसरे के पाले में छोड़ आते थे, जैसे कोयल अपना अंडा।

उसकी पोटली में सुनाने को अनगिनत क़िस्से होते थे। उसकी आँखें उससे भी ज़्यादा बातूनी। न रात भर उसकी ज़ुबाँ बोलते थकती, न रात भर मेरी नज़रें उसे देखते। मैं उसके साथ सिर्फ़ सोना नहीं, जागना चाहता था। इसी तरह रात भर जागकर बातें करना चाहता था। वह हर रात मुझे तराने सुनाती-कभी ठुमरी, कभी ख़याल, कभी दादरा। अब तो ऐसी आदत पड़ चुकी थी कि सुने बिना नींद भी नहीं आती।

पलंग के बग़ल में चाँद बाँध रखा था। रात भर धीमी आँच पर जला करता और सुबह को डूब जाता। उसकी गोद मुझे तप्ती धूप में किसी बरगद के छाँव-सी, रेगिस्तान में किसी कुँए-सी राहत देती। जब भी थका होता, दुखी होता परेशान होता-वहाँ जाकर छुप जाता और सर रखकर सो जाता। वह मेरे सपने में आती और कुछ नये सपने दिखाती। मैं उन सपनों की हक़ीक़त में जीता। कुछ देर में वह मुझे नींद से उठाती और सपने पूरे करने के कारोबार में लगा देती।

ब्रेकफ़ास्ट टेबल पर चाय की चुस्की के साथ 'द हिंदू' का क्रॉसवर्ड सुलझाते। फिर एडिटोरियल पेज पर राउंड टेबल कांफ्रेंस होती। हर मामले में साथ हो, ज़रूरी नहीं, पर एक दूसरी के प्वॉइंट ऑफ़ व्यू की इज़्ज़त करते थे। एक बार मेरे लिखे आर्टिकल को 'द हिंदू' ने ओपन पेज पर छापा था। अगले

ही दिन पाया, उसने उसके काउंटर में आर्टिकल लिख दिया है। हम समान हक़, बराबरी की बात तो बहुत करते हैं, पर भूल जाते हैं कि डेमोक्रेसी की शुरुआत तो घर से ही होती है। और हमारे घर में सभी को अपनी बात रखने की पूरी आज़ादी थी। यहाँ तक कि 'गब्बर सिंह' को भी- हमारी बिल्ली जिसे मैं सड़क से उठाकर लाया था, जो मैडम को फूटी आँख न सुहाती थी। जिसकी शैतानी की वजह से मुझे रोज़ डांट भी सुननी पड़ती थी।

शाम को मैं ऑफ़िस से आता, वह यूनिवर्सिटी से। दोनों लॉन में बैठकर संग में चाय पीते। मैं उसे अपनी पढ़ाई की प्रोग्रेस रिपोर्ट देता। फिर मैं पढ़ाई में लग जाता। वह डिनर बनाती। डिनर करते वक़्त लैपटॉप पर देख भाई देख, FRIENDS टाइप्स कोई लाइट कॉमेडी सीरीज़ देखते। कुछ देर बाहर टहलकर रेडियो पर 'यादों का इडियट बॉक्स' सुनते। दास्तानगोई के बीच बजते तराने दिन भर की थकान मिटा दिया करते। फिर देर रात तक दोनों इत्मीनान से पढ़ाई करते।

***

इस तरह वक़्त कब बीता पता न चला। मैंने अपना पहला एटेम्पट इसी साल दिया। इधर प्रीलिम्स ख़त्म हुआ और उधर उसके फ़ाइनल एक्ज़ाम्स ख़त्म होते ही उसने एक अंग्रेज़ी अख़बार में जॉब शुरू कर दी।

एक शाम किसी फ़ाइव स्टार में उसके ऑफ़िस की पार्टी थी। वह अपने ऑफिस कॉलीग के साथ गई थी। एक बड़ी-सी गाड़ी उसे पिक करने के लिए आई थी। मैं भी मुखर्जी नगर निकल पड़ा। अरसा हो चला था मित्रमंडली से मिले। कितना कुछ बदल भी चुका था, जिसकी आधी-अधूरी जानकारी मुझे व्हॉट्सऐप के हमारे ग्रुप पर मिल जाया करती।

पंडित जी आख़िर सेटल हो चुके थे। वही सामने वाली खिड़की में रहने वाली आयशा के साथ -जिसे वे दूरबीन लगाकर हर रोज़ ताड़ा करते थे। जिसके बारे में हमें उन्होंने कोई भनक तक न लगने दी। जिसकी पर्दे से झाँकने वाली आँखें, चलते वक़्त छम-छम करती पायल और सड़क के गड्ढों में पैर रखते वक़्त सलवार को थोड़ा उठाने के बाद दिखती एड़ी के पंडित जी दीवाने थे। पिंटू भी कितनी ही 'फ्रेंड्स विथ बेनिफ़िट्स' के साथ अपनी शामें बिताता था। अच्छा लगा दोनों से मिलकर। इधर-उधर की बातें भी होती रहीं।

पर जाने क्यों मेरा ध्यान लगातार बातचीत से हटकर घड़ी पर अटक रहा था। घड़ी की सुई भी आराम-आराम से हिल रही थी- जैसे जले पर नमक छिड़क रही हो। "अच्छे से जानती है कि मैं उसका इंतज़ार कर रहा हूँ। यह नहीं कि जल्दी से 10 बजा दे, कमबख़्त कहीं की।" मैं मन ही मन सोच रहा था। घड़ी को तकते-तकते रात के तक़रीबन 12 बज चुके थे। न कोई फ़ोन न मैसेज। फ़ोन किया तो उठाया नहीं। मन बेचैन था। मैं पिंटू की कार लेकर सीधा उस 5 स्टार होटल में पहुँच गया। पार्टी अब तक चल ही रही थी। क्लब के अंदर तो एंट्री मिली नहीं। वहीं लाउंज में उसका वेट करता रहा।

तक़रीबन 1 बजे झूमते गाते पूरी पल्टन बाहर निकली। किसी का हाथ किसी की कमर पर, किसी का किसी की गर्दन पर। सब-के-सब टल्ली हो रखे थे। वह बिना कुछ कहे चुप-चाप मेरे साथ चल दी। उसके सब दोस्त कार को देखकर ऐसे हँस रहे थे मानो कभी छोटी गाड़ी देखी ही न हो। फेसबुक पर आने के बाद जैसे ख़ुद की ऑरकुट प्रोफ़ाइल देखकर शर्मिंदगी-सी महसूस होती है, कुछ वैसी ही शर्मिंदगी मुझे अपनी उस माँगी हुई गाड़ी को देखकर हो रही थी।

"कितने दिनों से कहीं बाहर नहीं गए। आज गाड़ी भी है। लॉन्ग ड्राइव पर चलें ? कुछ देर गेड़ी मार के आते हैं!" माहौल को थोड़ा हल्का बनाए रखने के लिए मैंने उससे पूछा। गर्दन मटकाते हुए उसने हामी भर दी। उसका नशा अभी तक उतरा नहीं था। हलके से मुस्कराये जा रही थी कोई गीत गुनगुनाते हुए। मैंने गाड़ी एयरपोर्ट की तरफ़ दौड़ा ली। ख़ाली सड़क मद्धम-सी हवा और उसकी आँखों में छाया हल्का-सा सुरूर। लूप पर जगजीत और चित्रा सिंह की एक ग़ज़ल बज रही थी : *सुनते हैं कि मिल जाती है, हर चीज़ दुआ से...*। सब कुछ बहुत रोमैंटिक लग रहा था। जैसे ही गाड़ी एक लंबे से अंडरब्रिज से गुज़री, उसने अपनी गर्दन खिड़की से बाहर निकाल ली और अपनी बाहें फैलाकर ज़ोर से कोई अंग्रेज़ी गीत गुनगुनाने लगी - "Don't stop me now, I'm having such a good time.... ".

ड्राइविंग में मैं वैसे भी कच्ची घोड़ी ही रहा हूँ। उसे इस तरह के करतब करते देखते हुए स्टेयरिंग कुछ पल के लिए आउट ऑफ़ कंट्रोल हो गया। मैंने जैसे-तैसे गाड़ी संभाली पर सामने से आ रही एक BMW का रियर व्यू मिरर

टूट गया। पिंटू की सेकंड हैंड गाड़ी पर लिखा "जाट आफ़्टर व्हिस्की इज़ रिस्की" ने हमें उस रात होने वाले 'Road rage' से बचा लिया।

इस पूरे घटनाक्रम का उस पर कुछ ख़ास असर न हुआ। मानो वह अपनी ही दुनिया में खोई हुई थी। जैसे-तैसे मुश्किल से उसे वापस बैठाया। उसने मुझे यूँ घूरा कि मानो रनवे पर दौड़ते उड़ान भरने को आतुर किसी प्लेन की इमरजेंसी लैंडिंग करा दी हो। कुछ देर मुँह फुलाकर खिड़की की ओर देखती रही। और फिर अचानक मुड़कर मुझे शक की निगाहों से देखते हुए कहा- "तुम वहाँ क्या मुझे चेक करने के लिए आए थे कि मैं किसी और के साथ... ?"

"पागल हो?" मैंने उसकी बात काटते हुए कहा। "टेंशन में था। इतना लेट हो गया था, इसलिए। मैं कोई उस तरह का आदमी नहीं हूँ।"

"'इस तरह', 'उस तरह', कुछ नहीं होता। सभी मर्द एक जैसे होते हैं। ठीक है तुम अभी ऐसे हो पर शादी के बाद तो तुम भी बदल ही जाओगे।" उसने हिचकते हुए कहा।

"क्या मतलब?" मैंने अचरज में पूछा।

"अरे मर्द ऐसे ही होते हैं। कोई लड़की उनसे बिना परमिशन लिए बाहर कैसे चली गई। ईगो हर्ट होता है। शक के मारे मर जाते हैं।" उसने ताना मारा।

"अच्छा तो फिर मैं भी generalise कर सकता हूँ... women wear skimpy clothes just to grab eye balls." मैंने ग़ुस्से में पलटवार किया।

"बस दिखा दी न अपनी सोच।"

"अरे मैं तो सिर्फ़ उदाहरण दे रहा था।"

"पर तुम यह सोच रखते हो... तभी न कहा तुमने। अपने अल्फ़ाज़ से तुम साबित कर चुके हो कि तुम बाक़ी मर्दों की तरह तंगदिल, छोटी सोच के आदमी हो।"

"तुम्हें नहीं लगता कि तुम इस बात को कुछ ज़्यादा खींच रही हो।"

"ठीक है यहीं ख़त्म कर देती हूँ। गाड़ी रोको। I am saying STOP THE CAR." चिल्लाते हुए उसने कहा।

गाड़ी नहीं रुकी। बॉर्डर के दोनों ओर से घनघोर गोलाबारी हुई। दिल पर तेज़ प्रहार किए गए। कुछ दबे हुए राज़ खुले। अंदर की सभी भड़ास, जो मानो उसी एक पल के लिए संजोई हुई थी, निकाल दी गई। ऐसा नहीं कि किसी को अंदेशा नहीं था कि क्या बोला जा रहा है और क्यों। पर ईगो कुत्ती चीज़ जो ठहरी। भाषा, जो अब तक थी गंगोत्री से निकलने वाली भागीरथी, अपनी मर्यादा लांघ कर बनारस से बहने वाली 'अस्सी' बन गई।

ग़ुस्से में हम, हम नहीं रहते, कुछ और बन जाते हैं। कुछ देर के लिए सब कुछ भूल जाते हैं। ग़लती की थी उस पर ख़ामख़ा यूँ चिल्लाकर। पर उसे भी तो समझना चाहिए न! कम-से-कम फ़ोन कर के बता दिया होता। मैं चिंता कर रहा था। पूरे रास्ते झगड़ते, चिल्लाते हम घर पहुँचे। इससे पहले कि 'सीज़ फ़ायर' की घोषणा होती, वह बाहर बालकनी में जाकर खड़ी हो गई - चुप, शांत, अडोल। और मैं अंदर कमरे में उसका इंतज़ार करता रहा। जब नहीं आई तो एक नोट लिखकर बिस्तर पर ही छोड़ दिया। साथ में गुलाब का एक फूल भी, जो मैं शाम को उसके लिए लेकर आया था। वह बालकनी से हॉल में आई। मेरे सिरहाने खड़ी रही पर फिर बिना कुछ कहे बेडरूम में चली गई। हाथ में गुलाब का फूल लिया और ख़त पढ़ने लगी।

जब समुंदर की लहरें, तट को अपना रौद्र रूप दिखाती हैं।
कुछ शंख और सीपियाँ, रेत पर ही छूट जाती हैं।
अब इसमें समुंदर का कोई क़ुसूर नहीं।
यह तो चाँद का गुरुत्वाकर्षण है।
मेरा ग़ुस्सा नहीं, जो दिखाए हैं सपने तुमने,
उन्हीं का थोड़ा फ्रस्ट्रेशन है।

मैं भी बदले में कुछ कविताएँ
बिस्तर पर छोड़ कर जा रहा हूँ।
तुम्हारे पैरों को छूकर ये गुज़रेंगी
जब दिल तक पहुँचे, जगा देना।
बाहर हॉल में सोने जा रहा हूँ।

वह अगली सुबह चाय बनाकर मेरे सिरहाने आई। गहरी नींद से मुझे जगाया और चाय का कप मेरे हाथ में रखते हुए बोली- "गुड मॉर्निंग।"

'उसने चाय बनाई! सुबह सुबह! कहीं मैं सपना तो नहीं देख रहा?' मैंने ख़ुद से सवाल किया।

"हम्म... चाय अच्छी बनाई है...।" सुर्र करके चाय का पहला घूँट खींचते हुए मैंने कहा...।" आई ऐम सॉरी। यूँ चिल्लाना नहीं चाहिए था...।" मैंने माफ़ी माँगते हुए कहा।

"फ्रस्ट्रेटेड हो। जानती हूँ। पर यह मत सोचना कि मैंने तुम्हें माफ़ कर दिया। तुम्हारी एक-एक ग़लती बही-खाते में लिख रही हूँ। एक्ज़ाम होते ही सूद समेत बदला लूँगी।" हँसते हुए वह बोली और बोलकर ऑफ़िस निकल गई। सोफ़े से उठा तो पाया सिरहाने एक नोट छोड़कर गई है। लिखा था:

"तुम्हें छोटी-छोटी बेवक़ूफ़ी भरी हरकतें
करते देखना अच्छा लगता है।
पर मेरे डाँटने पर तुम्हारा
भीगी बिल्ली बन जाना
और फिर मिमियाना, उससे भी अच्छा।

मैं जब अपना मुँह फुलाकर
रूसकर कोने में बैठ जाती हूँ
ख़फ़ा नहीं होती, बस नाटक करती हूँ।
तुम्हारा मुझे मनाना, अच्छा लगता है।"

हम कभी अपना पूरा प्यार ख़र्चा नहीं करते। हर रोज़ थोड़ा-थोड़ा फ़िक्स्ड डिपॉज़िट में डालते। मन जब कभी रूठ जाता तो मैं गुल्लक तोड़कर उसमें से कुछ चिल्लर निकाल लाता। फिर उसे बड़े चाव से सुनाता। पहले थोड़ा भाव खाती। पर फिर मान जाती। रूठने-मनाने का यह सिलसिला ही था जो एक सख़्त और मोनोटोनस से लगने वाले हमारे रूटीन को प्यार की ताज़गी से भर देता था। वैसे भी प्यार किसी के लिए चाँद-तारे तोड़कर लाने में नहीं,

एक-दूसरे को मन की छोटी-से-छोटी बात कह देने में है। साथ लड़ने में है। साथ जीने में है।

***

सावन इस बार ख़ुशियों की बरसात लेकर आया। पहली बार में प्रीलिम्स में सिलेक्शन हो गया था। मेन्स के लिए ज़्यादा वक़्त बाक़ी नहीं था। तैयारी की गाड़ी चल तो रही थी पर ज़रूरत थी उसमें चौथा गियर डालने की। प्री में स्कोर कट -ऑफ से बीस अंक ऊपर था पर इस बात का कोई फ़र्क़ नहीं पड़ता। अच्छे ख़ासे फ़न्ने ख़ान भी प्री नहीं निकाल पाते और वह जो बॉर्डर लाइन पर प्रीलिम्स निकलते हैं फ़ाइनल एक्ज़ाम में टॉप कर जाते हैं। "नौसिखिये जहाँ सिर्फ़ प्रीलिम्स को अपना सब कुछ मानकर चलते हैं वहीं सीरियस प्लेयर्स सिर्फ़ और सिर्फ़ मेन्स को टारगेट रखते हैं"- 'मेन्स अपीयरिंग वाले प्रीमियर लिस्ट' में आ जाने के बाद 'इंटरव्यू अपीयरिंग' वाले बड़े लोगों से मुझे यह दिव्य ज्ञान हासिल हुआ। वह तो अच्छा था कि मैंने पिछले साल ही मेन्स ऑप्शनल और जनरल स्टडीज़ की कोचिंग स्टार्ट कर ली थी। इसलिए काफ़ी कुछ उस वक़्त कवर हो चला था। अब बस वीकेंड टेस्ट सीरीज़ और कुछ डिस्कशन क्लासेज़ की आवश्यकता थी।

टेस्ट सीरीज़ के चलते हर वीकेंड मुख़र्जी नगर जाना पड़ता था। आने-जाने में ख़ामख़ा वक़्त बर्बाद होने लगा था। और उससे भी ज़्यादा वक़्त बर्बाद होता था पॉलिटिकल डिबेट्स को लेकर। दिल्ली में विधानसभा चुनाव जो आने वाले थे। सन् 2013 की सर्दियाँ दिल्ली में चुनाव के गरमागरम माहौल से शुरू हुई। नीले रंग का स्कूल यूनिफ़ॉर्म नुमा स्वेटर, प्लेटों वाली पैंट के साथ पैरों में सैंडल्स पहने वो 'मफ़लर मैन' हर गली नुक्कड़ जाकर खाँस रहा था।

पूरा मुखर्जी नगर उस वक़्त दो गुटों में तब्दील हो चुका था। हर एक अड्डे पर इस तरह की बहसें आम हो चली थीं। हर कोई एक दूसरे को हिस्टोरिकल, पॉलिटिकल, सोशल और इकॉनोमिकल प्वॉइंट ऑफ़ व्यू से समझाने पर तुला था कि कौन-सी पार्टी दिल्ली के लिए और इस देश के लिए बेहतर साबित हो सकती है। मैं यूँ तो ख़ामख़ा की डिबेट्स में हिस्सा नहीं लेता पर उकसाने पर अपनी जानकारी का उपयोग सामने वाले की आइडियोलॉजी और उसके

राजनीतिक झुकाव को नीचा दिखाने में ज़रूर करता। धीरे-धीरे लोगों से बात करते-करते मेरे अपने पॉलिटिकल कॉन्सेप्ट्स गड़बड़ा गए। और पता ही न चला कब कीचड़ में खिलते कमल के सफ़ाये के लिए मैंने झाड़ू उठा लिया। इस बात से सबसे ज़्यादा ख़ुशी जिस आदमी को हुई वो था पिंटू। वो भी मेरे साथ इस मुहिम में जुड़ गया।

सिर्फ़ मुझे क्या, यह बीमारी तो साली हर कहीं फैल रही थी। देश के अलग-अलग शहर तो छोड़ो अमेरिका-कनाडा तक से लोग छुट्टी लेकर लोग अरविंद केजरीवाल के लिए कैंपेनिंग करने के लिए आए थे। मैं भी जब टेस्ट देने जाता तो मेट्रो में टॉपिक रिवाईज़ करने की जगह 'झाड़ू उठाओ, भ्रष्टाचार मिटाओ' वाले पर्चे बाँटा करता। ख़ाली समय में विकिपीडिया पर अहम जानकारी हासिल करने की जगह फेसबुक पर पार्टी की गतिविधियाँ साझा करता। पर यह वक़्त की बर्बादी है, यह उस वक़्त तो कहाँ ही मालूम था। यह तो जब तक उस दलदल में अंदर तक धंस न गया, समझ नहीं आया।

और ऐसा भी नहीं कि मुझे वक़्त रहते चेताया न गया। वह अक्सर मुझे फेसबुक पर किसी ट्रोल से बहसबाज़ी में उलझते देखती थी और न चाहते हुए भी कितनी बार टोकती भी। पर मैं कहाँ सुनता था। आख़िर एक्ज़ाम से एक महीने पहले उसने मेरी आँखें खोलनी ज़रूरी समझा। "तुमको समझ नहीं आता इतने दिनों से समझाने की कोशिश कर रही हूँ। यह और कुछ नहीं ख़ामख़ा के वक़्त की बरबादी है। भाड़े के लोग हैं, इन्हें पैसा मिलता है गाली देने का। इनकी कही बातें सुनकर क्यों अपनी जान जलाना? कुछ नहीं बस बैडमिंटन का खेल है। एक कहेगा 1984 और दूसरा 2002, एक कहेगा AFSPA और दूसरा कहेगा कश्मीरी पंडित। तुम्हें समझ नहीं आता कि एक महीने में एक्ज़ाम हैं। और तुम इन सब में टाइम वेस्ट कर रहे हो?"

वह मुझे अक्सर छोटी से लेकर बड़ी बातों पर डाँटा करती थी पर कोई भी बात मुझे उतनी नहीं चुभी जितनी कि यह बात। इसलिए नहीं कि वह ग़लत थी। इसलिए कि पता नहीं चला मैं इतनी ग़लत दिशा में कब चला गया। एक्ज़ाम्स और एलेक्शंस आसपास ही थे। जिस चुनाव के लिए इतना ज़रूरी वक़्त बरबाद किया उसमें जाकर वोट भी नहीं दिया। मेन्स ख़त्म हुआ और दिल्ली में खुद को 'ईमानदार' कहने वाली सरकार बनी। ले-देकर एक उम्मीद जगी थी कि

बिजली का बिल कम आएगा तो अब गर्मी में आराम से AC चला सकेंगे। 49 दिनों की सरकार की तरह वह उम्मीद भी आख़िर टूट गई। और साथ ही टूट गया पहली बार में आईएएस निकालने का सपना।

***

उस दिन शाम को बहुत देर से घर आया था। आते ही लैपटॉप पर काम करने लग गया। वह चुपचाप मेरे सामने बैठकर सब्ज़ियाँ काट रही थी। ''परेशान हो चुका हूँ मैं अब रोज़-रोज़ की ऑफ़िस की किटकिट से। मैनेजर ने चरस घोल रखी है ज़िंदगी में। कंपनी वालों ने प्लेसमेंट क्या दिया समझते हैं कि ख़रीद लिया। बंधुआ मज़दूर बना के रखा है। साला मैनेजर एक काम नहीं करता। उसके हिस्से का काम भी करो और वह कोई ग़लती करे तो उसके हिस्से की गाली भी खाओ।'' अपनी परेशानी व्यक्त करते हुए मैंने उससे कहा। उसने तुरंत ही नौकरी छोड़ने की हिदायत दे डाली। लाख मना किया पर नहीं मानी।

''वैसे बहुत इंटेलेक्चुअल बनते हो और मुझे अकेले जॉब करने से तुम्हें प्रॉब्लम है। मैं 'गृहशोभा' नहीं। जॉब भी कर सकती हूँ और घर भी देख सकती हूँ। तुम पढ़ो अपना। आई विल मैनेज ऑल एक्सपेंसेज़।'' मुझे डाँटते हुए वह बोली। फिर ख़ुद ही मेरा मेरा रेसिग्नेशन लेटर लिख डाला।

ख़ामख़ा के ख़र्चों पर अब पाबंदी थी। बाहर से खाना बंद। वह यूट्यूब पर संजीव कपूर देख के एक्सपेरिमेंट करती। जैसा भी बनता मुझे चुपचाप खाना पड़ता। होम मिनिस्टरी से लेकर फ़ाइनेंस सभी विभाग ख़ुद ही संभालती। ''एक बार सिलेक्शन होने दो बस, सब तुम्हीं से कराऊँगी! सोचो न कैसा लगेगा शहर का डीएम एक हाथ में सब्ज़ी का झोला और एक हाथ में राशन का सामान लेकर बाज़ार से निकलेगा।'' ये कहकर अक्सर मुझे छेड़ती। फिर पेट पकड़कर देर तक हँसती। उसकी आँखों की चमक एक ध्रुव तारा बनकर मुझे राह दिखाया करती थी।

***

ऋतु बदली और देश का मिज़ाज भी। गर्म हवाओं का दौर चल रहा था। आखिर वही होने जा रहा था जिसे हम संघ के नन्हें सिपाहियों ने कभी शिद्दत से चाहा था।

2014 जनरल इलेक्शन्स आने को थे। हमारा सालों पुराना ब्लॉग अचानक दोबारा एक्टिव हो चुका था। कॉल सेंटर में काम करने वाले दोस्त लोग साइबर सेल का हिस्सा बन चुके थे। वॉट्सऐप पर दे दनादन .फ़ेक को .फ़ैक्ट बनाकर .फ़ॉर्वर्ड किया जा रहा था। शंघाई के बस स्टॉप को अहमदाबाद का बताकर अच्छे दिनों का सपना दिखाया जा रहा था। न्यूज़ वाले कॉमेडी और कॉमीडियन देश के असली हालातों पर कटाक्ष कर रहे थे। किसी समूह विशेष से संबंधित बातें जो अब तक हम बंद कमरों में करते थे, वो अब बीच बाज़ार ढोल पीटकर हो रही थीं।

पर इस बार मैं उन तमाम चीज़ों से बेख़बर, पढ़ाई में उलझा रहा। जल्द ही चुनाव के नतीजे आए। आसमान केसरी रंग में रंग चुका था। दशकों बाद किसी सरकार को ऐसा प्रचंड बहुमत मिला था। चुनाव के बाद हमारे होने वाले ससुरजी दिल्ली दरबार में माथा टेकने अक्सर आ पहुँचते। पर हमारी मैडम हर बार किसी न किसी बहाने से मिलने से बचती रहीं। इस बार माजरा अलग था। देश के नए प्रधानमंत्री लंबे समय के बाद विदेश यात्रा से लौटे थे और पार्टी के तमाम छोटे बड़े नेताओं के लिए भव्य आयोजन रखा गया था, जिसके लिए ससुरजी बिटिया को अपने साथ लेने आये थे। जॉब के बारे में उसने घर पर कुछ बताया नहीं था। बस कहा था कि यूनिवर्सिटी में ही रिसर्च .फ़ेलो की तरह काम कर रही है। उसके पास दिल्ली में रुकने का यही एक बहाना था। नहीं तो घर वाले जाने कब से वापस बुलाकर शादी करने के ताक में बैठे थे।

मैं रात को JNU कैंपस के ढाबे पर बैठा उसका इंतज़ार करता रहा। वहाँ अक्सर आज़ाद पक्षी चोंच से चोंच लगाए गुटरगूँ करते दिखाई दे जाते थे – जुगनू-सी रौशनी करती स्ट्रीट लाइट्स के नीचे, कैंपस की ख़ाली सड़कों पर टहलते हुए, कैफेटेरिया में, पेड़ों की छाँव तले, या फिर लाइब्रेरी के पीछे की सीढ़ियों पर। अब यहाँ हर तर.फ़ CCTV लगाने के निर्देश दे दिए गए हैं। हालाँकि लोगों को कोई ख़ास परवाह तो नहीं पर यह जानकार एक डर ज़रूर पनप गया है, कि कोई तो है जो सब देख लेगा।

कुछ ही देर में वहाँ काले रंग की एक बड़ी सी SUV आकर रुकी। ससुरजी अपनी बेटी को ड्रॉप करने आए थे। उनके साथ आए छुटपुट नेता JNU के माहौल का जायज़ा ले रहे थे। उनके शागिर्दों का सारा ध्यान बस

लड़कियों की पोशाकों पर था। उन्हें यह माहौल कुछ ख़ास रास नहीं आया, यह उनके चेहरे के भाव से स्पष्ट था। जैसे वो निकले वह तुरंत मेरी तरफ़ दौड़ते हुए आ गई।

"सॉरी लेट हो गया। देखो, मैं तुम्हारे लिए खाना लाई हूँ?" हड़बड़ाते हुए वह बोली।

"ठीक से देखा न कि सब लोग जा चुके हैं?"

"हाँ बाबा। पीछे मुड़-मुड़ के क्या देख रहे हो।"

"क्या पता अपने किसी पंटर को छोड़ गए हो जासूसी करने के लिए।"

"तुम भी न, डरते बहुत हो।"

"क्या करें आजकल प्रतीत होता है कोई है, जो हर चीज़ पर नज़र रखे हुए है।"

"कौन? भगवान?"

"नहीं भगवान का मुखौटा ओढ़े शैतान... क्या करें! दिन अच्छे नहीं आजकल, कम-से-कम हम आशिक़ों के। पता नहीं कब कहीं से कोई संस्कारों की ब्रिगेड आए और अभद्रता कर दे।"

"तुम कहाँ से कहाँ ले जाते हो बात को। तुम्हें पता है मैं उनकी सोच से इत्तेफ़ाक़ नहीं रखती।" कहती हुई वह अचानक रुक गई।

"क़िस्मत भी क्या खेल खेलती है ग़ालिब... हिटलर के घर में फ़ैज़ पैदा हो गया।" हँसते हुए मैंने कहा।

वह ग़ुस्से में दमदमाते हुऐ आगे बढ़ गई और सामान से भरा बैग वहीं रोड पर छोड़ गई। सारा सामान उठाकर मैं उसके पीछे आवाज़ देता हुआ भागा। "अरे ग़ुस्सा हो गई तुम तो। मज़ाक़ कर रहा था। अरे तुम भी तो कितना कुछ... अच्छा सॉरी... रुको तो... ग़ुस्से में बुलेट ट्रेन क्यों हो जाती हो?"

उससे रहा न गया। पीछे पलटकर देखा और हँस पड़ी। "वैसे यह केसरिया सूट जँचता है तुम्हारे ऊपर।" तारीफ़ के पुल बाँधते हुए मैंने कहा।

"यह तो बस बाहरी आवरण था, कुछ देर के लिए। अंदर अभी भी लाल है।" मुस्कुराते हुए वह बोली।

"तसव्वुर की इजाज़त है?"

"तुम ज़रा घर तो चलो, दिखाती हूँ तुम्हें अपना असली रंग।" मेरे कान

खींचते हुए उसने कहा। ''वैसे न... इलेक्शन हार ही जाते तो क्या था। ख़ामख़ा अब दिल्ली आना-जाना बढ़ जाएगा।'' उसने चिंता व्यक्त की।

''न तो MP, न MLA. कौन देगा भाव दिल्ली में।'' मैंने कहा।

''छुटपुट नेता नहीं प्रभारी हैं और उम्मीद है कि इस बार MLA का टिकट मिल जाए। यूपी में एलेक्शंस आने वाले हैं।''

''फिर तो मैं यूपी कैडर ही लूँगा।'' हँसते हुए मैंने कहा।

''तुम तो दूर ही रहना।''

''क्यों?''

''मुझे उस माहौल से सख़्त नफरत है। यहाँ हम आज़ाद हैं। कोई जानने वाला नहीं। पर वह एक अलग दुनिया है। अगर घर पे कुछ पता चलेगा... अगर ज़बरदस्ती मेरी शादी...।'' हिचकिचाते हुए उसने कहा।

''क्रांतिकारी हो तुम। इंक़लाब की आग को ऐसे कैसे बुझा देंगे? नहीं तो मैं कृष्णा बन जाऊँगा और अपनी रुक्मणी को ले जाऊँगा। या तुम संयुक्ता बन जाना और अपने पृथ्वीराज के गले में डाल देना वरमाला।''

''कितनी लंबी-लंबी फेंकते हो। तुम्हारी बत्ती गुल हो जाएगी देखना।'' ताना मारते हुए वह बोली।

''मुझमें अकेले शायद हिम्मत नहीं। तुम साथ हो तो पूरी दुनिया से भी लड़ सकता हूँ।'' उसका हाथ थामते हुए मैंने कहा।

''एक तो तुम्हारे यह डायलॉग्स न...। पिछले जन्म में कालिदास तो नहीं थे?''

''तुम अगर मल्लिका थी तो शायद।'' उसके गाल खींचते हुए मैंने कहा। ''तुम चिंता न करो... और कुछ नहीं तो पहाड़ वाला मंदिर है न... वहीं चुपके से शादी कर लेंगे।''

***

यह मेरा दूसरा एटेम्पट था। सावन आते ही मैडम मुझे हर सोमवार अपने साथ भोलेनाथ के दरबार में ले जाती। आदेश था एक पैकेट मदर डेरी का फुल क्रीम मिल्क शिव जी को अर्पण करना है। बड़े-से-बड़े अधर्मियों को भी आईएएस की परीक्षा भगवान की चौखट पर आने पर मजबूर कर देती है-फिर मैं तो सिर्फ़ नास्तिक हूँ।

इधर काँवरियों की परम भक्ति दिल्ली की सड़कों पर देखी जा सकती थी। पढ़ाई तो डिस्टर्ब होती ही थी, कान भी फट पड़ते। बचपन में छन-छन आवाज़ करते हुए, हाथ में प्यारी-सी धनुषाकार रंग बिरंगी कांवरिया लेकर नंगे पैर निकलते काँवरियों को देखा करते थे। तब न तेज़ आवाज़ में बॉलीवुड आइटम नंबर की धुनों पर बनाए गए भजन सुनाए जाते थे। और न नशे में एक बाइक पर बिना हेलमेट तीन सवार, हुड़दंग मचाते निकला करते थे। नहीं जानता कि बीते सालों में नज़ारा बदल गया, या फिर मेरा अपना नज़रिया।

पंडित जी की कही मानें तो शराब, चरस, गाँजा, अफ़ीम- सब छोटी चीज़ें हैं। सबसे बड़ा नशा है धर्म का। फूँकता एक है, असर आसपास के पचास लोगों को होता है। जैसा कि असर आयशा के अब्बा को भी हो रहा था, जब आयशा ने अपने घर में हलकी-सी 'हिंट' देने की कोशिश की। पंडित जी दरअसल हमारे यहाँ-अर्जेंट मैटर डिसकस करने के लिए आए थे। पंडित जी का राज्य लोक सेवा आयोग में सिलेक्शन हो चुका था और घर पर शादी को लेकर प्रेशर बनाया जा रहा था। इधर पंडित जी के माता पिता सरे-आम उनकी बोली लगवा रहे थे और वहीं आयशा के अब्बा जल्द-से-जल्द उसकी शादी दुबई में रहने वाले किसी इंजीनियर से करवा देना चाहते थे।

पंडित जी की प्रेम कहानी इस बात को साबित कर चुकी थी कि आज इस देश में नेहरू के सेक्युलरिज़्म को मानने वाला अगर कोई बचा है, तो वह है प्यार में पागल लोग। वही मूर्ख जो जात और मज़हब के बीच का फ़र्क़ करना नहीं जानते। पंडित जी ने गुपचुप तरीक़े से आयशा के साथ कोर्ट मैरिज करने का प्लान बनाया था और हम सभी उस दिन राउंड टेबल कांफ्रेंस पर इस पेचीदा मसले का हल ढूँढ रहे थे।

पिंटू को जाने क्या सूझी और उसने अपने पिताज़ी को कॉल करके सारी दास्ताँ सुना डाली और मदद की गुहार लगाई। 'हिंदू-मुसलमान' मैटर कहकर उन्होंने अपना पल्ला तो झाड़ा ही और पिंटू को इस सब टंटे में पड़ने के लिए ख़ूब खरी-खोटी सुनाई। पंडित जी तो फिर भी जैसे-तैसे अपने घरवालों को समझा लेते पर अगर आयशा के घर पर कुछ भी पता लगता तो डर था कि कहीं बात ख़ून-ख़राबे तक न जा पहुँचे। ऐसे नाजुक हालात में जब हर आदमी एक दूसरे को मारने का बहाना खोज रहा था, एक छोटी-सी भी ग़लती हवा

में केरोसिन छिड़कने का काम कर सकती थी। हमारी मैडम भी इन हालातों से भली-भाँति वाक़िफ़ थीं इसलिए उसने आयशा को घर पर कुछ भी बताने से मना कर दिया। साथ ही उसे दिलासा भी दिया कि यदि किसी तरह की कोई मुसीबत आ पड़ती है तो सब साथ खड़े हैं।

मामले की सेंसिटिविटी और देश के हालात के मद्देनज़र,आपसी सहमति से यही निष्कर्ष निकाला गया कि आयशा फ़िलहाल जल्द-से-जल्द अपना एक्ज़ाम क्लियर कर ले और तब तक पंडित जी अपना ट्रेनिंग पीरियड भी पूरा कर लें। और अगर इस बीच कुछ भी गड़बड़ होती है तो, न्यायपालिका और अंबेडकर का संविधान ज़िंदाबाद।

***

प्रीलिम्स में इस बार पहले से बेहतर प्रदर्शन रहा। मेरे साथ पिंटू का चयन भी हो गया था। मेन्स के लिए मैं हाइबरनेशन मोड में चला गया था। एक्ज़ाम का एक फ़ायदा यह होता है कि कोई आपको ज़्यादा कुछ बोल नहीं पाता। अब मैं अपनी मर्ज़ी का मालिक था। मन आता तो नहाता, नहीं तो नहीं। जहाँ मन किया तौलिया फेंका, जहाँ मन किया किताबें रख दी। पूरी तरह से बेडरूम को हॉस्टल के कमरे सामान गंदा कर छोड़ा था। पर यह मंज़र मैडम से ज़्यादा दिन देखा न गया।

उस दिन गांधी जयंती की छुट्टी थी, इसलिए घर पर 'स्वच्छ भारत अभियान' का आयोजन किया गया था। सफाई के लिए उसने सबसे पहले हॉल की खिड़की खोली, जिसे ज़्यादातर बंद ही रखते थे। पीछे सब अजीब टाइप के लोग बालकनी से झाँककर देखते थे, इसलिए। खिड़की जैसे ही खोली तो एक कबूतर जाने कहाँ से उड़ता हुआ अंदर आ धमका। धूल भी संग ले आया। भगाने की कोशिश की पर ज्यों का त्यों पंखे पर झूलता रहा। "यह देखो। और करो सफ़ाई। सरकारी पॉलिसी की निरर्थकता का इससे बेहतरीन उदाहरण और क्या ही होगा।" मैंने तंज कसा।

उसने पहले तो मुझे आँखों-ही-आँखों में घूरा और फिर झाड़ू से पीटना शुरू कर दिया। "एक तो तुम गंदगी फैलाओ और मैं अगर सफ़ाई करूँ, तो उसमें भी तुम्हें पॉलिटिक्स नज़र आती है।" डाँटते हुए उसने कहा।

कबूतर पंखे पर झूलता सब देख रहा था। खिड़की के बाहर से कबूतरनी

की आवाज़ सुनकर वह भी भाग खड़ा हुआ। दोनों यह देखकर हँस पड़े। नवरात्रों का आख़री दिन था। घर पर सफाई के बाद पूजा होनी थी और फिर माँ दुर्गा का आशीर्वाद लेने 'सी आर पार्क' जाना था। इसलिए बिना वक़्त बरबाद किये थोड़ी झाड़-फूँक के बाद मैं पढ़ने बैठ गया। वह अभी भी स.फ़ाई अभियान में लगी रही। जब हॉल की धुलाई-स.फ़ाई ख़त्म हुई तो उसे अलमारी में रखे कबाड़ को ठिकाने लगाने की सूझी। एक-एक चीज़ को खोलकर देखा और सोच-समझ के सारा सामान अलग किया। अलमारी को आख़िरकार अच्छे-से सजा दिया। मेरे दिमाग में कुछ और ही गणित चल रहा था। अलमारी बंद होने को हुई तो जाने कहाँ से अंदर कोने में दबी पड़ी मेरे कपड़ों की एक गठरी और उनके अंदर लिपटी वह लाल डायरी निकल आई। यकायक मेरी नज़र पड़ी और मैंने स्थिति को सही वक़्त रहते भाँप लिया।

"ब्योमकेश बक्शी बन जाती हो तुम भी। तब से ढूँढ क्या रही हो?" अलमारी से गिरे कपड़े की गठरी उठाते हुए मैंने कहा।

"हीरे जवाहरात छुपा रखे हैं न तुमने इस अलमारी में? स.फ़ाई कर रही थी। देख नहीं रहे?"

"सॉरी सॉरी... लाओ मैं सा.फ़ कर देता हूँ। कुछ नहीं बस यह कपड़े हैं... अगले साल होली पर पहनने के काम आ जाएँगे।" कहते हुए मैंने कपड़ों की गठरी और उसमें छुपी वह डायरी उसकी नज़रों से दूर कपबोर्ड के ऊपर कहीं पटक दी। पर शायद उसकी नज़र उस घाव पर पड़ गई थी जो जाने-अनजाने मैंने खुला छोड़ दिया था, जिसके होने का उसे कोई इल्म न था।

चुपके से मेरे सो जाने के बाद शायद घंटों उसने वह लाल डायरी पढ़ी जिसमें बीते पुराने दिनों की नज़्में लिखी थी। उन्हीं के बीच कहीं दबे-पड़े मिले उसे कुछ माज़ी के फूल। पन्ने पलटते ही जिनसे उड़ पड़ी थोड़ी-सी धूल। छींक आना लाज़मी था। अपनी लाल-सी नाक लेकर मेरे सिरहाने आई और फिर मुझे अपना रुमाल बना लिया। चुप, उदास और ग़ुस्से से थोड़ी लाल-बस मुझे तकती रही। दिमाग का तापमान बड़ा हुआ प्रतीत हो रहा था। इससे पहले कि मैं थर्मामीटर बनता, उसने रुमाल को चादर बना लिया।

"समुंदर कभी-कभी अपनी गहराई का तू.फ़ान साहिल को तोह.फ़े में दे आता है। पर सब जैसे ऊपर से बह जाता हो। साहिल बेचारा डूब जाता है।"

अपनी पलकों को झुकाकर उसने कहा। मैं मुस्कुरा उठा। वह फिर बेचारों-सी आँखें लेकर मेरी तरफ़ बढ़ी और बोली- "चलो हम दोनों डूब जाते हैं।"

अगले दिन सुबह मैं देर से उठा। पनिशमेंट के तौर पर ख़ुद ही चाय बनानी पड़ी। रसोई में अँधेरा था, सो रौशनी के लिए वह खिड़की खोल दी, जिसे अक्सर बंद किया करते थे। सोचा कि शायद देखने का कोई नया नज़रिया मिले। एक पुराना घर दिखाई दिया- कोयले की भट्टी-सा काला। जैसे आग की लपटें और काले धुँए के बादल वहाँ अब तक मौजूद हों। आते-जाते वह घर दिखाई तो देता था पर कभी ऐसे ग़ौर नहीं किया। जो कभी ख़ूबसूरत-सा घर हुआ करता होगा, आज जर्जर इमारत है। लगता नहीं कि कोई चिड़िया भी रहना पसंद करती होगी। सिर्फ़ चील मंडराया करती। घर किसका था, पता नहीं। शायद नेम प्लेट देखकर बताया जा सकता था कि किसने जलाया होगा और कब। लगता है कि वह मकान भी धीरे-धीरे विलुप्त हो रहा था, किसी सबूत की तरह।

"रामू काका!! क्या बुदबुदा रहे हो तब से?" इतने में आवाज़ आई।

"कुछ नहीं मालकिन। बस चाय बना रहे थे।" हड़बड़ाते हुए मैंने कहा

मैं चाय और सैंडविच बनाकर लाया। प्रधान सेवक जी रेडियो पर लोगों को अपने 'मन की बात' सुना रहे थे। उन दिनों मैडम 'द हिंदू' की ज़रूरी ख़बरों और आर्टिकल्स के अलावा प्रधान जी की 'गुलीवरी' यात्राओं और मायावी घोषणाओं के भी नोट्स बनाया करती। अब करेंट अफेयर्स के हिसाब से यह सब इम्पोर्टेंट था न, इसलिए।

तभी डोर बेल बजी। मोहल्ले के बच्चे दशहरे का चंदा मांगने आये थे। विजय दशमी का पर्व था न, इसलिए। रावण खुले आम सड़कों पर घूम रहे थे, पर हमें राम बनकर रावण के पुतले को जलाना था। सावन, श्राद्ध और फिर नवरात्रि के व्रत के बाद दशहरे वाले दिन पंजाबी लोग भूखे शेर की तरह माँस पर टूट पड़ते हैं। पर मेरी किस्मत में अब वो कहाँ! बटर चिकन, काकोरी कबाब, मटन कोरमा, फिश फ्राई...। हाय! अब लगता है जैसे सब पिछले जन्म की बात रही हो। ख़ैर मैडम ने मेरा मन बहलाने के लिए जलेबी बनाने की तैयारी कर रखी थी।

चाय की चुस्की के साथ आज़ादी के बाद की कुछ महत्वपूर्ण घटनाओं

पर गहन चर्चा हुई। देश के हालात और उससे निपटने की तरकीबों पर भी। पर मेरे ध्यान से अब भी वह सुलगता हुआ घर निकल नहीं पा रहा था। लगा कि वह मेरे पूर्वजों का घर था। ऐसे ही हालात में कभी दादाजी अपना घर, अपनी ज़मीन, अपना पंजाब छोड़कर 'अब जो पाकिस्तान है' से 'अब जो बचा-खुचा हिंदुस्तान है' में आए होंगे। या फिर ऐसे ही कुछ हालातों में 'जब भी कोई बड़ा पेड़ गिरता है, तो धरती थोड़ी हिलती है' के नतीजे में लैंडलॉर्ड अंकल ने अपने केश और पग सरकार को तोहफ़े में दे दिए होंगे, अपनी जान के एवज़ में।

वैसे मेन्स की डेटशीट आते ही, हमारे घर में भी कुछ इमरजेंसी जैसे हालात बन गए थे। ख़ासकर पिछली बार जब केजरीवाल के चक्कर में अपना एक्ज़ाम गुड़-गोबर किया था, तब से वह कोई भी रिस्क लेना नहीं चाहती थी। "तानाशाही! नहीं चलेगी, नहीं चलेगी।" का नारा लगाकर मैं अगर ख़ुद पर लग रही पाबंदियों का विरोध करता तो वह स्कूल के किसी हैडमास्टरनी की तरह मुझे डाँट-डपटकर चुप करा दिया करती। हाई कमांड के निर्देश अनुसार कविता, कहानी लिखने पर बैन था। सारा ध्यान सिर्फ़ और सिर्फ़ पढ़ाई पर। मेरी लाल रंग की वह डायरी भी जयपुर की महारानी के ख़ज़ाने की तरह ज़ब्त कर ली गई थी। उसमें लिखे गहरे राज़ अब राज़ नहीं रहे। ख़ैर उसे भी अब पुरानी बातें पढ़कर छींक नहीं आती, उल्टा हँस पड़ती थी।

फेस्टिव सीज़न अपने 'गाला नाईट' की तरफ बढ़ रहा था। दिवाली आने वाली थी। धनतेरस की शाम पूजा सामग्री, रंगोली, सजावट का सामान ख़रीदने मार्केट जाना हुआ। एक फेरी वाले ने बहुत प्यार से हमें आवाज़ दी। उसने मार्केटिंग के लिए अपना हँसता-खेलता परिवार बैठा रखा था जिसे देखकर हमारा दिल कुछ पसीजा। मैडम ने इस बार कोई मोल भाव नहीं किया। सारा सामान मार्केट से काफ़ी महंगे दाम में ख़रीदा। मैं कुछ ख़फ़ा हुआ तो उसने समझाया: "दादाजी कहते थे कि किसी के लिए अच्छा करना है तो कुछ यूँ करो कि सामने वाले को पता भी न चले। बता के किया तो एहसान किया, भला नहीं।" जाने क्यों उसकी इस छोटी-छोटी बातों पर अब भी मेरा दिल आ जाया करता। इस बार दिवाली हमें अपने घर में मनानी थी। पंडित जी, आयशा, पिंटू और उसकी नई सहेली - सब आए थे। दीवाली पर हमने एक साथ दिए जलाए। लक्ष्मी पूजन किया। लक्ष्मी जी के सामने उसने अपना लैपटॉप और

सरस्वती जी के सामने मेरी समस्त किताबें और स्टडी मैटेरियल रख दिया। घर जगमगा रहा था–कुछ चाइनीज़ बल्बों की रौशनी से और कुछ उसके चेहरे के निखार से।

***

मेन्स आख़िर ख़त्म हुआ। नया साल भी आ ही गया। पता ही न चला कि हमें इस घर में आए कब दो साल गुज़र गए और एक–दूसरे के साथ रहते हुए पूरे पाँच साल। फिर कुछ दिन बाद वह दिन भी आ गया जिसका बेसब्री से इंतज़ार था। पिंटू का कॉल आया। दुखी था। अपने लिए भी और मेरे लिए भी। का.फी देर तक मैं अकेला यूँ ही कोने में बैठा रहा। शाम को वह आई पर मेरे हालत का उसे कुछ ख़ास इल्म न हुआ।

"क्या हो गया? माथे पर चिंतित रेखाओं की प्रदर्शनी क्यों लगा रखी है?" हँसते हुए वह बोली।

"रिज़ल्ट आ गया।" मैंने दबी–सी आवाज़ मैं कहा।

"कब? कैसा रहा? सब ठीक?" घबराते हुए उसने पूछा। अब ख़ुद को कंट्रोल करना मुश्किल हो रहा था। जैसे मानो इसी पल के लिए कितने वक़्त से बैठा था।

"क्या हुआ रो क्यों रहे हो। प्लीज़ जल्दी बताओ।" हड़बड़ाते हुए वह बोली।

"नाकामियाबी और सफलता के बीच कोई बड़ा .फासला न हो, पर क्या .फ़र्क पड़ता है, सिलेक्शन तो नहीं हुआ न। कम–से–कम इंटरव्यू के लिए हो गया होता तो दिखाने भर के लिए बात रह जाती। इंटरव्यू में पहुँचना भी बहुत बड़ी बात है, पर यहाँ तो वह भी नहीं हुआ। ... 22 साल के लौंडे साले... अभी IIT क्लियर किया, पहला अटेम्प्ट दिया और एक ही बार में प्री, मेन्स और इंटरव्यू क्लियर। और यहाँ बाल झड़ गए झक्क मराते। 4 साल से तैयारी कर रहे हैं। 2 अटेम्प्ट दे चुके हैं। और कितना पढ़ लें?" मैं फ्रेस्ट्रेशन में कुछ भी बोल रहा था।

दो दिन तक मैं ऐसे ही बेसुध पड़ा रहा। ना खाने का होश और ना सोने का। वो मनाने का हर जतन करती, पर न जाने मैं किस मनःस्थिति से जूझ रहा था। वो बार–बार मेरे क़रीब आती और मुझे बाहों में भरकर समझाती। अंदर

का सारा फ्रस्ट्रेशन आख़िर उस पर निकला–

"अकेला छोड़ दो मुझे प्लीज़। अगर छोड़ दिया होता ना तो हो जाता इस बारी सेलेक्शन।" ग़ुस्से में उसे ख़ुद से अलग धकेलते हुए मैं चिल्लाया।

मैं दुखी था। पर शायद भूल गया था कि वो उसका सपना था, जो टूट गया था। वह ख़ुद को क़ुसूरवार मान रही थी। ग़लती आख़िर मेरी ही थी। क्यों ख़ामख़ा उस पर ग़ुस्सा किया? उसने तो कभी मेरी पढ़ाई में बाधा नहीं डाली। उल्टा, मेरी पढ़ाई का वज़न हल्का ही किया। पर शायद देर हो चुकी थी। मेरे मुँह से निकले वो शब्द उसे बाण की तरह चुभ चुके थे।

खुद को पढ़ाई में इतना व्यस्त रख लिया कि आस-पास घट रही छोटी-बड़ी बातों से कोई मतलब ही नहीं रहा। दीवारों पर हर जगह इंडिया के मैप, आर्टिकल्स ऑफ़ कंस्टीटूशन चिपका दिए थे। हर खिड़की दरवाज़े पर, किचन की टाइल्स से लेकर टॉयलेट के गेट पर, जहाँ भी नज़र पड़ती सिर्फ़-और-सिर्फ़ फ़्लो चार्ट्स और टेबल्स।

रात भर जागकर पढ़ाई करता। वो बिस्तर पर मेरा इंतेज़ार करती, पर मेरा ध्यान किताबों में गड़ा रहता। नींद भगाने की कोशिश में मोडफीनील की टैब्लेट्स गटकता। सभी सोशल नेटवर्क अकाउंट डिलीट कर दिए। फेसबुक जैसी पनौती से तो भगवान बचाए। और ख़ामख़ा की पॉलिटिक्स से भी। सिर्फ़ मैं, मेरी किताबें, टेबल और कुर्सी। मुझे इस तरह पढ़ाई में लिप्त देख उसकी आँखें बहुत कुछ कहना चाहती थी पर शायद कुछ कह न पाईं। मैं रात भर पढ़ने का ढोंग करता, और वो सोने का।

बबलू बैबिलोन से, बबली टेलीफ़ोन से

हमारे बीच यूँ तो कितने संग्राम हुए। शब्दों के तीखे बाणों से एक-दूसरे को जाने कितनी बार घायल किया। मेरी हर छोटी ग़लती उसके लाल कपड़े से बंधी बही-खाते में दर्ज होती थी, जिसका सदुपयोग ऐसे मौक़ों पर वह ज़रूर करती। मैं भी उस पर अपने अरमानों का गला घोंटने का आरोप लगाता। अपना सपना, अपना सब कुछ उस पर यूँ ही न्योछावर कर देने की बात याद दिलाता। तैश में आकर वह अपना ब्रह्मास्त्र निकालती। मोतियों की कुछ बूँदें, उसकी आँखों से गिर जाती। सकपकाकर मैं उससे माफ़ी माँगता। अपने कर्मों के पश्चाताप स्वरूप चॉकलेट केक बनाता। भीषण युद्ध की समाप्ति आपसी क़रार से होती। चॉकलेट केक से लावा फूटता। कामदेव के बाण से प्यार की बरसात होती। पर इस बार माजरा कुछ अलग था। पहली दफ़ा हमारे बीच शीत युद्ध का दौर चला। न उसने मुझे डाँटने की ज़हमत उठाई और न मुझे उसे मनाने के लिए पापड़ बेलने पड़े।

एक दिन अचानक पोस्ट-मैन एक चिट्ठी लेकर आया। ख़त पढ़ा तो सदमा-सा लगा। मैडम ने जॉब के लिए लखनऊ बेस्ड एक रूरल न्यूज़ स्टार्ट-अप में अप्लाई किया था। उस वक़्त तो कोई भी वैकेंसी नहीं थी। अब जाकर वैकेंसी निकली तो सबसे पहले उसे इत्तलाह किया गया। ज्वॉइनिंग एक महीने के भीतर थी। उधर रिज़ल्ट और इधर अचानक ये नई मुसीबत। सब कुछ इतनी

जल्दी हुआ कि मानो पैरों के नीचे से ज़मीन ही निकल गई हो। शाम को जब घर आई तो मिलकर दोनों ने काफ़ी देर बात की।

"तुमने बताया क्यों नहीं?" मैंने ग़ुस्से में पूछा।

"बताती तो तुम जाने देते?" उसने जवाब दिया।

"यहाँ इतने अच्छे मौक़े हैं। वेल पेड जॉब छोड़कर यूँ एक स्टार्ट-अप में काम करना।" मैंने समझाते हुए कहा।

"एक्सपोज़र भी तो मिलेगा न। और मैं यही तो करना चाहती हूँ। किसी दिन ख़ुद का कुछ।" बहाना बनाते हुए वह बोली।

"अगर तुम यह सोचकर छोड़ के जाना चाहती हो कि मेरी पढ़ाई में किसी तरह की कोई बाधा आएगी तो अलग रह लेते हैं।" मैंने सुझाया।

"यहाँ रहते हुए तो अलग रहने से रहे।"

"तुम्हारा इसमें कोई दोष नहीं है। मेरी तैयारी इतनी अच्छी नहीं थी।" मैंने बात काटते हुए कहा।

"मुझे पता है तुम्हारी प्रिपरेशन कितनी अच्छी थी। तुम दोनों साल लगातार, एक छोटे से फासले से रह गए। तुम ही कहते थे न, भविष्य में साथ रहना है तो आज सैक्रिफ़ाइस करना ही होगा। मैंने अगर कर लिया होता, ख़ुद को समझा लिया होता तो यह नौबत कभी न आती।"

"तुम ख़ुश रह पाओगी वहाँ जाकर?" मैंने हिचकते हुए पूछा।

"कोशिश करूँगी। और घर पे रहूँगी तो मन बहल ही जाएगा।"

"और मैं?"

"तुम चुपचाप पढ़ना। पिंटू है न साथ।" भारी मन से उसने कहा।

हमारे उस ख़्वाबगाह में वह आख़री रात सामान की पैकिंग करते बीती। इतने अरमानों से घर के लिए जो कुछ भी लेकर आए थे, जिसे अपना समझकर सजाया था, उसे पैक करना अजीब लग रहा था। मन किया कि उसे रोक लूँ। पर कुछ कहने की हिम्मत न जुटा पाया।

जाने का वक़्त आ चला था। ड्राइवर हॉर्न-पर-हॉर्न दे रहा था। वह चुप उदास खड़ी मुझे देखती रही- बिना पलकें झपकाए, टकटकी लगाए। गाड़ी में अचानक बैठते ही, टपक पड़ा उसकी आँखों से मिश्री का एक दाना। मैंने मिश्री को गिरने नहीं दिया। लपक लिया अपने हाथों से और संजो लिया अपनी शर्ट

की आगे वाली जेब में, दिल के बेहद क़रीब।

"तुम क्या जोंटी रोड्स हो?" उसने पूछा।

"नहीं शाहरुख ख़ान!" अपनी बाहें फैलाते हुए मैंने कहा।

उसने पीछे पलटकर देखा। खिलखिलाकर वो हँसी। और फिर से टपक पड़ा उसकी आँखों से मिश्री का एक दाना।

***

हफ्ते भर में ही उसकी ज्वॉइनिंग हो गई और उसका ज़्यादातर वक़्त ऑफ़िस में बीतने लगा। वापस घर आती थी और थककर सो जाती। देर रात जब उसकी नींद खुलती तो मैं सोया रहता।

पढ़ाई में मन नहीं लगता। मैं और गब्बर सिंह दिन भर लॉन में गुमसुम बैठे रहते। हरेपन की ख़ुशी में पीलेपन की मायूसी लिए वो घांस, मेरे गम पहचानती थी। उसके न होने के एहसास से बग़ीचे में गुलाब के फूल मुरझा चुके थे। पेड़ से गिरने वाली अमियों को कोई नहीं खाता था। शायद इसलिए भी पेड़ की डाल ने हमसे कट्टी कर ली थी।

गब्बर सिंह को अब उसकी डाँट का डर नहीं था। दबे पाँव, चुपचाप पीछे वाले दरवाज़े से किचन में जाने से उसे कोई नहीं रोकता था। उसकी म्याऊँ में भी एक दर्द था। हम दोनों अपनी मालकिन को मिस कर रहे थे-उसके प्यार भरी डाँट को भी।

मुझे वो घर अकेला रास न आया। पैसे की वैसे भी इतनी क़िल्लत थी। इसलिए अपना बोरिया बिस्तर लेकर मुखर्जी नगर पलायन करने में ही बेहतरी समझी। वहाँ किराए के भाव आसमान छू रहे थे। राजेंद्र नगर के आईएएस कोचिंग का गढ़ बन जाने के बावजूद मुखर्जी नगर की डिमांड में कोई कमी नहीं आई थी। पांडे जी से संपर्क साधा। उसने बिना दलाली के सस्ते में 1 BHK फ़्लैट दिलवा दिया।

पढ़ाई अच्छी नहीं चल रही थी। उसकी बहुत याद आती थी। कैसे भी ख़ुद को समझाता था। फ़ोन करता था तो अक्सर काट देती थी। फिर जब उसका कॉल बैक आता तो मैं सोया रहता था। सुबह जल्दी ऑफ़िस के लिए निकल जाती थी। रात को देर से वापस आती थी। रास्ते में होती तब ही बात हो पती थी। उन लोगों की ज्वॉइंट फ़ैमिली थी, इसलिए घर पर भी ज़्यादा बात नहीं

कर सकती थी।

एक दिन आख़िर फ़ुर्सत निकालकर उसने इत्मीनान से बातें की। स्काइप पर कितने दिनों के बाद उसे रूबरू देखा।

"आज तो छुट्टी थी न! क्या करती रही तुम दिन भर?" मैंने पूछा।

"देख रही थी वह सभी तस्वीरें। अजीब लगता है, इतने सालों में कभी दूर रहे ही नहीं। ख़ुद की तस्वीरें तक नहीं देखी। फिर तुम्हारी लिखी कुछ नज़्में भी पढ़ी, जो तुमने मैसेंजर पर भेजी थी। तुम सोए नहीं अभी तक?"

"नींद ख़फ़ा है आजकल।"

"क्यों?"

"तुम्हारी आवाज़ सुने बिना सोने की आदत नहीं है न... कोई गाना नहीं सुनाओगी?"

"फ़रमाइशी प्रोग्राम किसी और दिन। घर पर लोग जाग रहे हैं। बाहर आवाज़ जाएगी।"

"मैं सुनाऊँ?"

"तुम? सुनाओ न।" हँसते हुए उसने कहा।

"रुको स्पीकर पर रखता हूँ फ़ोन को।"

"क्यों?"

"गिटार के साथ गाऊँगा ना!"

"वाह। इतने दिनों के बाद। मैं क्या गई तुम सौत को फिर ले आए?"

"तुम जो 'मीर' हो गए। दिल्ली छोड़ लखनऊ बस गए।"

"तुम न बस ताने मारते रहो। चुप करके गाना सुनाओ।"

मैंने गिटार उठाई और धुन बजानी शुरू की।

वह कुछ देर ख़ामोश रही, फिर हलके-से ताली बजाई। "बहुत ख़ूबसूरत। तो जनाब अब गीत भी लिखने लगे हैं।"

"तुम्हारे ख़यालों में खोये रहे यूँ कि और क्या करें।"

"पढ़ाई करें जनाब और क्या करें?"

"जो हुकुम मेरे आक़ा। अच्छा अब कब आओगी।"

"अभी तो गई हूँ। कुछ दिनों में आती हूँ। अरे... इतनी बड़ी ख़बर तुम्हें बताना ही भूल गई। अदिति है न मेरी कज़िन, उसकी शादी है।"

"किससे?"

"प्रशांत से।"

"अरे! वह साला त्रिपाठी जो हमारे घर रुकता था और हफ्तों तक जाने का नाम नहीं लेता था?"

"हाँ। सोचो, घर वाले मान गए।"

"चलो प्यार की सीटी आख़िर शादी की शहनाई में बदल ही गई। तो तुम आ जाना यहाँ शॉपिंग के बहाने से।"

इतने में बाहर से कुछ आवाज़ आई। "अच्छा मैं चलती हूँ तुम मन लगाकर पढ़ना।" कहकर उसने फ़ोन डिसकनेक्ट कर दिया।

मैं बिस्तर पर लेटे-लेटे हॉस्टल के उस भूत की तरह पंखे पर लगे जाले देख रहा था। यह long distance relationship को लोगों ने ख़ामख़ा इतना बदनाम कर रखा है। दूरी तो बस मिथ्या है। कोई भी दीवार, छत, बॉर्डर लांघा जा सकता है। अगर सच में चाहो तो। राम ने समुंदर पार नहीं किया था सीता के लिए? और अगर प्यार न हो तो एक ही बिस्तर पर सो रहा व्यक्ति दूर किसी आकाशगंगा में रहता जान पड़ता है।

अगले हफ़्ते वह अदिति की शादी के लिए शॉपिंग करने आई। पूरी शाम लाजपत नगर की एक-एक दूकान पर टटोला, पर उसका मनपसंद लहँगा न मिला। फिर अचानक, मेरा हाथ खींचती हुई ट्रैफ़िक के बीच से, सड़क के उस पार ले गई। एक काले रंग की डमी पर वह लाल साड़ी बहुत जँच रही थी। "अपनी शादी के लिए ऐसी ही साड़ी लूँगी। देखो न कितनी सोबर होते हुए भी कितनी सुंदर है।" उत्साहित होकर वो बोली

"बिलकुल तुम्हारी तरह।" मैंने कहा।

खरीददारी करके रात को देर से वापस पहुँचे। पूरे घर में उथल-पुथल मची हुई थी। उसने सारा सामान समेटा। बदले में थोड़ी बहुत डाँट भी खानी पड़ी। सोने के लिए बिस्तर बिछाया ही था कि ऊपर के फ़्लैट से कुछ आवाज़ आई।

"यह क्या?" उसने पूछा।

"लड़ाई हो रही है।"

"किसकी लड़ाई?" उत्सुकता से उसने पूछा।

एक कपल रहता है ऊपर के फ़्लैट में। 2 महीने पहले शादी हुई है। वे शादी से पहले भी यहीं रहते थे। हर रोज़ रात को 11 बजे ज़ोर से चीखने की आवाज़ आती है। फिर टीवी की वॉल्यूम ख़ुद-ब-ख़ुद बढ़ जाता है। कुछ ही देर में सब शांत। लड़ने के लिए भी वक़्त चाहिए... हिम्मत चाहिए। शायद लड़ते-लड़ते ही थककर दोनों सो जाते होंगे। कभी-कभी डर लगता है, क्या हमारी ज़िंदगी भी ऐसी ही नीरस हो जाएगी?"

"बस कुछ आवाज़ें सुनी और तुमने उनकी ज़िंदगी को व्यथा मान लिया। बर्तन गिरने की आवाज़ कभी हमारे कमरे से नहीं आई या तुमने कभी टीवी की वॉल्यूम नहीं बढ़ाई? क्या हो गया है तुम्हें? तुम्हें पता है कि मैं सुबह 6 बजे उठती हूँ और रात 11 बजे घर पहुँचती हूँ। खाना खाने की हिम्मत भी नहीं रहती। पर काम में मज़ा आता है। बस माइक थमा दिया जाता है और भेज दिया जाता है दूर-दराज़ के गाँव में। अपना सफ़र ख़ुद तय करने की आज़ादी दी जाती है। आज न सवाल करने से हिचकती हूँ और न जवाब देने से।" वह बोलती जा रही थी निडर सिंघनी की तरह। और मैं चुपचाप भीगी बिल्ली की तरह सुन रहा था। समझ आ चुका था कि ज़िंदगी में क्या छूट रहा है।

कुछ देर और बातें की। फिर वह बातें करते-करते सो गई। मैं देर तक उसे देखता रहा। एक संतोष था उसकी आँखों में-जैसे स्कूल से घर आया बच्चा बिना किसी टेंशन के सो जाता है। होमवर्क भी करना है, टेस्ट के लिए भी पढ़ना है, पर उसे कोई स्ट्रेस नहीं। एक उसकी माँ है जो इस बात का भी स्ट्रेस लेती है कि टिफ़िन में क्या बनाना है। आज इतने दिनों के बाद लगा तसल्ली से सो जाऊँगा। फिर भी जागता रहा। सोचता रहा, कल यह फिर चली जाएगी।

सुबह उसे जल्दी वापस जाना था। उसका एक ऑफिस कलीग बाहर गाड़ी में इंतज़ार कर रहा था। वह भागती हुई गई और जाकर फ्रंट सीट पर बैठ गई। मैं उसे टकटकी लगाए देखता रहा। पर उसने इस बार पलटकर नहीं देखा।

वापस घर पहुंचा तो देखा कि पूरी बिल्डिंग में हड़कंप मचा हुआ है। पूरी बिल्डिंग में मानो हलचल-सी मच गई। जो लोग न कभी अपने फ़्लैट से बाहर आते थे और न ही किसी से बात करते थे, सब झुंड लगाए एक-दूसरे के कान में फुसफुसा रहे थे। किसी ने कहा हस्बेंड का कहीं और अफ़ेयर था तो कोई

वाइफ़ को ही बेवफ़ा बनाने पर तुला था। मेरे लिए लगभग सभी अनजाने चेहरे थे। इतने में ऊपर के फ्लैट में रहने वाली वो लड़की आई। उसने शादी वाली लाल साड़ी पहनी थी, जो शायद उसने बहुत अरमानों के साथ ख़रीदी होगी। सोचा होगा कि अपनी शादी की पच्चीसवीं सालगिरह पर उसे दोबारा पहनेगी। वह आज उसे आख़री बार पहन रही थी। वह ख़ुद भी लगभग पच्चीस बरस की ही रही होगी। रोती-बिलखती हुई आवाज़ों और 'राम नाम सत्य है' की चीखों के बीच किसी ने कहा वह लड़की डिप्रेशन का शिकार थी। आख़िर, उसकी लाल साड़ी को एक सफ़ेद चादर से ढक दिया गया।

***

अर्थव्यवस्था परिवर्तन के बाद हर गली नुक्कड़ में 'फ़र्राटेदार अंग्रेज़ी बोलना सीखो' वाले विज्ञापन लगाकर नौजवानों को यह बताया जा रहा था कि अंग्रेज़ी सीखने से न सिर्फ़ उनके अंदर नया आत्मविश्वास जाग्रत होगा बल्कि कन्या और नौकरी दोनों मिल जाएँगी। अंग्रेज़ी के इस भूत ने कॉल सेंटर्स की एक पूरी इंडस्ट्री खड़ी कर दी थी। स्थिति यहाँ तक आ पहुँची कि इकॉनोमिक रिसेशन के बाद यही कॉल सेंटर्स प्राइवेट कॉलेज से इंजीनियरिंग किए छात्रों का 'मनरेगा' (MGNREGA) बन चुके थे। और ऐसी ही एक नौकरी की तलाश में प्रशांत गुड़गाँव आया-जाया करता था और पैसे की किल्लत के चलते हमारे यहाँ ठहरता। प्रशांत, अदिति का ब्वॉयफ्रेंड था। और इन्हीं दोनों की शादी थी। अदिति के पूरे ख़ानदान में यह पहली लव मैरिज होने जा रही थी। अब इन दोनों को ही सीढ़ी बनाकर हमें आगे की चढ़ाई तय करनी थी। मैडम ने मुझे अदिति की शादी का कार्ड व्हाट्सऐप तो किया था, पर शायद सिर्फ़ फ़ॉरमैलिटी भर के लिए।

मैडम से मिले एक अरसा हो चला था। सोचा कि चला ही जाता हूँ, पर उसको बिना बताए। सरप्राइज़ देना चाहता था। ख़ुद मैंने ही प्रशांत को मैसेज किया और अपने आने की ख़बर दे डाली। उसकी तरफ़ से न्योता नहीं आया था तो उसे थोड़ी शर्मिंदगी महसूस हुई। फिर उसने न सिर्फ़ बाक़ायदा कॉल करके मुझे इन्वाइट किया बल्कि रहने का बंदोबस्त भी अपने बाक़ी के दोस्तों के साथ कराया।

मैने काशी एक्सप्रेस की तत्काल टिकट कराई। RAC मिला, एक अंग्रेज़ी

मेम के साथ। गाड़ी के डब्बे में ज़्यादातर स्टूडेंट्स थे जो BHU ऐडमिशन के लिए जा रहे थे। बड़े-बड़े एल्युमीनियम के बक्से और चादर से बंधी रज़ाई की गठरी उठाए नौजवान कंधे, मानो ज़िंदगी की जंग लड़ने जा रहे हों। मेरे बग़ल वाली सीट पर अंग्रेज़ों का एक पूरा जत्था था, जो भारत भ्रमण पर निकला था। शायद उन्हें AC डब्बे में कुछ ज़्यादा ही गर्मी लगी, तो उन्होंने ख़ुद को रिलैक्स करने के लिए मुझे थोड़ा अनकंफ़र्टेबल कर दिया। मैंने सामने देखने के बजाए खिड़की के बाहर ही झाँकना बेहतर समझा।

खिड़की से बाहर झाँककर देखा रेलवे ट्रैक से लगे घरों की दीवारों पर मर्दाना शक्ति वापस लौटाने के इश्तिहार लगे थे। वहीं रेल ट्रैक पर स्वच्छ भारत के ब्रांड एम्बेसडर बैठे नित्य कर्म करते दिखाई दिए। घबराहट में उस अंग्रेज़न ने अपनी आँखें मीच ली। ख़ैर इनकी भी ग़लती नहीं। टूरिज़्म के इश्तेहार में सिर्फ़ ताजमहल की फ़ोटो दिखाई जाती है। उसके पीछे का नाला नहीं। शायद यही देखकर उसने हमारे इस स्वच्छता मिशन का माखौल उड़ाना शुरू कर दिया जो कि मुझसे बर्दाश्त न हुआ। मैंने तुरंत जवाब में हमारी संस्कृति, सभ्यता और ऐतिहासिक धरोहरों का बखान किया जिसे उन सब लोगों ने बड़े चाव से सुना। मैंने कैटरर से एक पानी की बोतल और भुजिया का पैकेट ख़रीदा। मेरे दिए हुए टैक्स से किसी घर में शौचालय बनेगा, इसका ख़याल मुझमें देश भक्ति की असीमित आकांक्षाएँ जाग्रत कर रहा था।

बातों-बातों में कब सफ़र कट गया, पता ही नहीं चला। मेरे साथ बैठी अंग्रेज़न बातों से इम्प्रेस्ड लगी। जिसे मैं अंग्रेज़न समझ रहा था, पता चला हाफ़-अमेरिकन और हाफ़-फ्रेंच थी। जेनिफ़र नाम था उसका। अलग-अलग देशों में रही थी और फ़िलहाल लंबी छुट्टी मनाने इंडिया आई थी, वह भी अकेली। वह सभी दोस्त उसने अपनी यात्रा के दौरान बनाए थे। उसने ट्रेन से उतरते वक़्त मेरे साथ एक सेल्फी ली और #IncredibleIndia लिख कर उसे इंस्टाग्राम पर अपलोड कर दिया। उसने अपने होटल का एड्रेस भी दिया जहाँ वह लोग रुके थे। और तो और मेरा फ़ोन नंबर भी माँग लिया। किसी तरह बचते-बचाते मैंने मेल आई डी देकर उसे संतुष्ट किया। भैय्या आजकल लोगों का बिलकुल भरोसा नहीं। और ख़ासकर के आईएएस की तैयारी के टाइम पर तो इन सब से दूरी ही बनाना चाहिए। पिंटू ने बताया था किस तरह एक नये-

नवेले आईपीएस को एक अनजान लड़की ने फेसबुक पर फँसा लिया। लड़का भी इंजीनियर था और पहली बार किसी लड़की का ऑफ़र सामने से आया तो ठुकरा न सका। बह गया भावनाओं में। चंद दिनों में लड़की ने अपना असल रंग दिखा दिया। धमकी दे दी, अगर शादी नहीं की तो महिला प्रतारणा केंद्र में शिकायल दर्ज करा देगी। इमेज की बहुत परवाह थी मुझे। और वैसे भी हम एकल पत्नी वृत भगवान राम को आदर्श मानने वाले आदमी रहे हैं। इसलिए अंग्रेज़ मैडम को टाटा कहा और होटल के लिए ऑटो किया।

रास्ते में ऑटो वाले ने मुझे बनारस के जाने माने ठिकानों से अवगत कराया। रास्ते भर अर्थियाँ ले जाई जा रही थीं–कोई कंधे पर, कोई रेड़ी पर, कोई मेटाडोर के ऊपर। जगह–जगह मटकी, लकड़ी की दुकानें। मानो मृत्यु कोई बड़ा व्यापार हो इस शहर में। 'हर हर महादेव' के नारों के बीच 'राम नाम सत्य है' की आवाज़ कानों में गूँज रही थी। यह शहर मानो कालचक्र का पहिया हो। ऐसा शहर, जिसके जीवन का एक अभिन्न हिस्सा मृत्यु है। यह शहर, एक ऐसा धागा है, जिसने जीवन और मृत्यु को आपस में पिरो रखा है।

***

मैं होटल पहुँचते ही प्रशांत से मिला। उसने मुझे अपने माता–पिता से मिलवाया। प्रशांत के दोस्तों के साथ सज–धजकर नाचते हुए बारात में निकला। बारात जैसे ही पहुँची, मैडम पूजा की थाली लिए घर की चौखट पर खड़ी मिली। मैं सीधे उसके सामने जाकर खड़ा हो गया। देखते ही उसके होश उड़ गए। प्रशांत के माता–पिता ने मुझे फिर अदिति से मिलवाया और साथ ही हमारी होने वाली सासू माँ और ससुरजी से भी। मेरी पहचान वहाँ प्रशांत के दोस्त के रूप में कराई गई जिसने बुरे वक़्त में प्रशांत को अपने घर में शरण दी। जो कि दिल्ली में आईएएस की तैयारी कर रहा है, जिसका अगली बार आईएएस बनना लगभग तय है। यह बात जानकर ससुरजी बेहद ख़ुश हुए। इतना कि उन्होंने मुझे घर आने का निमंत्रण तक दे डाला। 'फिर कभी' कहकर मैंने वह प्रस्ताव टाल तो दिया, पर ससुरजी माने नहीं। मुझे उम्मीदों के इस बड़े पहाड़ को अपने कंधे पर रखना अखरता था। पर अच्छा भी लगता है जब इसी बहाने लोग आपको इतना सम्मान देते हैं और एक तरह की स्वीकारिता मिलती है, जिसकी आने वाले भविष्य में मुझे सख़्त ज़रूरत थी।

मेरी संगत में प्रशांत के बाक़ी दोस्तों को भी वहाँ 'VIP' ट्रीटमेंट मिल रहा था। शादी में अच्छे से इस बात का जायज़ा लिया जा रहा था कि सब लोगों ने (इन जनरल) और मैंने (इन पर्टिकुलर), अच्छे से पेट भरकर खाया या नहीं। 'राज मल्होत्रा' का जादू वहाँ इस क़दर छाया था कि लड़की से लेकर बूढ़ी औरतें, सब ताड़ रही थीं। 'पर क्यों ?', इस बात का मुझे ज़रा भी इल्म न था!

बनारसी सिल्क साड़ी पहने,आँखों पर हैडमास्टरनी टाइप मोटे फ्रेम का ऐनक लगाए, साधना कट बाल वाली सासू माँ, मुझे वहाँ अकेला देखकर कुर्सी खिसकाकर मेरी ओर चली आईं। मैं उन्हें देखकर हलके से मुस्कुराया और फिर आदर्श दामाद की भाँति उनके सम्मान में उठा और झुककर पैर भी छू लिए। मेरे संस्कार देखकर ख़ुश हुईं। फिर थोड़ा मुस्कराईं–वही जानी पहचानी रहस्यमयी मुस्कान। लगा उसके पीछे ज़रूर कोई राज़ छुपा है। फिर उन्होंने हाल चाल पूछा। सवालों की झड़ी-सी लगा दी–घर वालों के बारे में, करियर के बारे में, शादी के बारे में भी।

पर यह सब हो क्या रहा था और क्यों ? मैंने अभी इस बात को ज़्यादा तूल न देने में ही बेहतरी समझी और पूरा ध्यान 'इम्प्रेशन बिल्डिंग' में लगाया। सासू माँ के खाना खाते ही तुरंत उनकी प्लेट उठाई और वापस आते वक़्त मिठाई के स्टॉल से उनकी फेवरिट जलेबी और रबड़ी लेकर आया।

पर एकाएक सामने से बाउंसर आया। सासू माँ ने पूरा नाम पता पूछ डाला। जवाब सुनकर दो मिनट का मौन धारण किया और फिर 'किसी ज़रूरी काम' का बहाना बना कर वहाँ से खिसक गईं। क्या पता था कि नो बॉल पर फ्री हिट मारने की जगह हम रन आउट होने वाले हैं। उस पल लगा कि अगर यह 'राज', 'मल्होत्रा' न होकर 'जोशी', 'दुबे, 'पांडे, 'त्रिवेदी' कुछ भी होता न तो विद्या क़सम, उसी मंडप में शादी हो गई होती।

अगले दिन विदाई के बाद वह चुपके से मुझसे मिलने होटल पहुँच गई। वहाँ से हमने सीधा घाट का रुख़ किया। रिक्शेवाला भकाभक गलियों में से निकालता चला गया, फिर घाट से कुछ दूर हमें उतार दिया। बेहद संभलकर चलना पड़ा। इस डर से कि कहीं कोई साँड आकर सींघ न मार दे या रिक्शा

वाला न भेड़ दे, या पैर कहीं गोबर पर न पड़ जाए। होशियार होकर क़दम बढ़ा रहे थे। आँखों को चहूँ ओर घुमाकर आहिस्ता-आहिस्ता हम उन संकरी गलियों से होते हुए संकट मोचन पहुँचे। वह रास्ते भर ख़ामोश रही। बात तक नहीं की।

ज्यों ही गली से बाहर निकले, एक पंडा पूरे शरीर पर भभूत पोते हुआ अचानक कहीं से प्रकट हो गया। 'हर हर महादेव' कहते हुए उसने हमें पहले नमन किया। मैं जवाब में 'हर हर महादेव' का नारा लगाकर आगे बढ़ने को हुआ तो उसने मेरे कंधे पर हाथ रखकर फिर से नारा लगाया। उसके हाथ में कमंडल सख़्ती से डोल रहा था। गंभीरता से उसने पहले तो मुझे देखा और आँखों से आदेश दिया कि उसे दक्षिणा दी जाए। जब मैं उसे इग्नोर कर आगे निकला तो मेरे अदम्य साहस को देखकर उसने हमें श्राप दे डाला।

इतने में हमारी मैडम ग़ुस्से से तमतमाती हुई आई। "सुनो बे देखो ऐसा है कि अभिशाप की धमकी किसी और को देना। वर्ण से हम हैं असली ब्राह्मण। तुम से ज़्यादा पंडिताई जानते हैं। कहो तो तुम्हारा दाह संस्कार यहीं करा दें?" पंडा का चेहरा देखने लायक़ था। "सब साले तड़ीपार आ जाते हैं पंडित बनकर बकैती मचाने।" गुर्राते हुए वह बोली। "काम करके भी पैसा कमा सकते हैं यह लोग। पर नहीं, भगवन के नाम पे ब्लैकमेल करना है लोगों को। काहे के क्षत्रिय! फट्टू हो तुम। कोई साधु के भेस में आके धमकाएगा और तुम चंदा चढ़ा आओगे।" थोड़ी देर चुप रही और फिर मेरे ऊपर बरसते हुए बोली- "तुम्हें क्या ज़रूरत थी अपना पूरा बायोडाटा देने की? बोल नहीं सकते थे कि तुम भी ब्राह्मण हो?"

"अरे झूठ कैसे बोलता। आंटी तो गाँव का नाम, गोत्र और न जाने क्या-क्या सवाल कर रही थी। संस्कृत का एक श्लोक भी पूछ लिया होता न तो सब राज़ खुल जाना था।" मैंने अपने बचाव में कहा।

"बोल देते कि नहीं जानता। घर वालों से पूछकर बता दूँगा। वह लोग मुझसे पूछे बिना तुम्हें मेरे लिए पसंद करके बैठे थे। यह मानकर कि तुम भी...।" कहती हुई वह रोने लगी। "सब ख़राब कर दिया तुमने।"

"आई एम सॉरी! मुझे नहीं पता था कि... इतना कुछ।"

"तुम्हें कभी कुछ पता भी चलता है आस-पास हो क्या रहा है? बुद्धू

कहीं के!''

''अच्छा सॉरी। अब यार अपना नाम तो नहीं बदल सकता न। अगर कोई सरनेम पूछे तो बताना तो पड़ेगा न। जैसे तुम्हारी एक आइडेंटिटी है, मेरी भी तो एक आइडेंटिटी है न! मैंने अपनी तरफ़ से तो पूरी कोशिश की उनका दिल जीतने की।'' समझाते हुए मैंने कहा।

''हाँ वह तो दिख ही रहा था। आंटी आपके लिए पानी लेकर आऊँ। आंटी लाइए अपनी प्लेट मुझे दे दीजिए। आंटी लीजिए जलेबी खाइए... मैंने सुना आपको बहुत पसंद है।'' मेरी नक़ल उड़ाते हुए वह बोली। ''किससे सुना यह भी बता देते जाकर! उल्लू कहीं के! मुझसे पूछा कि मैंने कुछ खाया या नहीं?'' मुँह फुलाते हुए उसने कहा।

''कहाँ-से-कहाँ ले जाती हो बात को! अच्छा चलो पहले कुछ खा लेते हैं।''

हमने बाज़ार में कचौरी सब्ज़ी का नाश्ता किया, ठंडाई पी और फिर दाना चबाते-चबाते गंगा किनारे निकल लिए। वहीं हमें मुँह में पान भींच के गुड़गुड़ाती हुई आवाज़ में एक पंडित ने पुकारा: ''अभिषेक कराइएगा?''

वह तुरंत मेरा हाथ खींचते हुए पंडित जी के पास ले गई। ''पंडित जी इनका कर दीजिए। आईएएस का एक्ज़ाम है। बस क्लियर हो जाए।''

''पहली बार दे रहे हो?'' पंडित जी ने पूछा।

''नहीं पंडित जी पिछली बार कुछ अंकों से मेन्स रह गया था।''

''बहुत बढ़िया। इंटरव्यू भी क्लियर होगा अबकी बार...। यह लो बालक, जल छिड़को।'' मेरे हाथ में एक छोटा-सा ताम्बे का लोटा पकड़ाते हुए पंडित जी बोले- ''अपने मन में माता-पिता का नाम लो।''

''जी पंडित जी।''

''अरे कुछ बोलो नहीं बुड़बक। बस मन में नाम लो। ठीक है। हाँ तो अब गोत्र का नाम लो... गाँव का नाम... कुल देवता का नाम... और अब अपनी सभी मनोकामनाएँ उनसे कह दो। देखना, गंगा मैय्या सब पूरी करेंगी!''

पूरी पूजा के दौरान पंडित जी कोई संस्कृत श्लोक पढ़ते रहे, जो मुझे कुछ ख़ास समझ नहीं आया। पर लगा कि ज़रूर इससे ऊपर बैठे देवता लोग ख़ुश होंगे। मन-ही-मन में सब बोल लेने के बाद मैंने पंडित जी को एक सौ

का नोट दिया जिस पर उन्होंने थोड़ी हताशा दिखाई। फिर कुछ नोट और दिए और झुककर पैर छूते हुए उनका आशीर्वाद लिया। ''मस्त रह मस्त करा बेटा'' कहते हुए मस्ती से झूमते हुए पंडित जी गंगा जी की ओर निकल लिए अगले कस्टमर की तलाश में।

घाट पर कुछ विदेशी बाबा भी दिखाई दिए। अंग्रेज़ी में ज्ञान बाँट रहे थे। कुछ नागा साधु भी चिलम फूँकते हुए दिखाई पड़े। भगवा चोला ओढ़े कुछ लोग डुबकी लगाकर अपने पाप गंगा में धो रहे थे। घाट पर बैठकर कुछ देर दाना खाया। लगा कुछ तो जादू है इस शहर में कि लोग यहाँ एक नहीं कईं बार आते हैं। इस शहर में भांग का नशा सर चढ़कर बोलता है। वही भांग जो यहाँ भोले जी का प्रसाद माना जाता है। बनारस का शहर, घाट, गलियाँ, सभ्यता - यह सब इसे एक 'लिविंग फ़ॉसिल' बना देते हैं। घोर पागलपन और कोलाहल के बीच छुपा असीम आनंद। मरने के बाद क्या हो पता नहीं, पर जीते जी यहाँ कुछ पल के लिए मोक्ष ज़रूर मिल जाता है।

हम घाट पर बैठे दाना चबा रहे थे कि एक मांझी ने मधुर पुकार लगाई : ''बोटवा में बैठिएगा?... अरे देख लीजिए। जीवन काल में फिर मौक़ा मिले न मिले।'' उसने आगे कहा।

बनारस में यह पहला ऐसा शख्स मिला था, जो पान नहीं चबा रहा था और जिसके मुँह से अब तक एक भी गाली सुनने को न मिली थी। इसलिए नाव में बैठते ही मैंने मांझी से पूछा ''यहाँ सब इतनी गालियाँ क्यों देते हैं?

''का है न भैय्या, ई जो गंगा मैय्या हैं न ... काशी विश्वनाथ के चरण स्पर्श करने के लिए बनारस में उलटी दिशा में बहती हैं। इसलिए जो है दिमाग भी उल्टा ही है लोगों का और भासा भी।'' मुँह में पान रखते हुए वो बोला। ''यह सब जो देख रहे हो न भैय्या आज से नहीं है, बहुत पुराना है। हज़ारों साल पहले यहीं बनारस के घाट पर तुलसीदास जी ने रामचरितमानस लिखी थी और हनुमान चालीसा भी।'' मांझी ने हमारा ज्ञानवर्धन करते हुए कहा जिसके लिए हमने उसको धन्यवाद दिया और उसकी बात में ऐतिहासिक त्रुटियों में संशोधन करने की कोशिश भी की जिसे उसने मानने से इनकार कर दिया।

मांझी अपनी सुरीली आवाज़ में 'उड़ जायेगा। ... उड़ जायेगा। ... हँस अकेला !' गाता हुआ, नाव को गंगा के बीच में ले गया। सूरज को हम अपनी

आँखों से डूबता देख रहे थे। उसका सर मेरे कंधे पर सो गया। आँखें भी नम हो गईं, जैसे कुछ याद कर रही हो। "karaoke night याद है तुम्हें?" अचानक मेरा कंधे से अपना सर झटकते हुए वह बोली।

"हाँ। हमने कितने गाने गए थे। और वो मैनेजर कितना खड़ूस था। गाने ही नहीं दे रहा था।"

"तुम्हारी आवाज़ सुनकर उसके ग्राहक़ वापस पलायन जो कर रहे थे।" हँसते हुए वह बोली। "देखो यहाँ कोई नहीं।" उसने मेरा हाथ थाम लिया और गुनगुनाने लगी मेरे साथ।

ये रातें ये मौसम नदी का किनारा ये चंचल हवा

कहा दो दिलों ने कि मिल कर कभी हम्म्म्म...

"अंत अगर सुनिश्चित है, कितना हसीन होगा सब कुछ अपनी आँखों के सामने ख़त्म होते देखना।" डूबते सूरज को देखते हुए मैंने कहा।

"यह तो मरने के बाद ही पता चलेगा न! इस तरह की बहकी बातें क्यों कर रहे हो?"

"सोच रहा था... अगर हमारा जन्मों का रिश्ता है तो वह कैसे पूरा होगा?"

"मतलब?"

"अगर तुम पहले चली गई और मुझे दो-चार साल लेट हो गया। और अगले जन्म में तुम्हें कोई और पसंद आ गया तो?"

"ठंडाई में पक्का भांग मिलाकर पिला दी तुम्हें। कितनी बकबक करने लगे हो।" मेरे कान मरोड़ते हुए वह बोली। "अरे... वो देखो" सूरज की और देखते हुए वो बोली "अब डूबा, अब डूबा... और... यह लो... डूब गया।" किसी बच्चे की तरह उछलते हुए वह बोली।

शाम ढलते ही गंगा आरती शुरू हो गई। चांदनी रात में नौकाविहार करने के बाद हमने वापस घाट का रुख किया। हज़ार लोगों की भीड़ एक आवाज़ में आरती गा रही थी। कितना पावन, पवित्र और मनमोहक नज़ारा था।

"धरती, आकाश, पानी, आग और हवा... कैसे पंचतत्व में सब लीन हो जाएगा न?" नदी में एक दिए को सहराते हुए उसने कहा।

"अजीब है न। इतनी ख़ूबसूरत-सी मान्यता, जो एक अखंड शाश्वत

अनुभव के साथ परमानंद सुख भी देती है। दरअसल गंगा में प्रदूषण का एक बहुत बड़ा कारण है।'' मैंने उससे कहा।

कुछ निगाहें और कानाफूसी जैसे तीर की तरह मेरे अधनंगे बदन को भेदे जा रही थी। मेरे विचार शायद आसपास खड़े ब्रह्मज्ञानियों को विचलित कर रहे थे। मौक़े की गंभीरता भाँपते हुए वह मेरा हाथ पकड़कर मुझे घाट से थोड़ा दूर ले गई।

हम हाथ में मिट्टी का दिया लिए नदी किनारे बैठे थे। पानी में आकाश का प्रतिबिम्ब बहुत खूबसूरत लग रहा था। दिये की लौ तेज़ हवा के कारण फड़फड़ा रही थी। वहीं दूर किसी घाट पर एक चिता जलती दिखाई दे रही थी। मोह माया के बंधन, जीवन मरण के अंतहीन चक्र से मोक्ष प्राप्त करती वो आत्मा जाते-जाते हमें जीवन का एक मूल समझा गई थी। सभी ख़्वाहिशें इन्हीं पंचतत्वों से जन्मी हैं, और अंत में इन्हीं में विलीन भी हो जाएँगी।

अगर तुम साथ हो

बनारस से लौटते ही मैंने वापस ख़ुद को कमरे में क़ैद कर लिया। दीवार पर लगी तस्वीरें देखता तो वह सब पुरानी चीज़ें याद आतीं। वह और भी ज़्यादा बिज़ी रहने लगी और मैं ज़रूरत से ज़्यादा ख़ाली। सोच से भी, दिल से भी और जेब से भी। पढ़ाई में मन नहीं लगता था। ना ही गाने सुनने में, न कोई फ़िल्म देखने में। हर चीज़ से जुड़ी इतनी यादें थीं। सभी शौक़ कब के गंगा में बहा चुका था। मन जो कभी बहती नदी हुआ करता, एक उदास-सा तालाब बन गया था जिसके ऊपर धीरे-धीरे जमा होती गई अजीबो-ग़रीब ख़यालों की काई।

पहले ख़ुद के लिए कुछ वक़्त माँगा करता था, आज ख़ुद से बोर हो चुका हूँ। किताबें भी छूट-सी रही हैं। फ़ोन पर ठीक से बात किए अरसा बीत गया था। हमारी बातें, जिनका कभी अंत नहीं होता था, अब अल्प विराम बन चुकीं थीं। और ज़िंदगी जैसे प्रश्न चिह्न। 'मेरे मस्तक की लकीरें जैसे ओझल हो जाती हैं जब तुम उन्हें चूमती हो। और मेरी हथेलियों की लकीरें खिलखिला उठती हैं जब तुम्हारा स्पर्श मेरी हथेलियों के साथ अठखेलिया करता है। यही रेखाएँ हमें मिलाएँगी देखना।' मैं उससे अक्सर कहता था। अब मानो लगता है कि हम ख़ुद ही किसी समांतर रेखाओं की तरह चले जा रहे हैं, एक-दूसरे के क़रीब, फिर भी जुदा। पता नहीं कहाँ।

मैंने अपनी गुल्लक में अब काफ़ी चिल्लर जमा कर ली थी। रात को

आने वाले ख़याल जैसे चंदन के पेड़ से लिपटे साँप। डर लगता था जाने कब डस लें। कभी लगता कि उसे मन की सभी बातें कह दूँ। फिर इस बात का भी खौफ कि उसे कैसा लगेगा। इसलिए चुप ही रहा। जो जज़्बात मुकम्मल हो पाते उन्हें अपनी लाल डायरी में लिखता गया। बाक़ी के उड़ते हुए ख़यालात जो बस दिमाग में कौंधते रहे, बेरहमी से मरोड़कर फ़र्श पर फेंकी गई काग़ज़ की गेंदों में दर्ज होते गए।

13/05/2015

कॉलर पर तुम्हारे साँसों की महक अब भी गई नहीं है।
यह शर्ट कितने दिनों से मैंने धोई नहीं है।

15/05/2015

वो आजकल मुझसे ज़्यादा वक़्त तो फेसबुक को देती है। जब साथ रहते थे तब एक-दूसरे को ख़त लिखा करते थे। अब दूर हैं पर उसके पास व्हॉट्सऐप पर रिप्लाई करने का टाइम भी नहीं है। जिसकी ज़बान बोलते नहीं थकती थी आज उसकी सभी बातें 'Hi', 'Ok' या कभी-कभी तो 'k' तक ही सीमित रह जाती है। व्हॉट्सएेप पर देखता हूँ तो लास्ट सीन कुछ ही देर पहले का दिखता है, कभी-कभी ऑनलाइन भी। पर मैसेज नहीं आता। फेसबुक पर चैट की हरी बत्ती जलती दिखाई देती है। जब तक मैं हिम्मत जुटाकर मैसेज करता हूँ, रेड सिग्नल दिखाई दे जाता है। दिन भर फोन पर उसकी राह तकता रहता हूँ, पर स्पैम मैसेजेस के अलावा कुछ ख़ास नहीं आता। कोई जिम ज्वाइन करने को कहता तो कोई झड़ते बालों का होम्योपैथिक उपचार कराने को। क्रेडिट कार्ड से लेकर नोएडा में 2 BHK फ्लैट बेचनेवालों के मैसेज भी मैं पढ़ लेता हूँ। लगता है कि कोई है जो मुझे याद करता है।

18/05/2015

बिस्तर से टूटकर आ गिरी मेरी नींद ज़मीन पर,
फिर से तुमने यादों की गुलेल मारी होगी।

20/05/2015

अपने चश्मे से सबको दूसरो का सच झूठ जान पड़ता है और खुद का झूठ सच। किसी को खुद में कुछ गलत नज़र नहीं आता। आता है तो आईना बदल लेते हैं। आईना जो वही दिखाए जैसा वे देखना चाहते हैं। आईना जो वही बताए जो वे सुनना चाहते हैं। आईना उन्हें मूर्ख बनाता है और वो ज़माने को। आज दिन भर मैं वही पुरानी तस्वीरें लेकर बैठा रहा। ये तस्वीरें भी जैसे आईना ही होती हैं।

23/05/2015

रात भर जाग कर बस करवटें बदलता रहा। घड़ी की टिक-टिक की आवाज़, नल से टप-टप करती बूँदें, दबे पाँव सीढ़ियों से गुज़रती बिल्ली की आहट-जैसे सोने न दे रही थी। घड़ी में वक़्त देखा तो 2 बज रहे थे। वो सभी ख़याल जैसे बॉर्डर पार से आ रही गोलाबारी की तरह मन को भी और विश्वास को भी छलनी कर रहे थे। अचानक से तेज़ जलन हुई और दिमाग की नस फड़फड़ा उठी। पसीना आया और दम फूलने लगा। सोचा कि खिड़की खोल लूँ और थोड़ी ताज़ी हवा अपने भीतर भर लूँ। अंदर जैसे कुछ सड़ रहा था। पर हिम्मत न हुई। बेजान बिस्तर पर यूँ ही घंटों तक पड़ा रहा। कुछ देर बाद घड़ी को फिर टटोला तो देखा 2 बजकर 5 मिनट हो रहे थे। वक़्त की सुई जैसे अटक ही गई हो।

25/05/2015

मिलना एक छलावा भी हो सकता है। जैसे दो समानांतर रेखाओं का अनंत पर जाकर मिलना। जैसे किसी क्षितिज पर आकाश और धरा का एक हो जाना। मेरी धुंधलाती आँखें देर तक खिड़की को उजाले के इंतज़ार में तकती रहती। इस उम्मीद में कि इस रात की कोई सुबह तो होगी।

27/05/2015

बेख़बर सही पर इतनी बेख़बर भी वह नहीं।

मुझको उसकी हर ख़बर थी, अब बिलकुल भी नहीं।

मुझे परवाह उस वक़्त भी थी, इस वक़्त भी।
उसे लगता है अब रत्ती भर नहीं।

29/05/2015
पता नहीं क्यों मैं बेवजह इतना परेशान हो रहा हूँ। मुझे अभी पढ़ाई पर ध्यान देना चाहिए। हर रिलेशनशिप में एक वक़्त आता है जब दूरियाँ बढ़ती-सी लगती हैं। शायद यही वह लम्हा है जब यह डोर कितनी मज़बूत है, इसकी परख होती है।

***

मैं मानो भूल चुका था कि इश्क़ और ख़्वाहिशों के बादलों के पार एक खुला आसमान हुआ करता था, जहाँ कभी हम सभी दोस्त क्रिकेट खेला करते थे। पता ही नहीं चला कि कब उन दोस्तों को दीमक मान बैठा-मानो मेरे ज़रूरी वक़्त को किसी तवायफ़ का जिस्म समझकर खा जाएंगे। उससे पहले कि वक़्त का दीमक मुझे और खाता, मैंने उन सभी के पास वापस लौटने की ठानी। पर अब न तो वह हॉस्टल का रूम बचा था, न क्रिकेट का ग्राउंड और न ही मुखर्जी नगर की चौपाल। सभी दोस्त कंचे की तरह तितर-बितर हो चुके थे। पिंटू अपनी गर्लफ्रेंड के साथ रहने लगा था। वे दोनों साथ ही एक्ज़ाम की तैयारी कर रहे थे।

मेरी आवाज़ें, चीखें, कराहें सब बेअसर थीं। आईएएस अब गले का घंटी बन चुका था। दो अटेम्प्ट हो चुके थे। पिंटू ने डिक्लेयर कर दिया था कि यह उसका यह आख़री वार है। पिंटू घर के प्रेशर से तंग था और मेरे घर वालों को कोई ख़बर भी न थी कि मैं किस जी के जंजाल को अपने सर लेकर बैठा हूँ। पिंटू ने काफ़ी समझाया। उसके कहने पर डॉक्टर को भी दिखाया। लंबी लाइन में लगकर बड़ी जद्दोजहद के बाद एक सरकारी अस्पताल में मनोरोग विभाग का परचा कटवाया। एक जूनियर डॉक्टर ने बड़े इत्मीनान से सारी कहानी सुनी। फिर नम आँखों से मुझे दिलासा देते हुए कहा- "आजकल तो सब के साथ होता है। घबराओ मत, 'एडजस्टमेंट डिसऑर्डर' है। ठीक हो जाएगा।" फिर कुछ 'ऐंटीडिप्रेसेंट पिल्स' देकर भेज दिया। कभी मन करता था कि सभी दवाएँ एक साथ गटक लूँ। फिर ख़ुद को रोक लेता था। बालकनी में अकेले जाने में

डर-सा लगता था। ऐसा क्या हो रहा था और क्यों हो रहा था? वह थी तो मेरे साथ ही, दूर हुई तो क्या हुआ।'

माँ कुंडली ज्योतिष के पास ले गई। पंडित ने बताया ग्रह-नक्षत्र ख़राब है। अगर अनुष्ठान न कराया तो शनि का प्रकोप बढ़ सकता है। इन सब चीज़ों में यक़ीन नहीं करता था, फिर भी किया। जब आदमी हताशा में होता है तो सारे तर्क धरे-के-धरे रह जाते हैं। यूपीएससी की तैयारी साढ़े साती बनकर कुंडली में बैठ गयी थी।

एक तो चेहरे का नूर ढल रहा था, बैठे बैठे वज़न बढ़ता जा रहा था। ऊपर से बाल अलग झड़ रहे थे। कहाँ तो किसी ज़माने में इन ज़ुल्फ़ों पर लड़कियां आहें भरा करती थीं। अब सर पर बाल ऐसे गायब हो रहे हैं जैसे सरकारी दफ़्तर से घोटालों की फाइलें। यूपीएससी की तैयारी तो भैय्या 'शाकाल' बना कर छोड़ेगी। ऊपर से शनीचर उतरने का नाम ही नहीं ले रहा था।

अगर इश्क़ इम्तेहान था तो ये सब जो हो रहा था, वह आउट ऑफ़ सिलेबस था। जिसके लिए न मैं तैयार था और न पता था कि इस उलझन से कैसे निपटूँ। पहले तो ठाना कि बस, अब नहीं बनना आईएएस। क्या उखाड़ लेंगे बन के भी? पर फिर वह खिलखिलाता चेहरा आँखों के सामने आ गया, जब उसने मुझसे कहा था 'तुम हनुमान हो, पर्वत को उठाकर समुंदर लांघ लेने की क्षमता है तुम्हारे अंदर'।

हिम्मत जवाब दे चुकी थी। लगा कि छोड़ दिया जाए ख़ुद को इस हाल में, पर फिर समझ आया कि ख़ुद ही इस विशालकाय चट्टान को अपने हाथों से तोड़कर अपनी वापसी का रास्ता बनाना पड़ेगा। ठान लिया कि ख़ुद को अब और कमज़ोर नहीं करूँगा। प्यार का इम्तहान तो पास करना ही था। वक़्त यूँ ही बीत रहा था। पिछले साल जो ग़लती हुई वह अब न होगी। अपने सपनों के लिए ख़ुद को इस क़ैद से आज़ाद करना होगा। ख़ुद को ही कृष्ण बनाना होगा और ख़ुद को ही अर्जुन। मुश्किल था। पर करना तो था ही। या तो ज़िंदगी भर रोया जा सकता था, बहाने बनाए जा सकते थे या हमारे उस सपने को पूरा करके दिखाया जा सकता था। जीत की दास्ताँ सुनना सब को अच्छा लगता है, असफलता के पीछे का रोना कोई सुनना नहीं चाहता।

लंबी-सी साँस ली और धीरज बाँधा। ख़ुद को समझाया- 'नहीं। मैं हार

नहीं मान सकता। ग़लती की है, बिलकुल की है लेकिन पढ़ाई भी की है और मेहनत भी की है। पहली बार प्रीलिम्स में हुआ न? और साला मेन्स भी तो थोड़े ही मार्क्स से रहा है।'

यह आख़री मौक़ा था। उसके घर वाले शायद ज़्यादा इंतज़ार न करें। जिससे इतना प्यार था उसे खोने का कोई मौक़ा ख़ुद को नहीं देना चाहता था। कुछ दिन तक एंटी डिप्रेसेंट्स लिए। कभी गीता, कभी दिनकर, कभी हरिवंश राय बच्चन से सुध ली। जो कुछ उसे बतलाना चाहता था, उस लाल डायरी को कह दिया तो मन कुछ हल्का हुआ। कठिन था पर वक़्त बीत गया। उसका भी एक दिन छोड़ के मैसेज आ जाया करता था। वह कभी अपने बॉस की बातें बताती तो कभी अपने साथियों की। वह कभी अपने दोस्तों के साथ लंच करने बाहर जाती तो कभी देर रात किसी क्लब में। वे लोग कभी इलाहाबाद, कभी कानपुर, कभी बनारस तो कभी दूर पहाड़ियों पर स्टोरीज़ कवर करने जाते। मुझे इन सब बातों से फ़र्क़ कम पड़ने लगा था। शायद मैं मान गया था कि यह भी जीवन का एक हिस्सा है। शक करना ठीक नहीं। कई बार मन में आता है, पर अब ख़ुद को समझा लिया करता था।

मेरी नौका उलझी ही सही पर पार तो लगेगी ही। अब ठान लिया था। पिछली बार हड़बड़ाहट में आते हुए सवाल ग़लत किए। जितना लिखना था, उतना अच्छे से नहीं लिख पाया। ऊपर से इतनी घटिया-सी हैंडराइटिंग। ऐसे तो नहीं चलेगा। स्ट्रैटेजी बनानी पड़ेगी। जो ग़लती हुई, वो दोबारा नहीं होनी चाहिए। 'चाहे जो हो, रगड़कर पढ़ना है। घिसना है। और अबकी बार फोड़ना है। पढ़ाई तो करेंगे ही, अब प्लानिंग भी करेंगे। इस साल हम ही टॉप करेंगे।' मैंने दृढ़ निश्चय कर लिया था।

प्रीलिम्स में 2 महीने बाक़ी रह गए थे। अब ख़ुद को अकेला नहीं छोड़ता। दिन में 15-16 घंटे पब्लिक लाइब्रेरी में ही बैठा रहता। पिंटू ने भी मेरी देखा-देखी वहीं आकर पढ़ना स्टार्ट कर दिया था।

दुनिया जैसे एक आईना हो। जिस नज़र से आप चीज़ों को देखते हो दुनिया भी कुछ वक़्त बाद आपको उसी नज़र से देखने लगती है। कितने अजीब हैं हम इंसान भी। जिन सवालों को जवाब छुपे जीवन में, उन्हें हिमालय में ढूँढ रहे हैं।

***

प्रीलिम्स हमेशा की तरह इस बार भी अच्छा ही हुआ। आईएएस एस्पिरेंट्स मुखर्जी नगर के किसी भी नुक्कड़ पर चौपाल लगाए चाय की चुस्की के साथ पेपर डिस्कस करते नज़र आ ही जाया करते थे। कट-ऑफ़ को लेकर अफ़वाहों का बाज़ार गरम था। कुछ लोगों का तो मानो बस यही धंधा हो। मैं इस उलझन से दूर मेन्स के लिए अपनी तैयारी दुरुस्त करने में लगा रहा।

जल्द ही प्री का रिज़ल्ट आया। मेरा हो गया था, पर पिंटू रह गया था। बहुत उदास था। मैं दिन भर उसके साथ ही रहा। उसकी गर्लफ्रेंड भी क्वॉलीफ़ाई कर गई थी। जो बात वह जाने कितने दिनों से सोच रहा था आख़िर बोल ही दिया।

"अब लगता है नहीं हो पाएगा। शायद मेरे लिए नहीं था। एप्टीट्यूड ही नहीं है साला। नहीं पड़ना और इस रैट रेस के चक्कर में। पचास चीज़ें कर सकते थे दुनिया में, पर नहीं। ठान लिया था कि अब आईएएस बनेंगे! क्यों? पता नहीं क्या उखाड़ लेंगे साला बनकर... भैय्या हमसे अब और नहीं होता... अंधाधुंध भागना, ऐसी रेस में जिसमें तुमको जीतकर भी ज़िंदगी में चैन न मिले... Sorry Bro... I quit! छोड़-छाड़ के बस दूर चले जाना चाहते हैं इन सब से। वह करने जो हम ख़ुद चाहते हैं।" फ्रस्ट्रेशन में आकर उसने कहा।

मैंने मनाने की कोशिश की पर नहीं माना। "क्या सोचा है, फिर क्या करेगा?" मैंने पूछा।

वह कुछ देर ख़ामोश रहा। सोचने के बाद वह बोला "स्टार्ट-अप करने का मन है।"

"साले तुमको कब से चढ़ गया भूत?"

"नहीं बे। बहुत टाइम से सोच रहे थे। प्लान भी बना ही लिया था। इस चक्कर में न पड़े होते और उसी वक़्त स्टार्ट कर दिए होते तो कहाँ-से-कहाँ पहुँच चुके होते। वह साला गुप्ता जो नीचे के फ़्लोर पर रहता था। एक मिलियन डॉलर की फ़ंडिंग उठा ली। मेरे ही आइडिया पर। और वह जैन, जो कभी अंडे के नाम से चिढ़ता था, स्टैंड-अप कॉमिक बन गया। चुराए हुए नॉन वेज जोक मारता है। हर कोई कुछ-न-कुछ कर रहा है और हम साले यहाँ 5

साल से झक्क मारा रहे हैं। ऐसे तालाब में जा फिसले हैं जहाँ से न तैरते बनता है और न निकलते... भाई देखो यही वक़्त है कुछ कर लिया तो कर लिया। एक बार साला ज़िंदगी के झमेले में पड़े न... शादी, बीवी, बच्चे... साला हमें तो अपनी ज़िंदगी झंड नज़र आती है। I knew this was not for me. सब साला लड़की के चक्कर में...। ग़ुस्सा आता है बे अब ख़ुद पर। पिछले साल मेन्स तक तो पहुँचे थे। इस बार प्री तक नहीं हुआ। अब हाथ जोड़ते हैं। जय राम जी की।''

''तूने ज़्यादा पी रखी है। यह ले ये...निम्बू चाट, उतर जाएगी!अपन कल सुबह बात करेंगे। ठीक! तू सो अभी।'' मैने उसे समझाया।

अगले दिन सुबह उठकर वह सीधा मंदिर चला गया। वहाँ से जाने कहाँ। बताया भी नहीं। शाम को लौटकर आया और अपने प्लान का अनाउंसमेंट किया।

''दोस्त, अब मुखर्जी नगर को अलविदा कहने का वक़्त आ गया है। मुंबई में संजय का कज़िन है न, जिसका एक स्टार्ट-अप है - उसे दरअसल एक को-फाउंडर की तलाश थी। मैंने हाँ कह दिया। खुद कॉलेज ड्राप-आउट है साला और UPSC, IIT, Medical की ऑनलाइन तैयारी करवा रहा है। सीड फ़ंडिंग भी उठा लिया। फिलहाल तो मुझे यूपीएससी एस्पिरेंट्स को जनरल साइंस पढ़ाना है और आईआईटी एस्पिरेंट्स को मैथ्स। एक बार सब्सक्रिप्शन बेस बढ़ जाये तो फिर ट्यूटर्स हायर किये जायेंगे और हम एक्सपेंशन के बारे में सोचेंगे। क्या ख़्याल है ?''

''बढ़िया है यार यह तो।''

''और अगर तुम्हारा मन करे तो तुम भी आ जाना। हम आइडिया पिच करेंगे, तुम कहानियाँ पिच करना। अनुराग कश्यप का ऑफ़िस भी बग़ल में है।''

''अभी तो नहीं। एक्ज़ाम के बाद सोचेंगे। और तुम्हारी मैडम ?''

''अबे क्या यार तुम भी। मैं नयी जगह जा रहा हूँ। वह यहाँ है, सर पर एक्ज़ाम है। उसका क्या है दो दिन 'damsel in distress' बनकर भटकेगी और झटके में नया स्टडी पार्टनर भी मिल जाएगा। और तुमसे जाने से पहले एक बात ज़रूर बोलूँगा। ध्यान रखना, लाइफ़ में लड़की को सहारा देना हो दो,

जी खोल कर दो, पर ग़लती से भी ख़ुद कभी डिपेंडेंट मत हो जाना दोस्त। भरोसा ख़ुद पर रखो, किसी और पर नहीं।'' मेरे कंधे पर हाथ रखते हुए पिंटू बोला।

***

पिंटू के चले जाने के बाद मैं अब अकेला हो गया था। वह अपनी कंपनी में बिज़ी था और पंडित जी अपनी ट्रेनिंग में। आयशा ज़रूर कभी-कभी लाइब्रेरी में मिलती थी। उसका भी पीटी में सिलेक्शन हो गया था तो दोनों साथ पढ़ लिया करते। किताबों से दोस्ती बरक़रार रखी। पढ़ाई सही रफ़्तार से चल रही थी। पिंटू ने सही कहा था, उसकी एक्स ने एक नया स्टडी पार्टनर खोज भी लिया था। वह लोग भी उसी लाइब्रेरी में आया करते।

मैंने अपनी गृहस्थी आने वाले महीनों के लिए वहीं लाइब्रेरी में बना ली थी। टेबल को दीवार से चिपका रखा था। अगल-बग़ल किताबों का ढेर लगाकर हर तरफ़ से ख़ुद को क़ैद कर रखा था- किसी भी तरह से नज़र को भटकने से बचाने के लिए। अघोरी साधु की तरह दाड़ी, बाल सब बढ़े हुए। हफ़्ते में एक-आधा बार कभी नहाना। गज़नी के आमिर ख़ान की तरह हाथ और सीने पर पेन से ज़रूरी फ़ैक्ट्स गोद रखे थे। ताकि कपड़े बदलते वक़्त कभी नज़र पड़े तो याद रहे। करंट अफ़ेयर्स के लिए आल इंडिया रेडियो पर हर शाम चाय के साथ न्यूज़ सुनता और रात को न्यूज़ एनालिसिस। बिपिन चंद्र से लेकर रामचंद्र गुहा, मिश्रा-पूरी से लेकर Goh Cheng Leong, सब दोस्त बन चुके थे। इतनी बार इन सब से रूबरू हुआ था कि बता सकता था कौन-सी बात किस पन्ने पर लिखी है। ग़ुस्सा आता था जब कोई पढ़ी हुई चीज़ भी ध्यान से निकल जाती। सभी सब्जेक्ट्स के नोट्स तैयार हो चुके थे और सब रिवाईज़ करने का वक़्त आ चला था।

उधर उसका ट्रेनिंग पीरियड ख़त्म हो चुका था और साथ ही काम का बोझ भी पहले से हल्का हो चला था। मैसेज की फ्रीक्वेंसी बढ़ गई थी पर मेरे रिप्लाई की नहीं। वह कॉल करती थी तो मैं काट दिया करता था। जब लाइब्रेरी से वापस घर जाता तो टाइम बचाने के लिए रास्ते में बात करता।

तसव्वुर में आया करता था जो चाँद, उस दिन आ ही गया नज़र के सामने।

वह बिना बताए अचानक आई और फुदकते हुए सीधा लाइब्रेरी में घुस गई। करवा चौथ था उस दिन। इतनी ख़ुशी नील आर्मस्ट्रांग को चाँद पर पहुँचकर नहीं हुई होगी, जितनी मुझे तब हुई, जब साक्षात चाँद को सामने देखा। वही अपने दादाजी का दिया हुआ ज़रीदार कढ़ाई वाला लाल सूट पहने हुई थी। माथे पर छोटी-सी लाल बिंदी, हाथों में मेहँदी लगा रखी थी। बिलकुल दुल्हन लग रही थी।

"अचानक कैसे? बताया क्यों नहीं?" मैंने अचरज में पूछा।

"सरप्राइज जो देना था! अब बुत बनकर खड़े रहोगे या बाहर भी चलोगे, बुद्धू कहीं के।" फटकारते हुए उसने कहा।

"तुम पागल हो। इस सबकी क्या ज़रूरत थी।"

"रीति-रिवाजों की भी कुछ मान्यता होती है। तुम क्या जानो कलेक्टर बाबू!" उसने जवाब दिया। "देखो तो, मेहँदी घोली हथेलियों पर और रंग गई हम दोनों की तकदीरें।" अपनी मेहँदी दिखाती हुए वह बोली।

लाइब्रेरी से बाहर निकलते ही उसने ज़ोर से गले लगा लिया। "घर पे सब बता दिया है।" शरमाते हुए उसने कहा।

"क्या?" हैरत से मैंने कहा- "तुम्हारा दिमाग ख़राब है? रिज़ल्ट का तो वेट करना था।"

"हाँ! उन्होंने भी यही कहा। रिज़ल्ट का वेट करेंगे। और फिर शादी!" मुस्कुराते हुए वह बोली।

"मज़ाक़ मत करो!"

"सच। तुम्हारी क़सम। और सबसे बड़ी बात, तुम माँ को पसंद आए।"

मन की गिलहरी मुँह में ज़रूरत से ज़्यादा ख़ुशी भर कूद रही थी। लगा बागों में बहार फिर आ चली है। शाम हो चली थी। चाँद बस निकला ही था। वह घर से खाना साथ ही लेकर आई थी। ख़ुद बनाया था। वहीं बाहर चाय की एक टपरी पर बैठकर उसने व्रत तोड़ा और फिर हमने साथ में खाना खाया। लगा कि आज साथ में ही रुकेगी, पर उसने थोड़ी देर में ही निकलने की घोषणा कर दी।

"तुम आज तो यहीं रुकोगी न?" मैंने पूछा।

"शादी करनी है या नहीं?"

"हाँ।"

"तो फिर पढ़ो। मैं जा रही हूँ वापस। अब एक्ज़ाम के बाद मिलेंगे।

"इस टाइम पर?"

"अरे ऑफिस का एक दोस्त है। उसी के साथ आई थी। वापस साथ में ही जाऊँगी।"

"इतनी रात को इतना दूर... यूपी है। दिल्ली नहीं।"

"अब आदत पड़ चुकी है ऐसे टाइम आने जाने की। काम है, क्या कर सकते हैं।"

"ध्यान से जाना और फ़ोन करना।"

"तुम मन लगा के पढ़ना।"

"अरे रुको।" मैंने आवाज़ लगते हुए उसे रोका।

"क्या हुआ?"

"बर्थडे पर आओगी?"

"देखूँगी। अच्छा पर कुछ देर के लिए बस। डेढ़ महीना भी नहीं बचा एक्ज़ाम्स को। मन लगा के पढ़ना ठीक है।" मेरे गाल पर हाथ फेरते हुए वह बोली। फिर एक लंबी-सी गाड़ी में बैठकर निकल गई।

***

वह अपने जन्मदिन से एक रोज़ पहले, रात को ठीक 12 बजे, सीधा लाइब्रेरी में ही पहुँच गई। केक भी ख़ुद ही बनाकर लाई थी। अगले दिन सुबह मैं जल्दी उठकर पढ़ने बैठ गया। वह कुछ देर बाद अपने-आप उठी, और रसोई में चाय बनाने लगी। उधर पिछले एक घंटे से ऊपर वाले फ़्लोर पर काफ़ी ज़ोरों से EDM टाइप गाने बज रहे थे। पहले तो इग्नोर किया, फिर बर्दाश्त नहीं हुआ। मैं उन्हें ऊपर जाकर हड़का कर आया। इंजीनियरिंग के ही लौंडे थे। सुबह-सुबह दारू और चिलम। धमकी दी कि अगर और बजाया तो बोरिया बिस्तर तो बाहर फिंकेगा ही ऊपर से ड्रग्स रखने के चक्कर में जेल भी जाएँगे। डरे तो नहीं, पर कम-से-कम आवाज़ कम कर दी।

"क्या सुबह-सुबह झगड़ रहे हो तुम भी?" मेरे हाथ में चाय का मग थमाते हुए उसने कहा।

"क्या तरीक़ा है यह! डिस्टर्ब होता है।"

"कोई बात नहीं। लाइब्रेरी में ही तो रहते हो तुम सारा दिन। वह रोज़ यही करते होंगे।"

"अगर रोज़ का होगा तो बंद करा दूँगा अभी। 22-23 साल के लौंडे हैं साले। रत्ती भर तमीज़ नहीं। लड़कियाँ लाकर रखी है। हॉस्टल नहीं है कि इनकी मनमानी चले। मुझको हड़का रहे थे। अभी 100 नंबर डायल करके बुलाता हूँ इनके बाप को। पूरे इलाक़े में गंदगी मचा रखा है। ऐसे लोग आ जाते हैं साले आईएएस बनने।"

"शांत बालक शांत!" मेरे सर पर हाथ फेरते हुए वह बोली- "अपने ग़ुस्से को जेब से निकालो बाहर और मसल दो पैर की ऐड़ी से। इतना कुछ बदलने की बातें करते हो और ख़ुद को ज़रा भी नहीं बदल सकते?" कुछ देर ख़ामोश रही फिर मेरी आँखों में झाँकते हुए बोली- "मेरे लिए भी नहीं?"

उसका यह कहना हुआ और दिमाग का तापमान 100 से 0 डिग्री सेल्सियस तक जा पहुँचा।

"दिखने में तो कितने सीधे-सादे शांत स्वभाव के प्रतीत होते हो, पर जब ग़ुस्सा आता है तो मानो सर पर दो सींघ उग आए हों।" हँसते हुए वह बोली- "संयम रखा करो। ग़ुस्सा देखा है अपना? छुटपुट विधायक से लेकर मंत्री तक कोई भी हड़का सकता है। तो क्या उस पर भी बरस पड़ोगे?"

"बिलकुल। जब तक मैं सही हूँ मैं नहीं झुकूँगा।"

"फिर तो होता रहेगा ट्रांसफ़र।"

"छोड़ दूँगा नौकरी।"

"वाह! और नौकरी छोड़कर क्या करोगे? आम आदमी पार्टी ज्वाइन करोगे?" मेरा मखौल उड़ाते हुए वो बोली- "वैसे तुम पर न कमल का फूल ज़्यादा सूट करेगा। स्टेज पर वही सब भाषण देना... रिज़र्वेशन... हमारा गौरवमयी इतिहास... हमारी संस्कृति, हमारे रिवाज...। सच बोल रही हूँ। टिकट तो पक्का। पापा भी ख़ुश होंगे।" हँसते हुए वह बोली।

"अच्छा। इससे तुम्हें कोई प्रॉब्लम नहीं?"

"मेरा क्या है... मैं तो हर चीज़ में ख़ुश हूँ। तुम्हारा मन करे तो कांग्रेस में चले जाओ।"

"नहीं नहीं। मेरे को इन सब में कोई इंट्रेस्ट नहीं?"

"फिर क्या करोगे?"

"घर पे रहूँगा। तुम संभालना फ़ाइनेंस। आई विल टेक ओवर होम मिनिस्ट्री।"

"ख़ुद को संभाला नहीं जाता, घर संभालोगे?"

"तुम न मेरी किसी बात को सीरियसली लेती ही नहीं।"

"हाय मेरा बच्चा...। क्या करूँ मज़ा जो आता है, तुम्हारी टांग खींचने में।"

"हाँ तो मुझे भी बहुत मज़ा आता है तुम्हारा टॉवल खींचने में।"

"बचाओ! कोई है! बेशरम। बेहया। छोड़। मैं कहती हूँ छोड़ मुझे।" फटाक से उसने बेडरूम का गेट बंद किया और मुझे बाहर धकेल दिया।

"ईईई...।" मैं चिल्लाया "कितने तेज़ नाख़ून हैं तुम्हारे। एक दम जंगली बिल्ली हो।"

"अरे। मैं तो भूल ही गई। गब्बर सिंह कहाँ है?" उसने दरवाज़ा खोलते हुए कहा।

"जब घर ख़ाली किया तो उसे लैंडलॉर्ड को दे दिया था। दिवाली पर उससे मिलने गया था। मुझे पहचानने से इंकार कर दिया।"

"हाहाहा... और पालो बिल्ली। कहा था न, तुम्हें भूल जाएगी!"

"अच्छा अब जल्दी करो। इम्तिआज़ अली की फिल्म है। कैसे भी फर्स्ट डे फर्स्ट शो देखना है।"

हम जब तक हॉल में पहुँचे तो पिक्चर स्टार्ट हो चुकी थी। "तुम्हारी वजह से न टाइटल भी मिस हो गया। हमेशा लेट कराती हो।" ताना मारते हुए मैंने कहा।

"हाँ तो क्या फ़र्क़ पड़ता है। टाइटल ही तो था।"

अब कौन समझाए कि वो सिर्फ़ टाइटल नहीं। अगर सिनेमा एक ख़्वाहिश है, तो फ़िल्म से पहले आने वाला टाइटल उन ख़्वाहिशों का आइना है। कितने सपने टूट जाते हैं अगर जो एक नाम उस स्क्रीन पर आ नहीं पाता। कितनी ज़िंदगियाँ चमक जाती हैं, जो एक नाम उस स्क्रीन को रौशन कर देता है। सिनेमा महज़ 250 रुपये देकर एंटरटेनमेंट ख़रीदना नहीं। जानने की कोशिश कीजिए वह कौन लोग थे जिन्होंने आपको ढाई घंटे कुर्सी पर बाँधकर रखा।

जो मन की खिड़की से सपनों की उड़नतश्तरी में बैठाकर आपको किसी जादूई दुनिया में ले गए। और ज़िंदगी को तमाम रसों से भर दिया। जिन्होंने प्यार करना सिखाया, रिश्ते की अहमियत समझाई और उस प्यार को पाना भी सिखाया। कभी टूटे दिल पर मरहम लगाया, कभी जीने की नयी राह दिखाई। खुली आँखों से सपने देखना सिखाया। और उन ख्वाहिशों को पूरा करना भी सिखाया।

'प्रिया' की कार्नर वाली सीट पर बैठकर हम जैसे अपने सपनों से रूबरू हो रहे थे। उसका सर मेरे कंधे पर था। मैं परदे को देखता रहा और वह मुझे। अपनी ज़िंदगी उन ढाई घंटों में जीता रहा। 'दीपिका' ने अपना हाथ 'रणबीर' के हाथों में बाँध लिया। सपनों की छुअन क्या होती है, यह जान रहा था।

'तमाशा' ख़त्म हुआ। वह उठकर चल दी। मैं एन्ड क्रेडिट्स पढ़ता रहा। सपनों की दुनिया से निकलकर वापस असल ज़िंदगी में आना था। मैं शायद अभी भी 'ट्रांस' में ही था। उस दुनिया से वापस आने का मानो मन ही नहीं किया। वह कुछ कहती रही, मैं अभी भी पिक्चर में उलझा रहा। खोया-खोया भीड़ में भटक गया। जब वापस आया तो देखा वह ग़ुस्से में लाल होकर आगे बढ़ी जा रही है। मैं धीरे-धीरे चला। उसके क़दम कुछ और तेज़ हुए। मैं वहीं रुक गया। सोचा कि वह पलटकर पीछे देखेगी। शायद उसने भी सोचा होगा कि मैं भागकर उसके पास आऊँगा। दोनों ग़ुस्से में अपने सपने को ही जैसे भूल गए थे।

हम दोनों कुछ देर के बाद रणबीर और दीपिका की ही तरह एक-दूसरे को मनाने में लगे रहे। मैं गुलाब का फूल हाथ में लिए घुटनों के बल बैठकर उससे बोला-

"तुम्हारे गाल कश्मीरी सेब की तरह लाल हो जाते हैं
जब ख़ुश रहती हो।
ग़ुस्से से इन्हें बदहाल न किया करो।

ख़ून खौल उठता है जब तुम पर
बिगड़ जाता हूँ बेवजह।
मेरे ख़ून को और लाल न किया करो।

इस बारूद को इंक़लाब के लिए छोड़ देते हैं।
मेरे प्यार का हर वक़्त
इम्तेहान न लिया करो।''

वह कुछ देर तक हँसती रही। फिर बोली–

''तुम इम्तियाज़ अली की फ़िल्म देखकर इतने फ़िलोसोफ़िकल न हुआ करो। जेलसी होती है जब तुम्हें किसी और की बाहों में खोया देखती हूँ। मुझे छोड़कर किसी और पर इतना फ़िदा न हुआ करो।''

दोनों बहुत देर तक पेट पकड़कर हँसते रहे। आज कितने दिनों के बाद यूँ साथ में इतना वक़्त बिताया। इतने महीनों का स्ट्रेस जैसे हवा हो गया।

मैंने उसकी इसी अदा की तारीफ़ में एक नज़्म पढ़ी जो उसी वक़्त ताज़ा-ताज़ा लिखी थी।

'तुम से ही' मेरे सारे 'गीत',
'तुम हो' मेरी 'हीर'

सोचा न था, पर देखो
तुम को पा ही लिया

आओ मीलों चले, भाग कर
कहीं दूर, इन सवालों से
बर्फ़ से घिरे उन पहाड़ों में

जो भी मैं कहना चाहूँ
तुम समझोगी ?

तुम जैसा कहोगी मैं वैसा ही करूँगा
फिर से, उड़ चलूँगा

सूरज, चंदा! मेरी 'तारा'
अगर तुम साथ हो

वह जैसे टकटकी लगाए मुझे देखती ही रही। मन-ही-मन हँसती रही। फिर मेरे चेहरे पर हाथ रखते हुए उसने कहा- "सच बोल रही हूँ, जब पहली बार तुमने मुझे अपनी चिल्लर कविता सुनाई थी, मुझे पता नहीं था किसी दिन चिल्लर से तुम ताजमहल भी ख़रीद लोगे।"

"मतलब??"

"कुछ नहीं।"

"तुम ख़ुद को ताजमहल समझती हो?"

"नहीं, मैंने कब ऐसा कहा?"

"मेरी कविताएँ वाक़ई चिल्लर हैं?"

"देखो तो कोई ज़रा-सा मज़ाक़ क्या बना दिया तुम्हारी कविताओं का कैसे मिमियाने लगते हो। मेरे लिए यह चिल्लर ही ख़ज़ाना है। देखो... " अपना पर्स दिखाते हुए उसने कहा।

"तुम्हें लगता है कि चढ़ गई।"

"तुम मज़ाक़ बना रहे हो मेरा?" उसने चिढ़ते हुए कहा।

"नहीं मैं तो।"

"सब जानती हूँ क्या कहना चाहते हो। मुझे पता है कि तुम्हें नहीं अच्छा लगता। पर मैं सिर्फ़ इतना ही पीती हूँ कि ख़ुद को लिबरेट कर सकूँ। इतना नहीं कि खड़े रहने के लिए भी किसी का सहारा लेना पड़े। इतना पीती हूँ कि जो मेरे दिल में है तुमसे कह सकूँ, बिना डरे, बिना कुछ सोचे। इतना नहीं कि उलटी की तरह वह सब उगल दूँ जो खाया तो पर पचाया न हो।"

कहने को तो उसे नफ़रत थी इन सब चीज़ों से। पर मुझे था उससे बे इन्तहा प्यार-बिना किसी टर्म्स और कंडीशंस के। रात को उसने उलटी भी की, रोई भी और अपने पूज्य पिताजी पर गालियों की हल्की-सी बौछार भी की।

छन से जो टूटे कोई सपना

अगले दिन सुबह तड़के उसके जाते ही मैं लाइब्रेरी निकल पड़ा। उसके साथ बिताए घंटों का यूँ तो कोई मूल्य नहीं था पर अगले पूरे हफ़्ते उसकी भरपाई लाइब्रेरी में एक्स्ट्रा वक़्त गुज़ारकर की। एक्ज़ाम को अब सिर्फ़ 2 हफ़्ते ही बचे थे। संजय अपने कज़िन के स्टार्टअप द्वारा आयोजित ओरिएंटेशन प्रोग्राम में UPSC के छात्रों का मार्गदर्शन करने दिल्ली आया था। उसने मुझे आंसर राइटिंग के सभी पहलुओं से अवगत करवाया। इंटरव्यू में खराब स्कोर करने के बावजूद संजय ने मेंस की वजह से ही इम्तहान में झंडे गाड़े थे। मैंने पिछली बार जो भी ग़लतियाँ की थी उन सब की लिस्ट बनाकर रखी थी। उन सबसे सबक़ लिया। हैंडराइटिंग सुधार ली थी। कुछ नहीं आने पर भी सब कुछ लिखकर आने की आदत थी- उसे बदला। आंसर की प्रॉपर फ्रेमिंग जानी। छोटे से पैराग्राफ़ में इंट्रोडक्शन फिर उसका विस्तार और अंत में मेरे 'two cents'। हर उत्तर में डायग्राम, फ़्लो चार्ट या मैप बनाने की आदत डाली। अंडरलाइन करके ज़रूरी प्वॉइंट को हाईलाइट किया। स्पीड बढ़ाई। पढ़ाई के प्रेशर के बावजूद अपना 'कूल' बनाये रखा। सब पेपर्स पिछली बार से कहीं बेहतर गए।

एक्ज़ाम ख़त्म होते ही घर का एक चक्कर काटकर आया। मम्मी पापा से मिले हुए अरसा हो गया था। इस चक्कर में कहीं रिश्तेदार लोग जीना हराम

न कर दें, घरवालों को सख़्त हिदायत दी थी की किसी से इस बारे में चर्चा ना की जाए। पर जैसे ही पता चला कि इम्तहान अच्छे गए, उन्होंने सब जगह बख़ान कर डाला। सभी रिश्तेदार बस दिन गिन रहे थे। मेरा वहाँ पर आना अभी से ही जैसे कोई 'मेगा इवेंट' बन गया था। इतनी एक्सपेक्टेशंस का बोझ मुझे खाए जा रहा था।

मेंस के बाद कुछ 2-3 बार ही उससे बात हो पाई। उसके घर में अचानक से कुछ पाबंदिया लगने लगी थी। मुझे हिदायत दी गई थी कि अर्जेंट न हो तो फ़ोन न करूँ। 2-3 दिन में उसका मैसेज आ जाया करता था कि सब ठीक है। मन परेशान ज़रूर था पर मैं ख़ामख़ा उस मनःस्थिति में जाने से ख़ुद को बचाना चाहता था। इसलिए नज़र अंदाज़ किया।

पंडित जी की ट्रेनिंग ख़त्म हो चुकी थी और आयशा के घर पर शादी का दबाव डाला जा रहा था। पंडित जी के घर वाले भी लड़की देख चुके थे। जैसा कि पहले ही सोचा था-आंबेडकर के संविधान को अमल में लाकर न्यायपालिका में पंडित जी ने शादी का आवेदन पत्र डाल दिया। स्पेशल मैरिज एक्ट 1954 प्रावधान के तहत कोर्ट मैरिज कराई गई। पिंटू भी आया था। मैडम को भी बुलाया था पर वह आ न सकी। उसने घर पर ज़रूरी काम का बहाना बना दिया। मैंने और पिंटू ने ही शादी की फ़ॉर्मैलिटी पर दस्तख़त किए थे। पंडित जी और आयशा बहुत ख़ुश लग रहे थे। परिवार से कोई नहीं था पर वर और वधु को आशीर्वाद देने के लिए इतने दोस्त जमा हो गए थे कि किसी की कमी नहीं खली।

आयशा को हाल फिलहाल दिल्ली में ही रहना था। विदाई हालाँकि पंडित जी की हो रही थी। उन्हें अपनी पहली पोस्टिंग के लिए जाना था। जिस तरह लड़की को विदाई के वक़्त गृहस्थी का सामान देने की प्रथा है, उसी तरह पंडित जी को विदाई के वक़्त स्कॉच की दो पेटियां दी गयीं। अब क्योंकि वे लोग अपने हनीमून पर जा नहीं पाए, तो यह तय हुआ कि इंटरव्यू के बाद हम तीन 'दिल चाहता है' के दोस्तों की तरह अपनी-अपनी वालियों के साथ गोवा घूमने जाएंगे। और इस योजना को साकार करने के लिए पिंटू ने अपने लिए अभी से टिंडर डेट खोजना शुरू कर दी।

***

मेंस के बाद मैंने ज़्यादा वक़्त बर्बाद नहीं किया और तुरंत ही इंटरव्यू की तैयारी में जुट गया। साथ-साथ अब पर्सनैलिटी पर फ़ोकस किया। हर रोज़ लाइब्रेरी जाने से पहले कमला नेहरू पार्क में एक घंटा दौड़ता। बैठ-बैठकर जो चर्बी जमा की थी अब उसे पिघलाने का वक़्त था। आयशा के साथ-साथ कुछ और भी दोस्त थे, जो इंटरव्यू कॉल एक्सपेक्ट कर रहे थे। उन सब के साथ हर रोज़ दो घंटे डिस्कशन होता। ख़ुद को एक कॉन्फ़िडेंस-सा लग रहा था। मानो ज़िंदगी में एक नया जोश और उत्साह भर गया हो। दुनिया भर के अपने शौक़ जो परफ़ॉर्मा में लिखे थे, उन सब पर गंभीर होकर अध्ययन किया। बंद कमरे में कैमरा ऑन करके ख़ुद से बातें की। रिकॉर्ड की हुई वीडियोज़ देखीं और बॉडी लैंग्वेज को ठीक से एनालाइज़ किया। मसलन - आँखों में आँखें मिलाकर बातें करना, कॉन्फ़िडेंस से जवाब देना, बोलते वक़्त हाथों का लिमिट में प्रयोग और भी काफ़ी कुछ। इंटरव्यू की तैयारी में यूँ ही हफ़्ते बीते, पता न चला।

उस दिन हमारी छठवीं सालगिरह थी। सुबह से नंबर ट्राय कर रहा था पर कॉल लग नहीं रहा था। पता नहीं क्यों लग रहा था कि वह ज़रूर आई होगी। घर जाकर एक्साइटमेंट में दरवाज़ा खोला। वह तो नहीं थी पर एक ख़त बिस्तर पर पड़ा था, गुलाब के फूल के साथ। मैं ख़त खोलकर पढ़ने लगा:

"बहुत हिम्मत करके तुमसे कुछ कहने आई थी। इंतज़ार किया कि तुम्हारा इंटरव्यू हो जाए। पर वक़्त को इतना भी खींच न सकी। और न इतनी हिम्मत जुटा सकी कि तुमसे आँखों में आँखें मिलाकर यह कह सकूँ। इसलिए हर बार की तरह जो कह नहीं सकती, लिखकर जा रही हूँ। साथ वह गुलाब का फूल भी छोड़े जा रही हूँ जो तुमने आज के दिन ही दिया था कई सालों पहले।"

उस पल मैंने जाना कि बॉर्डर यूँ ही नहीं बन जाता, देश यूँ ही नहीं टूट जाता। पहले किसी लालची दिमाग में एक ख़याल आता है। पॉलिटिकल दाँव-पेंच बिछाए जाते हैं... लोगों को उकसाया जाता है... उनका 'धर्म' याद दिलाया जाता है। आग यूँ ही नहीं लग जाती, बेवजह। हवा में केरोसिन छिड़का जाता है। लकीरें यूँ ही नहीं खिंच जाती। दिल भी यूँ ही नहीं टूट जाते। बिना पूर्वाभास के अचानक से तो केवल भूकंप आता है। जो न्यूज़ वालों के अनुसार

दिल्ली में कभी-न-कभी आएगा या नहीं आएगा, पता नहीं। पर दिल में ज़रूर भूचाल आ गया था, वह ख़त पढ़कर।

"मुझे माफ़ कर देना कॉमरेड
शायद अपना जन्म भूल गई थी।

हम एक ऐसे समाज की कल्पना
कर भी कैसे सकते थे
जहाँ सब को बराबर हक़ मिले?

बराबर कुछ नहीं होता।
न जन्म, न कर्म।

मुझमें हिम्मत नहीं
अपनों से लड़ने की।

लड़ूँ भी किससे?
जो ख़ुद ही असक्षम हों,
जिसके पास शस्त्र ही न हो,
जो ख़ुद हारा हुआ महसूस कर रहा हो।

समाज के सामने?
उस माँ के सामने?
जो सोच रही हो
क्यों इसे जन्म दिया।

मुझे माफ़ कर देना कॉमरेड
इस युद्ध को हम घर में ही हार गए।

मैं तो दुनिया बदलने निकली थी

अपने ही घर को न बदल पाई।

मुझे माफ़ कर देना कॉमरेड
मैं ख़ुद अब बदल गई हूँ।

मान गई हूँ,
इन नारों से कुछ नहीं होगा।
कोई नहीं सुनेगा।

मंटो, पाश, फ़ैज़-
इन्हें अब मैंने
तलाक़ दे दिया है।

हर उस याद को
हर उस बात को
हर उस ख़्वाब को
जो हमने साथ देखे थे,
अपने दिल में दफन कर लिया है।

और चाबी फेंक दी है
उस समुंदर में, जिसका पानी
इस समाज की नफ़रत से भी गहरा है।

मुझे माफ़ कर देना कॉमरेड
मैं अर्जुन नहीं बन सकी।
भीष्म पितामह से लड़ न सकी।
काश इस युद्ध में कोई दुर्योधन भी होता।''

बस इससे आगे कुछ नहीं लिखा। अब इस का जो भी अर्थ निकालना चाहो

निकाल लो। 'क्यों आख़िर ये सब?' इतना बताना भी ज़रूरी नहीं समझा।

एकाएक इतना तेज़ दर्द उठा कि मानो गरजते, गड़गड़ाते बादलों से तीव्र बिजली निकलकर सीधा मुझ पर आ गिरी हो। इन बादलों से आज फिर नफ़रत बरसी थी। फिर एक घर जला था। इस बार, मेरा अपना घर जला था।

चिट्ठी पढ़ते ही जैसे दुनिया बदल गई थी। मैंने उसे तुरंत फ़ोन किया पर स्विच्ड ऑफ़ निकला। व्हॉट्सऐप चेक किया, तो लिखा मिला : 'last seen yesterday'। मैसेज किया पर कोई रिप्लाई नहीं आया। हज़ारों ख़्वाहिशें जैसे हज़ारों सवालों से घिर चुकी थीं।

'ऐसा कैसे हो सकता है? अभी कुछ दिन पहले तक तो सब ठीक था। उसे घर पर इतना जल्दी सब बताना नहीं चाहिए था... पर घरवाले उस वक़्त तो मान गए थे। ऐसा तो नहीं कि उसका मन रखने के लिए हाँ कह दिया हो। कहीं और तो रिश्ता नहीं देख लिया? या फिर कोई और?' मन विचलित होकर हज़ारों दिशाओं में दौड़ रहा था। 'ऐसा नहीं हो सकता। वह कहीं कमज़ोर न पड़ जाए। उससे मिलकर उसे ठीक से समझाना होगा। उसके घर पर मेरा जाना ठीक भी नहीं होगा... क्या वाक़ई उसने घर पे सब बताया भी था या फिर?' मैं मन ही मन बड़बड़ा रहा था।

कुछ देर बाद उसका मैसेज आया– "पापा की तबीयत ठीक नहीं। मेरी ही वजह से हार्ट अटैक आया। आईसीयू में भर्ती हैं। अभी मुझे घर से निकलने नहीं दे रहे। तुम इंटरव्यू की तैयारी करो। अभी फ़ोन पर बात नहीं कर सकती। मैसेज छोड़ दो।"

'कोई साज़िश तो नहीं? ऐसे मामलों में हार्ट अटैक तो हर हिंदी फ़िल्म में लड़की के बाप को आता है। उन्हें तो पहले से बीपी और शुगर है। इतनी उम्र हो गई है। ऊपर से इतने बड़े पियक्कड़ हैं – अटैक तो आज न कल आना ही था। पर वाक़ई उसी बात को लेकर टेंशन हुई है तो?' मैं मन-ही-मन सभी तरह के पेरम्युटेशन कॉम्बिनेशन लगा रहा था। कुछ नहीं समझ आया तो पिंटू को कॉल किया, पर वह बिज़ी था।

ऐसा कोई कॉमन फ्रेंड ही नहीं जिसके कॉन्टैक्ट में वह हो अभी। जब से प्यार के बंधन में बंधे, बाकी रिश्ते तो जैसे तोड़ ही दिए। मन झटपटा रहा था। जाने कितने मैसेजेस किए होंगे। पर कोई जवाब नहीं। हर घड़ी दरवाज़े को

तकते हुए गुज़री। लगा कि अब फुदकते हुए आएगी और कह देगी कि यह सब मज़ाक़ था। पर ये क्या किसी भद्दे मज़ाक़ से कम था? अब इस हाल में जीना मुहाल था। दो दिन जैसे दो सालों की तरह गुज़रे।

मैं उसी लाल कुर्सी पर बैठा रहा, जिस पर बैठकर वह दुनिया बदलने की बातें किया करती थी, जो आज ख़ुद बदल गई थी। उसकी चिट्ठी वाइन गिलास के नीचे पड़ी रहती। बार-बार पढ़ता और दो घूँट गटकता। दम उखड़ने को होता तो सिगरेट से कुछ साँसे उधार मांग लेता। मैंने इसी सिगरेट की वजह से ज़िंदगियाँ धुँआ होते देखी थीं। लत बुरी होती है- चाहे सिगरेट की हो या फिर इश्क़ की।

बिस्तर पर बिछी चादर की सिलवटें जाने कब माथे की शिकन में तब्दील हो गईं, पता न चला। रात भर इस इंतज़ार में जागा रहा कि उसके फ़ोन की घंटी बजेगी। खिड़की दरवाज़े सब खोल रखे थे। सोचा कि अगर चाँद टहलता हुआ गुज़रेगा और मुझे इस हालात में देखेगा, तो ज़रूर उसे जाकर बता देगा। पर उस रात न चाँद आया और न उसका फ़ोन। ज़िंदगी मानो अमावस की काली रात हो चली थी।

मैं दूर किसी आइलैंड पर नितांत अकेला जीव था। अंतरिक्ष में छोड़ी गई 'लाइका' की तरह अकेला। मेरे मन में आंतरिक उथल-पुथल से ग्रस्त एक छत्तीसगढ़ जा बसा था और एक कश्मीर भी-जो तनाव की बाहरी घुसपैठ से ख़ुद को बचा पाने में अक्षम था। एक पंजाब भी, जो नशे में चूर होकर अपने सभी गम भूल जाना चाहता था। मुझे वो अब तक अपनी मुट्ठी में भींचकर रखती थी, जैसे कि मैं कोई तितली हूँ, जो उड़ जाऊँगा। पर मैं अब उसकी नरम हथेलियों की क़ैद में रहना चाहता था, ज़िंदगी भर। मुझे आज़ादी की सज़ा नहीं चाहिए थी।

मैं रात भर पेंडुलम की तरह इधर-उधर, उधर-इधर होता रहा। समय अब रेत की तरह हथेलियों से फिसल रहा था। ख़ुद को और लाचार देखा न जा रहा था। क़लम उठाई और नस काट रक्त को स्याही बना लिया। ख़ून जाम हुआ तो फिर आँसू को शिराओं में बहा दिया। टाइप करते-करते अंगूठा घिस गया पर किसी भी मैसेज का कोई रिप्लाई नहीं। फिर भी मैं लिखता रहा।

चंद्रकांता की कहानी
हो गई है अब पुरानी
यक़ीन करूँ भी किसका?
झूठी लगती हर ज़ुबानी।

यहाँ चाहत, वहाँ इज़्ज़त।
वहाँ साज़िश, यहाँ क़ुरबत।
तुम जो रखती थोड़ी हिम्मत
कुछ न करती, यह क़यामत।

ऐसी मोहब्बत को त्याग के
अपने सुकून-ए-हयात में
कैसे जियेगी चंद्रकांता?
देखना, जलती रहेगी चंद्रकांता!

मैं क्षत्रिय, तुम ब्राह्मण।
मैं राम, वो रावण।
चलो तुम राम, और वे दशरथ।
मैं बन जाता हूँ सीता, चल पड़ते हैं वन पथ।

न किसी गढ़ में थी तकरार।
बस एक जनम का फ़ासला अपार।
हार गया है, जन्मों का प्यार,
देखो हार ही गया न, जन्मों का प्यार।

प्यार किया तो डरना क्या

"ज़िंदगी में यदि सच्चा प्रेम ही नहीं किया तो समझो कि जीवन निरर्थक है तुम्हारा। यानी कि तुम उन समस्त वेदनाओं से अछूत रह गए,जिसका सृजन ईश्वर ने मनुष्य मात्र के लिए किया है। ठीक है मान लिया कि प्यार-व्यार का चक्कर आसान नहीं होता। मगर फिर भी जब पछताना है ही, तो शादी का लड्डू ख़ाकर पछताओ। कम-से-कम अपने नाती-पोतों को सुनाने के लिए कहानी तो बनेगी। अगर अपने प्यार के लिए ज़माने से न लड़े, बगावत ही न की तो फिर साला कैसा प्यार? धिक्कार है।" अपनी शादी वाले दिन 'शिवास रीगल' की पूरी बोतल हाथ में लेकर सब यारों-दोस्तों के साथ जश्न मनाते हुए पंडित जी ने यह ऐलान किया था। उनके कहे यही वचन आज सुबह से मेरे कान में गूँज रहे थे।

माना की लड़ाई झगड़ा ठीक नहीं। पर जब-जब धर्मसंकट आता है, शस्त्र उठाना ही पड़ता है। युद्ध लड़ना पड़ता है। जब पंडित जी कर सकते थे तो मैं क्यों नहीं। हमारी मोहब्बत कोई पंचशील का समझौता तो थी नहीं, जो इतनी आसानी से टूटने देता। गर जंग लाज़मी है, तो फिर जंग ही सही। अब या तो आर या पार, ठान लिया था।

कब सोया, कब उठा कुछ याद नहीं। लगता है रात ज़्यादा ही पी लिया था। सो कर उठा तो पाया फ़ोन में 15 मिस्ड कॉल्स आए हुए हैं। लगा की शायद

उसने कॉल किया हो। मैंने हाथ में फ़ोन लिया ही था कि पिंटू का कॉल आया। "बेटा बधाई हो।" ख़ुश होकर वह बोला।

"क्यों?"

"फोड़ दिए बे तुम। मेन्स क्लियर हो गया। तुमने देखा नहीं क्या रिज़ल्ट अभी तक? और मैडम को इत्तेला कर दो। कहो कि घर पर बता दें... फ्यूज़ काहे उड़ गया बे तुम्हारा। क्या हुआ?

"यार उसकी शादी शायद फिक्स हो गई है?" मैंने भारी मन से कहा।

"क्या बक रहे हो। यह सब कब हुआ?" हैरत से उसने पूछा।

"दो दिन ही हुए मुझे पता चले।"

"तुम साले अब बता रहे हो।"

"कॉल किया था यार पर तू बिज़ी था।"

"अबे तो मैसेज छोड़ देते। साले इतनी बड़ी बात हो गई। दोबारा फ़ोन करने में फट रही थी क्या तुम्हारी? कहाँ हो तुम?"

"बस निकल रहा था।"

"कहाँ?"

"उसके घर।"

"लखनऊ... दिमाग ख़राब है?" डाँटते हुए पिंटू बोला।

"और कोई ऑप्शन है?"

"हलवा समझे हो? तुम साले शक्तिमान हो जो 'फक फक फक' करते उड़ जाओगे? पकड़े गए न किडनैपिंग का चार्ज लगेगा। उसे पता है कि तुम आ रहे हो?"

"नहीं। बात ही नहीं हो पा रही उससे।"

"लड़की को भगाने का सोच रहे हो! लड़की को पता नहीं! साले इतना मारेंगे न... तुम्हें अंदाज़ा भी है किन-किन लोगों के साथ उसके पिता जी का उठना-बैठना है?"

"तो यहाँ बैठे मरते रहें?"

"तुम साले रायता फैलाओगे वहाँ। चुप-चाप वहीं रहो। हम आते हैं।"

"तू कहाँ से आएगा।"

"पुष्पक विमान में उड़ कर आएंगे। तुम बस तब तक कोई काण्ड न

कर बैठना। साला गोबर भर लिए हो दिमाग में फ़िल्में देख-देख के। लड़की भगाएंगे...।" डाँटते हुए उसने कहा। उसका ऐसा रौद्र रूप पहले कभी न देखा था। "और अपने घर पे बताया या नहीं ?" उसने आगे तलब किया।

"नहीं।"

"भाग कर शादी करोगे तो तुम्हारे अपने घर पे कोई समस्या तो नहीं ?"

"नहीं वह सब तो नहीं होना चाहिए।"

"अबे पूछ लो। मन गढ़ंत कहानियाँ मत बनाओ। अच्छा रुको। रहने ही दो। और रायता फैलेगा। यह सब काम पहले करने थे... मैं संजय को कॉल करता हूँ... वह अरेंजमेंट करके रखेगा... पुलिस प्रोटेक्शन की ज़रूरत भी पड़ सकती है। तुम अपना ध्यान रखना... ठीक है... मैं शाम तक आता हूँ।" कहते हुए उसने फ़ोन काट दिया।

अपनी सारी दुविधा छोड़ पिंटू को अभी भी जैसे मेरी लाइफ़ की प्रोब्लेम्स ही बड़ी दिखाई देती थी। शाम ढल चुकी थी। वाइन का गिलास हाथ में लिए किसी देवदास की तरह मैं बालकनी में खड़ा चाँद की राह देख रहा था। इतने में घंटी बजी। पिंटू था। पहले गले लगाया और फिर दो गालियाँ सुनाई। अपना बैग खोला और मिठाई का डब्बा मेरे सामने रख दिया।

"यह ले।"

"मन नहीं है।"

"अबे सिद्धिविनायक का प्रसाद है। मिठाई नहीं। तुम्हारे लिए मंगवाए हैं। खाओ तुम्हें ज़रूरत है। तुमसे जाते वक़्त कुछ कहा था न! लड़की पर भरोसा मत करो।"

"यहाँ कहानी दूसरी है। ज़बरदस्ती उसकी शादी... "

"अच्छा चलो मान ली तुम्हारी बात।" मेरी बात काटते हुए वह बोला। "और पंडित जी को कुछ बताया नहीं, यह अच्छा किया। उन्हें मत फँसाना इस सब झमेले में। अभी-अभी उनकी शादी हुई है। मामला गरम है। आयशा का भी मेन्स क्लियर हो गया है, इंटरव्यू बाक़ी है। ख़ामख़ा स्ट्रेस में आ जाएगी लड़की। और तुम चिंता मत करो, उसके घरवालों के लिए हम काफ़ी हैं। वहाँ का सब हाल पता कर लिए हैं। सब बंदोबस्त हो चुका है। सामान उठाओ अपना और चलो निकलते हैं। ISBT आनंद विहार से साढ़े ग्यारह बजे की बस है"

"क़सम से। बस यही देखना बाक़ी रह गया था।" बस में सामान चढ़ाते हुए उसने कहा।

"आगे प्लान क्या है?" मैंने पूछा।

"यह तो साले तुम्हें पता होना चाहिए! अकेले जाकर क्या उखाड़ते तुम? ख़ैर संजय हज़रतगंज थाने में ही है। वह सब संभाल लेगा। ज़रूरत पड़ी तो पिताजी को बता देंगे। मायावती का हाथ अभी भी सर पर है।"

"थैंक्स यार।"

"क्या थैंक्स। अब हमने ही डुबाया था तुम्हें प्रेम सागर में। निकालने की ज़िम्मेदारी भी तो हमारी ही है न!"

सुबह लखनऊ पहुँचते ही बड़ा-सा बोर्ड दिखाई दिया जिस पर लिखा था: "मुसकुराइए आप लखनऊ में हैं।" मानो वह बिल बोर्ड भी मेरे मज़े लेने के चक्कर में था।

सामान लेकर बस से उतर ही रहे थे कि तांत्रिक विद्या से लैस एक लाल किताब की मार्केटिंग करता सेल्समैन दिखाई दे गया। "एक नहीं, दो नहीं 10 नहीं पूरे 51... जी हाँ भाइयों, पूरे 51 तरह की मुसीबत का 100% गारंटीड इलाज। गृह कलेश, नौकरी का छूटना, व्यापार में नुकसान, खोया हुआ प्यार। जो खोया सब मिलेगा वापस। बस एक बार आज़माकर देखिए मेरे दोस्त। दाम केवल 10 रुपये।"

मैं जैसे-तैसे उसकी जुमलेबाज़ी को इग्नोर करता आगे बड़ा तो वह मेरे पीछे-पीछे हो लिया। "एक बार इस्तेमाल तो करके देखिए मियाँ। आपकी बिछड़ी हुई मोहब्बत को वापस पाने की क़ीमत सिर्फ़ और सिर्फ़ 10 रुपये।" उसने पीछे से आवाज़ लगाई। परिस्थितियों से लाचार लोगों का फ़ायदा उठाते उस सेल्समैन की आँखों में झाँककर जब मैंने देखा तो लगा कि वह भी इन में से किसी परिस्थिति से जूझ रहा है। "देखने में तो अच्छा-ख़ासा पढ़ा लिखा आदमी लगता है पर इस तरह के काम?" मैंने मन-ही-मन ख़ुद से सवाल किया। पर फिर अपने गमों पर ही कंसंट्रेट करने का ठाना और अपना ट्राली बैग धकेलता हुआ वहाँ से खिसक लिया।

संजय ने हमारे ठहरने की व्यवस्था सरकारी गेस्टहाउस में की थी। हमने अपना सामान रखा और पलंग पर थोड़ी देर आराम फ़रमाया। पिंटू ने संजय

को .फ़ोन घुमाया और .फ़रमाइश की लंबी लिस्ट थमा दी। टीवी पर न्यूज़ आ रही थी। न्यूज़ चैनल का बड़ी-सी दाढ़ी वाला चंबल का डाकू-सा दिखने वाला वाला ख़ूँख़ार एंकर ज़ोरों से गला फाड़ते हुए कोई सनसनीख़ेज़ ख़बर सुना रहा था – "एक सिरफिरे आशिक़ ने बेरहमी से कूटकर अपनी माशूक़ा के धोके का लिया बदला। दिखाएँगे ब्रेक के बाद...। जाइएगा नहीं।"

मैंने तुरंत रिमोट हाथ में लिया और टीवी बंद कर दिया। मुझे यूँ गुमसुम देखकर पिंटू ने फिर दिलासा देते हुए मुझे संजय की इंस्पिरेशनल स्टोरी सुनाई- "जानते हो जब नेहा छोड़कर भागी थी, संजय पगला गया था। साल भर डिप्रेशन में रहा। फिर डिसाइड किया कि दिल्ली से ख़ाली हाथ नहीं जायेगा। जी तोड़ महनत किया। देखो 'सरफ़रोश' का 'आमिर' निकला अपना लौंडा। IAS बन सकता था, पर नहीं, बाय च्वाइस आईपीएस लिया है। भैय्या ब्रेक-अप मोटीवेट करता है आदमी को। तुम भी जान लो।" उसका यह कहना हुआ और उतने में संजय ने एंट्री मारी। गेस्ट हाउस के स्टाफ़ तुरंत 'अटेंशन' की मुद्रा में खड़े हो गए। उसे सलामी मिली और बदले में उन्हें थोड़ी-सी फटकार। ड्राइवर उसके पीछे हाथ में दो बड़ा-सा पॉलीबैग लेता हुआ आ रहा था। बिरयानी की महक भर से पिंटू मोहित हो उठा। उसने हाय-हेलो करना भी ज़रूरी नहीं समझा, सीधा खाने पर टूट गया। संजय ने मुझे पहले तो बधाई दी और फिर हालचाल पूछा।

"बस अभी अलाव से उतार कर लाए हैं हांडी। चलिए अब बिस्मिल्लाह करिये।" संजय ने मुझसे आग्रह किया।

"नहीं, तुम लोग खाओ, मेरा मन नहीं।" मैंने जवाब दिया

पिंटू बिरयानी ख़त्म कर लेने के बाद मक्खन मलाई खा रहा था। मुझसे भी पूछा, पर खाने का मन नहीं था।

"अमा यार अब खाने पर तो अपना ग़ुस्सा ज़ाहिर न करो।" मेरे कंधे पर हाथ रखते हुए संजय बोला।

"सब लड़की बाज़ी का चक्कर है, छोड़ो साले को।" पिंटू ने उसकी बात काटी। "हम तो इसे बस अभी तुम्हारी ही कथा सुना रहे थे... कि सीखो इनसे कुछ।" संजय की ओर इशारा करते हुए वह बोला।

"सेंसिटिव मामला है। घाव भरने में थोड़ा तो वक़्त लगता है।" कुछ

गंभीर होकर संजय बोला।

तीनों ने एक दूसरे को देखा और अचानक सब की हँसी फूट पड़ी।

"और तुम साले ज़्यादा ख़लीफ़ा मत बनो।" संजय को झाड़ लगाते हुए पिंटू बोला। "पिक्चर नहीं चल रही है। यह जो सिंघम बन के घूम रहे हो न, किसी दिन टिकट कटा दिया जाएगा तुम्हारा। पंडित जी बता रहे थे। उनके जिले में माफ़िया ने ऐसे ही एक आईपीएस को मरवा दिया था।"

"तुम न हमारी चिंता छोड़ो और जिस मक़सद से आए हो उस पर कंसंट्रेट करो। बताओ प्लान क्या है?" संजय ने पूछा।

"प्लान तो यही है कि बात करने के लिए सीधा घर जाएँगे।" पिंटू ने जवाब दिया। "फ़िल्मी कीड़ा है न साले को।" मेरी तरफ़ देखते हुए पिंटू बोला- "मैं तो कहता हूँ मस्त स्टाइल में बैंड लेकर पहुँचेंगे लड़की के घर पे और लौंडा अपना गायेगा गाना : ये अक्खा इंडिया जानता है, हम तुम पे मरता है।"

"हाँ और जैसे मान जाएँगे पिताजी।" संजय ने चुटकी ली।

"नहीं तो भगा ले जाएँगे।" पिंटू बोला।

"अबे ख़ुद तो मरोगे, हमें भी लेकर डूबोगे। हमें ही भगाएँगे तुम्हारे पीछे। और कहीं पता चले कि हम ही हैं इस सब के पीछे...।" संजय ने कहा।

"No... we don't want to put you in any trouble... " मैंने संजय को आश्वासन दिया।

"वह बात नहीं है यार...। इलेक्शन का माहौल है। तुम तो जानते ही हो वैसे ही कास्ट पॉलिटिक्स कितनी डोमिनेंट है यहाँ। तुम्हें क्या लगता है इतनी जल्दी अचानक शादी का क्या कारण हो सकता है? पिता को चाहिए MLA का टिकट। और मिनिस्टर के घर ब्याह रहे हैं बेटी को!" संजय ने समझाया।

"अब जो भी है, यहाँ आए हैं तो दुल्हनिया लेकर ही जाएँगे।" पिंटू ने ठोक के कहा।

"तो भैय्या हनुमान, लंका में पहला क़दम आप ही बढ़ाएँगे।" संजय ने चुटकी ली।

"पकड़े गए तो?" पिंटू ने शंका ज़ाहिर की।

"मैं हूँ न...।" संजय ने आश्वासन देते हुए कहा। "नहीं तो तुम्हारे

पिताजी तो हैं ही क्या घबराना।''

''आप का क्या मानना है? कैसे आगे बढ़ा जाए?'' मैंने संजय की राय लेनी चाही।

''पहले तो लड़की से बात करो कि वह क्या चाहती है। और कोशिश करो कि वह घर वालों से तुम्हारे ही सामने बात करके सब क्लियर कर दे। राज़ी-ख़ुशी मामला निपट जाएगा। और अगर डायरेक्टली भगाओगे तो उसके लिए तो घर में क़दम भी मत रखना। इंटरव्यू से पहले साथ भागना भी सेफ नहीं। बेहतर है कि लड़की से मिलो, अपना प्लान बताओ और चुपचाप कट लो। इंटरव्यू होते ही दोनों भाग के शादी कर लेना। क्या बोलते हो?'' संजय ने सुझाया।

मैने संजय की बात से सहमती जताई।

''उसके सगे सम्बंधियों में से कोई है कमज़ोर कड़ी?'' सँजय ने पूछा।

''अदिति से बात की जा सकती है।'' मैंने जवाब दिया।

''कौन अदिति? वही जिसकी शादी में बिन बुलाए बाराती की तरह गए थे?'' पिंटू बोला।

''हाँ।''

''बात करो फिर।''

अदिति को कांटेक्ट किया और हाल-ए-दिल सुनाया। मेरा मर्मस्पर्शी दास्तान सुनकर अदिति ने हमारी रामायण में विभीषण का किरदार निभाने का फ़ैसला किया। प्रशांत से भी बात की पर उसने 'इंटरनल फ़ैमिली मैटर' का बहाना देकर ख़ुद को इस मैटर से आईसोलेट कर लिया।

***

इस ख़ुफ़िया प्लान की जानकारी अब हम 4 लोगों को थी। एक सफ़ेद काग़ज़ पर 'लंका' का मैप बनाया गया। अदिति ने घर के सभी अंदरूनी राज़ खोले। आगे पीछे के सभी गुप्त रास्तों से अवगत कराया। अदिति ने वादा किया कि वह सुबह आठ बजे हमें हनुमान मंदिर के बाहर मिलेगी। हम सुबह भाड़े पर गाड़ी लेकर हनुमान मंदिर पहुंचे। इंतज़ार करते-करते सुबह से दोपहर हो गई। पूरा हज़रतगंज छान मारा पर कोई अता-पता नहीं। फ़ोन किया तो अदिति ने उठाया नहीं।

प्लान 'ए' फेल होता नज़र आ रहा था। उससे भी ज़्यादा इस बात का डर

कि कहीं अदिति ने घर पर कोई राज़ न उगल दिया हो। पिंटू भी टेंशन में था।

"देखो भैय्या, अदिति तो धोखा दे गयी। यहाँ पर ज़्यादा देर रुकना सेफ नहीं है। और एक तो ये साली मारुती ओमनी वैन। ऊपर से तुम बिना नहाये, दाढ़ी बढ़ाये डाकू मंगल सिंह लग रहे हो। पक्का हमें किडनैपर ही समझेंगे। तुम एक बार और सोच लो।" पिंटू ने समझाया।

पर मेरी शक्ल पर बारह बजते देख पिंटू को तरस आ गया और उसने संजय को फ़ोन घुमा दिया। अब बारी थी प्लान 'बी' की। पिंटू ने प्रशांत का दोस्त बनकर लंका में एंट्री मारी। जाने से पहले ही पिंटू ने लखनऊ से मुंबई की तीन फ़्लाइट टिकट्स बुक करवा ली थीं। पिंटू की जेब में कैमरा लगा था जिसका टेलीकास्ट सीधा संजय के फ़ोन में पहुँच रहा था। रास्ते में चाचा, चाची, भैय्या, भाभी, सभी को प्रणाम करता हुआ पिंटू घर के अंदर घुसा। वहीं बरामदे में पेड़ के पास पहुँचा तो उसकी मुलाक़ात नेहा से हुई। यह इस कहानी में एक ऐसा ट्विस्ट था जिसने मेरी और संजय की ज़िंदगी में भी भूचाल ला दिया। पिंटू को फ़ोन किया कि लौट आए पर उसने फ़ोन नहीं उठाया। और कोई ऑप्शन नहीं था। संजय ने तुरंत अपने शागिर्दों को बुलाने के लिए कॉल कर दिया। आख़िर प्लान 'सी' के तहत मैंने घर के अंदर एंट्री मारी।

वहाँ जा के देखा तो माहौल गरम था। नेहा वहीं खड़ी थी और उसके साथ खड़ा नेहा का पति, पिंटू को गलिया रहा था। पिंटू ने उसे गजब भोकाल दिखाया – "देखो बे, हम न बेफ़िज़ूल में माँ बहन की गाली बकते हैं, और न चुपचाप सुनते हैं। अबके अगर अपने मुँह से हगे न, कंटाप पे अईसा बजाएँगे, सीधा अमीनाबाद जाकर गिरोगे। बूझे?" चुटकी बजाते हुए पिंटू बोला।

मेरे आते ही स्पॉट लाइट मेरे ऊपर आ गिरी। "चौड़ा होकर अपनी बात सामने रखना, बुलंद आवाज़ में। मिमियाने न लग जाना।" पिंटू मेरे कान में फुसफुसाते हुए बोला।

अब हम गदर के सनी देओल तो थे नहीं जो लड़की के घर में घुस के हैंड पंप उखाड़ लेते। इसलिए हाथ जोड़कर नम्र तरीक़े से निवेदन करने में ही भलाई लगी। पर उससे पहले कि मैं अपनी बात सामने रख पाता, नेहा का पति हड़काने आ पहुँचा। "ज़्यादा रंगबाज़ी न झाड़ो बे तुम, जानते हो हम कौन है?" इतना सुनने के बाद भी अकड़ ठिकाने नहीं लगी थी। पता नहीं क्यों

इतना फुदक रहा था।

पूर्णतः सोचकर आया था कि पूरे विवेक और सूझबूझ के साथ डिप्लोमैटिकली स्थिति को हैंडल करूँगा। पर जब नेहा की क्रोधित आँखें देखीं और उसके पति की ख़ामख़ा की बकवास सुनी तो ग़ुस्से पर क़ाबू नहीं रख सका।

"अबे तुम्हें जान कर क्या करेंगे। हाँ, तुम्हारी बीवी को ज़रूर अच्छे से जानते हैं। अपने कारनामों के चलते, पूरे मुखर्जी नगर में फ़ेमस थी। शादी से पहले लगता है तुमने कन्या की कुंडली नहीं दिखवाई। तुम हमें जान लेते तो ज़िंदगी बर्बाद होने से बच जाती तुम्हारी।" मैंने जवाब दिया।

इससे पहले की नौबत हाथापाई तक पहुँचती, मौका-ए-वारदात पर काले रंग की SUV आकर रुकी। उसमें से सफ़ेद कुर्ता पायजामा पहने और काला चश्मा लगाए ससुर जी उतरे। उन्होंने पहले नेहा से हालात का जायज़ा लिया और फिर मेरी तरफ बढ़े। उन्होंने प्यार से समझाया, "देखो बेटा... हम सब जानते हैं। पर हमें ये एक्सेप्टेबल नहीं। राजनीति में होने की वजह से हमारी भी मजबूरियां हैं। बेटा तुम अच्छे पढ़े-लिखे घर के लगते हो, आईएएस की तैयारी कर रहे हो। तो इसलिए तुम्हें समझा रहे हैं। अब पुलिस पकड़ कर ले जाएगी... जेल में डालेगी... अच्छा लगेगा? काहे 2 दिन की आशिक़ी के लिए अपना करियर ख़राब करते हो... चलो जाओ। हाँ...।"

"पर अंकल, आप प्लीज़ उससे एक बार पूछ कर तो देखिए।" मैंने मिन्नत की।

"ऐई... तुझे प्यार से समझाया न, समझ नहीं आयी बात? दिखाऊँ तेरी औक़ात? चल बाहर निकल।" वे ज़ोर से चिल्लाए।

उनका चेहरा गुस्से से लाल था। आँखों में शोले दहक रहे थे। मैं अपनी जगह से नहीं हिला तो उन्होंने मेरा कॉलर पकड़ना चाहा, जो कि मैंने झटक दिया। ग़ुस्से में मुझ पर हाथ उठाना चाहा तो हाथ रोक लिया। उससे पहले कि वह मुझे घर से बाहर धकेलते मैंने उनकी आँखों-में-आँखें डालकर अपने सभी मंसूबे ज़ाहिर कर दिए।

"सीधे तौर पे बोल रहे हैं। आप होंगे यहाँ के बाहुबली। पर हम आपकी बेटी से प्यार करते हैं। हमारा इंटरव्यू है तो आपके सर पर भी चुनाव है।

मीडिया को आप के काले कांडों के बारे में बोल दिए न, तो सारी नेतागिरी धरी-की-धरी रह जाएगी। कहाँ क्या कांड किए हैं आप और आपके भाई सब जानते हैं। होटल शांगरी-ला में रात को 11 बजे रशियन क्लाइंट के साथ कौन-सी मीटिंग होती थी। हम सब जानते हैं।''

मेरे यह कहते ही चाचा जी की आँखें फटने को हो गई। उससे पहले वह कुछ कह पाते उन्हें भी लगे हाथ पेल दिया- ''और आप चचा...। भतीजी को अपना पुराना आई फ़ोन देने से पहले अपनी रंगारंग तस्वीरें डिलीट कर दिए होते तो बेहतर था। नाइजीरिया में जाकर जो मुँह काला करवाए हो, सारे सबूत हमारे लैपटॉप में क़ैद हैं।''

'जलालुद्दीन मोहम्मद अकबर', 'अनारकली' के इस नापाक जवाब से हैरान थे। उन्होंने तुरंत फ़रमान जारी किया और 'शहज़ादे सलीम' की पेशी हुई। उतने में बाहर पुलिस भी आ गई। अब यह बाराती हमारी तरफ़ से आए थे या सामने वाली पार्टी ने बुलाए थे, इस बात पर फ़ोकस करने का अभी कोई वक़्त न था।

अकबर ने बुलंद आवाज़ में 'शहज़ादे सलीम' से सफ़ाई माँगी। वह सर झुकाए सामने खड़ी थी। उसके आते ही बरामदे में सन्नाटा बिछ गया। उसकी हाँ या ना सुनने के लिए घर के सभी सदस्य उठकर बाहर आ गए। सासू माँ भी। मैंने उनकी तरफ़ आशा भरी निगाहों से देखा पर उन्होंने मेरी व्यथा को इग्नोर करते हुए मुझे आँखों-ही-आँखों में थप्पड़ रसीद दिया।

''तुम्हें पसंद है ?'' एक और बार बुलंद आवाज़ में जल्लालुद्दीन मोहम्मद अकबर ने गुहार लगाई। वह अब भी चुप खड़ी रही। सिर्फ़ आँखें थी जो बहुत कुछ बयान कर रही थी। यह जो भी शोर था बर्दाश्त के बाहर था। आख़िर में उसने सर नीचे झुकाया और 'ना' का इशारा कर दिया। आख़री बाज़ी आख़िर अकबर ने ही चली।

करण के रथ का पहिया रणभूमि पर क़दम रखने से पहले ही टूट गया। अनारकली बेचारी क्या ही करती, यहाँ तो शहजादे सलीम ने ही हथियार डाल दिए थे। पता चला कि जो बाराती आए थे, वह अकबर के घराती थे। आख़िर बेड़ियों में जकड़कर हमें थाने ले जाया गया। झुकी हुई नज़रों से सलीम ने इस कनीज़ को कारावास जाते हुए देखा।

मेरा न बचपन का सपना था–ज़ुल्म के ख़िला.फ़ आवाज़ उठाएँ, जेल जाएँ और फिर यह दास्तान सब को सुनाएँ। आज जाना कि असल में पुलिस जब पकड़कर ले जाती है, सच में हवा टाइट हो जाती है। भले तुम्हारा मित्र वहाँ का एसएसपी क्यों न हो। आज जहाँ बचपन का पाला हुआ एक सपना पूरा हो रहा था, दूसरा पूरी तरह ध्वस्त हो चुका था।

निकलना .ख़ुल्द से आदम का सुनते आए हैं लेकिन,
बहुत बे–आबरू होकर तेरे कूचे से हम निकले।

पिक्चर में सब झूठ दिखाते हैं। जान गया था कि बॉलीवुड फ़िल्मों के विपरीत असल ज़िंदगी में कोई 'हैप्पी एंडिंग' नहीं होती। और यह भी कि अगर बाई चांस सब कुछ हैप्पी–सा नज़र आए, तो समझ लेना चाहिए कि वह एंड नहीं। मेरी पिक्चर साली यहीं ख़त्म हो चुकी थी।

संजय ने अपनी दिव्य दृष्टि से सारा मंज़र देख लिया था। उसने हम से पहले थाने पहुंचकर सारी सेटिंग कर ली। पुलिस के डंडे भी इस उम्मीद में अपनी ही जगह पर फ्रीज़ हो गए कि भविष्य के आईपीएस या आईएएस पर पड़ने वाले हैं। हमें राजकीय सम्मान से चाय पिलाई गई और पुलिस वैन में गेस्ट हाउस छोड़ा गया। मैंने बाहर गाड़ी में बैठकर दोबारा अदिति को कॉल किया। रिक्वेस्ट की अगर वह किसी भी तरह से बाहर मिलने के लिए आ जाए। पर अदिति ने सा.फ़ मना कर दिया। साथ ही हिदायत भी दी कि दोबारा उसे इस तरह का कोई कॉल न किया जाए।

***

ग़म दो जहां के लिए, तीनों मुँह लटकाकर बैठे रहे। दिल में ज़ोर का दर्द उबल रहा था। लगा कि हमारा दिल कोई अनऑथोराइज़्ड कॉलोनी हो, जिस पर एमसीडी बुलडोज़र चला रही थी। लंबी ख़ामोशी के बाद पिंटू ने आखिर अपनी सालों की जमा भड़ास निकाल ही दी।

"देखो भाई, लड़कियों पर तो कतई भरोसा नहीं किया जा सकता। कितनी बार समझाया था तुम्हें, पर तुम्हारे भेजे में कुछ नहीं घुसा ... पर ये प्रॉब्लम सिर्फ तुम्हारी नहीं है... संजय के साथ भी यही हुआ... मेरे साथ भी... प्रॉब्लम न हम लड़कों की है। हमारी पूरी प्रजाति ही मूर्ख है। हम मर्द लोग अपने सीने पर जो तमगा लगाए घूमते हैं ना– 'लड़की पटा ली, देख तेरे भाई ने', यह

निहायत मूर्खता है। हम बेवक़ूफ़ ये नहीं समझ पाते कि पटाती हमें वो हैं। हम अगर पटा सकते तो जिसे चाहे पटा लेते। पर पटती वही है जो पटना चाहती है। तुम को कितनी लड़कियों ने इग्नोर किया होगा, पर क्या तुम अब तक एक भी लड़की को इग्नोर कर पाए हो? नहीं न ! भाई, इसलिए वो सुपीरियर हैं और हम इन्फीरियर। और वो ये बात अच्छे से जानती हैं कि उन्हें आसानी से कोई और मिल जाएगा, पर हमें नहीं। अगर इन्होंने तुमसे बात करने का मन बना लिया, तो वो तुमसे बात कर के ही मानेंगी। मज़ाल कि तुम ख़ुद को पीछे हटने से रोक सको। और बात करने के लिए तो लड़कियों के पास इतना फ्री टाइम होता है न... कॉलेज, कैंटीन, मेट्रो, यहाँ तक वॉशरूम में भी बैठे-बैठे SMS करती रहेंगी। सुबह 'Hi... What's Up?' से शुरू होती हैं और रात को ख़त्म करती हैं 'हम शादी के बाद न हनीमून के लिए पैरिस जाएँगे' तक। अगले दिन उठ कर पता चलता है कि हनीमून तो रात को ही हो गया था, तुम्हारे सोने के बाद, किसी और के साथ।

वो अगर अपने ऑफिस कलीग के साथ पार्टी में टुन्न होकर नाचें, तो कोई प्राब्लम नहीं। पर अगर तुम अपने दोस्तों के साथ हॉस्टल में दारू पीने का प्लान बनाओ, तो नाक सिकोड़कर बैठ जाएँगी। तुम रोज़ सुबह इनके लिए कॉफी बनाओ... तब कुछ नहीं। पर जिस संडे तुम्हें मैच खेलने जाना हो, उस दिन उन्हें घर की सफाई याद आ जाएगी और काम में हाथ न बटाने पर जेंडर इक्वॉलिटी पर लंबे भाषण सुनाए जाएँगे।

ये तुम्हारी ज़िंदगी में अपनी मर्ज़ी से आतीं हैं, और जातीं भी अपनी मर्ज़ी से हैं। ये हर रोज़ तुम से दुनिया भर के वादे लेंगी। रोएंगी, लड़ेंगी - फिर भी छाती से चिपकी रहेंगी। बस एक बार तुम इमोशनली डिपेंडेंट हो कर तो देखो... "I think I need some space for myself" बोल कर कट लेंगी। तब तुम अकेले अंधेरे कमरे में हाथ में ओल्ड मॉन्क लिए देवदास बनकर गाओगे *'जब दिल ही टूट गया, हम जी के क्या करेंगे'* और वो कमबख्त अपने दोस्तों के साथ लेट नाइट क्लब में नाच रही होंगी।

और एक तो इन्हें हम लड़कों की दोस्ती से प्रॉब्लम क्या है, मुझे आज तक समझ नहीं आया। मेरी वाली को पंडित जी से प्रॉब्लम थी। तुम्हारी वाली को मुझसे और ये हमारे संजय की एक्स... नेहा... इसको तुमसे। हमें तो लगता है

मंथरा बनकर नेहा ने ही फैलाया है यह सारा रायता।''

''बिलकुल सही कह रहा है पिंटू।'' इतने में संजय भी मुझे दिलासा देने आ पहुंचा ''प्यार और शादी में अंतर होता है। प्यार अँधा होता है, इसलिए बिना कुछ देखे समझे हो जाता है। शादी 'म्यूच्यूअल फंड इन्वेस्टमेंट' है। इसलिए पचास चीज़ें देखी जाती हैं। हमने तो मोहब्बत से तौबा कर ली है। सब साला फ़रेब है। अब तुम तैयारी करो बढ़िया से और मसूरी जा के अपने लिए कोई आईएएस ही ढूँढना जो तुम्हारी ही कास्ट की हो।''

''बोल तो ऐसे रहा है जैसे अपने लिए तुमने कोई आईपीएस खोज ली है।'' पिंटू ने चुटकी ली।

''अबे आईपीएस में कहाँ ही कोई लड़की आती है। और हमको यह टेंशन दोबारा चाहिए भी नहीं। वैसे भी यार शादी तो बस जीवन की एक प्रक्रिया है जो सही वक़्त रहते हो जाए तो ठीक। प्यार मोहब्बत सब साली दो-चार साल की बात है... पर तुम्हारा करियर, तुम्हारे सपने... ज़िंदगी भर तुम्हारे साथ रहेंगे। इसलिए उनके साथ कभी कोई कॉमप्रोमाइज़ नहीं। अपना एक उसूल है भाई। ज़िंदगी में न किसी और के लिए जियो, और ना किसी और को ख़ुद के लिए जीने दो। सब की अपनी-अपनी ज़िंदगी है, अपने-अपने सपने।

''बोलो संजू बाबा की जय!'' पिंटू ने ज़ोर से जय-जयकार लगाई और फिर पलटकर मुझे भी ज्ञान दे डाला। ''यह देखो। यह है ज्ञानी आदमी। और एक तुम! फ़ास्ट ट्रैक के ज़माने में तुम्हारी सुई टाइटन पर अटकी है। चॉकलेटी हीरो का मिज़ाज त्यागो और सख़्त बनो। यह जो बॉलीवुड रोमैंटिसिज़्म का कचरा भरे हो ना दिमाग में, एक कंटाप बजाएँगे तो खोपड़िया ख़ाली कर देंगे... बता रहे हैं...।

इतना सब सुन लेने के बाद भी मैं एक बुत बन कर बैठा था - खामोश, मायूस, उदास। संजय को ज़रूरी काम से निकलना था। उसने हमें लखनऊ घुमाने के लिए स्पेशल गाड़ी मंगवाई थी। संजय ने जाते वक़्त पिंटू के कान में फुसफुसाते हुए कहा- ''देखो भैय्या, यह मामला तो हमारे ज्यूरिस्डिक्शन से बाहर जा चुका है। अब तुम ही इसे कुछ समझाओ।''

''हे पार्थ, तुम अनावश्यक ही गहन चिंतन में डूबे हो। तुम्हारी मैडम को तुम्हारी रत्ती भर परवाह नहीं। जीवन को जितना सीरियसली लोगे, वो तुम्हारे

साथ उतना ही भयंकर मज़ाक करेगा। इसलिए खाना खाने चलो। वहाँ टुंडे के कबाब हमारा इंतज़ार कर रहे हैं।"मुझे मनाते हुए पिंटू बोला।

पिंटू का भी बहुत मन था, लखनऊ घूमने का। उसने मुझे मनाने की भरपूर कोशिश भी की। खाना उसकी सबसे बड़ी कमज़ोरी थी। जनाब ने वज़न की शताब्दी का आँकड़ा ऐसे ही पार थोड़ी न किया था। पर मेरा मूड नहीं था। होता भी कैसे? ग़ुस्से का ज्वालामुखी पिंटू पर फूट पड़ा। बेचारे ने सब चुपचाप सुना। आँसुओं के घूँट पीकर रह गया। डिनर का प्लान कैंसिल। मुंबई के लिए जो टिकट्स कराई थी उनका रिफ़ंड भी नहीं मिला। दोनों चुपचाप बस स्टैंड पहुँचे और दिल्ली के लिए टिकट करवा लिया। आधे रास्ते दोनों एक-दूसरे की आँखों-में-आँखें डालने से बचते रहे। मैं अंदर-ही-अंदर रो रहा था। भवसागर उफान पर था। आख़िर पिंटू ने चुप्पी तोड़ी। "एक तो साला लखनऊ गए भी। लड़की तो मिली नहीं, ऊपर से कबाब भी नहीं खाने दिए।"

"हम बोले थे कि आओ हमारे साथ लटक कर।"

"नहीं गए होते न तो तुम्हारा तो टिकट कट चुका था। हम न होते ना हज़रतगंज में सरे आम मुजरा कराया जाता। तुम साले जानते क्या हो। उत्तर प्रदेश है यह! कहाँ तो चले थे आईएएस बनने, मारे जाते फ़र्ज़ी मुठभेड़ में।"

"हाँ मार डालते न। अच्छा होता। हम कौन-सा ज़िंदा रहना चाहते हैं।"

"मरने का शौक़ है न तो कूद पड़ते वहीं गोमती मैय्या की गोद में। दो दिन की आशिक़ी में साले जान की धमकी देंगे। तुमको तो हम मारेंगे। साला 2 हफ़्ते में इंटरव्यू है और यहाँ 'अमरीश पुरी' के घर में दुल्हनिया लेने पहुँच गए। क्या सोचे थे? इतनी आसानी से 'सिमरन' का हाथ तुम्हारे हाथ में दे देते? 'शाहरुख़ ख़ान' समझते हो ख़ुद को?"

"सॉरी यार। भावनाओं में बह गए थे।"

"बह गए थे। अबे यह सब ड्रामा फ़िल्मों में अच्छा लगता है। कुछ इज़्ज़त है कि नहीं। ख़ुद को इतना अंडर एस्टीमेट मत करो। तुम्हें क्या लगता है? पिताजी धमकाए और मैडम मान गई। सब योजनाबद्ध कार्यकर्म के तहत किया गया था। अभी भी बोल रहे हैं। हम तो नहीं कर पाए पर तुम कर सकते हो। नहीं तो ज़िंदगी भर बैठ के रोना: *इश्क़ ने ग़ालिब निकम्मा कर दिया, वर्ना हम भी आदमी थे काम के।*"

मेरा कुछ सामान

अब किसी डॉक्टर ने तो कही न थी कि भैय्या प्यार में पड़ जाओ, हम ख़ुद ही गए थे इस दरिया में डूबने। सो नतीजा तो भुगतना ही था। वो 24 घंटे ज़िंदगी के सबसे भयानक और भारी दिन के रूप में बीते। इतनी सारी कोशिशों के बावजूद जो भी हुआ वह सिर्फ़ दिल तोड़ने वाला नहीं था। मानो शरीर चीर के किसी पिशाच ने हृदय निकाला, सिलबट्टे पर पीसा और फिर उसे निचोड़कर सारा ख़ून पिया।

पिंटू दो दिन मेरे पास रुका। मेरे साथ ही लाइब्रेरी में बैठा रहता। उसने गुस्से में मेरा फ़ोन उठा कर फेंक दिया था और बदले में नया फ़ोन और सिम लाकर दिया। इस बार फिर जाने से पहले समझाकर गया: "तुम साले बस 10 दिन काट लो। नहीं हो रही पढ़ाई, कोई बात नहीं। बस साहस रखो... तैयारी तुम्हारी अव्वल है, बस जो कुछ पढ़ा है उगल देना वहाँ जाकर। अभी अगर रोए न, ज़िंदगी भर रोना पड़ेगा। लड़की दोबारा आ जाएगी मेरे दोस्त–पर यह पीली बत्ती, याद रखना, दोबारा नहीं आएगी।"

मैंने वह 10 दिन किसी लाश की तरह ज़िंदा रहकर काटे। लाइब्रेरी में पड़ा रहता था। क्या पढ़ता था, क्या करता था... कुछ नहीं पता। बस ज़िंदा रहा। इंटरव्यू से एक दिन पहले पिंटू फिर आया, इस बार बिना बताए। ख़ासतौर से इंटरव्यू के लिए नया सूट, शर्ट और जूते लेकर आया था। उसने मुंबई के लिए

फ़्लाइट की टिकट्स करा के रखी थी। चाहता था कि मैं वहाँ जाकर कुछ दिन रहूँ। गोवा घूमने का प्लान भी बनाया था-पंडित जी और आयशा के साथ। सुबह मुझे शाहजहां रोड स्थित UPSC की बिल्डिंग तक छोड़ा और फिर अपनी मीटिंग के लिए निकल गया।

इतने साल जिस बिल्डिंग में घुसने के लिए जी जान लगा दी थी-जिन सपनों को पूरा करने की इतनी जद्दोजेहद की थी, आख़िर उस मंज़िल के अंतिम पड़ाव पर मैं पहुँच चुका था। सफलता के काफ़ी क़रीब। यही तो चाहता था आख़िर! पर आज मेरे दिल में इस इंटरव्यू की कोई अहमियत नहीं रही। किस लिए किया यह सब? क्यों आख़िर? ख़ुद के लिए? अपने सपनों को रौंदते हुए ही तो मैं इस पहाड़ पर चढ़ा था। जहाँ से सिवाय उड़ान भरने के, मेरे पास उतरने का कोई साधन नहीं।

लंबे इंतज़ार के बाद आख़िर मेरा नंबर आया। ज़िंदगी में इतना casually तो मैं बैंक में पैसे निकालने के लिए भी नहीं घुसा। न कोई हिचक और न कोई स्ट्रेस। जैसे इंटरव्यू देने नहीं, लेने जा रहा हूँ। जाने कहाँ से एक अजब-सा कॉन्फ़िडेंस ख़ुद-ब-ख़ुद आ गया-शायद इसलिए क्योंकि मेरा मन जानता था कि अच्छे से तैयारी की थी। शायद इसलिए भी क्योंकि मेरा फ़्यूचर अब सामने बैठे इंटरव्यू बोर्ड की मेहरबानी पर नहीं टिका था।

इंटरव्यू कैसा गया, नहीं जानता। बस इतना याद है कि ज़्यादातर सवाल के जवाब दे दिए। जितना पूछा, उतना बताया। न ज़्यादा, न कम। फ़्री होकर तुरंत वहाँ से निकला। घर पहुँचा तो एक ख़त मेरा इंतज़ार कर रहा था। एनवलप पर एक जानी-पहचानी ख़ुशबू थी। इससे पहले कि कोई ख़याल बेवजह अपेक्षाओं का पहाड़ मेरे सामने खड़ा करके रख देता, मैंने तुरंत लिफ़ाफ़ा फाड़ा और हिम्मत जुटा कर खोला।

"सब कितना फ़िल्मी था न। इससे पहले कि मुझे तुम्हारे प्लान के बारे में कुछ भी पता चलता, अदिति काकभुशंडि बनकर सारी रामायण माँ को सुना आई थी। बची कसर नेहा ने पूरी कर दी। हाँ, उसके भाई से शादी फ़िक्स हुई है। इधर माँ ने क़सम खा ली थी। कहा: 'अगर कोई भी ग़लत क़दम उठाया, मेरा मरा मुँह देखेगी!' उधर पापा को चिंता थी कि ताया जी क्या कहेंगे, मामाजी क्या सोचेंगे! तुम सच कहते थे: 'हमारे मिडिल क्लास सपनों के

लाक्षागृह अक्सर कौरव जैसे रिश्तेदार जला देते हैं।'

पर वह चुप्पी किसी साज़िश के तहत नहीं की गई थी। माना तुम्हारी नज़रों में अपराधी हूँ। वादाख़िलाफ़ी की है, मानती हूँ। पर बग़ावत करती भी तो कैसे? इतना किया जिन लोगों ने उनसे लड़ने का साहस नहीं था मुझमें।

फिर तुम्हें फ़ोन भी कितना ट्राई किया। तुमसे बात करने के लिए बेचैन थी। यह सोचकर कि कहीं तुम...। फिर पिंटू को कॉल किया। उसने कहा की तुम ठीक हो। हिदायत दी कि इंटरव्यू से पहले तुमसे कोई बात ना करूँ। शादी की शॉपिंग के लिए दिल्ली आई हूँ। अगर मौक़ा मिले तो एक बार बात करना। आवाज़ सुनना चाहती हूँ। शायद आख़री बार। नीचे अपना नया नंबर लिखा है। इस पर मैसेज करना।"

एक शराबी को एक बोतल दिखाओ, वह शायद उसे पीने का लालच न दिखाए। एक चेन स्मोकर को सिगरेट दिखा दो या फिर किसी नशेड़ी को चरस-वह भी शायद देखकर दूर भाग जाए। पर अगर एक चोट खाए आशिक़ को बावरी बसन्ती हवा का एक झोंका मिल जाए, तो वह उसमें भी अपनी महबूबा के लिए महल बना लेगा और अपना सब कुछ भूलकर उस में जाकर रहने लगेगा।

ख़ुद को बहुत रोका पर अपने-आप हाथ फ़ोन पर चलने लगा। ख़ुद-ब-ख़ुद कुछ लिखने लगे। जिसका असर उस पर होना नहीं है ये भी पता था। फिर भी उसे उन सब बातों का एहसास कराना ज़रूरी था, जिन्हें वह ख़ुद मानती आई थी, पर अब भूल चुकी थी।

"क्या होता अगर सीता सोचती
ख़ामख़ा होगा युद्ध और नरसंहार
और मान लेती
रावण की बात?

या फिर अर्जुन छोड़ देता शस्त्र,
लेता विदा युद्ध भूमि से चुप चाप।

क्या होता अगर भीम भूल जाता
द्रौपदी का अपमान
और माफ़ कर देता दुर्योधन सहित
दुश्शासन का अपराध?

या भगवान कृष्ण न निकालते सुदर्शन चक्र
कैसे होता उस पापी शिशुपाल का वध?

माना जब युद्ध होता है
तो असंख्य सैनिक मरते हैं,
पर मत भूलो कितने पापियों के
अभिमान भी साथ में टूटते हैं।

समाज को सबक मिलता है
और फिर वह दोबारा वही भूल करने से डरता है।''

हमेशा की ही तरह उसके पास मेरे हर पलटवार का जवाब था। बातों में उससे अब तक कोई भी जीता है भला।

''कृष्ण का जन्म सिर्फ़ राधा के लिए नहीं हुआ। उन्हें गीता कहनी थी, धर्म की स्थापना करनी थी। राम का जन्म सिर्फ़ सीता के लिए नहीं हुआ। उन्हें रावण के अहंकार की हत्या कर आदर्श राज्य की स्थापना करनी थी।

बिछड़े तो राम और सीता भी थे। राधा और कृष्णा भी कभी साथ न रह सके। पर न कृष्ण ने राधा को कभी मन से दूर किया और न राम ने सीता के सिवा किसी और को अपनाया। मिलना उनकी क़िस्मत में लिखा ही नहीं था। जब भगवान इस अभिशाप से न बच सके, फिर हम तो लाचार मनुष्य हैं।

जो वक़्त था ख़ुशी-ख़ुशी हमने जी लिया। सोचा न था कि कभी ऐसे मोड़ पर दो राहें जुदा हो जाएँगी। आगे तुम्हें नयी चुनौतियाँ मिलेंगी, नये साथी भी। वह युद्ध तुम्हें लड़ने हैं। यह मेरा युद्ध था जो मैं हार गई। मुझे माफ़ करना, मैं अर्जुन न बन सकी। भगवान कृष्ण प्रैक्टिकल थे। तुम वैसे ही बनना। इस लिए

कह रही हूँ 'Move On'."

'Move On'! कितना आसान है न कहना। 'Inertia' के सिद्धांत को शायद मैं अब पूरी तरह समझ पाया था। जान गया था कि आख़िर क्यों कोई 'बॉडी' अपनी ही जगह पर अटल रहना चाहती है।

कुछ देर में ख़ुद उसका कॉल भी आ गया। "कैसा हुआ इंटरव्यू?" उसने कुछ तकल्लुफ़ के साथ पूछा।

"पता नहीं। बस दे दिया।"

"अच्छा होगा रिज़ल्ट। तुम देखना!"

"परिणाम तो मेरे सामने है। इंटरव्यू में सिलेक्टेड था। पर तुम्हारे घर वालों ने कास्ट सर्टिफ़िकेट देखते ही डिसक्वालिफ़ाई कर दिया। अब और क्या देखना बाक़ी रह गया?"

"हर बार, वही एक बात। जो हुआ, सो हुआ। अब आगे बढ़ो।" मेरी बात को इग्नोर करते हुए वह बोली।

"रेत पर मरमरी आरज़ुओं का महल बनाने चले थे। समुंदर की एक लहर आई और सारी ख़्वाहिशें धूमिल हो गयीं। और एक मैं हूँ, जो इस गीली रेत को अभी भी लेकर बैठा हूँ।"

"गीली मिट्टी से घड़े बनते हैं घर नहीं।" उसने डाँटते हुए कहा।

"तो फिर उसी घड़े में भर लूँगा वह सब यादें और सभी सपने... और रखूँगा उसे अपने ही घर में।"

"ऐसा मत करना। वह आशियाँ भी मिट्टी हो जाएगा। भूल जाओ सब। यही सही है।"

"क्या क्या भूल जाऊँ? सही तो यह था कि मिलकर कुछ सोचते। कोई तरीक़ा निकालते। लड़ते। यूँ हार न मानते। और कुछ नहीं तो कम-से-कम थोड़ा वक़्त तो दिया होता। रिज़ल्ट का तो इंतज़ार किया होता।"

"वक़्त मेरे पास था ही कहाँ। इसी महीने शादी है।"

"ख़ैर छोड़ो अब जो भी हुआ। यहीं पर हो। आख़री बार घर नहीं आओगी?"

"वह घर मेरा नहीं।"

"कभी तो था?"

"पर अब नहीं।"

"फिर तुम्हारा सामान?"

कुछ देर ख़ामोश रही फिर बोली- "बहाना बना कर आती हूँ। तुम निकालकर रखना। ज़्यादा वक़्त नहीं होगा।"

"चलो इस बहाने ही सही, मेरे हिस्से में यह आख़री मुलाक़ात तो है।"

***

अलमारी में हमारी बीते सालों की यादों का पूरा ब्रह्मांड था। यादों के ज़खीरे में वो किताबें थीं जो हम एक-दूसरे को जन्म दिन पर गिफ़्ट किया करते थे, जिनके पन्नों के बीच माज़ी के फ़ूल मेहफ़ूज़ रखे थे। वो सभी तस्वीरें थीं, जो वह खींचा करती थी। मेरी निगाह एकाएक उस फ़ोटोफ्रेम पर पड़ी, जिस पर हमारी तस्वीर थी। पहाड़ की चोट पर खड़े आसमान में उड़ने की तमन्ना लिए। तस्वीर में वह चेहरे थे जिनसे बेवजह मुस्कराहट फूट पड़ती थी। वह सभी लम्हें जो उन तस्वीरों में क़ैद थे, जिनमें झाँककर हम दोबारा उन पलों में वापस चले जाया करते थे।

उस अलमारी में वह ख़त थे जो हम एक-दूसरे को लिखा करते थे- कभी प्यार के इंज़हार के लिए, कभी मनाने के लिए, कभी ऐसे ही बेवजह। किस-किस चीज़ का बटवारा करता? क्या निकालता, क्या रखता कुछ समझ नहीं आ रहा था। दम घुट रहा था सो खिड़की खोल ली। बौखलाई हुई आंधी अपने साथ पुराने खतों और यादों को ले जाना चाहती थी। दूर किसी समुंदर में दफ़नाना चाहती थी। मैंने खिड़की को बंद कर दिया। फिर घंटों तक उन खतों को हर्फ़-दर-हर्फ़ को समझता रहा। इनकी सच्चाई का भी शायद कोई पैमाना होता। मेरी नासमझ आँखों ने आने वाली सुनामी को भाँप लिया होता।

सब्र और कर्म का फल हमेशा ही मीठा हो, ज़रूरी नहीं। सच है। पर फल उगने का इंतज़ार किए बिना, उस वृक्ष को जड़ समेत उखाड़ फेंकना, क्या यह सही था? उसी वृक्ष को, जिसे कितने प्यार और मेहनत के साथ सींचा था।

काग़ज़ की कश्ती पर सवार, तालाब में बिना पतवार बह रहे थे। पता नहीं था एक दिन सब घुल जाना है।

***

शाम को दरवाज़े पर हल्की-सी दस्तक हुई। दरवाज़ा खोला तो वह सामने

सर झुकाए खड़ी थी। एक लंबी ख़ामोशी के बाद ख़ुद ही पूछा- ''अंदर आ सकती हूँ।'' इससे पहले कि मैं आगे कुछ और बोल पता उसने ख़ुद ही क्लियर कर दिया- ''मेरे पास ज़्यादा वक़्त नहीं है, मुझे जल्दी निकलना होगा।''

''सामान लेकर कैसे जाओगी?''

''टैक्सी से आई थी। उसी में।''

''क्या यह सब सामान अपने घर लेकर जाओगी?''

''हम्म... काश ले जा सकती। रास्ते में गंगा मिलेगी... उसे तोहफ़े में दे आऊँगी।''

वह कमरे में मौजूद हर चीज़ को तिरछी निगाहों से देख रही थी। मेरी नज़र पड़ती तो इग्नोर करने लगती। ''जैसा छोड़ के गई थी सब कुछ है वैसा ही है और वहीं, बस तुम ही नहीं।'' उसका ट्रॉली बैग थामते हुए मैंने कहा।

''चुराया हुआ डायलॉग है।'' हलके से मुस्कुराकर उसने कहा।

''कहानी भी तो... ख़ैर बैग हल्का लगता है। मेरे लिए कुछ नहीं लाई?''

''नहीं। तुम्हारा सब मेरे पास रहेगा। पर अपना सब वापस लेकर जाऊँगी। तुम्हें इतना तो जानती हूँ। तुम संभाल नहीं पाओगे।'' मुझसे नज़रें चुराते हुए उसने कहा।

''सामान को?''

''नहीं ख़ुद को।''

उसकी नज़र चाबी के छल्ले पर पड़ी। ''इसे बदला नहीं अब तक!'' की-रिंग हाथ में लेते हुए उसने कहा।

''नहीं। कहा था न मैं नहीं बदलूँगा। तुम बैठो मैं चाय बनाता हूँ फटाफट।''

''मैं नहीं पियूँगी। अब पीना बंद कर दिया। एसिडिटी होने लगी है।''

''अच्छा चॉकलेट केक लाता हूँ।''

''अभी कहाँ वक़्त है इन सब चीज़ों का।''

''तैयार रखा है। तुम्हारे लिए ही बनाया था।''

''नहीं मन नहीं।''

''फिर कभी?''

"नहीं फिर कभी नहीं।"

"अपने घर पर माना कि मजबूरी होगी। पर यहाँ पर भी इतनी सख़्त, इतनी रूखी, इतनी पत्थर। क्या बर्फ़ पिघलकर फिर नदी नहीं बन सकती?" मैंने उसे आशा भरी निगाह से देखते हुए कहा।

"नदी को समुंदर तक जाने के लिए अपनी जान देनी पड़ती है।"

"तो फिर समुंदर ख़ुद चलकर आ जाएगा।"

"आया तो था। और सुनामी में सब तबाह भी कर दिया। नहीं! अब ख़ामख़्वा बहस न करो। जो तुमने और बातों के लंबे-लंबे पुल बनाए-मैं उसी पुल से कूदकर जान दे दूँगी।" उसने दो टूक कहा।

मैंने ग़ुस्से में अलमारी खोली और सारा सामान निकालकर उसके सामने रख दिया। "यह तुम्हारा लैपटॉप। अपनी तस्वीरें मैंने डिलीट कर दी हैं। तुम्हारी तस्वीरें, तुम ख़ुद डिलीट करना। यह तुम्हारे कुछ डाक्यूमेंट्स। यह फ़ोटो फ्रेम। यह किताबें जिसमें से तुम कविता पढ़ के सुनाया करती थी। यह तुम्हारे कृष्ण भगवान, राधा संग बाँसुरी बजाते हुए। तुम्हारे सभी ख़त जो मैंने ग़ुस्से में जला दिए... यह रही उनकी राख। कुछ लम्हे अभी भी सुलग रहे होंगे इनमें, ध्यान से पकड़ना, हाथ न जल जाए तुम्हारा।

ये लाल साड़ी जो तुमने ख़रीदी थी। इंगेजमेंट में इसे ही पहनना, ख़ूबसूरत लगोगी। पर किसके साथ ख़रीदी थी यह मत बताना। यह तुम्हारा आईना। कभी हिम्मत हो तो इससे नज़रें मिलाना।" एक-एक कर सारा सामान अलमारी से निकालकर उसके सामने फेंकते हुए मैं कहता रहा।

थोड़ी चुप्पी उसने तोड़ी, कुछ मुझे दे दी। बेपरवाही की कुछ छींटे उसने मुझ पर उछाली। मैंने कुछ दाग़ उसके दामन पर टाँक दिए। उदासी का एक टुकड़ा उसने तोड़ा, आधा मुझे तोहफ़े में दे दिया। हर एक चीज़ का बँटवारा हो रहा था।

"ठीक है घरवाले नहीं करना चाहते हैं तो नहीं करते शादी। ऐसे ही रहते हैं, जैसे रहते थे। और तुम भी तो यही कहती थी हमेशा कि शादी करना इतना ही ज़रूरी क्यों है? अब तुम्हारे लिए यह सब इतना ज़रूरी कैसे हो गया?" हाथ से फिसलती रेत को अपनी मुट्ठी में पकड़ने की कोशिश करते हुए मैंने कहा।

"मेरे चाहने भर से हर चीज़ नहीं हो सकती।" उसने नज़रें चुराते हुए कहा।

"अगर चाहा होता न, तो हो जाता। अगर चाहा होता तो।" उसकी आँखों में देखते हुए मैंने कहा।

"चाहा था। नहीं तो आज तुमसे मिलने नहीं आती आख़री बार। नहीं चाहती थी कि जब तुम मेरे घर से ज़लील होकर गए थे, वो हमारी आख़री मुलाक़ात हो। तुम्हारे सामने मैं कभी कमज़ोर नहीं रही और न तुमने कभी मुझे कमज़ोर होने दिया। पर वहाँ मैं एक ग़ुलाम हूँ। और मैं ग़ुलाम बनकर वहीं खड़ी रही और सब देखती रही। कुछ न कर सकी। मेरा प्यार उतना ही सच है जितना कि ईश्वर का अस्तित्व। जैसे सूरज का पूरब से उदय और पश्चिम में अस्त हो जाना। अब भी तुम्हें कोई प्रमाण चाहिए?" उसने मेरी आँखों में झाँकते हुए कहा।

"कुछ भी करके वे लोग राज़ी हो जाते, ऐसा कोई फ़ॉर्मूला नहीं था?"

"सब कुछ बताया। नहीं माने। उनकी भी अपनी कुछ मजबूरियाँ हैं। कितने सवाल हैं जो उनके सामने खड़े हैं, जिनका जवाब उनके पास नहीं है।" उसने समझाया।

"क्या उस जवाब में सब को साथ लेकर नहीं चला जा सकता?" मैंने सुझाया।

"ज़िंदगी है तुम्हारे IIT एंट्रेंस के MCQ नहीं... इसमें 'ऑल ऑफ़ द एबव' नहीं होता।"

"सभी सवाल अटेम्प्ट करने ज़रूरी नहीं होते। स्किप कर देते हैं। एक सवाल से ज़िंदगी नहीं बदलने वाली।"

"समाज को जवाब मुझे नहीं उन्हें देना है। शायद बहुत आगे का सोचा लिया था। देखा ही नहीं कि पैर के नीचे ज़मीन नहीं।" नम आँखों से उसने कहा।

आँखों में जो ग़ुस्से का ज्वालामुखी था, कुछ देर में फूटकर प्यार के लावा में तब्दील होने को था। कुछ देर यूँ ही दोनों बिलखते हुए वहीं बैठे रहे। फिर वह उठी और मुझसे नज़रें चुराकर अपना सामान बाँधने लगी।

मैं किचन में चाय बना रहा था। पर शायद उसे लगा कि अब वह मेहमान

है तो किचन में हाथ बटाने आ गई।

"बस दो मिनट। बन गई। तुम बैठो मैं लाता हूँ।"

"कोई बात नहीं। मैं यहीं खड़ी हूँ। वैसे भी, अब तो ज़िंदगी भर यहीं रसोई घर में खड़े रहना है। दबी-सी हँसी हँसते हुए उसने कहा।

"मेरे हाथ की चाय मिस नहीं करोगी?" मैंने पूछा। पर उसने मेरे सवाल को इग्नोर किया। फिर मेरे हाथ को देखते हुए बोली- "ये हाथ को क्या हुआ?"

मैंने जवाब में अपनी गुल्लक से एक चिल्लर निकाली और गुलज़ारियात के लिफ़ाफ़े में बाँधकर उसे तोहफ़े में दे दी:

"तुम्हें याद है
कभी हम मिलकर
रोटी बनाया करते थे
टेढ़ी-मेढ़ी इंडिया के मैप जैसी।

आटे के गोल लड्डू बना कर
तुम चकले पर बेलती थी
उन्हें गैस पर मैं चढ़ा देता था
अपने इन्हीं हाथों से।

उसी गैस स्टोव पर
जला रहा था वह सपने
जो तुमने दिखाए थे और मैंने देखे थे
आँखें मूँद कर।

पर जल न सके पूरी तरह
वो खत, वो तसवीरें
मेरा हाथ पर अब
पूरा जल चुका है।"

वह बस नीचे देखती रही, आँखें चुराती हुई। मैंने उसका चेहरा ऊपर उठाया तो देखा उसकी आँखें लाल थी... और आँसू भी। फिर मेरा हाथ पकड़ते हुए उसने कहा:

"कसर थी, छिड़कने की
कुछ नमक उस जले पर

मेरे आँसू गिर गए
देखो, तुम्हारे हाथों पर।"

वह कुछ देर यूँ ही मुझे भारी पलकों से देखती रही। फिर पता नहीं कहाँ से उसके दिमाग में जैसे ख़ुराफ़ात आई और आँखें चमक उठीं। सब्र बाँधा और हिम्मत जुटाकर घर पर फ़ोन किया और कह दिया कि शॉपिंग ख़त्म नहीं हुई अभी। आज नहीं आ सकती। फिर अपने आँसू पोंछते हुए मेरी ओर बढ़ी और चुटकी बजाकर धौंस जमाते हुए बोली – "बस आज की ही रात है। कल सुबह सब ख़त्म। अब तुमने जो बोलना था बोल दिया। अब चुप। बहुत सुन ली तुम्हारी बकवास। इधर देखो। मेरी तरफ़ देखो। अब अगर एक भी आँसू निकला न, आँखें नोच लूँगी तुम्हारी... छोड़ोगे नहीं मुझे इतनी आसानी से तुम... लीच कहीं के।"

"कहा था न, फ़ेवीकोल का जोड़ है।"

"कल सुबह तक।"

"आज रात तो है। अच्छा, तुम्हें याद है वह गाना जो तुमने मुझे सुनाया था, जब पहली बार हम डेट पर गए थे।"

"*आज जाने की ज़िद न करो...।* फ़रींदा ख़ानम ने गाया था। यह तुमने मुझे बताया था"

"देखो ज़िद तुम कर रही हो।"

"नहीं करूँगी। आज यहीं रुकूँगी।"

"ज़िंदगी भर यहीं रुक जाओ।" मैंने अनुरोध किया।

"काश रह सकती!"

"वक़्त को कहो न रुक जाए।"

"तुम फिर शुरू हो गए?? यह सब डायलॉग्स अपनी कहानी में लिखना।" चाय की चुस्की लेते हुए उसने कहा।

"तुम पढ़ोगी कभी?"

"अगर तुम ख़ुद मुझे अपनी किताब भेजोगे।"

"बिलकुल। पर भेजूँगा किस पते पर? जहाँ आज़ाद रूह की झलक पड़े?"

"आज़ाद रूह तो क़ैद हो चुकी है अपने ही बनाए पिंजरे में।" एक पल को वह रुकी फिर कुछ सोच कर बोली- "अच्छा एक बात बताओ, क्या तुम मुझे अपनी कहानी में वैम्प बना दोगे?"

"तुम भी न।"

"सच बताओ।"

"शायद लोगों के ऊपर छोड़ दूँगा, जैसा भी वो समझें।"

"तुम समझते हो।" मेरी आँखों में देखते हुए उसने कहा।

"समझता हूँ,पर समझना चाहता नहीं।" उससे नज़रें चुराते हुए मैं बोला।

***

रात को खाना ख़ाकर देर तक आराम फरमाते रहे। टेप रिकॉर्डर पर वह कैसेट चला दिया जो ख़ास तौर पर उसे देने के लिए रिकॉर्ड की थी -एक आख़री तोहफ़े के रूप में। उससे पहले कि वो सभी लम्हे धूमिल हो जाते-सभी पुरानी तस्वीरें देखीं। वह सभी पुराने नग़में, एक बार फिर सुने और साथ गुनगुनाए। मेरी चिल्लर-सी कविताएँ और नज़्में उसने अपने पर्स से निकाली और फिर मिलकर दोहराई। एक आख़री बार।

हमारी कहानी एक ऐसे मोड़ पर आकर ख़त्म होने जा रही थी जहाँ से राहें बिछड़ना तय था। वह चाहती थी कि यह आख़री मुलाक़ात एक हसीन ख़्वाब हो। आख़िर साहिर ने जो कहा था:

'वह अफ़साना जिसे अंजाम तक लाना न हो मुमकिन,
उसे एक ख़ूबसूरत मोड़ देकर छोड़ना अच्छा'।

उसकी आँखों में बेपनाह मोहब्बत छलक रही थी। आज उस मोहब्बत की एक्सपायरी डेट थी। इसलिए जी भरकर उन आँखों के समुंदर में गोते लगाए। उन कोमल हथेलियों को देखता रहा, जिन्हें थामकर चला करता था। उन हस्तरेखाओं में ख़ुद को तलाशता रहा। उस शाश्वत सौंदर्य को निहारता रहा-बार-बार... लगातार। साँवले से मेरे रंग में उसका श्वेत संगमरमरी सौंदर्य कुछ यूँ मिला जैसे धीमी आँच पर उबल रही चाय की पत्तियों में मदर डेयरी का दूध घुल जाए।

वह कुछ देर के लिए अपनी हथेलियों से मेरी आँखें मीच लेती। आँखों पर कुछ देर के लिए अंधेरा छा जाता और फिर जब अंधेरे का कोहरा छटता, तो उसका ख़ूबसूरत चेहरा मेरी आँखों के क़रीब आ जाता... बिलकुल क़रीब। इतना क़रीब कि अब फ़र्क़ मिट चुका था। मैं और वह, अब हम एक हो चुके थे-जैसे शिव और शक्ति।

यह एक सुनहरे स्वप्न-सा था। कभी-कभी वह मुझे चिमटी भी काटती, यह एहसास दिलाने के लिए की यह है सपने-सा ख़ूबसूरत, पर सपना नहीं है। मुझे इस सपने को, अभी जीना था। खुल के, जी भर के जीना था। इसके लिए अगर मर भी जाना पड़े तो मैं मर भी जाता। पर इस पल को जीना था-ज़िंदगी भर।

मैं रात भर रात को बीतने से रोकता रहा। कुछ देर में वह आँखें बंद कर के सो गई। मैं उसे देखता रहा: वही भीनी-सी मुस्कान, आने वाली किसी भी उलझन से बेख़बर उसकी आँखें, लाल से उसके गालों पर जमा कुछ ओस की बूँदें, बिखरकर चेहरे पर आते उसके बाल, गर्दन के ठीक नीचे एक तिल, माथे पर छोटी-सी लाल बिंदी, कानों पर लटकी वही रंग-बिरंगी बालियाँ-जिस पर मैं किसी बंदर की तरह झूलना चाहता था। किसी अमर बेल की तरह उस पेड़ से ज़िंदगी भर लिपटकर रहना चाहता था।

अपनी लाल डायरी में मैंने वह सभी ख़्वाहिशें संजो लीं। पहली मुलाक़ात से लेकर आख़री दरख़्वास्त तक। रात ने आख़िर भारी आँखों से अलविदा कह दिया। मैंने एक ख़त लिखकर सिरहाने छोड़ दिया। उस ख़त में कुछ बातें थी जो मुझे सिर्फ़ उससे कहनी थी - और किसी को नहीं। कुछ जगराते थे, रिश्तों

के कुछ बही-खाते थे। कुछ पल थे जो मुझे सिर्फ़ उस के साथ बिताने थे।

चली कहानी...

'ख़्वाहिशें हैं कि पूरी नहीं होतीं। अफ़साने हैं कि ख़त्म ही नहीं होते। कितना कुछ अधूरा है–इतना कि सब को मिला भी दो, तब भी पूरा न हो पाए। सभी किरदार बेताल की तरह बस कंधे से लटके रहते हैं। इन्हें सफ़र में मज़ा आता है। मंज़िल की सोचकर घबराते हैं। क्यों न इन्हें ऐसे ही छोड़ दिया जाए। क्या ज़रूरी है हर क़िस्से का अंत होना?' अपनी लाल डायरी के आख़री पन्ने पर मैंने यह नोट कल रात लिखा था। इसके पिछले पन्ने पर लिखी थी एक चिट्ठी, जो कि मैं सिरहाने रखकर सो गया था। जो शायद उसने अब तक पढ़ भी ली होगी। जिसके चलते सुबह वह जल्दी से उठकर तैयार भी हो गई।

जब मेरी नींद खुली तो पाया वह बैग लेकर गेट से बाहर निकलने की कोशिश कर रही थी। शायद बिना बताए ही जाना चाह रही थी। मैं उसके पीछे-पीछे नीचे दौड़ लिया। टैक्सी ड्राइवर ने सारा सामान गाड़ी में डाला। दोनों काफ़ी देर तक एक-दूसरे को देखते रहे–कुछ न कहा। जाने का वक़्त आ चला था। ड्राइवर हॉर्न-पे-हॉर्न दे रहा था। ना ही उसकी आँखों से मिश्री का दाना छलका और न ही होठों से एक भी शब्द फूटा।

वह मुझसे नज़रें चुराकर गाड़ी के अंदर बैठी और ड्राइवर को चलने का आदेश दे दिया। गाड़ी जैसे ही स्टार्ट हुई, लगा दिल के ऊपर से होकर गुज़र रही है। अचानक तेज़ दर्द उठा–बिजली-सा कौंधता हुआ। मैं फ़ौरन गाड़ी के

पीछे दौड़ा और खचाक से गेट खोलकर अंदर जा बैठा। वह हैरान होकर मुझे देखती रही।

"समर मिले न मिले, हमसफ़र बनकर कुछ क़दम और चल तो लें।" मैंने गुज़ारिश की।

"राहें बदल चुकी हैं और मंज़िल भी। कितना और साथ चलेंगे?"

"बस यह दिल्ली ख़त्म होते ही मैं उतर जाऊँगा।"

"और अगर नहीं उतरे तो मैं धक्का देकर बाहर फेंक दूँगी।" धमकाते हुए वो बोली।

टैक्सी ड्राइवर ने गाड़ी बढ़ा ली। कुछ दूर चलकर दिल्ली यूनिवर्सिटी का इलाक़ा आ गया-जहाँ हम पहली बार मिले थे। रिंग रोड से निकलकर हम कश्मीरी गेट पहुँच गए। जहाँ से तमाम हिल स्टेशन के लिए बस पकड़ा करते थे। FM पर बासु चटर्जी की फ़िल्म का एक गीत बज रहा था। सुनकर दोनों मुस्कुरा उठे।

"तुम्हें याद है कितनी बार हमने यह फ़िल्म देखी है?" मैंने कहा।

"हम्म... कितनी पसंद थी न तुम्हें।"

"तुम्हें भी तो। सोचो... शायद मैं भी कभी तुम्हारे घर पे यूँ जाता और तुम्हारा घुंघराले बालों वाला भाई वायलिन बजाता। कितना अच्छा लगता न सब साथ मिलकर गाते: *'कभी ख़ुशी कभी गम, तारा रम पम पम"*

"तुम भी क्या-क्या सोचते रहते हो।" मेरा मज़ाक़ उड़ाते हुए वह बोली।

"ऐसा सच में होता तो अच्छा था न?"

"वह फ़िल्म थी। और वह दोनों ही क्रिश्चियन थे।"

"हम दोनों भी तो हिंदू ही हैं न!" मैंने उसकी आँखों में देखते हुए कहा।

वह मेरे जवाबनुमा सवाल को दरकिनार करते हुए खिड़की से बाहर झाँककर लाल क़िले की तरफ़ देखती रही।

"हम हमेशा बाएँ से दाएँ और दाएँ से बाएँ भटकते रहे, पर एक साथ उन रास्तों पर चले। ये आरज़ू थी कि जब तलक राह चलती, हर क़दम साथ चलते। पर क्या पता था कि जब सीधा चलेंगे तो एक बरगद रास्ते में आएगा।

उसके ऊपर लटकता हुआ पौराणिक बेताल हमें डराएगा और फिर राहें ही बिछड़ जाएँगी।'' मैंने कहा।

''वह बरगद झुकेगा नहीं और मैं जिसकी शाखा पर खेली हूँ उसे नहीं काट सकती।''

''पर उस भूत से तो लड़ सकती हो?'' मेरी आँखें असीमित आकांक्षाओं के साथ उसे देख रही थीं।

''समाज से घरवालों को लड़ना है। पर उनमें हिम्मत नहीं... और शायद मंशा भी नहीं। सोचा न था कि ऐसा मंज़र कभी सामने आएगा। शायद मुझे इतनी उम्मीद नहीं रखनी थी। शायद तुम्हें भी मुझसे इतनी उम्मीद नहीं रखनी थी। तुम सही कहते थे– सब कहानियाँ एक जैसी होती हैं, किरदार बस बदल जाते हैं।''

''लोग जो बदल जाते हैं।'' उत्तेजित होकर मैंने कहा।

''परिस्थितियाँ बदल देती हैं।''

''सब छीन लेती हैं।''

''देती भी तो हैं। उस दिन अगर यूँ इत्तेफ़ाक़ से मिले न होते क्या इतना वक़्त बिता पाते? तुम्हारी कहानी में मेरा सिर्फ़ कैमियो रोल था। शायद इतना ही साथ लिखा था। लिखे हुए को हम बदल नहीं सकते।''

''कोशिश तो कर सकते हैं।''

''कोशिश की। अब नहीं हो सकता। बस इतना साथ ही लिखा था।''

''तो फिर अपनी कहानी मैं ख़ुद ही लिख लेता हूँ।''

''तो फिर अपने किरदारों को आज़ादी भी देना। अपने सपने मत थोपना उन पर।''

''मेरी तो बस इतनी-सी गुज़ारिश थी कि तुम कोशिश नहीं करोगी तो...।''

''तुमने इतनी आसानी से मान लिया कि मैंने कोशिश नहीं की होगी। परिस्थिति पर अब मेरा कोई नियंत्रण नहीं... तुम समझते क्यों नहीं?''

''तो फिर क्यों करती थी इतनी बड़ी-बड़ी बातें।''

''हाँ करती थी। बिलकुल करती थी। तुम्हारी तरह ज़िंदगी में कभी प्रेक्टिकली सोचा ही कहाँ। बस अपने सपनों की दुनिया में जीती रही। यह इश्क़ और इंक़लाब सब फालतू की बातें हैं। तुम सही कहते थे कि यह सभी

बातें बोलने की होती हैं। यह सभी नारे एक-न-एक दिन झुठला जाएँगे। अब कुछ नहीं। इस कहानी में पूर्ण विराम लग चुका है। अब जो भी होगा वह इस काल की घटना नहीं होगी।'' अपना सारा ग़ुस्सा ड्राइवर पर निकालते हुए वह बोली ''कहाँ जाना था और आप कहाँ इंडिया गेट पर लेकर आ गए? नहीं पता रास्ता तो पहले बोलना था! अब आगे टी प्वॉइंट से राइट लो।''

''नहीं भैया इन्हें रास्तों का कोई इल्म नहीं। बस किसी भी तरह मंज़िल तक पहुँचना चाहती हैं। आप ठीक जा रहे हो... बस आगे से लेफ़्ट लीजिए। यह कहानी जहाँ शुरू हुई थी वहीं ख़त्म भी होगी।''

ड्राइवर ने डर के मारे गाड़ी राजपथ पर ही रोक दी और हम दोनों को रियर व्यू मिरर से देखता रहा। दोनों मुँह फुलाए खिड़की से जा चिपके-एक इस कोने में और दूसरा उस कोने में। सुबह-सुबह का वक़्त था। खिड़की से बाहर आस-पास जॉगिंग कर रहे लोगों को देखते रहे। बीच-बीच में मैं उसे देखता और वो मुझे। आँख मिचोली का खेल जल्द ही ख़त्म हुआ। थोड़ी देर दोनों एक-दूसरे को देखते रहे 'ग़ुस्से से भरे' प्यार से। फिर हँस पड़े। ड्राइवर ने गाड़ी मेरे कहे अनुसार ले ली।

वो अपनी खिड़की छोड़कर मेरी खिड़की की तरफ़ आकर बैठ गई, मेरे क़रीब। हम दोनों एक ही खिड़की से जहाँ को पीछे छूटते देख रहे थे। सरोजिनी नगर, मुनीरिका से होते हुए हम आख़िर अपने पुराने आशियाने जा पहुँचे। घर पर ताला लगा था, सो अंदर जा नहीं पाए। फिर आगे निकल पड़े मंज़िल की ओर। बीच में JNU के दर्शन भी हुए। मीडिया वालों की भारी मौजूदगी के बीच छात्रों ने सड़क पर चक्का जाम कर रखा था। दिल्ली पुलिस ने अपने वज्र वाहन के साथ कैंपस की घेराबंदी की हुई थी। सैंकड़ों छात्र हाथ में बैनर लेकर आज़ादी का नारा लगा रहे थे। और हम नियति के ग़ुलाम यह सब देख कर अपने बीते दिन याद कर रहे थे। वह नज़ारा देखकर मंद-मंद थोड़ा-सा मुस्कुराई और फिर लंबी-सी चुप्पी में बंध गई।

''एक रास्ता यह भी जाता है।'' मैंने चुप्पी तोड़ते हुए कहा।

''सोचो, अगर सब ठीक होता तो दोनों एक साथ घर जा रहे होते।'' भारी आवाज़ में उसने कहा।

''रिज़ल्ट भी आ चुका होता।''

“तुम्हारे घर पर तो लड़की वालों की लाइन ही लग जाती।” ताना मारते हुए उसने कहा।

“हाँ पर मैं तो तुम्हारे घर के बाहर आवेदन पत्र लिए खड़ा होता।”

“सोचो... पापा भी मान ही जाते... फिर धूम-धाम से शादी होती।”

“नहीं कोर्ट मैरिज। ख़ामख़ा का ख़र्चा।” मैंने टोका।

उसने मुझे देर तक घूरा। मैंने फिर अपनी बात पलटी – “चलो ठीक है, अच्छे से शादी करते।”

“और फिर शादी पर गाना भी बजता – ‘आया ते सद्दा रंग... लाया लाड़िये नि तेरा, सेहरियाँ वाला व्यावण आया।” झूमते हुए वह गाने भी लगी। “अच्छा फिर, हनीमून में कहाँ जाते?” उसने पूछा।

“प्राग!”

“तुम्हें याद है?” आश्चर्यचकित होकर वह बोली।

“मुझे सब याद है। एक घर होता... छोटा-सा।”

“घर नहीं सरकारी डाक बंग्ला होता। वह भी दूर पहाड़ों में।”

“बच्चे होते। जिन्हें हम अपने मिलने की कहानी सुनाते। उन पर किसी तरह का कोई प्रेशर नहीं डालते।”

“तुम देते ढील! मैं तो टाइट करके रखती। तुम्हारा ही उदाहरण देती... देखो।” जैसे ही उसने मेरी तरफ़ देखा आख़िर उसकी आँखों से मिश्री का एक दाना निकल आया।

“क्या कभी आते इस पहाड़ वाले मंदिर पर फिर से?” दूर से पहाड़ की चोटी को देखते हुए मैंने पूछा।

“नहीं कभी नहीं।” नज़रें चुराते हुए वो बोली। मैंने ड्राइवर से कहकर गाड़ी रुकवाई। वह चुपचाप गाड़ी से उतर गई और अपनी धुन में चलने लगी।

“अभी भी यह रास्ता खुला है और मंदिर भी।” पीछे से आकर उसका हाथ थामते हुए मैंने कहा।

वह मुझसे कुछ दूर हो गई। “बस इतनी-सी ही थी ये कहानी।” मेरा हाथ अपने हाथ से छुड़ाते हुए बोली।

“यह सवाल है या फिर तुम्हारा आख़री फ़ैसला?” मैंने आवाज़ लगाकर

उसे रोकना चाहा।

“फ़ैसला मेरे हाथ में नहीं।”

“चुनाव तो तुमने किया?”

“किसी एक को चुनना था इसलिए।”

“मैंने कोई ग़लती की?”

“शायद करते तो ठीक था। मेरे लिए इतना मुश्किल न होता।” पीछे मुड़कर उसने कहा।

“इसी मंदिर में 6 साल पहले माँगा था तुम्हें। आज यहीं पर तुम्हें खो रहा हूँ। कहा था न जो माँगा कभी मिला नहीं।” उसके चेहरे पर अपना हाथ रखते हुए मैंने कहा।

“क़िस्मत से ज़्यादा किसी को नहीं मिलता। तुम्हारे लिए ज़रूर कोई मुझसे बेहतर ही लिखी होगी। जो मेरी तरह कमज़ोर ना हो, जो तुम्हारे लिए दुनिया से लड़ सके।”

“मेरी क़िस्मत तो कभी भी अच्छी न थी। हर उस चीज़ को, जिसे सच्चे दिल से माँगा, क्यों छीन लिया जाता है?”

“ऐसा क्यों सोच रहे हो। शायद इतना साथ ही लिखा था।”

‘क़रार था। दस्तख़त किए थे। भूल गई?”

“बचपना था।”

“तुम्हीं ने सभी क़ायदे-क़ानून बनाए थे। तुम्हीं ने सभी रस्में रची थीं। तुम्हीं ने कहा था कि एक धागा कमज़ोर होगा तो दूसरा ज़ंजीर बन जाएगा। तुमने ही कहा था कि कोई भी जटिलताएँ आएँगी तो मिलकर उलझी हुई डोर को प्यार से सुलझाएँगे। तुम ही कहती थी: *हम लड़ेंगे साथी, कि बिना लड़े कुछ नहीं मिलता।*” उसकी आँखों में झाँकते हुए मैंने कहा।

“मैं बेवक़ूफ़ थी। इन जटिलताओं को नहीं समझ पाई। मुझे नहीं पता था कि यह दुनिया वैसी ही है जैसा हमेशा तुम सोचते थे। तुम्हारी सोच बदलने चली थी। मुझे माफ़ कर दो, यह सब मेरी ही करनी है।”

दोनों चुपचाप अगल-बग़ल देखते हुए ऊपर पहाड़ पर चढ़ने लगे।

“वह मुझसे बेहतर होगा? चॉकलेट केक बनाएगा?”

“क्या फ़र्क़ पड़ता है अब इस व्यर्थ की तुलना से। ज़िंदगी तो जितनी

जीनी थी तुम्हारे साथ ही जी ली है। अब तो सिर्फ़ ज़िंदा रहना है।"

"मैं नहीं रह सकता।"

"रहना होगा। अपने सपनों के लिए।"

"वह मेरे नहीं।"

"हमारे सपनों के लिए।" मेरा हाथ पकड़ते हुए उसने कहा।

"तुम तो रही नहीं, तो क्या मेरा और क्या हमारा।"

"मैं हमेशा रहूँगी। तुम हमेशा रहोगे। हम भी हमेशा रहेंगे। साथ न होकर भी साथ रहेंगे। वह देखो!" मंदिर में राधा कृष्णा की प्रतिमा की ओर इशारा करते हुए उसने कहा– "उन्हीं की तरह... बस अब मुझे और कमज़ोर मत करो।"

"तुम्हारा हाथ छूट रहा है मेरे हाथ से।"

"साथ नहीं छूटेगा कभी। साहिर का हर गीत अमृता के लिए लिखा जाएगा। अमृता की कविता में भी साहिर की झलक होगी। साथ नहीं होंगे माना... कहानी तो अमर होगी। तुम मेरे मन में हमेशा रहोगे।" अपना हाथ मेरे हाथ से छुड़ाते हुए उसने कहा।

"इस जीवन में?"

"कल्पना में।"

"मेरे मन की खिड़की बहुत बड़ी है। चलो हम उसी खिड़की से कूदकर कल्पना में ही जी लेते हैं। इसे ही अपना सच मान लेते हैं। सार्थक और शाश्वत सत्य–जो इस बेकार के यथार्थ से बाहर हमारा इंतज़ार कर रहा है।" उसकी आँखों में झाँकते हुए मैंने कहा।

"मैं तुम्हें फिर मिलूँगी।" मुझसे थोड़ा पीछे हटते हुए नम आँखों से उसने कहा।

"कहाँ?"

"इस सब के परे, सामने उधर– सच और झूठ के बीच कुछ ख़ाली जगह है।"

सामने थोड़ी दूर, पहाड़ की चोटी थी, जहाँ से पूरी दिल्ली दिखाई देती थी। मैं अपने ही ख़्यालों में खोया उस चोटी की तरफ बढ़ चला। मैं भी कितना नासमझ था! मैं कार्तिक अमावस की रात, और वो शरद पूर्णिमा का चाँद। हमारा मिलन आख़िर होता भी तो कैसे? जुदा रास्तों से आकर मिलना

और फिर एक-दूसरे के रास्ते से यूँ बिछड़ जाना। इससे तो बेहतर था कि हम ज़िंदगी भर समानांतर रेखाओं की तरह चलते। अनंत तक जाकर मिलने की उम्मीद तो रहती। माना हमारी ख़्वाहिशें ताजमहल थीं। पर था तो वह भी एक मक़बरा ही। और पिंटू भी तो हमेशा ही कहता था- सच्चा प्रेम साला कभी पूरा नहीं होता और जो पूरा हो जाए वह फिर सच्चा नहीं रहता। सबने मना किया था, इश्क़बाज़ी के चक्कर में मत पड़ो। नहीं पड़ते तो शायद यह दिन कभी न देखने को मिलता। सच है। पर क्या वो पल जो साथ बिताए, वो जी पाते? शायद ज़िंदगी के सबसे सुखद पल क्षणिक होते हैं- नीलकुरिंजी के उन फूलों की तरह, जो खिलते हैं कई सालों में एक बार।

पहाड़ की चोटी से देखा तो सब कुछ छोटा नज़र आ रहा था, पर बराबर भी। कोई भेद नहीं। एकाएक आत्मज्ञान मिला, जो कि शायद संस्कृत के कुछ श्लोक रट लेने से तो नहीं मिलता। जैसे जीवन के मर्म को समझ लिया हो। दास कबीर ने कही थी: 'पोथी पढ़-पढ़ जग मुआ, पंडित भया न कोए। ढाई आखर प्रेम का, पढ़े सो पंडित होए।' उस हिसाब से तो साला हम भी पंडित हो गए। फिर हम दोनों में काहे का भेद?

इस यूरेका मोमेंट पर ज़ोर की गड़गड़ाहट हुई, और सरसराती-सी हवा मेरे चेहरे को छूकर गुज़री। और साथ गुज़रता रहा साथ बिताई ज़िंदगी का फ़्लैशबैक, किताब में गड़े क़िस्सों की तरह। इस कहानी में एक शहर था, दिल्ली, आलम में इंतिख़ाब। दो सरफिरे दोस्त थे- एक मुरैना की गजक, दूसरा ठग्गू का लड्डू। एक नीले रंग का आसमान था। दो पतंगें थीं, एक नारंगी और एक लाल- जिनकी डोर कभी उलझती, कभी झगड़ती पर हमेशा एक-दूसरे से बंधी रहती। एक लड़की थी, हवा के जैसी अल्हड़, बेबाक और झल्ली। एक मुलाक़ात थी। एक इश्क़ था, एक इंक़िलाब भी। कुछ रस्में थी, कुछ रिवाज। एक क़रार था। एक पिंजरा था, जिसे तोड़ना था। एक दीवार थी, जिसे लाँघकर यहाँ तक पहुँचना था। बाग़ों में बहार थी, ख़्वाहिशें हज़ार थीं। वैसे तो इस कहानी में और भी बहुत कुछ होना था। एक एम्बेसडर होनी थी, पीली बत्ती वाली। एक घोंसला होना था, दूर पहाड़ों में कहीं, जहाँ हम रात भर बैठे तारों को टिमटिमाता देखते। एक खिड़की होनी थी, मन की, जहाँ से हम उड़ जाते नीले आसमान में आज़ाद पंछी की तरह... पर फ़िलहाल ये हमारी

कहानी का क्लाइमेक्स सीन था। हर हिंदी फ़िल्म की तरह यहाँ भी आसमान में काले गड़गड़ाते बादल छा चुके थे। तेज़ आँधी चलने लगी थी। हवा के वेग से मंदिर की घंटियाँ ज़ोर-ज़ोर से बज उठी थीं। पर ये कोई साली फ़िल्म नहीं थी कि बैकग्राउंड में ढोल वाले *'मेहँदी लगा के रखना'* बजा रहे होते, मैं ख़ून से लथपथ नेहा के भाई को दे दना दन मुक्का लात जड़ रहा होता, और वो अपने बाउजी से मेरे साथ जाने की परमिशन माँग रही होती। इसलिए ऐसा कुछ नहीं हुआ।

पीछे मुड़कर देखा तो वो मुझसे दूर जा रही थी। मैंने मन ही मन उसे सच्चे दिल से पुकार दी। लगा कि वो मुझे पलटकर एक बार ज़रूर देखेगी। उसके क़दम सहसा वहीं रुक गए। अरावली के पहाड़ पर खड़ा वो मंदिर, इतने सालों में खंडहर बन चुका था। मंदिर की पिछली दीवार पर अभी भी वो बड़ी-सी तख़्ती लटकी थी जिस पर हज़ारों लोगों ने अपनी ख़्वाहिशें लिखी थीं। उन में से एक हमारी भी थी। वो सर को झुकाए मंदिर की उसी चौखट पर खड़ी थी- चुप, शांत, अडोल। उसका दुपट्टा लहरा रहा था। बाल बिखरकर चेहरे पर आ रहे थे। मिश्री के कुछ दाने उसकी आँखों से छलक उठे थे। उन आँखों में एक टीस थी, बिछड़ जाने का गम था। दोनों ही अंतर मन में महाभारत का धर्मयुद्ध चल रहा था। कृष्ण के मन का 'अर्जुन' आंतरिक मतभेदों से जूझ रहा था। 'राधा' ने 'कृष्ण' बन, समय का चक्र रोक रखा था। हमारी इस फ़िल्म को कोई तो डायरेक्ट कर रहा था, जो जानता था- कब क्या होना है और कैसे। वो, जो सबसे बड़ा कहानीकार था।

हमारे जन्मों के बंधन के बीच भले ही एक जन्म का फ़ासला हो, पर जन्मों की मुक्ति महज़ एक क़दम दूर ही थी। आख़िर, कुछ फ़ासले उसने मिटाए। कुछ क़दम उसकी तरफ़ मैंने बढ़ाए। उसने सच कहा था। दुनिया गोल है। जहाँ से सब शुरू होता है, ख़त्म भी वहीं आकर होता है। मंदिर की उस चौखट पर हम दोनों देर तक यूँ ही ख़ामोश खड़े रहे। पर आँखें बात कर रही थीं- शायद किसी ख़ुफ़िया कोड वर्ड में। मैंने उसे देखा और उसने मुझे। और फिर वह हँसी- वही खिलखिलाती, बेलगाम-सी, रहस्यमयी हँसी जो आज से छह बरस पहले मेरे दिल में घुसपैठ कर चुकी थी।

***